CARTAS QUE ESCREVI ANTES DE VOCÊ

CYNTHIA HAND
>>>
CARTAS QUE ESCREVI ANTES DE VOCÊ

Tradução
Paula Di Carvalho

Rio de Janeiro, 2020

Copyright © 2019 by Cynthia Hand. All rights reserved.
Título original: The How and The Why

Todos os direitos desta publicação são reservados à Casa dos Livros Editora LTDA.
Nenhuma parte desta obra pode ser apropriada e estocada em sistema de banco de dados
ou processo similar, em qualquer forma ou ameio, seja eletrônico, de fotocópia, gravação etc.,
sem a permissão do detentor do copyright.

Diretora editorial: *Raquel Cozer*

Gerente editorial: *Alice Mello*

Editor: *Ulisses Teixeira*

Copidesque: *Anna Beatriz Seilhe*

Liberação de original: *André Sequeira*

Revisão: *Marcela Isensee*

Capa: *Túlio Cerquize*

Diagramação: *Abreu's System*

CIP-Brasil. Catalogação na Publicação
Sindicato Nacional dos Editores de Livros, RJ

H21c
    Hand, Cynthia
        Cartas que escrevi antes de você / Cynthia Hand ; tradução
Paula Di Carvalho. – 1. ed. – Rio de Janeiro : Harper Collins, 2020.
    368 p.

        Tradução de: The how and the why
        ISBN 9788595086715

        1. Romance americano. I. Carvalho, Paula Di. II. Título.

19-62000
                        CDD: 823
                        CDU: 82-3(410.1)

Meri Gleice Rodrigues de Souza – Bibliotecária – CRB-7/6439

Os pontos de vista desta obra são de responsabilidade de seu autor, não refletindo necessariamente a posição
da HarperCollins Brasil, da HarperCollins Publishers ou de sua equipe editorial.

HarperCollins Brasil é uma marca licenciada à Casa dos Livros Editora LTDA.
Todos os direitos reservados à Casa dos Livros Editora LTDA.
Rua da Quitanda, 86, sala 218 — Centro
Rio de Janeiro, RJ — CEP 20091-005
Tel.: (21) 3175-1030
www.harpercollins.com.br

*Para minha mãe e meu pai, que não pediram um reembolso
por mais que eu fosse claramente um bebê com defeito.
E pela garota anônima que me colocou nos braços deles.*

Obrigada.

Eu te amo porque o universo inteiro conspirou
para me ajudar a te encontrar.

— Paulo Coelho

Querido X,

Hoje Melly nos fez escrever cartas para nossos bebês.

Como eu não vou ficar com você, isso me pareceu um castigo cruel e incomum. Tem cinquenta garotas nessa escola, e só algumas vão optar pela adoção, e a maioria dessas vai ser aberta, na qual todo mundo sabe o nome um do outro e troca e-mails com os pais novos e recebe fotos e novidades mais ou menos uma vez por mês. Mas também não vou fazer isso.

Então eu disse que não gostaria de participar dessa atividade.

Melly disse que tudo bem, eu poderia não participar, mas que existe um programa no qual você escreve uma carta para o seu bebê e ele pode ter acesso a ela quando completar 18 anos. Por isso, se tiver alguma coisa que você queira dizer que não possa ser dita ao completar um formulário ou informar seu tipo sanguíneo, esta é a sua chance.

"Você pode escrever o que quiser", disse Melly. "Qualquer coisa."

"Mas é opcional, certo?", perguntei.

"Sim."

"O que significa que não sou obrigada a participar."

"Tudo bem", disse Melly. "Só senta aí e relaxa."

Então ela distribuiu alguns blocos de notas amarelos, do tipo usado por advogados (o que me parece meio antiquado, se quer saber), e me entregou um também.

"Só por via das dúvidas", falou ela. Que sorrateira.

As outras garotas começaram a escrever. Pelo visto, todas elas têm coisas importantes a dizer aos seus bebês.

Eu, não. Sem ofensas, mas eu nem conheço você tão bem assim.

Para mim, você ainda é meio inatingível. Sei que está aí dentro, mas sua presença ainda não é óbvia.

Você está nas minhas calças apertadas.

Você está na minha azia.

Você é o alienígena tomando conta do meu corpo.

Você é X.

Eu não consigo imaginar você como um bebê de verdade, muito menos como uma pessoa de 18 anos lendo essa carta. Nem eu tenho 18 anos ainda.

Então o que eu poderia dizer? Não tenho nenhuma grande sabedoria para passar adiante que não pudesse ser resumida nas palavras usem anticoncepcional, meninas. Mas é complicado, porque, se eu tivesse usado, você não existiria. Tenho certeza de que você prefere existir.

Algumas coisas são melhores não ditas, eu pensava. Então, fiquei sentada ali, relaxando. Não escrevendo uma carta.

Mas mudei de ideia.

Acho que comecei a levar você em consideração. Se eu fosse adotada, ia querer uma carta. Porque ia querer descobrir as coisas que não estão na papelada. Eu teria curiosidade. Ia querer saber.

Então... oi. Sou sua mãe biológica, vulgo pessoa que carregou você por aí na barriga por nove meses.

Tenho olhos azuis e cabelo castanho. Queria dizer também que sou libriana, se você for do tipo que se interessa por signos. Temo não ter muito mais para contar sobre mim. Sou bastante comum — foi mal, queria poder dizer que sou genial ou deslumbrante ou espetacularmente talentosa no piano ou no xadrez. Mas sou só normal. Minhas notas não são fantásticas. Não sei o que quero ser quando crescer. Não sou líder de torcida. Não pratico esportes.

Gosto de música. Coleciono vinis antigos. Vou a shows, festivais de música, essas coisas. Acompanho algumas bandas locais.

Atualmente eu moro no Booth Memorial, um lugar onde adolescentes grávidas vão para terminar o ensino médio. É uma escola, mas também um abrigo — como naquela época em que as meninas desapareciam por meses e seus pais diziam a todos que elas estavam "visitando uma tia". Grande parte dos abrigos do país para mães solteiras fechou, já que ter um bebê fora do casamento não é mais o evento super-chocante que costumava ser. Esse lugar é quase uma escola. Algumas de nós moram aqui, mas a maioria mora em casa e, como falei, vão ficar com seus bebês. Tem uma creche no campus onde elas podem deixá-los depois de dar à luz.

Acho que você deve estar se perguntando por que não vou ficar com você. A resposta é simples: não sirvo para ser mãe.

Não é que eu seja uma pessoa horrível. Mas tenho 16 anos. Acho que nenhuma mulher é qualificada o suficiente para ser mãe com essa idade. Estou tentando não julgar, mas as garotas daqui, aquelas que vão ficar com seus bebês e que me olham como se eu fosse algum tipo de monstro por não ficar com o meu, acham que a vida com seus filhos vai se resumir a compartilhar roupas e fazer tranças e ser melhores amigos. Mas o mundo real não é assim.

O mundo real. Meu Deus, estou parecendo o meu pai. Ele não aprovaria esse negócio de escrever cartas. Papai acredita na filosofia do "começar do zero".

"Depois disso, você pode começar de zero", diz sempre ele. "Pode deixar isso para trás."

O que ele não diz, mas eu escuto mesmo assim é: "Aí ninguém vai precisar saber."

Então aqui estou eu, me escondendo como se estivéssemos nos anos 1950. Na minha escola — ou melhor, na minha antiga escola —, ninguém sabe sobre a minha situação exceto minha melhor amiga. Tenho certeza de que as pessoas estão perguntando para ela onde estou. Não sei o que ela responde. Mas talvez seja mais fácil estar aqui do que desfilar meu barrigão de grávida pelos corredores da BHS. Pelo menos é uma coisa a menos com a qual lidar.

Meu ponto é: espero que você entenda... o porquê dessa questão toda. Espero que tenha uma vida boa — o tipo de vida entediante, sem drama, sem problemas de verdade.

Boa sorte, X. Desejo o melhor para você.

Seu corpo hospedeiro,

S

1

— Feliz aniversário, Cass — diz Nyla.

— Valeu.

Eu mergulho uma tortilha no molho e dou uma olhada na banda de mariachi que está tocando no canto do restaurante. Espero que Nyla não tenha contado para eles que é meu aniversário.

— Então, qual é a sensação — pergunta ela — de chegar aos 18?

Dou de ombros.

— Nada de mais.

— Nada de mais? — Ela bufa. — Mas agora você pode comprar cigarro.

— Eca. — Eu mastigo a tortilha. — Até parece que eu faria isso.

— Concordo, eca, mas você pode fazer tanta coisa — continua ela. — Pode comprar bilhetes de loteria. Pode abrir a própria conta bancária ou fazer uma tatuagem. Pode beber álcool na Europa.

— Claro, vou fazer isso hoje mesmo.

— A questão é: agora você é adulta.

Ela se debruça sobre a mesa como se estivesse prestes a contar um segredo do universo.

— Você é adulta — repete ela, sussurrando.

Eu me inclino para a frente também.

— Meio que gosto de ser adolescente.

Ela suspira e volta a se recostar na cadeira.

— Affe. Você é muito sem graça.

— Você só está com inveja porque só vai fazer 18 anos daqui a 29 dias.

Eu adoro tirar onda com Nyla dizendo que sou exatamente um mês mais velha do que ela. E, portanto, mais sábia.

Ela bufa de novo.

— Quando tivermos quarenta anos, você vai querer ser a mais nova.

— Quando tivermos quarenta, com certeza. — Dou um sorrisinho. — Mas agora fico feliz em ser a mais velha.

Ela mostra a língua para mim.

— Ei, presta atenção. Respeita os mais velhos — repreendo, e ela revira os olhos.

Olho o relógio. São 19h30. Ainda dá tempo de entrar de fininho para ver minha mãe.

— É melhor a gente ir — começo a dizer, mas bem nesse momento os caras do mariachi aparecem para cantar "Parabéns pra você" em espanhol para mim.

Nyla se esgoela junto enquanto eu olho feio para ela. A garçonete coloca uma porção gigante de sorvete frito na minha frente, com uma única vela acesa no meio.

Todo mundo do Garcia's se vira para olhar.

— Ah, nossa... Muito... obrigada... — Eu assopro a vela e empurro a tigela de sorvete meio derretido para o meio da mesa para que possamos dividir. — Eu odeio você, aliás.

— Odeia nada. — Ela lambe o sorvete da colher. — Tenho bastante certeza de que você me ama.

— Tudo bem, eu te amo — resmungo.

Percebo que o casal mais velho na mesa vizinha encara Nyla de uma maneira não muito sutil. Acontece. Às vezes as pessoas dessa cidade branca e burguesa em Idaho agem com surpresa quando veem uma pessoa negra. Nyla chama isso de efeito unicórnio. As pessoas a veem e ficam encarando como se ela fosse alguma criatura rara e mágica da qual eles só ouviram falar em livros de fantasia. O que é estranho para ela, porque foi criada por uma família branca numa cidade branca e não se identifica totalmente como afro-americana.

Ignoramos as encaradas e raspamos o resto do sorvete. Nyla pede a conta para a garçonete com um gesto. E paga. Ela sempre paga, seja meu aniversário ou não. Tento não me sentir culpada.

— O jantar estava *espléndido* — digo, enquanto saímos e seguimos na direção de Bernice, o carro de Nyla. — *Gracias, señorita.*

— *De nada* — responde Nyla.

Viva os meus três anos de espanhol no ensino fundamental. Infelizmente, esse é meio que todo o nosso repertório coletivo na língua.

Entramos no carro.

— Coloca o cinto — diz Nyla, de maneira afetada, antes de partirmos.

Sinto como se estivéssemos velejando em vez de dirigindo, o que é normal. Bernice é um barco. Ele foi nomeado em homenagem à avó da minha amiga, porque é um carro de vó: azul prateado, enorme e robusto como um tanque. Mas Bernice sempre nos leva aonde precisamos.

— *On the road again* — canta Nyla, enquanto avançamos por Idaho Falls.

— *Just can't wait to get on the road again* — acompanho.

Olho o relógio. 19h40. Ainda dá tempo. Então percebo que estamos seguindo na direção oposta à de casa.

— Ei, aonde a gente está indo?

— Ah, pensei em levar você para dar um passeio de carro — responde Nyla, misteriosamente.

Como se alguém fizesse isso: dar passeios de carro.

— Um passeio para onde? — pergunto, enquanto viramos na Hitt Road.

Hitt Road, penso pela centésima vez, é um nome epicamente ruim para uma estrada. Estrada da Batida? Por que não chamam logo de Rua do Acidente? Ou Via do Sinistro?

Nyla olha de relance o espelho retrovisor.

— Para Thunder Ridge.

— Hum... Por quê?

Thunder Ridge é uma colina que dá vista para a cidade. Até onde sei, as pessoas só vão lá para se pegar.

— Tem uma vista muito bonita — responde Nyla. — Achei que pudéssemos passar um tempo juntas. Conversar.

— A gente passou o dia conversando. É praticamente só o que a gente faz: conversar.

— Cass.

— Nyla. — Eu lanço um olhar para ela. — O que está havendo?

— Nada. Uma garota não pode levar sua melhor amiga para um canto sossegado para contemplar o sentido da vida e dos aniversários?

— Acho que sim, mas sabe como o meu pai tem aquela tradição de aniversário na qual ele me conta sobre o dia em que eles me buscaram, e como a gente olha meu álbum de bebê, onde tem um monte de fotos minhas em vestidinhos rosa de babados, e sinto vontade de vomitar, mas também meio que amo? Eu não quero perder isso.

— Você não vai perder.

Ela pegou o celular. Está dirigindo e mandando mensagem. Ela sabe que eu detesto que dirijam e mandem mensagem. Odeio isso, ponto final, principalmente quando a pessoa deveria estar curtindo um momento real com alguém. É importante estar presente, minha mãe sempre diz. E, pensando melhor, Nyla estava mandando mensagens durante o jantar todo. O que não é típico dela.

— Ny, qual é? O que está havendo?

— Nada — responde ela, então muda de ideia do nada. — Você tem razão. Thunder Ridge é uma ideia idiota. Vou levar você para casa.

Ela entra numa subdivisão da estrada, então faz um retorno em U e começa a voltar.

Seguimos de volta para a nossa parte da cidade.

— *Country roads, take me home, to the place I belong* — canta Nyla.

Eu não acompanho dessa vez. Estou confusa. Sinto como se tivesse sido reprovada em algum tipo de teste de amizade crucial. Paramos num sinal, e Nyla termina de cantar John Denver. Olha para o celular. Retoca o batom no espelho. Checa o celular de novo.

— Tem algum assunto específico sobre o qual você queira falar? — pergunto. — A gente pode conversar.

— Nah, estou bem — responde ela. Mas obviamente ainda está estranha.

— Eu amo de verdade as nossas conversas sobre o sentido da vida.

Ela sorri.

— Eu também.

— Estou aqui pra você.

— Eu sei.

— Então... você pode falar, se precisar. Estou escutando. Juro.

Ela parece pensar por um momento, então responde:

— Não consigo pensar em nada para dizer. Além disso, estamos quase chegando.

É verdade. Bernice faz uma curva para entrar no meu bairro. Tem um monte de carros estacionados em frente à minha casa e Nyla precisa parar um pouco longe.

— Quer entrar um pouco? — pergunto. — A gente poderia... Não sei... *Conversar?*

Ela sorri.

— Sabia que agora você pode participar de um júri? Podem chamar você a qualquer hora.

E viva, voltamos ao assunto dos 18 anos de novo. Faço uma careta.

— Excelente.

— Além disso, agora você pode *votar*.

— Não vejo a hora.

— Você pode se alistar no exército — adiciona ela, enquanto seguimos pela calçada até minha varanda.

— Não, obrigada.

Eu encaro a minha casa. As janelas estão escuras, com as cortinas da sala fechadas. Eu me pergunto se meu pai já foi para o hospital.

— Você pode comprar fogos de artifício — continua Nyla. — Ou pular de paraquedas. Ou ir para a prisão de verdade. — Ela arqueja e agarra meu braço. — Você pode se casar sem a permissão dos seus pais!

Ergo a sobrancelha para ela.

— Que notícia ótima, Ny. Pena que sou solteira.

Ela sabe disso. Ela também sabe que eu não pretendo me casar até ter no mínimo 25 anos.

— Apesar de que, falando nisso, tem uma coisa que quero mesmo fazer — digo enquanto me atrapalho com as chaves na porta. — Agora que tenho oficialmente 18 anos.

— Ah, é? — Nyla inclina a cabeça para mim, seu cabelo cacheado feito uma auréola escura em volta da cabeça. — Não me diga que você quer fazer um piercing no umbigo. Porque eu não aprovo.

— Ai. Não.

A tranca estala e a porta se abre, mas eu me viro para olhar para Nyla.

— Eu quero transar — anuncio. — Acho que está na hora. Estou pronta.

Não sei por que falo desse jeito. Não é para a parte do sexo para a qual estou pronta. É a parte de ter um namorado. Tenho 18 anos, e nunca tive um de verdade. Alguns encontros, beijei um ou dois caras, fiz umas pegações, mas nunca estive apaixonada, nunca me senti *daquele jeito* em relação a ninguém. Mas, de alguma maneira, é mais fácil falar sobre sexo do que confessar que quero me apaixonar, o que seria brega. Além disso, é divertido falar alguma coisa chocante para Nyla de vez em quando. E isso funciona — ela está com a testa franzida, olhando por cima do meu ombro para dentro da casa escura como se quisesse entrar.

— Hum, Cass...

— Quer dizer, é óbvio que eu não quero transar só pela ideia de transar — esclareço. — Isso seria idiota. Eu sei. Quero ser uma adulta responsável já que sou de fato adulta. Quero que seja com o cara certo. E talvez ele não apareça esse ano, porque... Ah, vai, a gente conhece algum cara por aqui que, tipo, preste para namorar? Não, né? E tudo bem por mim.

— Tá bom... — Nyla ainda parece superdesconfortável.

— Só o que quero dizer é: se o cara certo *de fato* aparecer. Eu estou aberta à ideia de transar.

Dito isso, eu me viro para entrar na casa e quase dou de cara com o meu pai. Ele está usando um chapéu de aniversário. Segurando um bolo de aniversário com velas acesas. Cercado pela minha avó, meu tio Pete e, tipo, dez amigos meus.

— Surpresa? — sussurra meu pai.

— Ai, meu Deus.

— É — diz ele. — Eu sei.

— Vocês estavam todos aí.

Ele abre um sorriso sofrido.

— A gente estava.

— Eu dou força, meu bem — diz minha avó. — Curta a vida.

— Eu sou supercontra — opina o tio Pete. — Nada de sexo para você. De preferência, nunca.

— Calma aí, como é que você acha que eu não presto para namorar? — pergunta meu amigo, Bender. — Eu sou, tipo, gato.

— Isso significa que vou precisar comprar uma arma? — pergunta meu pai.

Eu me sinto humilhada por uns cinco segundos. Mas então Nyla começa a rir, o que me faz começar a rir, então todo mundo explode em gargalhadas, depois canta parabéns, e eu assopro as 18 velas no bolo.

2

— O bolo estava bom? — pergunta minha mãe mais tarde, no hospital.

— Era bolo de padaria.

Eu me sento na beira da cama e massageio os pés dela embaixo da coberta. Mesmo através da manta, eles parecem dois blocos de gelos.

— O papai não consegue se forçar a ir à loja.

— Eu sinto saudade da loja. — Mamãe suspira. — Sinto saudade de tudo.

Assinto.

— Eu achava que a loja era mágica de verdade.

— E era — concorda minha mãe, mas então ela faz aquele negócio de tomar a decisão consciente de não ficar remoendo o que está perdendo. — Enfim. Feliz aniversário. Sinto muito por não poder ir à sua festa.

— Não foi nada de mais — respondo, e dessa vez percebo que ela não ter estado lá foi bom, porque assim não escutou minha declaração constrangedora sobre garotos. Que tenho certeza de que ninguém vai me deixar esquecer.

Ela estica a mão para a mesa de cabeceira, onde tem um embrulhinho azul.

— Aqui.

Eu o abro. É uma caixinha de anel. Dentro, tem um anel de prata com estrelas ao longo da circunferência.

— É uma cópia de um anel da Inglaterra do século XVI do Museu Britânico — explica mamãe. — É chamado de anel de poesia.

Sinto um nó instantâneo na garganta. Em nenhuma circunstância, penso, chore na frente da sua mãe doente.

Minha mãe pega o objeto e lê a inscrição na face interna:

— *São muitas as estrelas que vejo diante de mim, mas nenhuma delas é como ti.*

— É perfeito.

Deslizo o anel para o dedo do meio da minha mão direita, onde ele se encaixa perfeitamente.

— Você sempre foi minha estrela.

Mamãe abre os braços para um abraço.

— Feliz aniversário, minha querida.

— Nunca vou tirar esse anel — prometo, com o rosto em seu ombro ossudo. — Nunca mesmo.

Ela volta a se recostar com o rosto pálido.

— Não consigo acreditar que você está com 18 anos — murmura ela. — Parece que eu pisquei e você passou de bebê a adulta. Como isso aconteceu?

— Você me alimentou — respondo. — Acho que é assim que funciona.

Minha mãe ri.

— Você chorava das dez da noite até um pouco depois das duas da manhã, toda bendita noite, até os seis meses de idade. Não importava o que tentássemos.

— É impressionante como vocês não me devolveram e pediram reembolso. Eu era claramente um bebê com defeito.

Ela balança a cabeça.

— Nós estávamos em êxtase por ter você. Não ligávamos para o choro.

Essa é uma cena familiar entre nós duas. Mamãe sempre diz: "Você era o bebê mais maravilhoso do mundo. Da primeira vez que vi você, eu não conseguia acreditar."

Então eu respondo: "Você era a mãe mais maravilhosa do mundo."

Então ela diz alguma coisa tipo: "Eu teria ficado feliz com um bebê chato e normal. Era só nisso que eu pensava: que eu queria um bebê. Qualquer bebê. Mas você sempre foi extraordinária. Tão esperta. Tão engraçada. Tão linda. Eu nunca poderia ter imaginado, nem em um milhão de anos, que eu seria tão sortuda a ponto de acabar com uma filha igual a você."

E aí é minha vez de dizer: "Tá bom, mãe, chega. Você está me deixando sem jeito."

Eu espero, mas dessa vez ela não fala nada disso. Ela fica quieta.

— Está tudo bem? — pergunto.

Ela sempre foi tagarela. Silêncio costuma ser um mau sinal.

— Estou tão cansada de ficar aqui — afirma ela.

Fico sem ar. Faz mais de um ano desde aquela noite no cinema, quando ela teve um infarto. Num minuto ela estava se entupindo de pipoca e rindo do Chewbacca, e no seguinte disse que sentia como se houvesse um elefante sentado no peito dela. Chamamos uma ambulância na hora e corremos para o hospital. Ela passou horas em cirurgia e meses num estado de incerteza. Por um tempo ela pôde ficar em casa, ligada a uma máquina que bombeia o sangue para ela, mas há alguns meses ela precisou voltar de vez para o hospital.

Ela precisa de um transplante. Escolho acreditar que ela vai conseguir um coração novo. Em breve. Espero.

Mas eis a questão: em meio a todos esses altos e baixos do último ano, minha mãe nunca reclamou. É uma regra tácita entre nós. Pelo meu bem, mamãe tenta não demonstrar como é doloroso e exaustivo simplesmente sobreviver aos dias. E eu, em retorno, tento não demonstrar como estou morrendo de medo de perdê-la. E a gente segue assim, fingindo que a vida é normal. Eu ajo como uma adolescente comum: mantenho as notas altas e participo de peças do ensino médio e falo sobre garotos e sobre o clube de teatro e sobre como a comida do refeitório é nojenta, e meus pais agem como se a estadia da mamãe no hospital fosse um pequeno inconveniente, uma coisa temporária.

Normalidade. Esse é o nosso objetivo. Ficamos muito bons em agir como se estivesse tudo bem.

Mas agora a minha mãe disse que está cansada de ficar ali, e não sei se ela está sendo literal ou não. E não sei o que responder.

— Sinto muito — falo, finalmente. — Sei que isso tudo é um saco.

Ela fecha os olhos e abre um sorriso fraco.

— O universo se desenrola como deveria — murmura ela.

É outra coisa que ela sempre diz. Ela não é religiosa, mas acredita nessa força maior: o universo. O que de alguma forma, na cabeça dela pelo menos, transforma seus problemas cardíacos em parte de algo maior. Ela tem fé nisso.

Suas pernas estremecem de leve, e sua mão relaxa na minha. Sua respiração se torna estável e profunda. Ela adormeceu. Isso é comum: ela apagar no meio da conversa. Eu a cubro, tomando cuidado para não embolar as cobertas na mão com o soro. Então fico observando o sobe e desce do peito dela, tentando gravar cada pedaço do seu rosto na memória. A curva suave das sobrancelhas. O nariz. O formato das orelhas.

Quem não sabe que sou adotada sempre me diz que eu me pareço com ela. Escolho encarar como um elogio. Minha mãe tem cabelo loiro comprido e olhos deslumbrantes, uma mistura perfeita de verde e castanho. Não nos parecemos nem um pouco, na verdade. Mas todo mundo fica dizendo que sou a cara dela, a não ser que não a conheçam. Nesse caso, me falam que pareço com o meu pai — ruivo, de olhos verdes e sardinhas. Com quem eu tenho ainda menos a ver.

Repasso as palavras dela na cabeça: *o universo se desenrola como deveria*. Se for verdade, então tenho problemas com o universo, porque não é justo. Minha mãe tem o melhor coração do mundo, e ele está deixando a desejar.

Vai se ferrar, universo, penso. Mas também meio que penso: *Ajuda, por favor?*

Eu me levanto e apago a luz, esperando no escuro, escutando o apito repetitivo do monitor de sinais vitais, um som estável e reconfortante, porque significa que ela ainda está aqui.

— Boa noite, mãe — sussurro, então saio de fininho e fecho a porta.

3

Papai está acordado, corrigindo trabalhos, quando chego em casa. Ele é professor da quinta série, o tipo de mestre legal que todas as crianças queriam que fossem seu pai. Ele trabalha pesado, longas horas por um salário horrível, mas ama o que faz.

— Como ela está? — pergunta, quando eu enfio a cabeça para dentro do quarto extra que ele usa como escritório.

— Parecia meio pra baixo — conto.

Ele assente.

— Ela odeia perder ocasiões especiais.

— Eu sei.

— Falando em ocasiões especiais, tenho uma coisa superespecial para você.

Ele pousa o lápis na mesa e vai até o armário, de onde tira outro presente embrulhado, que se revela uma camiseta da Boise State University, porque é o sonho da vida do meu pai que eu vá para a BSU (como meu pai antes de mim, diz ele sempre — uma piada de Star Wars) e assista a jogos de futebol americano no famoso campo azul chamado "Smurf Turf". Mesmo que ninguém da minha família seja muito fã de futebol americano.

— Ah, pai... — resmungo.

— Eu sei — diz ele. — Mas, por acaso, acho que você fica particularmente bem de azul e laranja.

Ele mexe as sobrancelhas para mim.

— Está quase na hora de começarem as inscrições. Não quero pressionar ou apressar você, querida. Mas agora é a hora de expandir seus horizontes, se é que me entende.

— Eu sei, eu sei.

Abraço a camiseta junto ao peito.

— Obrigada, pai.

Tento manter a expressão neutra, o que, francamente, é um grande teste das minhas habilidades como atriz. Não que tenha alguma coisa errada com Boise State. É só que parece tão... qualquer coisa. Tão Idaho. Eu tenho sonhos, sonhos maiores do que Boise State, sonhos loucos e improváveis, e ainda não estou pronta para acordar e encarar a realidade. Além disso, é difícil até pensar em ir para a faculdade, com a mamãe no hospital. Então eu mudo de assunto.

— Aliás, obrigada pela festa também. Foi divertida.

— Foi... esclarecedora. Precisamos conversar sobre sexo?

— Hum, não. A gente já fez isso.

Foi há cinco anos, quando meus pais se sentaram comigo e me explicaram o que era sexo, com ajuda de uma banana e uma camisinha. Foi informativo, mas algo que eu nunca mais quero escutar. Tipo, nunquinha.

— Você precisa que eu arranje alguma receita para qualquer coisa? — pergunta ele.

— Não tem garoto nenhum, pai — explico. — Eu não sei por que falei tudo aquilo mais cedo. Não sabia que você estava... Não era sério.

— Tudo bem se não era sério. Mas quero que você se proteja.

E é por isso que meu pai pode me matar de vergonha, mas também ser meio incrível. Ele não tem vergonha de me dizer como as coisas são (tanto ele quanto a minha mãe são adeptos de discursos grandiosos e inspiradores de tempos em tempos, em geral, sobre o quanto eu sou "especial" — é constrangedor), mas sempre dá um passo atrás e me deixa decidir o melhor plano de ação para mim mesma. Ele chama isso de "respeitar minha autonomia". Desse jeito, sei a opinião dele, mas o que faço é decisão minha.

— Eu... Eu estava pensando que seria legal ter um namorado — confesso. — Só isso.

Ele assente.

— Entendo. Você passou por muita coisa no último ano.

Mordo o lábio.

— Você não acha que é demais? Que não passo de um saco de carne cheio de hormônios, e que eu deveria esperar até... até as coisas sossegarem... antes de adicionar garotos à equação toda?

Ele bufa.

— E não somos todos sacos de carne cheios de hormônios? — Ele bagunça minha franja. — Na minha experiência, que, sim, sei que vai ser totalmente diferente da sua, grandes acontecimentos da vida acontecem quando estão prontos para acontecerem, não importa o que está rolando.

— O universo se desenrola como deveria — murmuro.

Ele assente com certa tristeza, porque pensa na mamãe.

— Então, é claro, tome cuidado. Tente fazer boas escolhas. Seja gentil. Não se esqueça de que sentimentos são apenas isso: sentimentos. Eles podem ser voláteis. Mas esteja aberta às possibilidades.

E esse foi o discurso inspirador do dia.

— Tudo bem. — Solto um suspiro dramático. — Me considere aberta às possibilidades.

Ele franze a testa.

— Mas não tem nenhum garoto *de verdade* por enquanto? Você só está falando de um garoto hipotético?

— Sim. Um garoto hipotético.

— Certo. — Ele se encolhe. — Eu nunca ameaçaria ninguém com uma arma. Foi uma piada.

— Eu sei.

— Acho esse negócio todo de arma totalmente absurdo.

— E você não tem uma arma — lembro.

— Bom argumento.

Eu dou um abraço rápido nele.

— Vou deitar, pai. Boa noite.

Ele dá um beijo no topo da minha cabeça.

— Boa noite, Bu. Espero que tenha tido um aniversário decente. Tem sobra de bolo na cozinha. Mas não é o melhor que já comemos, né?

— Definitivamente abaixo da média — concordo.

Eu me sirvo de uma fatia mesmo assim e vou para o quarto, onde me sento à escrivaninha por um tempo, beliscando a cobertura e passando tempo no laptop. Depois me arrumo para dormir e passo quase uma hora encarando o teto e girando meu anel novo no dedo, pensando no sentido da vida, dos aniversários, da faculdade, e na existência de garotos hipotéticos, o que parece mais do que bobo agora, considerando que a minha vida está totalmente inserida nessa bolha de ensino médio e teatro e hospital, e que é improvável que eu vá esbarrar aleatoriamente num cara novo. E isso me leva a contemplar a vontade geral do universo.

Esse universo estranho e não confiável.

O que me faz pensar na minha mãe biológica.

Eu sempre penso nela no meu aniversário. Provavelmente porque é a única coisa que sei com certeza sobre ela: que no dia 17 de setembro, há 18 anos, uma garota de 16 anos teve um bebê, e esse bebê era eu.

Era apenas um dos fatos sobre mim que cresci sabendo: tenho olhos azuis, minha cor favorita é roxa, gosto de pizza e sou adotada. Quando eu era pequena, meus pais me diziam que tinham me tirado de um pé de repolho. Conforme fiquei mais velha, meu pai começou a alegar que eu tinha sido deixada no quintal dos fundos por uma nave alienígena. Essas histórias eram brincadeiras, mas também englobavam a história verdadeira, aquela que eles me contaram várias e várias vezes, sobre um casal solitário que desejava desesperadamente ter um filho e uma jovem muito corajosa que queria dar uma vida melhor para o seu bebê. Sempre senti como se fosse um conto de fadas escrito especificamente sobre mim. Um conto de fadas com final feliz.

Mas a questão é essa, penso, franzindo a testa para o teto. Eu sou o fim da história. E nem mesmo sei o começo.

Tenho 18 anos. Sou adulta. Legalmente, pelo menos.

Levanto, vou até a porta do meu quarto e espio o corredor, onde vejo que meu pai finalmente foi dormir. Então fecho e tranco a porta e volto a abrir o laptop.

Como falei, penso sobre a minha mãe biológica. Quando tinha 6 anos, fui para uma escola bíblica durante as férias com a minha amiga Alice e eles nos contaram a história de Moisés e sua mãe, que trançou uma cesta de palha e o mandou boiando pelo rio na esperança de salvar a vida dele. Ou quando, durante um jantar na casa de outra amiga, aos 8 anos, olhei ao redor da mesa e notei que todos os membros da família dela tinham o mesmo nariz. Ou quando minha mãe me levou a um espetáculo da Broadway quando eu tinha 12 anos e a pequena órfã Annie cantou uma música sobre seus pais, perguntando-se se eles estavam por perto ou longe, perguntando-se se sua mãe tocava piano, se colecionava arte, se costurava. E, de repente, meu peito ficou apertado.

"Aposto que eles são bons", cantou Annie para a escuridão. "Por que não seriam? Seu único erro foi abrir mão de mim."

Foi aí que caiu a ficha. Minha mãe biológica estava por aí, em algum lugar. Então olhei para a minha de verdade, sentada ao meu lado, com uma expressão sofrida no rosto, mas que também parecia tentar ser forte, por mim, e espantei as lágrimas que tinham enchido meus olhos. Eu sorri. Porque não queria que ela sentisse que era assim que eu enxergava meus pais: como um lugar onde meus pais biológicos me largaram.

Depois disso, passei a pensar na mãe que me colocou no mundo com mais frequência. Nos aniversários. Ou naqueles momentos inevitáveis em que seus amigos começam a falar sobre as características que eles tinham herdado dos pais e queriam não ter: uma covinha no queixo ou um cotovelo com hiperextensão ou miopia. Sempre me incomoda como sei pouco sobre esse tipo de coisa — o que está à espreita nos meus genes, como existe todo um conjunto de informações sobre o qual sou totalmente ignorante. Então, há uns dois anos, a curiosidade venceu e fiz algumas pesquisas na internet, não exatamente para encontrar a minha mãe biológica, mas para descobrir quem ela era. Quem ela é.

E talvez, por consequência, quem eu sou.

Não encontrei nada. Mas lembro que havia alguma coisa sobre ter 18 anos e reivindicar minha certidão de nascimento original — não aquela mandada para os meus pais, com os nomes deles e o meu, igual a que eles me deram, mas a original. Aquela com o nome da minha mãe biológica.

Só preciso de um minuto para encontrar o formulário de requerimento de Idaho e o do condado onde nasci. Preencho a ficha e uso meu cartão de crédito emergencial para pagar a taxa. Meu dedo paira sobre o mouse antes de eu confirmar o pedido. Esperando. Empolgada. Assustada. Um pouco culpada, talvez, porque não sei como meus pais vão se sentir sobre isso, e eles têm muita coisa com que lidar nesse momento.

Mas eles não precisam saber.

Mordo o lábio. Fecho os olhos. Respiro fundo. Clico no botão de confirmar.

Eu só quero descobrir o nome dela, digo a mim mesma. Porque sempre penso na minha mãe biológica no dia do meu aniversário. Seria legal se eu pudesse dar um nome à imagem embaçada que tenho na mente, daquela adolescente que talvez se pareça comigo.

Eu me pergunto se ela também pensa em mim.

Querido X,

Eu de novo. Quem mais seria, né? Ontem à noite, depois do jantar, as garotas do dormitório, por algum motivo, começaram a falar sobre as cartas. Então Brit teve a ideia de todas nós lermos umas para as outras. Eu fui contra, mas perdi na votação. Isso é pressão social, na verdade. Anota isso. Pressão social nem sempre é para beber cerveja.

A carta de Brit era a mais longa. Ela tentou escrever a história da vida dela inteira e cada detalhezinho sobre quem ela é e como foi parar ali. Ela vai ter uma menina. Se não fossem pelas circunstâncias desfavoráveis — ela tem 13 anos e o pai é um treinador de vôlei casado (Brit parece que saiu de um programa de auditório) —, ela disse que ficaria com o bebê. Tem essa ideia de que, quando a garota fizer 18 anos, ela vai reencontrá-la e as duas vão continuar de onde pararam, mãe e filha, felizes pra sempre.

É óbvio que ela não é fã da realidade. Mas não falei nada. Ela é só uma criança.

A carta de Teresa parecia uma confissão: ela escreveu sobre Deus e seus pecados e como ela espera que seu bebê possa crescer sem desonra. O que fez todas nós ficarmos em silêncio por um tempinho.

Das quatro que moram aqui em Booth, a carta de Heather foi a melhor. Ela falou sobre como quer dar uma vida melhor para seu bebê e listou algumas coisas que seriam úteis saber, como que todo mundo da família dela fica corado quando está com vergonha, e que ela/ele não deveria ficar constrangido se for dessas pessoas que coram à toa, porque em algum lugar do mundo ela está do mesmo jeito também. Seu rosto estava vermelho-vivo durante todo o tempo que ela passou lendo a carta. Foi fofo.

Minha carta era a mais curta, e todo mundo concordou que era péssima. Impessoal. Inútil. Em outras palavras, fiz tudo errado.

"Você não falou nada que vá ajudar o bebê a conhecer você", reclamou Brit.

"Porque não quero ser conhecida", respondo. Sem ofensas, X, mas acho que é o melhor. Você segue seu caminho. Eu sigo o meu.

Brit me olhou cheia de pena. Como se ela se sentisse mal por mim.

"Você escreve bem", interveio Heather, obviamente corando. "Mas..."

Todas elas acham que tenho que reescrever minha carta.

Falei para elas cuidarem da própria vida e fui deitar. Não ia escrever mais nada. Eu não te devo minha história de vida ou alguma explicação. Não é assim que esse processo funciona. Estou dando liberdade a você e a chance de deixar tudo para trás. Um começo do zero para nós dois, na verdade. Não quero estragar tudo falando do meu passado.

Hoje tive um pouco de tempo livre no meu quarto e não parava de pensar nas cartas das outras garotas. Se eu fosse o bebê de Brit e lesse aquela carta longa e detalhada dela, eu entenderia tanta coisa. Talvez até mais do que gostaria. Mas isso me fez pensar de novo que eu gostaria. De saber. Eu gostaria de saber mais sobre a minha origem. O como e o porquê. A história.

Não quero que você sinta desonra, como Teresa escreveu. Não quero rotular você como um erro, mas você também não foi meu momento mais inteligente. Isso não é culpa sua. Você é uma coisa boa. Você não deveria sentir vergonha da maneira como veio parar nesse mundo.

E Heather estava certa no que escreveu sobre a família dela corar à toa. Tenho certeza de que haverá conexões entre nós, como corar, como ter propensão a cáries, esse tipo de coisa, que sempre vão estar ali, invisíveis, mas também inegáveis. Isso me faz pensar sobre você. As maneiras como você vai ficar parecido comigo, e nós nem vamos saber. As partes que vamos compartilhar.

Então, no fim das contas, talvez eu deva algo a você.

Um começo.

Sabe, quando um homem e uma mulher se amam muito...

Ha-ha. Bem, não é meu trabalho contar isso para você. Você tem 18 anos. Se ainda não sabe dessas coisas, não sou eu quem vai contar.

Se eu fosse você, no entanto, ia ficar curioso sobre o garoto que produziu você — o doador de esperma, por assim dizer. Ele nunca vai ser seu pai em nenhum senso da palavra, do mesmo jeito que eu nunca vou ser sua mãe, mas você deveria saber mais sobre ele do que a papelada vai informar você: que ele tem 19 anos, 1,85 metro de altura, olhos verdes e cabelo loiro.

Pois é, eu me apaixonei pelo cara mais velho. Sou uma idiota. Acho que concordamos nessa parte.

Vou chamá-lo de Dawson. Esse não é o nome verdadeiro dele. Tem uma série de TV que eu amava e do qual você provavelmente nunca ouviu falar, e ele se parece um pouco com o protagonista. Alto. Loiro. Mas o Dawson da TV curtia filmes, e o meu curte música.

Isso foi tudo por causa da música.

Então, em novembro no ano passado fui a show do Pearl Jam na Idaho Center Arena. Não me julgue se Pearl Jam estiver ultrapassado quando você estiver lendo isso. Eu amo essa banda. Amo tanto que paguei um rim por um lugar perto do palco. Então lá estou eu, e tem um lugar vazio ao meu lado. Eu noto esse garoto loiro se esgueirando pelo corredor, e dá para ver pela cara dele que ele está tentando achar um lugar melhor. Ele fica lançando olhares para o lugar ao meu lado, mas espera, espera até a banda de abertura começar. Ele espera até estarmos todos gritando — Matt Cameron está sentando atrás da bateria, Eddie Vedder está no centro do palco e Mike McCready e Stone Gossard vestindo a alça da guitarra —, então entra em ação e se apressa até o lugar ao meu lado.

Normalmente, eu não ligaria. Mas paguei muito pelo meu espaço. Fiquei numa fila ridiculamente grande para consegui-lo. Tive que implorar para o meu pai. Tive que prometer que não fumaria maconha, que é tudo o que o meu pai imagina que aconteça num show do Pearl Jam, pelo visto. Tive que ser uma fã assídua para conseguir esse lugar. Então eu me viro para o cara.

"Ei, posso ver o seu ingresso?", peço. "Acho que esse não é o seu lugar."

O som está alto. Todas as luzes do palco ficaram vermelhas. A banda está tocando. Eddie começa a cantar "Of the Girl". As pessoas gritam e comemoram e pulam para cima e para baixo com as mãos levantadas.

O cara loiro não me ouve. Ou finge que não ouve.

"Ei! Você! Esse lugar não é seu!" Eu pego no ombro dele.

Ele se vira. Sorri.

"Heavy the fall, quarter to four", *ele canta junto, como se direto para mim,* "fills his mind with the thought of a girl". *Ele olha nos meus olhos. Como se eu fosse a garota da música. Como se eu fosse o motivo para ele estar ali.*

Eu sei. Não deveria ter caído nessa. Mas ele é gato — espero que você acabe parecido com ele, porque, sinceramente, ele é um deus. As palavras ácidas que eu tinha planejado — o julgamento mordaz dessa babaquice de roubar o lugar conquistado com esforço por outra pessoa — morreram nos meus lábios. O cara continua sorrindo e cantando, e ele sabe as músicas de cor. As luzes ficam azul. A voz de Eddie nos envolve como uma serpente sedutora de delícia alternativa. Eu percebo que ainda estou com a mão no ombro do cara. Sua pele é quente sob meus dedos. Afasto a mão. O cara volta a olhar para o palco, ainda cantando. Não consigo escutar a voz dele acima da de Eddie, mas é como se eu conseguisse senti-la, e começo a cantar também, ondulando a mão no ar, e ficamos assim durante todo o show. Cantamos. Dançamos no ritmo das músicas. Olhando para Eddie, acima de nós, tão perto que conseguimos ver as gotas de suor na testa dele, nós cantamos e cantamos, dançamos, esquecemos de todo o resto, deixamos a música nos dominar.

Então, horas depois, o show acaba. Sinto como se estivesse acordando de um sonho. A banda sai do palco. As luzes se acendem.

O cara volta a me olhar. Diz seu nome. Eu digo o meu.

"Tem uma banda que você deveria escutar", diz ele, como se me conhecesse, enquanto saímos. "Você ia adorar o som. Eles vão tocar aqui" e anota um endereço num pedaço de papel para mim. "No próximo sábado à noite. The Sub. Às 21 horas."

The Sub deve ser um bar ou algo assim, penso. Eu não tenho idade para ir a bares.

"Beleza."

Espero ele me chamar para ir com ele ao tal bar assistir à tal banda. Mas ele não faz isso. Ele sorri, e eu noto de novo que seus olhos são verdes e ele tem um cheiro bom, tipo de sândalo e de fumaça de maconha, talvez — não conta para o meu pai, e não fuma maconha, criança, porque blá, blá, blá, é só dizer não —, e foi isso. Foi assim que conheci a pessoa que contribuiu para metade do seu DNA.

Pearl Jam.

Então agora você sabe como sua história começou. Com um cara que conheci aleatoriamente num show.

Espero que seja suficiente.

S

4

— Não olha — sussurra Nyla no meu ouvido —, mas tem um cara novo ali.

É uma manhã de sábado, e estamos sentadas no auditório da Bonneville High School, esperando para fazer um teste para *Caminhos da Floresta*, um musical que junta todos os contos de fadas. Ny e eu adoramos essa peça, e estamos desesperadas para fazer parte do elenco. Estou enjoada, o que não é nenhuma novidade. Esse é, tipo, o vigésimo teste que faço, mas continuo uma pilha de nervos.

Dou uma olhada ao redor, mas não vejo ninguém desconhecido.

— Cara? — repito. — Que cara?

— Eu disse para *não* olhar.

Ela tenta apontar com a cabeça.

Sigo o gesto, tentando olhar sem parecer que estou olhando, e é verdade: sentado na segunda fileira, com os tênis All Star verdes apoiados na cadeira da frente, está um garoto que nunca vi. Não sei por que precisei tentar ser sutil. Todo mundo no auditório está encarando-o descaradamente, fofocando, sussurrando. A cena teatral da Bonneville High School é composta por um grupinho pequeno e unido de alunos que se apresentam juntos peça após peça, semestre após semestre, ano após ano, então qualquer pessoa nova entre nós é digna de cochichos. Mas esse cara parece alheio à atenção recebida. Ele está focado em preencher o formulário do teste, debruçado sobre o papel enquanto escreve furiosamente, como se fosse uma inscrição para a Juilliard School.

— Olha, talvez ele até seja bonitinho — comento, por mais que seja difícil de dizer desse ângulo.

Estou vendo só as costas dele, mas sua cabeça tem um formato bonito. Cabelo escuro, despenteado. Calça jeans skinny. Tênis legais.

— E o mais importante: é do sexo masculino — diz Nyla.

— Amém.

É uma maldição dos teatros de ensino médio: eles têm, tipo, três garotas para cada garoto. Tanto Nyla quanto eu já cansamos de interpretar personagens masculinos porque não tinham garotos suficientes para preencher os papéis. Com sorte, esse cara novo é mais do que bonitinho. Com sorte, ele sabe atuar. E, levando em conta que essa produção é um musical de Sondheim e que a música é difícil pra caramba, com sorte ele também é afinado.

O falatório no auditório silencia quando a nossa professora de teatro — Joanna Golden, mas nós a chamamos de Mama Jo — atravessa o corredor e sobe no palco.

Solto um suspiro trêmulo.

— Não fica nervosa — ordena Nyla, num sussurro autoritário. — Se você ficar nervosa, também vou ficar. E, se eu ficar nervosa, não vou alcançar as notas mais agudas.

— Eu não estou nervosa — sussurro de volta. — Estou totalmente relaxada. Está vendo?

Eu abro um sorriso amarelo e aterrorizado para ela.

— Tá bom. Bom, não se esquece: estou aqui pra você, amiga — diz ela.

— Eu também.

Isso faz parte do nosso ritual de apoio pré-performance. Batemos com os punhos.

— Bom dia — cumprimenta Mama Jo, calorosamente. — Fico muito feliz em ver tantos de vocês. Essa produção é de grande escala, e vamos precisar de um elenco grande, então tenham paciência: temos muito o que fazer hoje. Certifique-se de que Sarah, a diretora de palco, esteja com o seu formulário de inscrição... Sarah, levanta a mão. Todo mundo está vendo? Então é só esperar seu nome ser chamado. Primeiro quero ouvir o que vocês prepararam para o teste musical. Só uma música por pessoa, por favor. Depois que eu ouvir todo mundo, vamos fazer uma pausa para o almoço, então vamos voltar e passar para os testes de elenco. Pode ser?

Há um coro fraco de "sim". Parece que estamos igualmente nervosos. Isso me tranquiliza. Estamos no mesmo barco do frio na barriga.

— Muito bem — diz Mama Jo. — Vamos começar.

Ela dá uma corridinha para se sentar ao lado de Sarah, que lhe entrega a primeira ficha da pilha, que obviamente pertence a:

— Nyla Henderson — chama ela em voz alta.

Sinto Nyla ficar tensa.

— Você consegue — falo, enquanto ela se levanta e passa por mim.

— Oi, Nyla — cumprimenta Mama Jo, quando ela chega ao meio do palco. — Que bom ver você.

Minha amiga sorri.

— Oi. Que bom ser vista.

Nós duas apresentamos, tipo, sete peças nesse palco desde o nono ano. Mama Jo nos conhece muito bem. O que tira um pouco da pressão, acho.

— O que você vai cantar para nós hoje? — pergunta a professora.

— "Memory" — responde Nyla. — De *Cats*.

A música começa a tocar, e Nyla canta. A princípio, sua voz é suave — tensa, apesar da marra —, mas então seus ombros relaxam e ela começa a cantar com vontade, alcançando todas as notas com firmeza, as agudas e as graves. E ela não canta simplesmente. Muita gente sobe ali e só canta, mas Nyla se transforma no personagem. Ela enche os versos de emoção. Ela acredita neles, e nos faz acreditar também.

É a escolha de música perfeita para essa plateia. Eu que sei. Ajudei Nyla a escolher, e estamos treinando há semanas. Mas mesmo que eu a tenha escutado, tipo, cinquenta vezes, não consigo deixar de prender o fôlego quando ela chega à última nota, com um tremor de lágrimas na voz. Quando a música termina, todo mundo se recosta de volta na cadeira num atordoamento silencioso.

— Uau, obrigada, Nyla — diz Mama Jo, depois de alguns segundos.

Palmas e gritos esporádicos vêm da plateia, inclusive de mim. Nyla desfila de volta para o lugar como se seu talento incrível não fosse nada de mais.

— Exibida — resmungo de brincadeira quando ela desaba na cadeira ao meu lado.

Mama Jo chama outra pessoa, e eu consigo respirar por alguns segundos.

— Como faço para ficar à altura *daquilo*?

— Isso não é problema meu — diz Nyla, então sorri e me abraça. — Você vai arrasar também. Sabe que vai.

Queria ter tanta certeza quanto ela, mas tudo bem. Nyla é incrível. Sendo honesta: ela é melhor do que eu. Sempre foi. Tento não competir com ela, mas acontece. Às vezes ela consegue o papel que eu queria. Às vezes consigo o papel que ela queria. Nós aprendemos a lidar com a inveja, "o monstro verde", como chamamos, e nos apoiar. Nas situações mais fáceis e mais difíceis. Sempre.

Escutamos mais umas dez músicas de outros alunos — todas boas, nenhum fracasso. Todo mundo parece dar o seu melhor. O que seria fantástico, se eu não estivesse competindo com todos eles por um papel. Toda vez que Mama Jo chama alguém que não sou eu, fico ainda mais tensa.

— Respira — sussurra Nyla.

— Queria ter ido primeiro. Como você teve tanta sorte? Quem você subornou?

— Relaxa, Cass. Você vai mandar bem.

— Você só está dizendo isso porque foi primeiro e se livrou. Você já se garantiu. Você... Calma aí.

Mama Jo chamou um nome que eu não conheço.

É o cara novo. Ele sobe os degraus até o palco tranquilamente, como se já tivesse pisado ali um milhão de vezes. Diz para Mama Jo que vai cantar "Stars", de *Les Misérables*, uma música no mínimo desafiadora, mas também uma das minhas favoritas. Ele tira um minuto para se alongar: estica os braços para cima, solta, gira a cabeça de um lado para o outro, sacode as mãos. Então a música começa.

— Gente — comenta Nyla, depois de um minuto. — O cara novo sabe cantar.

Eu o encaro. Ele não é grande — deve ter cerca de 1,75 de altura, e é magro —, mas tem uma voz potente. Suas notas chegam facilmente aos fundos do teatro. O começo da música é grave, mas suas notas não se perdem como às vezes acontece. Ele praticamente ronrona a música, e também sabe atuar. Conforme assistimos, é como se ele deixasse de ser um adolescente do ensino médio e virasse esse inspetor de polícia amargo e vivido que está determinado a pegar o prisioneiro fugitivo que vem caçando há anos. Então ele passa a cantar mais agudo, com um falsete à la Adam Levine que me deixa com arrepios pelo braço todo. Eu nunca tinha sentido arrepios sem ser de frio. Ele é bom assim.

— Eita — sussurra Nyla. — O cara novo *realmente* sabe cantar. Como ela disse que ele se chama mesmo?

— Sebastian — respondo. — Sebastian Banks.

— *This I swear by the stars!* — canta Sebastian Banks, prolongando a última nota com firmeza e perfeição. Então o adolescente do ensino médio volta, faz uma leve reverência e sai depressa do palco.

Nyla assobia.

— Cacilda. Ainda bem que ele não está concorrendo a nenhum dos papéis femininos.

Balanço a cabeça, estupefata.

— Eu odiaria ir depois dele.

— Cassandra McMurtrey? — chama Mama Jo.

Fecho os olhos.

— Ah, bosta. — Outra palavra melhor surge na minha cabeça, mas eu sempre tento não xingar na frente de Nyla, que evita, ao máximo, falar palavrão. Sinto a garganta apertada. Mau sinal. Não sei como vou conseguir alcançar qualquer nota assim.

— Hum... você consegue? — tenta Nyla.

— Eu consigo — repito, então respiro fundo e vou em direção ao palco.

5

— Você destruiu — informa Nyla, cinco minutos depois, quando eu cambaleio de volta ao meu assento.

— Valeu.

Espero que eu tenha destruído de maneira positiva. Não sei como me saí. Minha mente sempre se recolhe para um espaço em branco quando subo no palco, quase inconsciente. Mas acho que deu tudo certo. Talvez eu não tenha sido tão impressionante quanto Sebastian, nem tenha feito uma apresentação de tirar o fôlego como a de Nyla. Mas me saí bem. Bem o bastante. Espero.

Os testes de voz devem ter acabado, porque vejo que Mama Jo voltou ao palco.

— Muito bem, senhoras e senhores, vejo vocês de volta às 14 horas, prontos para a leitura do roteiro.

Nyla assente para alguns dos nossos amigos, tipo "Lucy's?", e eles assentem de volta, tipo "Claro, nos vemos lá", e ela pega a jaqueta e a mochila.

— Vamos almoçar?

— Calma aí — respondo. — Quero falar com o cara novo.

Ela me segue até a fileira da frente, onde Sebastian Bank está agachado, amarrando um dos cadarços do All Star. Espero ele se levantar, sem jeito. Então abro um sorriso.

— Oi.

— Olá — diz ele, sorrindo de volta, um pouco tímido.

— Sebastian, certo?

— Pode me chamar de Bastian. E você é... — Ele me encara como se tentasse lembrar de onde me conhece. — Cassandra.

— Pode me chamar de Cass.

Ele lança um olhar para Nyla.

— Ah, meu nome é Nyla — explica ela. — Pode me chamar de Nyla.

Eu sou a única com permissão para chamá-la de Ny. Ela diz que as pessoas são preguiçosas quando encurtam o nome dela, como se não pudessem se dar ao trabalho de pronunciar mais de uma sílaba, mas deixa passar comigo.

— Cass e Nyla. — Sebastian se curva de leve. — Prazer em conhecê-las.

E, simples assim (*bam*), conheci um cara novo.

— Você é incrível — deixo escapar. — Quer dizer, você foi incrível. Lá em cima. Mais cedo.

— Sim, ficamos impressionadas — concorda Nyla.

— Obrigado.

Ele continua me encarando. É meio intenso.

— Você é novo aqui — falo, mas é claro que ele sabe disso. — Quer dizer, a gente nunca viu você aqui. No teatro.

Ele assente.

— É, participei de algumas peças no meu colégio antigo, então pensei que poderia tentar aqui. Além disso, amo *Caminhos da Floresta*. Não resisti.

Estou assentindo tanto que vou acabar dando um mau jeito no pescoço.

— Eu também. Mataria alguém para fazer essa peça. Quer dizer, não literalmente, mas... Você entendeu. Matar metaforicamente.

Nyla também passou a me encarar, mas como se eu estivesse maluca.

— Enfim — diz ela, lentamente —, foi ótimo falar com você, Bastian. É melhor a gente...

— Você gosta de pizza? — pergunto para ele. — A gente vai almoçar no Lucy's com uma galera. Quer ir?

— Hum, claro. Por que não? — responde ele.

Nyla me lança um olhar intenso enquanto seguimos pelo corredor em direção ao estacionamento. Ela ama pizza, provavelmente, mais do que me ama, para ser sincera, mas chamei esse cara para sair com a gente antes de consultá-la. O que significa que quebrei uma das nossas regras sagradas: amigas antes de caras.

— É sério? — sussurra ela para mim, enquanto nós três nos esprememos dentro de Bernice. — O que acabou de acontecer?

— Foi mal — sussurro de volta. — Eu deveria ter perguntado.

— Tudo bem, eu acho — responde ela, mas começa a cantarolar a melodia de "Jesus, Take the Wheel" no caminho até a pizzaria.

— Que carro fantástico — comenta Bastian do banco traseiro. — Qual é o modelo?

— É um Buick Regal — responde Nyla, num tom ligeiramente mais simpático, porque nem ela consegue resistir quando alguém elogia o carro precioso dela. Mandou bem, cara novo. Mandou bem.

— O seu carro tem nome? — pergunta ele com um sorrisinho. — Me diz que tem.

Nyla ergue o queixo de leve.

— O nome *dela* — diz Nyla, em tom grandioso — é Bernice.

Encontramos com Ronnie, Bender e Alice no Lucy's e comemos a referida pizza, depois vamos de carro até uma Starbucks próxima para um café necessário (menos para Nyla, que não bebe café por motivos religiosos) e, ao final disso tudo, já descobrimos que Bastian mora na zona oeste de Idaho Falls (enquanto todos nós moramos na zona leste), que ele é do último ano, mas novo em Bonneville (seu colégio antigo é o Skyline, do outro lado da cidade), que é obcecado por musicais clássicos, que tem três pares de All Star de cores diferentes e que ama Pumpkin Spice Latte.

E ele continua me encarando.

— Tem alguma coisa no meu rosto? — pergunto, finalmente.

Ele balança a cabeça e ri.

— Não. Estou tentando descobrir de onde eu conheço você.

— Ah.

Então ele estava me encarando porque pensou que me conhecia. Ou talvez isso seja algum tipo de flerte. Meio que torço para ser.

— Talvez você já tenha visto a Cass numa peça — sugere Ronnie.

Ela passou o almoço todo sorrindo e suspirando para Bastian, praticamente dando piscadinhas românticas para ele.

— Nunca vi nenhuma peça de Bonneville — diz Bastian.

— Ela também faz teatro comunitário — adiciona Bender, prestativo.
— Cass fez Anne, de *Anne of Green Gables* nesse verão. O cabelo dela estava vermelho-vivo. Foi imperdível.

— Não assisti — admite Bastian —, apesar de que agora queria ter assistido.

Prendo uma mecha do meu cabelo recém-pintado de castanho atrás da orelha e tento pensar numa resposta inteligente, mas nada me vem à cabeça, exceto:

— É, teria sido... maneiro.

Quem sequer ainda fala *maneiro*? Meu pai, talvez. Affe.

Bastian continua me encarando.

— É sério, eu poderia jurar que já vi você em algum lugar.

Dou de ombros.

— Talvez eu seja uma dessas pessoas com rosto comum.

— Você participa da competição estadual de teatro? — intervém Nyla. — Cass e eu fazemos uma cena todo ano. Na verdade, somos as atuais campeãs.

Batemos os punhos.

Bastian dá uma risada.

— Não, foi mal. Nunca fui.

— Você super deveria ir — diz Alice, com a voz mais aguda do que o normal.

É constrangedor o jeito como estamos puxando o saco do cara novo. Somos mesmo sacos de carne cheios de hormônios.

— Eles oferecem uma bolsa incrível para o vencedor do último ano. Dez mil dólares por ano para a faculdade que você quiser — explica Alice.

Ele arregala os olhos.

— Vou dar uma pesquisada. Pagar a faculdade está no topo da minha lista de afazeres dos últimos tempos.

— Da minha também — concorda Alice.

— Com certeza — diz Ronnie com uma risadinha.

— E você? — pergunto para mudar de assunto. — Tipo, que peças você tem feito?

— Deixe-me ver. — Ele apoia o queixo na mão. — Na primavera passada participei de *Charlotte's Web*. Fiz o papel do porco.

Dou uma risada.

— O papel do porco não é o principal?

— É — admite ele. — E, na verdade, foi meio incrível fazer uma peça infantil. Adorei fazer as crianças rirem.

— O que mais você fez? — pergunta Ronnie.

Ele dá um gole no café e pensa por um minuto.

— Fui Joseph de *Joseph and the Amazing Technicolor Dreamcoat*. E Biff de *Death of a Salesman*. E Tony em *West Side Story*.

— Mentira. Eu fui a Maria de *West Side Story* — comenta Nyla, arquejando de surpresa.

— Ela foi incrível — comento.

— Fui mesmo — diz Ny.

Foi mesmo.

— Eu acredito — fala ele. — Você tem uma voz resplandecente.

Estudo o rosto de Nyla. Semana passada mesmo ela me contou que, por mais que as pessoas estejam sempre elogiando a voz maravilhosa dela, elas sempre parecem sugerir que seu talento vem da cor da sua pele. "É tipo, é claro que *ela* sabe cantar", falou ela. "Como se todas nós devêssemos ser a Aretha Franklin." É uma das muitas razões para Nyla estar determinada a fazer faculdade em algum lugar grande e diverso e dar o fora dessa cidadezinha de Idaho.

Mas esse elogio é completamente diferente. Até Nyla fica um pouco atordoada. Ele acabou de dizer que a voz dela é *resplandecente*. Uau.

— Valeu — responde ela, com a voz suave.

Bastian olha ao redor da mesa.

— Então, quem vocês querem ser em *Caminhos da Floresta*? Que papéis vocês querem?

— Chapeuzinho Vermelho — responde Alice.

— Rapunzel — diz Ronnie.

— O padeiro — afirma Bender.

— Cinderela — declaramos Nyla e eu ao mesmo tempo.

Ele olha de uma para a outra.

— Oh-oh.

— Imagina, está tudo bem — diz Nyla.

— Ficamos de boa com qualquer resultado — concordo. — Que papel você quer?

— O príncipe da Cinderela — admite ele com uma risada.

— Você deveria fazer o Jack, com uma voz dessas. — Ronnie tomba a cabeça de lado. — É o melhor papel para cantar.

— Eu até que gosto do Jack. *There are giants in the sky* — canta ele, alto o bastante para fazer as pessoas ao redor lançarem olhares estranhos. — Mas não, quero o príncipe. O príncipe é divertido e, pode acreditar, eu arraso de legging.

Sem dúvida. Sorrio. A essa altura, eu sorriria para praticamente qualquer coisa que ele dissesse. É óbvio que não estou me saindo melhor do que Ronnie e Alice nesse quesito. Ele é inegavelmente bonitinho, mesmo de frente. Tem uma ótima voz. Tem senso de humor. Também é nerd de teatro. E não está encarando Ronnie nem Alice, está?

Não. Ele está me encarando.

Ele está interessado (pelo menos, *acho* que está interessado, se eu estiver interpretando bem) na *minha* pessoinha.

Acabei de dizer que estava pronta para arranjar um namorado, e *plop*. Sebastian Banks cai do céu.

Hum, obrigada, universo?

— Não tem como não amar um homem de legging — comento, com uma risadinha nervosa.

Mas Nyla não está caindo nessa, resplandecente ou não. Ela revira os olhos para mim com a maior sutileza possível e se vira para Bastian com um tom pragmático.

— Então, por que você mudou de escola?

Ele a encara.

— O quê?

— Você estudava em Skyline, mas agora está em Bonneville. Por quê?

Ele desvia o olhar.

— Ah. Confia em mim, é uma história longa e entediante. Aconteceu um negócio.

— Um negócio — repete ela.

— Na escola. Eu... — Ele suspira. — É uma longa história.

— Nossa, que resposta incrivelmente genérica — comenta Ny.

Dou um cutucão nela com a perna por baixo da mesa. Nyla é sempre direta e, na maioria das vezes, acho revigorante, mas, nesse momento estou achando grosseiro. Quem liga para o motivo de ele ter mudado de colégio? Com certeza não é da conta de Nyla. A gente acabou de conhecer o cara.

— Nossa, olha a hora. — Bastian finge olhar o relógio, como se o súbito interrogatório dela fosse uma piada. — Será que não é melhor a gente voltar?

Bender olha o celular.

— É, na verdade, é melhor a gente ir.

— Está na hora de botar pra quebrar. — Nyla gira a cabeça de um lado para o outro como se estivesse se preparando para uma luta. E talvez esteja.

Bastian prende o riso ao ouvir a versão amenizada de "botar pra foder". É engraçado, eu sei, como Nyla troca os palavrões por outras palavras. Às vezes é fácil esquecer que ela é mórmon, até que ela diz algo tipo *cacilda* ou *porcaria* para me lembrar. Mas essa é uma das coisas que eu amo sobre ela: sua combinação estranha de menina boazinha e marrenta.

— É, vamos lá. — Eu dou um último gole no café enquanto todo mundo se levanta num pulo. — Vamos botar pra quebrar.

A tarde passa num borrão. Lemos as falas de diferentes personagens e cantamos com o piano e subimos e descemos do palco tantas vezes que fica difícil de acompanhar quem está fazendo o quê. Quando os testes terminam, Nyla e eu passamos um tempo juntas (só nós duas dessa vez) na Barnes & Noble do shopping, onde ela pega no meu pé por causa de Bastian.

— Você é tão previsível — diz, enquanto andamos por entre as estantes de livros. — Nem vai fazer papel romântico com o cara... ainda não, pelo menos... e já está a fim dele.

— Não estou nada — protesto. — Não estou a fim de ninguém. Ronnie e Alice estão... Tipo, você viu como elas estavam babando em cima dele? Eu, não. Tenho uma coisa chamada dignidade.

Nyla cruza os braços.

— Aham. Mas você sempre se apaixona pelo protagonista.

— Não me apaixono nada. — Estou me sentindo um disco arranhado. — Não... sempre.

Ela me lança um olhar sério e começa a contar exemplos nos dedos.

— Gilbert, em *Anne of Green Gables*. Mike, em *Wait Until Dark*. Elwood P. Dow, em *Harvey*, que foi uma avaliação epicamente ruim da sua parte, porque aquele cara fumava. E agora... — Ela dá um suspiro melodramático e pisca de maneira sonhadora. — *Bastian*.

— Ei. Acabei de conhecer ele — digo. — Ele pode acabar se mostrando um babaca completo.

— Que bom. Fico feliz em ver que está sendo sensata.

Ny pega um livro e o vira para ler a quarta capa.

— Não julgues um livro por sua capa muito, muito gata, Cass. Está em algum lugar da Bíblia.

— Então você concorda que ele é gato.

— Ele não é... horrível — responde ela, suavemente.

O que eu tiro disso é que ela também o acha bonito. O que só significa que ela não é cega. Mas Nyla é mórmon, e Bastian não, ao menos julgando pela quantidade absurda de café que ele tomou na hora do almoço. Então ele está fora dos limites. Nyla não sai com ninguém que não seja da igreja dela. Na verdade, ela não sai com quase ninguém. Sempre diz que não tem tempo para garotos.

Meu telefone apita, seguido pelo de Nyla, e nós nos olhamos com nervosismo. Só pode ser o e-mail com a lista de atores escalados. Nosso destino foi decidido.

— Estou aqui pra você — diz ela.

— Eu também — respondo, respirando fundo.

Desbloqueamos os celulares ao mesmo tempo.

O nome de Nyla é o primeiro da lista.

Ela pegou o papel da Cinderela. O monstro verde imediatamente rola para fora da cama, tipo, COMO É QUE É?. Eu o ignoro e continuo lendo a lista, aliviada ao encontrar meu nome mais para baixo.

Ao que parece, eu sou a esposa do padeiro.

— É um papel incrível — comenta Nyla depressa. — Eu amo a esposa do padeiro. Tem gente até que diz que ela é a protagonista feminina.

— Não tem protagonistas de verdade nessa peça — respondo. — É uma mistura de várias histórias. E estou feliz por você ter conseguido a Cinderela. É um ótimo papel de canto, e você é a que canta melhor.

— A esposa do padeiro passa a maior parte da peça no palco — insiste Nyla. — Bem, é verdade que ela é morta no segundo ato. Mas tem aquele solo maravilhoso. E volta meio como se fosse um fantasma.

— Eu sei.

— Você está... — Ela faz uma expressão assustada. — Decepcionada? Um pouco.

— Não — respondo sem um segundo de hesitação. — Eu gosto da esposa do padeiro.

— Então estamos bem?

— Estamos bem. E, ei, olha isso, Ronnie é a Rapunzel, Bender é o padeiro e Alice é a Chapeuzinho Vermelho. Tudo está oficialmente certo com o mundo — informo.

— E o cara novo? — pergunta Nyla. — Com que papel ele ficou?

Volto a erguer o celular.

— Ahá! O príncipe da Cinderela. E ele também foi escalado como lobo. Acho que esses papéis são sempre feitos pelo mesmo ator.

— Ah — diz Nyla, num tom esquisito.

Não sei muito bem qual é o problema dela.

— É o papel que ele queria, não é?

— Aham.

Ela fica estranhamente quieta, ainda mais visto que conseguiu o papel que queria. Então eu junto dois mais dois: Nyla vai ser Cinderela, e Bastian vai ser o príncipe da Cinderela.

Eles vão ser o par romântico principal.

O monstro verde volta para zombar de mim. Não é bonito. Mas tento ignorar a pontada de ciúme. Não seja mesquinha, Cass. Veja a situação pelo ponto de vista de Nyla. Ela deve estar surtando, porque cenas de beijo são constrangedoras. Mesmo se você gosta do cara. Eu que sei: meu primeiro beijo foi numa peça. Foi *muito* constrangedor. Mas a Cinderela beija mesmo o príncipe? Tento lembrar.

— Acho que você não precisa beijar Bastian, Ny. Está tudo bem.

Ela dá um risinho pelo nariz.

— Não sou *eu* quem precisa beijar.

Calma aí. O quê? Arquejo e dou um tapa na testa.

— Calma aí. Calma, calma, calma. A esposa do padeiro tem um caso com o príncipe da Cinderela!

— Aham — confirma ela baixinho, prolongando o *m*.

Agarro minha cabeça.

— *Eu* vou ter que beijar ele! Vou ter que praticamente agarrar ele. No palco. Na frente de todo mundo.

Ela ergue as sobrancelhas.

— Pois é. Que bom que você não está a fim dele, hein?

Sinto um monte de coisas ao mesmo tempo: pavor, empolgação, vontade de rir, vontade de comprar um hidratante labial decente. Eu me lembro que isso é só uma peça. Não é a vida real. Mas parece bizarramente real no momento. Eu e o cara gato. Sentados numa árvore. B-E-I-J-A-N-D-O.

— Só não esquece — diz Nyla, balançando o dedo para mim. — Amigas antes de caras.

6

— Como foi? — pergunta meu pai quando chego em casa. — Sua mãe já ligou três vezes querendo saber do teste.

Fato interessante: *Caminhos da Floresta* por acaso é a peça favorita da minha mãe. Quer dizer, qualquer espetáculo cujo protagonista é um *padeiro* já vai ganhar muitos pontos com ela. Ela deu gritinhos de empolgação quando contei qual seria a peça do outono. Até disse que vai ser o ponto alto do ano dela ou algo assim. Sem pressão.

— Ela poderia ter *me* ligado — argumento. — Eu tenho um celular, sabe.

— Ela não quer importunar você. Mas, obviamente, não tem problema nenhum em me importunar. — Ele estende as mãos como se esperasse que eu as enchesse com alguma coisa. — Mas e aí, como foi?

Dou um sorriso triunfante.

— Consegui o papel da esposa do padeiro.

— Achei que quisesse fazer a Cinderela — comenta ele, franzindo a testa.

— A Cinderela é legal.

Nem sei por que Nyla queria o papel da Cinderela, para ser sincera. A bruxa tem as melhores músicas, e é marrenta e tal — definitivamente a cara de Nyla, mas acho que também poderia ser meio que um estereótipo. Nyla queria a Cinderela, e Mama Jo sempre leva o que queremos em consideração.

— Mas a esposa do padeiro é a protagonista — informo ao meu pai, com a voz suave.

— Então tá — diz ele. — Estou orgulhoso de você, Bu.

— Valeu, pai. — Dou um abraço nele.

Ele descansa o queixo no topo da minha cabeça por um minuto, então me afasta e me olha.

— E Nyla? Como ela foi? — Ele se encolhe. — Foi *ela* quem conseguiu o papel da Cinderela?

— Foi. Mas estou super de boa. Ela mandou muito no teste.

— Que bom. — Ele deve achar que estou decepcionada e tentando me fazer de forte, então muda de assunto. Eu o amo por isso. — Está com fome? Posso preparar alguma coisinha.

— Comi mais cedo. Preciso capotar. Passei o dia todo numa onda de adrenalina.

— Vai lá — responde ele. — Mais tarde passo para checar se você está viva.

Começo a me arrastar até o quarto, mas ele me chama.

— Ah, querida, isso chegou para você hoje.

Eu me viro. Ele está segurando um grande envelope.

Sei o que é no instante em que vejo. É do Departamento de Saúde e Bem-Estar de Idaho.

Minha certidão de nascimento. Quase tinha esquecido que a solicitei.

— Ah. Ok. Obrigada — murmuro, com a voz rouca, enquanto volto para pegar o envelope.

— Aliás, você sabe o que é? — pergunta ele, lendo o envelope. — Tem cara de oficial.

Pânico.

— É minha certidão de nascimento. Eu solicitei uma cópia.

Ele franze a testa.

— Para que você precisa da sua certidão de nascimento?

Minha mente dá voltas. Penso na expressão do meu pai se eu contar a verdade: que estou interessada em descobrir quem é a minha mãe biológica. Que o envelope na mão dele traz a resposta. É quase certo que ele vai contar para a mamãe.

Nem consigo imaginar a cara dela.

Então eu minto.

— É para as inscrições de faculdade — gaguejo. É a primeira resposta que me vem à mente.

Meu estômago dá um nó. Essa é a primeira vez que eu minto na cara do meu pai, tirando aquela vez em que eu tinha, tipo, uns 2 anos e falei que foi o meu patinho de borracha que fez cocô na banheira, uma história que meus pais nunca vão deixar morrer.

Ele abre um sorrisinho.

47

— Então você finalmente começou, hein? Graças a Deus. Achei que eu fosse precisar escrever sua carta de apresentação por conta própria. E sou péssimo de ortografia.

Meu estômago dá mais um nó. Até a minha conselheira escolar tem estado no meu pé sobre isso. "Passa aqui, Cassandra, e entrego para você alguns panfletos!", repete ela toda vez que eu passo na frente da diretoria esse semestre. "Você precisa tomar umas decisões importantes. Em breve."

— Bem, estou me preparando para as inscrições — respondo ao meu pai.
— Os prazos finais são só em novembro ou dezembro, mas quero me adiantar. Nyla e eu estamos pensando no que fazer para os vídeos de avaliação.

Isso tudo é verdade, mais ou menos. Quer dizer, eu *deveria* estar me preparando para as inscrições de faculdade. Nyla vem falando sobre vídeos de avaliação. E é possível que me peçam uma cópia da minha certidão de nascimento.

— Para onde você quer se inscrever? — pergunta papai, ainda sorrindo.
— Quero ouvir a lista, é claro, mas qual é a sua primeira opção?

— Hum... — Sei que ele quer que eu diga Boise State, mas não consigo sorrir e assentir dessa vez. Então dou a resposta verdadeira. Meio que escapa. — Juilliard.

— Certo — fala ele, depois de uma longa pausa. — Certo. Você sempre gostou de Juilliard. — Ele abre um sorriso amarelo. — Em Nova York. Essa Juilliard.

— Só tem uma Juilliard, pai.

— Certo. Hum. Bom para você, Bu. Vai lá... Vai lá conquistar o mundo.
— Ele me entrega o envelope. — Dorme um pouco.

Ele segue em direção à cozinha.

Entro no meu quarto e fecho a porta com cuidado. Não quero trancar, porque meu pai pode escutar, e então ele vai saber que tem alguma coisa acontecendo. Coloco o envelope na escrivaninha e o encaro como se, de alguma forma, fosse capaz de ler o que está do lado de dentro sem abrir. Abri-lo parece uma traição àqueles que me amam.

Eu sou quem eu sou, afinal. Um nome não vai mudar isso.

O nome dela.

Talvez o meu nome — o original, o que eu tinha antes de os meus pais escolherem outro.

Suspiro e pego o envelope. É mais pesado do que imaginei.

Não passa de papel, digo a mim mesma. Papel e tinta.

Mas também é uma resposta a uma pergunta que eu venho silenciosamente me fazendo a vida toda.

Abro o envelope, tomando cuidado para não rasgar, e deslizo a certidão para longe das folhas de papelão que a protegem.

Então respiro fundo e tento reunir coragem para ler o que está escrito.

Querido X,

Melly ficou surpresa quando entreguei a segunda carta para ela. Expliquei que a primeira era uma droga, então a segunda era tipo um P.S., e ela pareceu chocada, mas então disse que achava que tudo bem. Não tem regra sobre uma carta só. Ela disse que eu poderia escrever quantas eu quisesse.

Eu respondi: "Não, obrigada. Estou de boa com as duas."

Começar do zero, certo?

Mas estou com tempo livre no momento. E não tenho muito mais para fazer.

Heather foi embora. Essa é a grande novidade por aqui.

Ela se senta bem do meu lado na aula de álgebra. Não usamos carteiras aqui, porque seria difícil espremer nossos barrigões atrás da mesa, mas temos uma série de mesas dobráveis que costumamos dividir entre duas ou três alunas. E todo dia, no primeiro tempo, que é Álgebra II para mim, eu me sento ao lado de Heather.

Menos hoje.

"Cadê Heather?", perguntei, quando ficou claro que ela não apareceria.

"O que você deveria fazer quando tem uma dúvida?", respondeu a srta. Cavendish. Ela não é uma professora ruim, só do tipo tímido e com cara de bebê que acha

que só é capaz de manter a autoridade sendo obcecada por regras. É seu primeiro ano dando aula, o que é óbvio.

Levanto a mão.

"Sim, querida?"

"Cadê a Heather?"

"Foi para o St. Luke's. A bolsa dela estourou hoje de manhã. Ela já pode ter parido a essa hora", informou a srta. Cavendish. "Não é maravilhoso?"

Eu não sei o que é, mas maravilhoso não parece a palavra certa.

É claro que as outras garotas começam a conversar entre si. É sempre um grande acontecimento quando uma de nós dá à luz. Queremos saber todos os detalhes. Quando ela começou a sentir as contrações? Doeu muito? Mas muito mesmo? Numa escala na qual um é dar uma topada com o dedinho de pé e dez é cortar o pé fora, o quanto doeu? Ela tomou anestesia ou tentou ser durona? Ela acabou tendo que fazer uma cesariana? Vai ficar com uma cicatriz enorme? Foi atendida por uma médica ou um médico? Quanto tempo passou em trabalho de parto? Por quanto tempo empurrou? Ela fez cocô na mesa? Teve que tomar ponto depois? Gritou e chorou? Não, sério, doeu muito?

Normalmente, a gente só consegue respostas para essas perguntas tão importantes bem mais tarde, é claro. Todas as garotas recebem duas semanas de licença-maternidade antes de voltar para a escola. Mais, se for cesariana. A gente gosta de especular. Para passar tempo.

Então a srta. Cavendish voltou a explicar funções, e o resto da turma continuou sussurrando sobre Heather. Fiquei pensando que o meu quarto é bem do lado do dela, e que eu não tinha escutado um pio dela hoje de manhã. Nem um gemido, choro, respiração pesada nem nada do tipo. Deve ter acontecido bem cedo. E eu devia estar apagada de verdade.

Mas então escutei essa garota, Amber, dizendo uma grosseria.

Para começar, eu nunca gostei de Amber. Ela é uma dessas garotas que age como se devesse receber uma medalha por estar aqui. E está sempre falando sobre os próprios planos. Ela vai ficar com o bebê e, depois que ele nascer, vai tirar uma licença de cabeleireira ou sei lá o que e cortar o cabelo das pessoas até conseguir economizar o suficiente para a faculdade, para virar contadora. Porque sempre vai existir demanda para contadores. O que, beleza, não é o pior plano que já ouvi. Bom para ela, não é? Vai ser contadora. Aproveita seu sonho.

O problema é que eu tenho álgebra com ela, e a garota é péssima em matemática. No dia em que ela virar contadora, eu vou ser cientista espacial. Ou seja, nunca.

E essa garota não. Para. De. Falar.

Sobre como ela vai ser a mãe do ano: fraldas de pano, pomada orgânica... a coisa toda.

Sobre como ela nunca conseguiria nem pensar em dar seu bebê para adoção. Nem por um segundo. Ah, não.

Sobre a "rede de apoio" dela, que conta com seus pais e avós e amigos obviamente incríveis, que vão ajudá-la a criar o tal bebê. Ninguém cria uma criança sozinha, certo?

Sobre os benefícios do leite materno e a mais nova bomba de leite do mercado.

Resumindo, Amber é mala. Mesmo em dias bons, eu preciso de muito autocontrole para não socar a cara dela.

Então ela estava sentada ali, sem escutar o monólogo da srta. Cavendish sobre matemática, tagarelando sobre Heather, quando eu ouço as seguintes palavras: "Fico me perguntando se Heather sequer vai querer segurar o bebê no colo. Talvez ela peça para as enfermeiras levarem ele embora logo que nascer."

Contraio meu maxilar.

Ela não acabou. "Quer dizer, como segurar o seu bebê e depois abrir mão dele? É isso que não consigo entender. É o seu bebê. É parte de você. Eu nunca conseguiria fazer isso."

Contei até dez. Melly vem tentando me ensinar a contar para controlar o temperamento. Às vezes sou cabeça quente, e a gravidez não ajuda. Mas dessa vez não deu certo. Eu não parava de pensar na carta de Heather e no quanto ela obviamente se importa com o seu bebê. O negócio sobre corar à toa. O que ela escreveu sobre uma vida melhor.

"É tão egoísta", continuou Amber. "Ela vai entregar o bebê dela para um estranho só para poder voltar para sua antiga vida e, tipo, encher a cara em festas e agir como se isso nunca tivesse acontecido."

Em segundo lugar, não consigo imaginar Heather numa festa. Ela toca flauta na banda do colégio. Não que flautistas não possam ir a festas, mas não consigo imaginá-la cambaleando por aí com um copo de plástico vermelho na mão, rindo da piada sem graça de um cara. Heather tem uma camada de... não sei... dignidade. Não é o tipo de garota que vai a festas descontroladas.

Eu sei bem disso. Eu sou o tipo de garota que vai a festas descontroladas.

"Me faz um favor, Amber", falo baixinho.

Ela parece surpresa. Eu não falo com ela normalmente.

"O quê?"

"Cala a droga da boca."

Tudo ficou total e perfeitamente silencioso por uns cinco segundos. Achei que talvez tivesse funcionado. Talvez ela calasse a boca.

"Qual é o seu problema?", respondeu Amber, enfim, ainda meio cochichando.

"Por que você precisa ficar esculachando a garota?", argumentei. "Você nem conhece ela."

"Ah, e você conhece?"

Bem, não. Tipo, eu e Heather não somos amigas. Não exatamente. Mas sou vizinha de porta dela há dois meses. Eu a conheço bem o bastante para saber que a palavra "egoísta" não deveria ser empregada.

Alguém pigarreou com timidez. A srta. Cavendish tinha virado e estava tentando nos controlar com um olhar feio.

"Sem conversa, meninas. Foco, por favor. Muito bem, alguém tem alguma pergunta sobre a função das funções?"

Amber abriu um sorrisinho sarcástico para mim. Como se tivesse ficado com a última palavra.

Levantei a mão.

"Sim, querida?"

"Você pode, por favor, pedir pra Amber calar a droga da boca?"

"Ai, meu Deus." Amber também levantou a mão. "Você pode perguntar pra ela por que ela tem que ser uma vaca o tempo todo?"

Em terceiro lugar: eu não gosto de ser chamada de vaca. Por que as pessoas sempre pulam direto para essa palavra? Que falta de imaginação. Além disso, eu gosto de vacas. Em nome dos bovinos do mundo, eu me ofendo. Quer dizer, eu não gosto de Amber, mas não a chamaria de vaca. Eu diria mais que ela é uma babaca limitada.

"Por que sou a vaca quando é você que não para de mugir?", ataquei. Achei que foi uma resposta muito boa.

Amber se levantou. A barriga dela é enorme, então ela precisou de um minuto. Além disso, ela é maior do que eu. Quinze centímetros mais alta. Ombros fortes. Sinceramente, não consigo imaginá-la trabalhando como contadora. (Na verdade, isso não é justo. Acho que contadores podem ter todas as formas e todos os tamanhos.)

"Vaca", xingou ela de novo, o que fez as outras garotas darem gritinhos empolgados.

Ah, merda, pensei. Não posso ficar sentada aqui e não falar nada. Eu me levantei também. *"Tampão mucoso", falei.* Um pouco de insulto de gravidez.

"Meninas!" A srta. Cavendish olhava de uma para a outra. Sua voz tremia de leve. "Meninas, parem com isso."

"Você se acha especial, não acha?", perguntou Amber com uma voz indiferente. "Morando aqui, mas agindo como se estivesse acima de tudo isso. Todo mundo sabe quem é você. Seu pai, o grande político. Sua mãe, a miss. Seu irmão, a estrela do futebol americano."

"Ela não é minha mãe", esclareço. "É minha madrasta. Pelo menos pesquisa direito."

A srta. Cavendish bate palmas. "Já chega."

"Então eles estão escondendo você aqui." Amber rebolou para perto do meu rosto. "Sabe por quê? Porque eles podem ser todos ricos e chiques, mas você é escória."

"Cala. A. Boca."

"Não me surpreende que vá abandonar o seu bebê."

Ah, cara, eu ia ter que bater nela.

"Você sequer sabe quem é o pai?"

Foi aí que soquei o nariz da Amber.

Eu não deveria ter feito isso. Admito. Mas, em minha defesa, ela estava pedindo. E não bati muito forte. Não quebrei o nariz dela, por exemplo. Já é alguma coisa. Mas deve ter sido engraçada, aquela cena toda, duas garotas grávidas brigando. Eu soco a cara dela, ela puxa meu cabelo, e todas as outras grávidas se intrometem e começam a gritar ou chorar. Tipo um sumô estranho.

Então, é. Estou em detenção. O que, aqui em Booth, significa dentro da capela. Estou aqui com um bando de Bíblias Sagradas e os tapetes de exercício que eles usam para as aulas de Lamaze e os confiáveis blocos de nota amarelos nos quais venho escrevendo essas cartas. Escrevendo outra maldita carta.

E eis o que quero saber. Você acha que sou egoísta?

Não mudei de ideia sobre o que falei na primeira carta: não fui feita para ser mãe. Não agora, pelo menos. Talvez nunca. Acabei de usar a palavra "maldita" numa carta para meu bebê não nascido. Não sou exatamente do tipo que cuida dos outros, e é improvável que isso mude.

Se eu ficasse com você, só ferraria com a sua cabeça. Não tenho nenhum mega-plano para a vida. Posso dizer para você que, com certeza, não vou ser contadora. Ou cientista espacial. Não tenho pais maravilhosos e compreensivos que me aju-dariam. Eles só ferrariam ainda mais com a sua cabeça — confia em mim. Eles aprontaram comigo. Você merece ser criada por adultos. Pessoas que se dão bem. Que até mesmo se amam.

Mas será que isso importa? Você vai achar que fui egoísta, não importa a razão? Vai achar que abandonei você?

Espero que não. Realmente espero que não.

S

7

Cassandra Rose McMurtrey. É isso o que consta na minha certidão de nascimento.

Meu nome.

Nascida de Catherine Elaine McMurtrey (mãe) e William Patrick McMurtrey (pai) no dia 17 de setembro, 18 anos atrás. Olhando para aquele papel de alta qualidade, você nunca saberia que não era minha certidão de nascimento original — tem as assinaturas oficiais e o selo do estado e uma marca d'água e tudo —, exceto que foi assinada e datada em novembro daquele ano. Dois meses depois.

Idaho, como a internet me informou de maneira meio grosseira quando pesquisei melhor, é um estado de histórico fechado. Ou seja, eles nunca vão me dar minha certidão de nascimento original, não importa a minha idade. Eu precisaria de uma ordem judicial. E, para conseguir uma ordem judicial, eu precisaria de uma boa razão. Tipo uma razão médica. Uma razão legalmente válida.

Ao que parece, curiosidade não é o bastante.

Então é essa quem eu sou: Cassandra Rose McMurtrey. Essa é a minha resposta.

— Você está quieta essa noite — comenta mamãe.

Pisco e ergo os olhos do celular, onde eu deveria estar procurando um meme de gato engraçado para mostrar para a minha avó, mas estava, na verdade, viajando.

— Estou bem — murmuro, porque estou. Bem, quero dizer. Solicitar minha certidão de nascimento foi uma coisa impulsiva, e não deu em nada, e tudo bem. Eu estou bem.

— Você está magrinha demais. — Vovó me cutuca nas costelas. — Seu pai não está alimentando você? Juro que aquele homem acha que as pessoas podem sobreviver à base de chocolate e pinhão.

Ergo a mão como se estivesse jurando numa Bíblia invisível.

— Prometo que estou comendo três refeições decentes por dia.

— Ora, deveria comer mais — replica ela.

— Mãe, para de implicar com o peso dela. — Minha mãe sorri para mim da cama do hospital. — Minha filha é praticamente perfeita de todas as formas.

— Bem, acho que isso é verdade.

Vovó não pega a referência a *Mary Poppins*. Ela levanta as pernas da mamãe e calça uma meia grossa em cada pé, então desdobra uma coberta e envolve os quadris dela. Depois, vai encher o copo d'água dela. Volta. Ajeita o canudo na água. Então some de novo, não sei para onde. É assim que ela age quando está aqui. Minha vó gosta de ter tarefas para cumprir.

— Não liga para ela — diz minha mãe, depois que a vovó sai apressada do quarto.

— Não ligo.

Eu adoro a vovó. Ela fala o que pensa, mas ainda é gentil e generosa e, de forma geral, uma boa pessoa. Quero ser exatamente igual a ela quando envelhecer.

— Como vai a escola? — pergunta ela.

— Bem. Tirei 8,5 no meu teste de química, o que considero uma pequena vitória.

— Parabéns. E como está indo a peça? Começou bem?

Sorrio.

— Fizemos uma leitura de roteiro ontem, e vamos começar os testes de posicionamento no palco para o primeiro ato amanhã.

Só dizer as falas em voz alta para a cena de pegação entre a esposa do padeiro e o príncipe da Cinderela me deu frio na barriga. Bastian foi tão engraçado durante a leitura, fazendo todo mundo rir do quanto estava dentro do personagem.

"Eu fui criado para ser encantador, não sincero" era sua melhor fala, e ele falou isso de maneira tão impassível que o elenco inteiro caiu na gargalhada por, tipo, cinco minutos.

Mas quando a gente leu a cena do beijo entre o príncipe e a esposa do padeiro, ele não olhou diretamente para mim. Ele era tímido. Era meio que adorável.

— Ainda não acredito que você vai atuar em *Caminhos da Floresta* — suspira minha mãe. — Meu musical preferido.

— Vai ser ótimo — respondo. — Não vejo a hora de você assistir.

No entanto, a gente só vai se apresentar de verdade daqui a meses. Tento não pensar que existe a possibilidade de ela não assistir. Eu me forço a acreditar que ela vai. Que vai estar na primeira fila. Com o papai.

Ela abre um sorriso fraco.

— E tem um garoto novo, não tem? Qual é o nome dele mesmo?

Affe, que droga, ela é perceptiva até demais. Eu me pergunto se ela anda conversando com Nyla, que às vezes vem visitá-la sozinha. Ela sempre traz margaridas, a flor preferida da minha mãe. Como seria de imaginar, tem um vaso cheio de margaridas frescas ao lado da janela.

— Bastian — respondo. — Ele é, hum, legal.

— Legal tipo legal? Ou legal tipo *legal*? — Mamãe mexe as sobrancelhas para cima e para baixo. Não consigo segurar o riso.

— Ele é razoavelmente bonito — admito.

— E...?

— E o quê?

— Ah, querida, você sabe que sempre fica a fim do protagonista.

Arquejo com falso ultraje.

— Não fico nada.

Droga, Nyla.

Minha mãe franze o nariz.

— Então você não gosta de verdade desse garoto.

Não respondo de cara. Parece algum tipo de armadilha, e parece estranho, estar ali no hospital com a minha mãe mor... com a minha mãe doente, e ela querer falar sobre garotos. Mas também sei que, se fôssemos uma família normal, uma boa e velha dupla de mãe e filha, falaríamos sobre garotos. Então decido ceder e entrar no jogo dela um pouco.

— Não sei — confesso. — Bastian é meio que perfeito.

Ela ergue as sobrancelhas.

— Perfeito?

— Ele é bonitinho. Engraçado. Também parece legal. E é do teatro — explico. — Então sim, tudo bem, beleza, podemos dizer que estou aberta ao que o universo estiver planejando para mim, romanticamente.

— Excelente. — Mamãe parece satisfeita por eu ter adotado a filosofia dela. Ela solta um suspiro melancólico. — Eu tive um namorado no ensino médio. O nome dele era Justin Irish. Ele tinha quase 1,90 de altura e cabelo ruivo. Era um sonho.

— É óbvio que você tem uma queda por ruivos — comento rindo, por causa do papai.

— Verdade. — Ela dá um sorrisinho. — E você tem uma queda por protagonistas.

— Eu não... — Jogo as mãos para o alto. — Bastian nem é o protagonista dessa peça. Ele é o... Príncipe Encantado.

— Entendi. — Mamãe dá batidinhas com um dedo no queixo de forma pensativa. — É por isso que está tão quieta? Porque acha que posso não aprovar que você saia com alguém? Pode acreditar, querida, está tudo bem por mim. Você ainda não teve um namorado, e não tem problema, é claro. Talvez isso tenha sido um pouco culpa minha.

Levanto a cabeça, surpresa. Essa conversa está ultrapassando a zona proibida bem rápido. Como se de fato fôssemos agir como se o problema cardíaco da minha mãe tivesse acontecido, e tivesse sido um acontecimento grande pra caramba.

Ela dá tapinhas na minha mão.

— Você deveria dar uma chance para o amor sempre que puder. Então vá fundo. Saia com esse cara, se decidir que gosta dele. Não sinta como se precisasse passar todo o seu tempo livre esperando pelo meu coração novo aqui comigo. Viva sua vida. É isso que quero para você. Então você pode voltar e me contar tudo.

E voltamos à programação normal de "agindo como se tudo estivesse normal". Engulo em seco.

— Tudo bem.

— Você continua quieta — observa ela.

— Estou bem. Só tem muita coisa acontecendo na minha vida agora, mesmo sem adicionar garotos à lista. Escola. A peça. Planos para a faculdade. Tem tanta coisa acontecendo.

Minha mãe faz uma expressão que eu não consigo ler direito, como se estivesse esperando alguma coisa desagradável acontecer. Ou como se estivesse assustada. Ela lança um olhar para a porta.

— Ei, o que houve? — pergunto.

Ela suspira.

— Seu pai me contou que você recebeu sua certidão de nascimento.

E lá vamos nós. Fui pega. Merda.

— Sim — confirmo, devagar.

— Ele disse que você precisava dela para se inscrever para Juilliard.

Esse é o problema das mentiras. Elas são como bumerangues. Você joga a mentira o mais longe que consegue, mas ela sempre volta em disparada.

— Sim — repito.

O monitor cardíaco dela acelera. *Bip bip bip*, ele faz, como a batida de uma música animada no baile da escola. Eu me sento ao lado dela.

— Mãe?

Ela fecha os olhos por alguns segundos. Respira fundo.

— Você não pode ir para Juilliard. Com as despesas médicas e a segunda hipoteca e tudo isso, não temos dinheiro para mandar você. Sei que sonha em ir para lá desde pequena. E sei que falamos que tínhamos criado uma poupança conjunta para a sua faculdade, mas... — Ela desvia o olhar para a porta de novo. — Esse dinheiro não existe mais. Eu sinto muito, querida.

Por alguns minutos, não consigo dizer nada. Estou chocada. Eu nem estava falando sério quando comentei com meu pai sobre Juilliard. No fundo, sei que é um sonho impossível, mas ouvir minha mãe dizer que não posso ir... É como se eu tivesse levado um soco inesperado. Eu não deveria estar tão surpresa. Posso não saber todos os detalhes, mas venho prestando atenção nesse último ano. Sei que eles tinham um seguro de saúde decente por causa do emprego do meu pai antes de esse negócio acontecer com a minha mãe, mas, mesmo com um bom plano, as despesas médicas acabaram com as economias e devoraram a aposentadoria deles, a loja de bolo, o segundo carro que tínhamos. Nyla vem silenciosamente pagando as coisas para mim no último ano, enfiando uma nota de vinte na minha mão e me pedindo para comprar nossos ingressos, pagando pelo almoço, pela blusa bonitinha que me viu olhando no shopping, pela pizza do fim de semana passado. Porque a minha família está sem grana.

Finalmente, assinto.

— Eu sei.

Ela aperta minha mão.

— Seu pai e eu queremos que você vá para a faculdade. Você é tão inteligente e talentosa que sei que vai conseguir bolsas, e nós vamos dar um jeito. De alguma maneira, vamos fazer acontecer. Mas não podemos pagar por Juilliard.

— Eu não quero ir para Juilliard — falo, de repente.

Ela franze a testa.

— Não?

— Não. Quer dizer, eu queria. Juilliard era o meu sonho. Mas só cinco por cento dos atores que se inscrevem conseguem entrar. Eu sou boa, mas não sei se estou nos cinco por cento — confesso. — Então, mesmo que a gente pudesse pagar, eu, provavelmente, não conseguiria entrar.

— Ah, querida.

— E a mensalidade é muito alta — falo depressa, antes que ela comece um discurso sobre o quanto acredita em mim. — E, para completar, eu teria que morar em Nova York, que também é extremamente cara. Para ser sincera, não sei como qualquer um consegue pagar por Juilliard.

— Devem ter bolsas de estudo.

— Pelas quais eu teria que competir com os cinco por cento. O que significa que eu precisaria estar, tipo, no um por cento.

— Meu bem...

Mamãe ainda está com uma expressão sofrida, como se fosse o futuro dela indo por água abaixo, e não o meu.

— Nos últimos tempos tenho pensado que também é bom ter sonhos menores — digo. — Planos B.

— Planos B — repete ela com a voz fraca.

— Talvez eu possa ser professora, igual ao papai. Ele ama. Acho que eu amaria também. É um dom de família, não é? Então eu poderia ser professora de teatro no ensino médio, programando e dirigindo uns dois ou três espetáculos por ano, e mandaria em todo mundo e seria a rainha do teatro, o que parece a melhor coisa do mundo, e eu teria os meus verões para me divertir e fazer teatro comunitário.

Minha mãe está tentando ler minha expressão.

— Você pensou bastante sobre isso, não foi?

Na verdade, eu meio que invento tudo na hora. Minhas habilidades de improvisação estão a toda. Mas continuo:

— Meu ponto é: não quero me inscrever para Juilliard. Porque não quero ir para Juilliard. Porque tenho um sonho diferente agora.

Ela já está parecendo bem mais feliz.

— Tudo bem, então talvez... Boise State? — sugere ela furtivamente.

Não consigo reprimir o resmungo.

— Até você! Já é ruim o bastante com o papai. Sabia que ele me deu uma camiseta da BSU de aniversário?

Ela sorri.

— Bem, dá para nos culpar? Foi onde nos conhecemos. Foi lá que a magia aconteceu, querida.

Levanto a mão.

— Não preciso de detalhes.

— Sei que a BSU é o sonho do seu pai, e não o seu — diz ela, com um suspiro. — Mas é uma faculdade excelente e uma opção que podemos pagar, então acho que você deveria dar uma chance. Vá visitar, pelo menos. Talvez goste do que vai encontrar. Talvez possa fazer parte do seu plano B, como falou.

Ela está certa, digo a mim mesma. Ela está certa. É claro que está.

— Tudo bem — murmuro.

— Tudo bem?

— Vou visitar. Algum dia. Em breve — completo.

Ela bate palmas.

— Seu pai vai ficar feliz da vida. Você quer ser professora. E vai considerar Boise State.

Por algum motivo, isso cria um nó na minha garganta.

— Vai, Broncos? — sugiro, fraca.

Ela abre um sorriso radiante.

— Vai, Broncos.

Sem aviso, minha avó volta energicamente para o quarto.

— Tem gelatina verde hoje — anuncia ela, erguendo uma tigela de plástico coberta com plástico-filme. — Tentei negociar alguma coisa melhor, tipo framboesa, mas disseram que não tinha como. Quem gosta de gelatina verde?

Ela apoia o doce na mesinha ao lado da cama da minha mãe.

— O que eu perdi?

Olho para mamãe, esperando o bumerangue voltar e me acertar na cabeça.

— Cass conheceu um garoto novo — conta ela, em vez de trazer o assunto da faculdade à tona. Fico grata. — Um garoto bonito, pelo que parece.

— Ai, céus. — Vovó balança a cabeça. — É por causa do sexo?

É minha vez de arquejar.

— Vovó!

— Foi na festa de aniversário — lembra ela. — Você disse que queria transar. Com o garoto certo. Você acha que esse garoto é o garoto certo?

— Eu não estava falando sério naquele dia — gaguejo.

— Sei que disse para você ir fundo — minha vó continua falando como se nem me escutasse, o que é totalmente possível —, mas, sinceramente, se quer minha opinião, este não é momento para romance. Não na sua idade. Você deveria curtir a juventude. Não perca tempo ficando a sério com ninguém.

— Mama, você se casou com 17 anos — observa minha mãe.

— Olha, acabei de conhecer esse cara — digo, exasperada. — Nem sei quem ele é direito.

— Posso ter me casado cedo, mas ninguém disse que foi uma boa ideia. — Vovó cruza os braços sobre o peito. — Eu estava de barriga. Fiz o que se fazia naquela época.

Mamãe sabe tudo sobre o negócio de estar "de barriga" — ela nasceu uns sete meses depois de os meus avós se casarem, e sabia fazer conta. Meu avô morreu de um derrame quando eu tinha 7 anos. Mas, antes disso, até onde eu me lembro, os dois pareciam felizes juntos. Então a questão da barriga funcionou para todo mundo.

— Você deveria comprar pílulas anticoncepcionais para ela — adiciona vovó, sabiamente. — Ou aquele troço que elas enfiam lá dentro. Não tem por que repetir os pecados do passado.

Ai, meu Deus. A pior parte é que não sei se ela está se referindo ao próprio passado, com o casamento forçado, ou ao meu, com a mãe irresponsável de 16 anos.

— Vamos comprar pílulas para ela — diz a minha mãe. — Não tenho problema com isso.

— Olha, não preciso...

— E aquela vacina para garotas. E camisinhas — completa vovó. — Porque tem tantas doenças por aí hoje em dia.

Já chega.

— Eu não estou transando! — grito bem no momento em que a enfermeira entra para checar os sinais vitais da mamãe.

A enfermeira abre a boca, depois fecha. Então dá meia-volta e vai embora.

— Olha só o que você fez — reclama minha mãe.

— Eu? Não fui eu que estava gritando sobre transar.

Coloco a mão sobre o rosto. Então começo a gargalhar. Depois de alguns segundos, minha mãe e minha avó se juntam a mim. A expressão tensa da enfermeira foi engraçada demais.

— Nunca fico entediada com vocês duas — revela mamãe, e parece bem mais tranquila do que estava durante a conversa sobre faculdade.

Ela parece aliviada, como se eu tivesse tirado um peso do peito dela ao falar que não quero ir para Juilliard. É assim que sei que foi a coisa certa a fazer.

Vovó se vira para mim.

— E aí, você nunca vai me dizer o nome desse garoto?

— Não, vovó — respondo, ainda dando risadinhas. — Não vou.

8

— Ela realmente falou isso? — pergunta Nyla, surpresa. — Pecados do passado?

— Pois é!

É a manhã seguinte, e nós estamos no palco vazio do auditório de Bonneville, antes do primeiro sinal tocar. Nyla me fez acordar cedo dizendo que queria praticar para a competição estadual de teatro. Mas ela só queria se adiantar nos vídeos de inscrição para a faculdade.

— Sua avó é uma figura. — Nyla termina de aparafusar a câmera no alto do tripé, dá um passo atrás, a observa com olhar crítico, então ajusta-a ligeiramente para um dos lados. — E por que, exatamente, você decidiu falar sobre sexo com ela?

Cruzo os braços.

— Pensando melhor, a culpa é sua. Você contou sobre Bastian para minha mãe. E minha mãe contou para minha avó. Desse modo, minha avó tomou para si a tarefa de me aconselhar no quesito romance. Viu só? Culpa sua.

Nyla assente.

— Tá bom, é, desculpa. Mandei mal. Mas quando eu visito a sua mãe... E, vamos lá, Cass, ela é praticamente a minha mãe também... Ela me faz perguntas sobre você. E continua perguntando até eu contar alguma fofoca. Ela é tipo uma versão fofa e carinhosa da Inquisição Espanhola.

Dou um arquejo falso.

— Ninguém espera a Inquisição Espanhola. A arma principal dela é a surpresa. Surpresa e medo.

— Dois — corrige Nyla, erguendo dois dedos. — Dois elementos principais. Surpresa, medo e eficiência implacável.

— Três. Três elementos principais.

E começamos uma atuação de Monty Python. Meu pai ficaria tão orgulhoso por ter doutrinado a gente tão bem num programa de comédia inglês que fazia sucesso há cinquenta anos.

— Ok, tudo bem — digo, quando acabo de ser nerd. — Mas tenta resistir ao questionário da minha mãe quando o assunto é minha vida amorosa, tá? Amigas antes de caras. E, hum, mães.

— Tá bom — concorda Nyla, com relutância. — Aliás, ele continuou encarando você ontem quando não estava olhando — comenta, voltando a mexer na câmera. — É bizarro.

— Quem?

Ela me lança um olhar não-seja-idiota.

— Preciso dizer, estou com a vovó nessa. Não temos tempo para garotos. — Ela dá um passo para trás e esfrega as mãos. — Vamos fazer uns vídeos para as faculdades.

— Precisamos mesmo? Não podemos só praticar para a competição estadual?

— Chega de fugir, minha amiga. Vamos gravar vídeos de inscrição. Os primeiros prazos estão quase chegando. Temos que mandar ver.

Ela me empurra para o meio do palco e recua para trás da câmera.

— E ação — diz.

Lanço um olhar cansado para ela.

— Por que tenho que ir primeiro?

— E... ação! — repete ela, mais alto. A câmera emite alguns apitos.

Suspiro e tiro alguns segundos para me recompor, encarando o chão. Então levanto a cabeça e tento incorporar Beatriz, da peça de Shakespeare *Muito barulho por nada*.

— *Ah, se eu fosse homem para o bem dele! Ou se tivesse um amigo que quisesse ser homem para o meu bem! Mas a virilidade está derretida em cerimônias, a bravura, em elogios, e os homens não são mais do que discursos, e muito enfeitados, ainda por cima. Hoje em dia, para ser valente como Hércules, basta contar uma mentira e sustentá-la. Eu não posso virar homem com desejos, portanto vou morrer mulher com tristeza.*

A câmera apita quando Nyla para de gravar.

— Isso foi, hum, ótimo, Cass.

Ela me lança um sorriso que deveria ser encorajador, mas eu a conheço bem demais para ser encorajada. Ela acha que fui péssima. Porque, na verdade, fui. Atuei meio sem vontade.

— Então, foi decente, mas vamos tentar de novo — sugere ela. — Dessa vez, dê tudo de si. Acredite de verdade nessa droga.

— Talvez eu devesse fazer o monólogo de Julieta. — Faço meu melhor suspiro melancólico à la Julieta. — *E quando ele morrer, leve-o e corte-o em estrelinhas, e ele fará um semblante tão belo dos céus que todo o mundo se apaixonará pela noite.*

Por algum motivo, isso me faz pensar em Bastian. Imediatamente nos imagino juntos no palco. Minha Julieta para o Romeu dele.

— Não — responde Nyla, sem emoção.

— Mas...

— Você deveria fazer uma das mulheres fortes de Shakespeare. Essa é a sua oportunidade de mostrar que tem talento para ser Kate. Rosaline. Lady Macbeth.

Nyla ergue a cabeça para um holofote invisível.

— *Ah, se eu fosse homem!* — exclama. — *Trincar-lhe-ia o coração em praça pública!*

Suspiro. Ela é boa. Melhor do que eu.

— Vai, faz de novo — repete ela. — Deixa essa galera de Juilliard de boca aberta.

Ah, Juilliard. Como Shakespeare diria: *aí está o problema.*

Mas aceito e tento o monólogo de novo. Não me saio melhor.

Nyla fecha a câmera.

— O que está havendo com você? Aconteceu mais alguma coisa ontem à noite?

Podemos até fazer piada sobre a minha mãe, mas a Inquisição Espanhola não é nada comparada a Nyla, não quando ela sabe que tem alguma coisa rolando. Então eu me sento na beira do palco e conto sobre meus planos novos e improvisados para a faculdade, ou seja, não ir para Juilliard.

Nyla passa um braço ao meu redor quando acabo de falar.

— Sinto muito, Cass. Isso é...

— Nem um pouco incrível — finalizo por ela.

— É.

Ficamos em silêncio por um minuto, absorvendo a informação. Porque a questão é: eu sonho com Juilliard desde o ensino fundamental. Sei que devo ser igual a qualquer outro nerd de teatro do país. Todo mundo acha que vai virar uma estrela. Mas eu achava mesmo. Passei anos obcecada pelo site da faculdade, pesquisando tudo o que conseguia desenterrar sobre a sua história orgulhosa, as peças que apresentava todo ano, os diretores e atores famosos que se formaram lá e chegaram ao topo. Já assisti ao vídeo do tour pelo campus uma quantidade constrangedora de vezes, e consigo muito facilmente me imaginar naquelas salas brancas espaçosas, tendo aulas de atuação, voz, movimento, canto, cenas de lutas e tudo o que Juilliard tem a oferecer. A partir daí não é difícil me imaginar andando nas ruas de Nova York, passeando pela Broadway e vendo meu próprio nome na marquise de um dos teatros da rua.

CASS MCMURTREY. Formada em Juilliard. Vencedora do Tony Award. (aplausos aplausos).

Mas isso é só um sonho. Ultimamente estou mais ciente do fato de que não vivo num sonho. Sou residente de uma realidade dura e crua.

— Quer dizer, acho que eu sempre soube que não ia acontecer — falo. — Tipo, daria no mesmo me inscrever para uma faculdade na lua.

— Talvez você pudesse... — começa Nyla, depois de um tempo, mas eu a interrompo. Não temos tempo para ficar remoendo. Fico de pé num salto.

— Vamos fazer o seu — declaro.

Nyla franze a testa, mas o teatro só vai ficar vazio por mais alguns minutos. Então ela se levanta de repente e começa a apresentar, a todo volume, um monólogo incrível de *Antígona*. Então um pedaço de *Chicago*, e Emily de *Nossa Cidade*. Ela faz parecer fácil. Bem no fundo, sei que ela com certeza teria uma chance de entrar em Juilliard, se quisesse. Mas ela quer ir para a USC. Ela se imagina em Hollywood, passeando pela Sunset Boulevard, vendo o próprio rosto num cartaz de cinema no ponto de ônibus. Eu também consigo imaginar. E Nyla nunca precisa se preocupar com dinheiro. A família dela é cheia da grana. O pai é um neurocirurgião. Minha casa quase inteira poderia caber na sala dela.

— Ok, você de novo — diz ela, quando termina o vídeo de inscrição.

— Acho que estou bem por hoje.

Ela coloca uma das mãos no quadril.

— Quer levar uns sacodes?

— Não, obrigada.

Ela volta a desligar a câmera.

— Cass. Você quer ir para Juilliard. Precisa pelo menos tentar.

— Na verdade, não. Eu não vou. Porque ou eu vou: a) não passar na seleção, ou b) passar e não ter dinheiro para pagar — respondo. — Nenhuma das duas opções parece muito divertida. Mas a questão é: acho que tudo bem.

Conto para ela sobre essa ideia totalmente nova de virar professora de teatro e ir para uma faculdade mais local. O plano B.

— Ai, meu Deus. — Ela agarra o meu braço. — Você está mesmo considerando ir para Boise State?

— Talvez.

Ela arregala os olhos.

— Isso é tão...

Ela nem consegue terminar a frase. Sei que está lembrando de todas aquelas noites que passamos acordadas conversando sobre como um dia sairíamos de Idaho. Veríamos o mundo. Seríamos parte de algo grande e diferente e novo.

— Eu sei — sussurro.

— Seu pai vai ficar *tão*...

— Eu *sei*.

Ela morde o lábio. Nyla sempre teve essa ideia de que deveríamos investir em coisas grandes, incríveis, extraordinárias. Provavelmente porque começou a vida num orfanato na Libéria e agora está aqui. A vida inteira dela é um baita milagre. Ela deve estar tão decepcionada comigo agora. Dá para saber que ela quer me dar um discurso incentivador sobre acreditar no improvável. Tente, tente de novo. Mire nas estrelas.

Mas não quero ouvir.

— Enfim, eu disse pra minha mãe que posso considerar *talvez* dar uma olhada em Boise State. Tipo, visitar o campus um dia. Ver se sobe no meu conceito.

— Vou com você para dar apoio moral — responde Nyla na mesma hora. — Só me diz quando. Estarei lá.

— Valeu. Mas é possível que eu nem vá para a faculdade no ano que vem. Talvez eu adie meus planos.

Sinto como se fosse uma traição dizer isso, porque essa sou eu olhando para o futuro e pensando que vou ter que adiar meus planos porque talvez minha mãe vá...

— Tudo bem, vamos gravar um vídeo para Boise State — declara Nyla. O sinal toca. Dou de ombros.

— É melhor a gente ir.

A porta do teatro se abre com força e um bando de alunos do nono ano começa a se espalhar pelo corredor. Nyla e eu seguimos para a saída. Paramos em nossos respectivos escaninhos, então andamos juntas até a escada, onde tenho que descer para minha aula de química e Nyla tem que subir para a de francês. Ela fica quieta durante todo o caminho, mas consigo escutar a mente dela trabalhando a um quilômetro por minuto. Tentando descobrir como pode me ajudar.

— Calma aí — diz ela, logo antes de nos separarmos. — Acho que ir para Boise State poderia ser... bom.

Percebo que estou assentindo.

— Eu poderia vir para casa e visitar meus pais nos fins de semana. Lavar roupa. Pedir pro papai fazer uma comidinha vegetariana caseira.

— E você seria um peixão — argumenta Nyla.

— Como é que é?

— Se você fosse para uma faculdade grande e cara, você seria um peixinho num lago grande. Mas, em Boise State, você seria um peixão num lago menor.

— Acho que Boise State tem uns dois mil alunos, Ny. Não é tipo uma faculdade comunitária. Não que tenha alguma coisa errada com as comunitárias.

Ela faz um barulho de frustração no fundo da garganta.

— O que quero dizer é que você seria o talento óbvio. Conseguiria papéis melhores e maiores, bem antes do que conseguiria em Juilliard.

Eu nunca tinha pensado nisso.

— Acho que sim.

— Poderia ser bom — repete ela.

— É.

Ficamos paradas por um segundo, com uma confusão de alunos ao redor.

— Preciso... — digo, apontando para baixo.

Ela assente.

— Eu também. E tenho que preparar um teste durante o intervalo do café da manhã. Então a gente se vê no almoço. Lucy's?

— Claro.

Tem sido tão incrível o fato de, esse ano, os alunos do último ano poderem almoçar fora do campus. E tão incrível que eu tenha Nyla, que nunca pensou duas vezes antes de pagar pelo meu almoço, e nunca tentou me fazer sentir como se devesse qualquer coisa.

Ela é mesmo a melhor amiga que uma garota poderia querer.

Nunca vou poder devolver esse dinheiro, percebo nesse momento ao observá-la se afastar. Provavelmente, sempre vou ter menos do que ela. Mas isso não me deixa com raiva ou com ciúme ou nada assim. É apenas como as coisas são. A verdade. Que seja.

Pelo visto, é o que o universo tem reservado para mim.

9

Passo o dia aérea, agindo meio no piloto automático até dar de cara com Sebastian Banks no corredor, em frente à sala do coral.

— Ei, olha por onde anda — diz ele, mas está sorrindo.

Noto que ele tem uma covinha na bochecha esquerda. Caramba. Esse cara não poderia ficar mais perfeito. Ele acabou de fazer uma piada, percebo. Eu deveria dizer alguma coisa engraçada de volta.

— Você não é do coral. — É o que sai da minha boca.

Que fracasso.

Ele coloca a mão no peito.

— Acredito que eu tenha me inscrito recentemente nessa aula. Então, sim, sou do coral.

— Ah, que bom — respondo. — Você pode ser útil.

Ele ergue uma sobrancelha.

— Então tá.

— Quer dizer, sua voz pode ser útil. Nossa seção de barítonos está dolorosamente escassa.

— Bem, estou aqui para ajudar.

Ele segura a porta para mim com gestos exagerados, e entramos juntos. As pessoas param de falar para nos encarar. Bem, para encarar Bastian, na verdade, porque não sou novidade alguma. Dou uma olhada ao redor, mas Nyla ainda não chegou. Eu me pergunto se ela vai ficar satisfeita ou irritada com o fato de Bastian ter se juntado à nossa aula.

— Os garotos estão ali — informo, gesticulando para o lado direito da sala.

— Valeu. — Mas ele não se afasta. E também não vou para a minha seção.

— Então vejo você mais tarde, no ensaio?

Tento lembrar se ele está na programação de hoje. A esposa do padeiro e o príncipe não interagem muito no primeiro ato, que é o nosso foco do trabalho de posicionamento dessa semana. Sinto a boca seca e o coração acelerado se me permito pensar no segundo ato, que é extremamente cheio de beijos. Eu me pergunto se ele também fica nervoso ao pensar nisso.

— Estarei lá — diz Bastian, mas então toca no meu braço antes de eu ir embora. — Ei, eu estava me perguntando se você poderia me fazer um favor.

Sim, por favor, penso.

— Sim?

— Acabei de descobrir sobre a competição estadual de teatro. E como tem essa bolsa incrível para alunos do último ano, sabe?

— Sim? — Tipo, eu estava lá quando ele descobriu. Então não sei aonde ele quer chegar.

Bastian sorri. Com sorte, ele acha que minha total idiotice é fofa, porque senão estou mandando mal.

— Isso é uma pergunta?

— Não. — Tento me concentrar. — Quer dizer, sim, existe uma bolsa para alunos do último ano. Nunca prestei muita atenção nela porque, bem, eu não era do último ano até agora, mas ela existe, sim. É de uns dez mil dólares anuais, sem desconto. Para a sua faculdade de preferência.

— Certo, então, acho que eu deveria participar da competição esse ano — diz ele.

— Deveria.

— E estava me perguntando... Você gostaria de ser minha dupla? Não estou na aula de teatro desse semestre porque demorei a me matricular e, enfim, é complicado, mas a versão resumida é que sei que é preciso ter uma dupla para competir, e pensei em chamar você.

Eu o encaro por vários segundos, totalmente estupefata. Meu reflexo é dizer: *Pois sim, Bastian, é claro que eu gostaria de ser sua dupla na competição de teatro. Eu adoraria. Podemos ensaiar na minha casa. Quando você gostaria de começar? Essa noite?*

Mas então eu penso: *Sossega, garota.*

Porque lembro de Nyla. Eu sempre faço dupla com Nyla na competição de teatro. Nós vencemos na nossa categoria de idade nos últimos três anos. Já escolhemos nossa cena para esse ano. Já estamos ensaiando. Vai ser épico.

E penso: *Amigas antes de caras.*

— E aí? — pergunta Bastian, porque só estou parada ali com cara de surpresa. — O suspense está meio que me matando.

— Não posso. Ser a sua dupla. Porque já tenho uma dupla. Então não posso. Meu Deus, como eu consigo ficar tão pouco articulada perto dele?

— Ah. — Ele parece genuinamente desapontado. — Será que você pode me indicar alguém que precise de uma dupla?

Em geral, todo mundo já formou uma dupla a essa altura do semestre. Mas por acaso fiquei sabendo que Ben Monahan teve que desistir da competição na semana passada. E ele estava fazendo aquela cena de *Descalços no Parque* com a...

— Alice — digo.

— Alice — repete ele.

— Alice Hastings. Pequenininha, loira, olhos verdes. Ela almoçou com a gente outro dia, lembra? Ela precisa de uma dupla.

— Certo. Conheço — confirma ele, mais animado. É claro que conhece. Ele interpreta o lobo no musical, e Alice é a Chapeuzinho Vermelho. — Ótimo. Vou falar com ela hoje no ensaio.

— Ótimo.

O sinal toca, e nós dois ocupamos nossos lugares nas devidas seções. Nyla desliza para o assento ao meu lado no último segundo antes do nosso professor ir para a frente da sala e começar os aquecimentos de voz.

— O que houve? — pergunta Nyla ao mesmo tempo que a sala se enche de sons de "mi-mi-mi-mi-mi-mi-mi-mi-miiiiiii", e depois "mu-mu-mu-mu--mu-mu-mu-mu-muuuuuu".

— Nada — respondo.

O que é verdade. As coisas estão exatamente do mesmo jeito que estavam há dez minutos. Mas Bastian me pediu um favor, e eu ajudei. Quer dizer, é claro, talvez eu tenha direcionado ele para os braços de outra garota que por acaso também o acha gato. Mas ele, pelo menos, ficou agradecido. E ele queria me chamar para ser sua dupla, especificamente.

É uma boa notícia, ao menos no departamento Cass-arranja-um-namorado. Eu acho.

A essa altura, vou aceitar todas as boas notícias que conseguir.

Querido X,

Resolvi investir nesse negócio da carta. Espero que não seja um problema. Quer dizer, se for, acho que você pode simplesmente parar de ler. Se é que está lendo estas, partindo do princípio que elas não estão enfiadas numa caixa empoeirada em algum canto. Não sei.

O que sei é que hoje é o dia do baile de formatura, e estou pensando em todas as garotas da minha escola antiga com seus vestidos e corsages *e pares, e isso me faz pensar no Dawson. Mas sei que eu não teria ido ao baile de formatura com ele, mesmo se não tivesse acabado onde estou.*

Odeio o fato de estar pensando nele, obcecada sobre ele mesmo que as coisas entre nós estejam mais do que acabadas. Me faz sentir fraca.

Está tudo mundo desanimado por aqui hoje. Não sei se é o baile ou alguma coisa na água. As pessoas têm me evitado um pouco mais do que o normal desde que soquei Amber, e por mim tudo bem. Ela ficou com um olho roxo, e até me senti um pouco mal antes de lembrar como ela me perguntou se eu sequer sabia quem era o pai do meu bebê. Aí fiquei com vontade de deixar o outro olho dela roxo.

Enfim. Está todo mundo meio pra baixo. Heather ainda não voltou. Brit está especialmente temperamental — dava pra escutar ela chorando de qualquer lugar do dormitório hoje. Mas não é culpa dela. Não era assim que ela achava que acabaria. Brit caiu no mito do príncipe que chega e carrega você em direção ao pôr do sol. A gente cresce vendo filmes tipo A Pequena Sereia, *e a Ariel tem 16 anos e é até de uma espécie diferente da do príncipe, mas tudo dá certo para ela mesmo assim. Feliz para sempre. O amor conquista tudo.*

Mas eis a boa e velha realidade: se você está num relacionamento com 16 anos, provavelmente nada vai dar certo. Ainda existe muito para sempre quando se tem essa idade. Feliz para sempre é uma piada.

Tenho vontade de reescrever A Pequena Sereia *para mostrar Ariel chegando na porta de Eric e dizendo: "Ei, lembra daquela vez em que você 'beijou a moça'? Bem, estou grávida do nosso bebê com rabo de peixe. Então vê se cresce, Eric. Meu pai não tem uma arma, mas ele tem um tridente enorme e acha que a gente deveria se casar." Mas, quando ela menos espera, Eric já entrou no primeiro navio para longe da cidade. Tadinha da Ariel.*

Claramente, virei uma pessimista. Estou sentada aqui, toda grávida, e não tem nenhum Príncipe Encantado à vista.

Ainda assim, quero enfatizar: a culpa também não é sua.

Eu fui ao Sub naquela noite. Aposto que você não esperava por essa, hein? No fim das contas (e não acredito que não pensei nisso na hora), SUB era uma sigla para Student Union Building, o prédio dos alunos de uma faculdade. Cheguei às 21h30 para ele não pensar que eu estava interessada demais, e fui direcionada por avisos feitos a mão até o porão, onde ouvi uma música saindo suavemente de um pequeno anfiteatro. Estava lotado — só tinha lugares em pé. Entrei no anfiteatro, e lá estava ele: o cara loiro do show do Pearl Jam, sentado em cima do palco com sua guitarra. A voz dele, que não consegui escutar direito no show, me deu arrepios instantâneos; uma melodia ligeiramente grave e rouca, meio sussurrada, tipo Dave Matthews com um toque de Eddie Vedder. Ele me avistou logo que entrei, fez contato visual, sorriu. Ele tem uma boca linda, preciso admitir. Um sorrisinho convencido que um dia já fez meus joelhos tremerem.

Eu já tinha sido olhada assim por outros garotos. Como já disse, tenho uma aparência um tanto mediana: altura mediana, peso mediano, meio sem peito, mas até aí eu só tenho 16 anos, né? Tenho olhos bonitos, ou, pelo menos, é o que já me disseram. Fico me perguntando se você vai ter os meus olhos ou os dele. Como já disse, você se sairia melhor se acabasse parecido com ele. Ele é um típico garoto bonito. E sabe disso. Sabe que toda vez que está ali em cima do palco, cantarolando com aquela voz grave e dando aquele sorrisinho, e afasta o cabelo dos olhos e lança um olhar para alguma garota no fundo da plateia, ela vai ficar caidinha.

Não foi diferente comigo. Eu perdia o fôlego toda vez que ele me olhava nos olhos.

A música era boa. Eu não teria me apaixonado por ele se a música não fosse boa. Pelo menos eu tinha algum critério. E ele era esperto com as letras:

Você acha que sabe o que eu quero.
Você acha que vai me conquistar.
Mas você esquece que eu sou a raposa, garota, e você é o passarinho.
Para mim é só uma questão de quando.

Você deve estar pensando que eu deveria ter imaginado, né? Ele não estava tentando esconder quem era ou fingir que era uma pessoa diferente. Eu gostava disso sobre ele, na verdade. Ele parecia mais maduro do que os garotos do ensino médio com quem eu convivia todos os dias, mais seguro de si. Parecia saber o que queria.
E, naquele momento, parecia que ele me queria.
Fiquei no fundo da plateia e me balancei ao som da música, e sorri para ele quando ele sorriu para mim.
Depois que o show terminou, ele se aproximou e parou na minha frente, sorrindo.
"Oi."
"Oi."
"Você veio."
"Obviamente."
"Gostou, né?"
"Você não disse que era a sua banda." Eu não queria ficar puxando o saco dele. Ainda tinha um pouco de dignidade. Mas não conseguia parar de sorrir. Era constrangedor o quanto eu estava sorrindo. Minhas bochechas já estavam doendo.
"Ah, vai. Você gostou."
"Foi ok. Você..." Ergui os olhos para ele. Mais arrepios. "Você é bem bom."
"Você é bem bonita."
Caramba. Ninguém nunca tinha falado comigo assim. Eu me senti num filme, como se aquelas falas já tivessem sido escritas para nós. Tinha bastante certeza de que estava ficando vermelha. Mas tentei ser confiante.
"Você também", disse. "E sabe mesmo cantar, hein?"
Ele não se abalou.
"Entre outras coisas. Quer sair daqui?"
"Tá bom."
Ele assentiu para o baterista da banda e pegou minha mão, e, quando vi, estávamos no quarto dele do dormitório, onde ele me disse que queria... escutar uns discos.
"Discos?", repeti igual a uma idiota. "Tipo vinil?"

Ele deu sua risada rouca. "É o melhor som." E apontou para um canto onde, espremido entre a cama e a escrivaninha, havia uma mesinha com um toca-discos em cima.

Foi aí que a minha obsessão com vinis oficialmente começou. Naquela noite. Ele tinha uma coleção incrível — não só coisas alternativas tipo Pearl Jam, Nirvana, The White Stripes, Radiohead, mas clássicos tipo John Lennon, Jimi Hendrix e Billy Joel.

Ele era tão gato. Sentado na cama, ouvindo música, ele jogava a cabeça para trás e cantava junto, fazendo novos arrepios surgirem por toda a extensão dos meus braços.

Ali estava alguém que amava música tanto quanto eu. Eu nunca tinha conhecido ninguém assim.

E, como já mencionei, ele era gato.

Então. Chegou uma hora em que estávamos sentados na cama dele, ouvindo a voz grave e rouca de Leonard Cohen cantando "Hallelujah", o som tão puro se despejando para fora do toca discos. Ele tinha razão sobre o som. Eu estava com os olhos fechados, deixando a música me envolver. Então ouvi Dawson soltar um gemido, um suspiro, e quando abri os olhos ele estava tão perto que eu conseguia ver as pontas loiras dos cílios dele.

"Oi", murmurei.

"Você tem olhos incríveis", disse ele. "São tão azuis."

Ele me beijou. Então me beijou de novo, com mais força, e me beijou de novo. E de novo. E de novo. Ele estava com um pouco de barba por fazer, que era dourada igual ao cabelo dele, então você só conseguia ver se estivesse bem perto ou se a luz batesse no rosto dele de certo ângulo, mas naquela noite a gente se beijou tanto que a barba arranhou meu queixo. Ficou machucado e vermelho depois.

Nós não transamos, caso você esteja se perguntando. Não naquela noite. Naquela noite nós ouvimos música. Conversamos um pouco. Ele me contou que era cantor, sim, e que sabia tocar guitarra (teve uma hora em que ele puxou uma Stratocaster de debaixo da cama e tocou um pouco de "Purple Rain" para mim) e que sonhava em gravar um disco um dia, mas ele também era ator, pintor e queria tentar escrever um roteiro sobre a própria vida.

Porque a vida dele até então era obviamente interessante o bastante para dar origem a um filme.

"Você é um homem renascentista", falei, e ele pareceu gostar.

Contei sobre shows aos quais já tinha ido. Porque não conseguia pensar em mais nada que fosse interessante em comparação.

Mas, em grande parte, ouvimos discos e nos pegamos. Poderíamos até ter chegado ao ponto de transar, na verdade (o negócio estava ficando quente), mas, em certo momento, a porta se abriu e outro cara entrou, um asiático com cabelo bagunçado e uma camiseta do Star Wars.

Preciso admitir: da primeira vez que o vi, o taxei como um nerd clássico.

"Ah", disse o cara, franzindo a testa no segundo em que me viu. "Foi mal. Não tem nenhuma meia na porta nem nada assim."

Dawson suspirou.

"Esse é o meu colega de quarto, Ted."

Então não, nada de sexo naquela noite. Eu não deveria falar sobre sexo, de qualquer maneira. Ninguém quer ouvir sobre os pais transando. Mesmo que nós não sejamos seus pais de verdade. Você sabe que aconteceu. Eu sei que aconteceu. Você é a prova.

Foi minha primeira vez, no entanto, aquela primeira vez com Dawson. Foi algumas semanas depois, no feriado de Natal, quando a maioria dos alunos volta para casa e os dormitórios ficam numa tranquilidade perfeita. E a gente usou, sim, proteção, daquela primeira vez. Ou pelo menos pensei que sim. Perguntei "Hum, você tem camisinha?", e ele disse "Claro", como se eu tivesse pedido um copo de limonada ou algo do tipo, como se ele estivesse sendo um bom anfitrião, e então ele colocou a camisinha. Mas, quando a gente acabou, ela não estava mais ali. E eu estava ocupada demais tentando entender o meu próprio corpo, o quanto tinha doído (doeu mais do que eu esperava, por mais que minhas amigas tivessem me alertado de que doeria), a sensação do peito dele contra o meu e a aspereza das pernas peludas dele enroscadas nas minhas, todo um novo mundo de sensações, para perguntar sobre a camisinha desaparecida.

Hoje eu tenho vontade de dirigir até lá e perguntar: onde estava a camisinha?

Mas não perguntei. Continuei o visitando, semana após semana, e por um tempo fomos o que eu chamaria de felizes. Dawson era igual a uma droga, e eu não conseguia parar de usá-lo de novo e de novo. Fui a uma das noites de improvisação na faculdade dele, e ele foi o melhor ator que subiu no palco, tão inteligente, tão perspicaz. Ele me levou escondida na galeria de arte para ver um quadro no qual estava trabalhando. Era um autorretrato de dois Dawsons, um de costas para o outro, um pintado de vermelho e outro de preto. Ele escreveu uma música para mim. Chamava "Azul" e comparava os meus olhos ao oceano e ao céu em dia de tempestade e a um pedaço de turquesa e à asa de um tordo.

Eu achava ele tão criativo. Tão descolado. Tão perfeito.

Eu achava que estava apaixonada. Realmente achava. Fiz aquele negócio patético de escrever nossos nomes juntos nas margens dos meus cadernos da escola. Sorria quando pensava nele. Comecei a fazer planos de me inscrever para a mesma faculdade, mesmo que ele fosse estar no quarto ano quando eu estivesse no primeiro. Queria estar perto dele da maneira que pudesse.

Mas, apesar de tudo isso, nunca conversamos sobre o que estava rolando entre nós. Não rotulamos nossa relação. Não assumimos nenhum compromisso. Nós nos pegávamos. E passávamos tempo juntos. Achei que isso significasse que estávamos juntos. Eu era a namorada dele. Ou ao menos era o que pensava. E parecia especial. Parecia certo.

Tive que fazer uma pausa para almoçar. Nada me parece bom ultimamente. Às vezes até pensar em comida me dá vontade de vomitar. Eu deveria ter passado da fase dos vômitos a essa altura, visto que estou na 21ª semana dessa aventura fantasticamente péssima chamada gravidez, e os enjoos matinais deveriam ir embora por volta da 16ª semana, de acordo com o livro O que esperar quando se está esperando, *que me deram quando cheguei, mas ainda vomito com bastante frequência. Em casa, parei de comer muito, mas não posso fazer isso aqui. Os funcionários estão sempre verificando para ter certeza de que a gente recebeu a alimentação apropriada. E os lanchinhos. Eles são loucos por lanchinhos aqui. Melly tem uma teoria de que a maneira de se livrar dos enjoos matinais é comer uma uva a cada dez minutos. "O truque é nunca deixar o estômago ficar vazio", diz ela. Funcionou quando ela estava grávida dos filhos dela.*

Enfim, Brit estava chorando no refeitório. Peguei uma maçã e um ovo cozido e me escondi no quarto para não ter que lidar com aquilo. Queria poder ajudá-la. Queria mesmo. De todas nós, ela é mais ferrada. É tão nova que é chocante que esteja grávida. Quer dizer, quando eu tinha 13 anos, nem sabia nada sobre sexo. O pai do bebê dela é um homem adulto. Um homem casado. O treinador dela. Um pervertido. Ele deveria estar na cadeia. Essas pessoas... Os adultos — treinadores e mentores e tutores e pais — deveriam proteger você. Mas não protegem. Sempre parece que eles acabam fazendo mais mal do que bem.

Estava silencioso nos dormitórios. Todas as outras garotas estavam almoçando.

Às vezes, quando estou sozinha por aqui, fico pensando sobre como esses quartos eram há quarenta ou cinquenta anos, lotados de grávidas. Tento imaginar quatro garotas nesse quartinho, quatro camas espremidas nesse espaço onde agora só tem uma cama de casal desconfortável e uma escrivaninha embutida e um guarda-roupa. Quatro garotas reunidas em volta da pequena pia no canto onde eu escovo os meus dentes, coisa que odeio fazer ultimamente porque minhas gengivas sangram. Parece um filme de terror por aqui toda manhã e toda noite. Quatro garotas ficariam bem apertadas. Mas os números também podem dar força.

Então, onde eu estava? Ah, é, Dawson. A camisinha desaparecida. A época em que eu achei que estava me apaixonando por ele. A deplorável música sobre como os meus olhos eram azuis. E agora você.

O que me leva a uns três meses atrás, quando me sentei no corredor em frente ao quarto dele de novo, esperando ele voltar do ensaio do teatro ou do coral ou do estúdio de arte ou de onde quer que estivesse, porque ele sempre estava em algum lugar. Era o dia seguinte ao Dia dos Namorados, eu me lembro, e já fazia umas duas semanas que eu não tinha notícias dele. Fui até lá pra contar sobre o meu probleminha. Nosso probleminha, eu deveria dizer. Estava apoiada na porta, com o joelho dobrado junto ao peito, e de tempos em tempos eu tocava a minha barriga em total descrença, pensando sobre essa coisinha esquisita crescendo ali dentro, essa coisinha que ia estragar tudo. (Sem ofensas, X. Eu estava surtando.) E pensei, se, pelo menos, ele souber, a gente pode decidir o que fazer juntos.

Horas se passaram. Ele não apareceu. Eram, tipo, dez da noite, e isso era um megaproblema, porque a minha família tinha me imposto um novo toque de recolher no estilo "ai, meu Deus, você está GRÁVIDA, é óbvio que precisa de limites". Eu tinha que chegar em casa às 22 horas em dia de escola, e sabia que minha madrasta usaria meu descumprimento de regras como mais uma prova de que eu não tinha qualificação para fazer parte da família. Além disso, eu precisava fazer xixi.

Então comecei a chorar um pouco (não sou muito de chorar, mas os hormônios estavam a toda, e as coisas pareciam sombrias no momento) e, quando ergui o olhar, encontrei aquele cara Ted me encarando.

Fiquei de pé.

"Você viu Dawson?", murmurei, secando o rosto.

"Acho que ele está fazendo um ensaio técnico de Hamlet. *Hum... pode entrar." Ted destrancou a porta e gesticulou para que eu entrasse. Ele continuava me olhando como se eu fosse uma granada que alguém jogou no colo dele, como se eu estivesse prestes a explodir.*

Talvez eu estivesse.

Entrei. Era melhor do que ficar sentada no corredor. Quando passei pelo armário, tive um vislumbre do meu reflexo no espelho de corpo inteiro. Eu estava com olhos de panda por causa das lágrimas e do rímel. Meu rosto estava em frangalhos. Mais ou menos igual a como eu me sentia.

"Aqui." Ted me deu um lenço. Eu me sentei na cama de Dawson — onde todo o problema tinha começado — e assoei o nariz. Ted estava mexendo numa chaleira elétrica e revirando algumas gavetas, e, quando olhei para cima, ele estava segurando uma caneca cheio de algo que parecia chá.

"Não tenho leite", disse ele. "Desculpa."

Por alguma razão, comecei a rir. Isso acontece quando estou chateada, tipo, quando é o pior momento possível para rir, a risada vem do nada e não consigo parar. É inapropriado. Tipo, eu ri no funeral da minha avó, e eu amava a vovó. Dessa vez foi pior. Dessa vez gargalhei tanto que as laterais do meu corpo doeram.

"*Quer um Pop-Tarts?*", *perguntou Ted.*

"*Quero.*"

"*É de cereja.*"

"*Tudo bem.*"

Fazia anos que eu não comia Pop-Tarts. Minha madrasta não permitia esse tipo de merda venenosa dentro de casa. Estava delicioso, cobrindo a minha língua com uma camada gordurosa e doce com gosto de cereja. Devorei tudo.

Ted se sentou na cama dele, do outro lado do quarto estreito. Não parecia saber o que me dizer nessa situação constrangedora.

"*Então ele está fazendo* Hamlet", *falei, depois de devorar o doce. Espanei umas migalhas da roupa de cama xadrez vermelha e azul de Dawson e tentei limpar o rímel embaixo dos meus olhos.*

"*Parece que sim. Ele não fala de outra coisa.*"

"*Ele é o Hamlet?*"

"*Não. Acho que calouros ficam com os papéis menores*", *explicou Ted.* "*Ele é Rosencrantz ou Guildenstern ou algo assim.*"

Assenti.

"*Quer ouvir música?*" *Ele sabia por outros encontros comigo que eu gostava de música. Era provavelmente a única coisa que ele sabia sobre mim.*

"*Claro.*"

Ele não tentou tocar nenhum dos discos de Dawson. Colocou um CD do Green Day no computador. Escutei, mais por educação do que qualquer coisa. Green Day não é muito a minha praia. Mas Ted é legal. Ele tinha cortado o cabelo desde a primeira vez que o vi. Estava usando uma camiseta na qual se lia P: Quantos programadores são necessários para trocar uma lâmpada?

Eu ainda não sei a resposta. Nunca li as costas da camiseta dele.

"*Você curte computadores?*"

"*Faço duas graduações: física e matemática. Mas quero trabalhar com computadores. Sou bom com códigos.*"

"*Legal.*" *Eu não fazia ideia do que eram códigos, mas tudo bem.*

"*O que você quer fazer?*", *perguntou ele.*

"*Eu não estou na faculdade.*"

"*Você não precisa estar na faculdade para querer fazer alguma coisa da vida*", *argumentou ele.*

Eu vomitei. Não tive qualquer tipo de aviso, simplesmente me inclinei para a frente e vomitei no chão de azulejo, tentando não acertar o cobertor. Em vez disso, acertei um par de All Stars pretos que estavam ao lado da cama.

Ted pulou de pé. Saiu por alguns minutos e voltou com uma pilha de papéis-toalha marrons do banheiro. Ele se ajoelhou para limpar o vômito, mas tentei impedir.

"Não precisa fazer isso. Eu posso..." O cheiro chegou ao meu nariz, e vomitei de novo. Menos, dessa vez. Mas ainda assim. Eu não estava ajudando.

Sentei de volta na cama, suando. Ted secou o chão rapidamente. Era praticamente Pop-Tarts puro. Acho que nunca mais vou comer um desses. Ele saiu de novo por um minuto e voltou com um esfregão e um balde, e limpou o chão.

Ele era tão gentil.

"Você é tão gentil", falei. "É o garoto mais gentil que já conheci."

"Quanto você bebeu?"

"Eu não estou bêbada." Balancei a cabeça quando ele começou a fazer mais chá. "Não, obrigada." Acho que também vou precisar de um tempo até conseguir tomar chá de novo. "Estou bem."

"Você não parece bem", comentou ele.

Não brinca.

"Estou grávida." Não sei por que contei desse jeito. Talvez tenha parecido mais fácil do que inventar uma explicação alternativa.

Ted se sentou. "Ah."

"Pois é. Preciso falar com Dawson."

"Ah."

"Pois é."

"Você pode ir até o teatro encontrar com ele. Eu posso levar você."

"Não quero interromper. É meio que uma conversa importante. E deveria ser feita em particular, não acha?"

"Certo. Bem, ele pode voltar a qualquer minuto. Você pode esperar aqui."

"Obrigada", murmurei. Deitei na cama de Dawson e me enrosquei. Green Day continuava tocando. "Good Ridance".

"Odeio essa música", sussurrei contra o travesseiro de Dawson, então dormi.

Quando acordei, Dawson estava ali.

"O que aconteceu com os meus tênis?", ele queria saber.

"Oi." Pisquei para ele, desorientada. Ted não estava em lugar algum. O relógio da mesa de cabeceira marcava duas horas da manhã. Meus pais iam me matar. Ou não, pensei, já que me matar também significaria matar uma criança ainda não nascida, e isso seria um pesadelo de RP. Sorri.

Dawson parecia cansado. Estava com olheiras. Mas então percebi que era maquiagem cenográfica.

"Não costumo encontrar garotas na minha cama quando chego em casa", disse ele. "Não que eu esteja reclamando."

Ele tirou a camisa e se aproximou como se fosse deitar na cama comigo. Eu me apressei para levantar.

"Não, eu..."

Ele me beijou, então se afastou e franziu a testa.

"Foi você que vomitou nos meus tênis? São meus tênis da sorte. Eu estava usando na noite do Pearl Jam. Quando te conheci."

"Talvez eles não deem tanta sorte", respondi com a voz fraca.

"Ai, meu Deus, baby. Você está bêbada?"

"Tenho 16 anos", falei. "Por que todo mundo acha que estou bêbada?" Houve algumas festas, talvez, algumas situações nas quais eu não estava no meu melhor estado, e isso foi em grande parte para extravasar a frustração e mandar um dedo para meus pais entediantes. Mas não fiz disso um hábito. Não sou totalmente perdida na vida.

Dawson deu de ombros.

"Eu ficava bêbado quando tinha 16 anos."

"Não, eu..." Respirei fundo. Era uma baita notícia. O que ele faria? O que diria?

Eu estava prestes a contar, juro. Mas quando olhei para o rosto dele — aquele rosto perfeito que me encarava com tanta inocência, tanta confiança —, não consegui continuar. Não conseguiria fazer isso com ele. Não conseguiria assistir à expressão dele mudar quando se desse conta de como essa notícia estragaria tudo. Sem ofensas, X. Mas ia. Meio que já tinha estragado.

"Tenho que ir", murmurei. "Não pretendia ficar tanto tempo."

"O quê? Acabei de chegar. Por que você..."

"Achei que a gente pudesse passar um tempo juntos essa noite. Não sabia do ensaio de figurino. E não pretendia dormir. Preciso ir para casa."

"Tudo bem." Ele me acompanhou até o carro. Ele me beijou. Era a última vez que ele me beijaria. Mas eu não sabia disso na época.

Entrei no carro e abri o vidro do lado do motorista.

"Eu ligo para você", falei.

Ele sorriu. "Não se eu ligar antes."

Quando cheguei em casa, todo mundo estava dormindo. Ninguém me deu um sermão nem ameaçou a minha vida nem nada assim. A casa estava silenciosa. Vesti o pijama e lavei o rosto coberto de marcas de lágrimas e rímel e deitei na cama. Então me torturei mentalmente por um tempo. Coisas do tipo:

Como você pôde não contar para ele?

Tipo, você abre a matraca para o colega de quarto, mas não para o cara que precisa saber?

Ele merecia saber.

Ele tinha que saber.

Eu tinha que contar para ele.

Então sentei à escrivaninha e escrevi uma carta. Não era uma carta longa. Não como essa está ficando. Ela dizia: "Desculpa por não ter contado antes, mas não sabia como. Estou grávida. Acho que vou ter o bebê, mas podemos conversar. Sinto muito. Sinto muito mesmo. Me liga."

Esse negócio de escrever carta está virando um hábito.

Coloquei a carta num envelope que peguei no escritório do meu pai, escrevi o endereço da caixa de correio de Dawson na faculdade, roubei um selo e enfiei a carta no meio das correspondências que sairiam na manhã seguinte.

Consegue imaginar o que aconteceu depois?

Ele não me ligou.

Que surpresa, né?

Mas entendi a mensagem. Ele não queria saber de mim. Ou de você. Estamos por conta própria.

Acho que isso vai ser bastante informação para você processar. Talvez não queira saber nada disso. Talvez também queira ficar fora dessa. E eu não poderia culpar você por isso. Mas agora você sabe a história de amor fracassada dos seus não pais.

Começou bem, acabou mal.

Se ele me magoou? Um pouco. Sim. Mas é isso aí. Você vive, você aprende. Melhor ter amado e...

Que seja.

Vai na paz, X.

Atenciosamente,

S

10

— Cassandra McMurtrey, compareça à secretaria, por favor — fala uma voz pelo alto-falante, perto do teto no meu primeiro tempo de aula, de química.

— Cassandra McMurtrey, compareça à secretaria.

Meu coração acelera. Toda vez que me chamam na secretaria eu penso: pode ser sobre a mamãe. Os médicos podem ter achado um doador — um coração novo guardado num isopor cheio de gelo seco, num helicóptero, avançando pelos ares a caminho do hospital. Tudo poderia voltar a ser como era.

Ou poderia ser um motivo totalmente diferente. Meu pai poderia estar esperando na secretaria com sua cara de corajoso. Ele poderia me dizer que mamãe se foi. O que me dá vontade de me esconder. Como se a notícia não fosse ser verdade se eu não aparecesse para recebê-la.

Mas vou. É claro que vou. E, em vez do meu pai, encontro Nyla em frente à secretaria, recostada contra a parede com a mochila nos pés, sorrindo para mim.

— O que está havendo? — pergunto, desconfiada.

— Só entra lá e pega a sua licença — responde ela. — Vai na fé, amiga.

Entro na sala.

— Ah, oi, Cass — diz a moça da secretaria. — Como vai?

— Você mandou me chamar?

— Sim. Parece que você precisa de uma licença para hoje.

— Hum...

— E para amanhã também, certo?

— Hum... é. Eu acho.

— Ah, não se preocupe. Seu pai ligou e deu ok. — Ela abre um sorriso radiante. — Acho o seu pai incrível. Meu menino, Aidan, está na aula dele, e nunca amou tanto um professor. E a sua mãe... — Ela faz uma cara de compaixão. — Fiquei tão triste quando soube dos problemas de saúde dela.

— Obrigada.

— Muito bem, então, preencha isso. — Ela me passa uma pasta com uma ficha.

Em trinta segundos, estou de volta no corredor com Nyla.

— Está pronta? — Ela não poderia parecer mais satisfeita consigo mesma.

— Para que exatamente eu deveria estar pronta?

— Você vai ver. — Ela passa um braço pelos meus ombros e me leva na direção da porta principal.

No estacionamento, encontro meu pai no seu Honda ferrado, as janelas abertas, sorrindo de orelha a orelha como se tivéssemos ganhado em algum tipo de loteria.

Tento não rir. Ele deve ter mandado Nyla entrar para me buscar porque não queria que eu me desesperasse se soubesse que era ele me chamando na secretaria. Ele sabe o que eu pensaria. Isso que é legal no papai, ele tem uma personalidade tipo A, mesmo que você não fosse dizer isso pelo rabo de cavalo dele e pela maneira como ele nunca coloca a camisa para dentro da calça. Ele é o planejador da família. E sempre parece pensar dois passos à frente.

— Mala pronta, Nyles? — pergunta ele para Nyla.

— Sim, senhor. — Ela levanta a mochila. Pelo visto, Nyla vai com a gente.

— Eu vou na frente — digo, e pulo no banco do carona. Minha amiga entra atrás.

— Aonde nós vamos? — Mas eu já sei. Vamos para Boise State. É claro que sim.

— Quero dar uma olhada numas faculdades de Idaho — responde papai. Bingo. — Então, tecnicamente, não conta como matar um dia de escola, porque vou levar você a várias escolas. Tenho um substituto para os próximos dois dias. Fiz sua mala. Escolhi alguns looks do seu armário, e eles podem ser horríveis. Já vou avisando. — Ele soca o ar e dá um grito como se estivesse num show.

— Viagem de carro! Partiu viagem de carro!

— Viagem de carro! — repete Nyla. — Uhul!

Balanço a cabeça.

— Vocês são estranhos, sabia?

— Obrigado — responde papai, como se fosse um elogio. — Então, as duas no carro? Confere. Cinto de segurança? Confere. Estão prontas?

— Confere — digo, meio sem ar. — Estou pronta.

Papai dirige para fora do estacionamento. Cinco minutos depois, estamos avançando pela Yellowstone Highway na direção da autoestrada. Passamos pelo familiar predinho de tijolos brancos em frente ao trilho do trem, perto da pista de boliche. A placa original ainda está lá: "The Sugar Shell", escrito em grandes letras amarelas e azuis na fachada. O estacionamento está vazio. Não consigo me lembrar desse estacionamento vazio, nem mesmo por um minuto, na época em que a minha mãe gerenciava a loja.

— Foi a minha mãe que organizou essa viagem, não foi? — pergunto baixinho.

— Fomos todos nós: sua mãe, Nyla e eu. — Papai tira uma das mãos do volante para dar um tapinha no meu ombro. Então me olha por um segundo, todo sério. — Queremos que tenha tudo o que merece, Cass. A melhor vida possível. E seria bom se a sua melhor vida incluísse ir para a faculdade. De preferência, algum lugar perto. E acessível.

— Certo — digo, com a voz rouca. Ou seja, não Juilliard. Sim, Boise State.

Sinto Nyla me observando. Viro a cabeça para ela.

— Tudo bem aí atrás, traidora? Há quanto tempo você sabe desse plano-zinho?

— Só há alguns dias — responde ela, como se não fosse nada de mais.

— Você poderia ter me contado, sabe.

— Mas você adora surpresas, Cass. E estou superfeliz por vir junto.

— Quando ela nos disse que estava interessada em dar uma olhada nas faculdades de Idaho também — comenta papai —, soubemos que esse fim de semana seria a oportunidade perfeita para vocês duas.

Olho para Nyla de novo.

— Calma aí. Você está considerando as faculdades de Idaho? Quando isso aconteceu?

Ela sorri, por mais que seja o seu sorriso falso.

— É claro que quero considerar todas as opções.

— Aham.

Ela está aprontando alguma, eu acho. Alguma coisa além de apoio moral. Acho que vou descobrir o que é em breve.

— Lá vamos nós!

Papai guia o carro para a entrada da autoestrada e acelera. Meu coração continua batendo forte. Ele não se acalmou desde que chamaram meu nome na escola. De repente, a viagem parece importante. Como se esse momento fosse decidir o resto da minha vida.

Bem aqui. Bem agora.

Engulo em seco, nervosa. Não sei se estou pronta, talvez eu não esteja pronta para tudo isso, mas estamos na autoestrada, a 120 quilômetros por hora, avançando em direção ao futuro.

11

Meu pai levou material escolar. É *claro* que levou. Ele planejou cada detalhezinho dessa viagem, tudo escrito num caderno azul (uma caderneta *escolar*, brinca ele) com uma página para cada instituição de ensino superior que vamos visitar, dividida em duas colunas: prós e contras. Começamos na Idaho State University, que fica em Pocatello (papai chama de Poca-merda; uma piada meio maldosa de Idaho Falls), então seguimos na direção oeste para a College of Southern Idaho, em Twin Falls. Os dois lugares são bons, totalmente equipados com as coisas universitárias de praxe: salas de aulas, dormitórios, bibliotecas, alunos com olhos cansados.

Não consigo me imaginar como um deles. Tem sido difícil sequer me imaginar indo para a faculdade desde que minha mãe disse que eu não poderia ir para Juilliard. Mas estou fazendo um esforço.

Papai fica chamando esse evento de "viagem das faculdades de Idaho", e estamos fazendo tour por um monte de faculdades do estado, mas logo fica claro que, pelo menos para ele, o objetivo final continua sendo Boise State. É óbvio que isso não me surpreende. Na viagem de quatro horas na direção oeste, nós temos a mesma conversa umas cinco vezes. Papai diz:

— Então, Boise não é tão longe a ponto de você não conseguir voltar nos fins de semana. Mas não é tão perto a ponto de sua família poder aparecer sem aviso. Você pode sentir que foi a algum lugar. Como se tivesse sua independência.

E eu assinto, mas respondo:

— Eu não me importaria de ficar por perto. Talvez pudesse ir para Idaho State e morar em casa. Ir e voltar todo dia. Leva só uma hora. Essa seria a opção mais barata.

E ele balança a cabeça.

— Nós não temos muito dinheiro, mas queremos que você tenha a experiência completa da faculdade. Que more no campus. Que acabe com uma colega de quarto epicamente ruim.

— Ok. Bem, talvez a gente possa dar uma olhada na University of Idaho...
— Fica a algumas horas de distância, na parte norte do estado. — Ouvi dizer que é lindo lá em cima.

Mas meu pai volta a balançar a cabeça. De jeito nenhum.

— Longe demais. Boise State, no entanto... Aí sim, é a distância perfeita.

E ele continua falando sobre Boise, Boise, Boise.

Chegamos por volta das 18 horas. Tarde demais, segundo meu pai, para conhecer direito o lugar, então vamos deixar para amanhã. No meio-tempo, Nyla quer jantar no Big Jud's, um lugar que serve hambúrgueres do tamanho de pratos. Meu pai e eu ainda não comemos carne, mas topamos ir juntos. Por um simples motivo: bolinhos de batata.

— Então amanhã, depois do café da manhã, seguimos para a BSU e passamos um tempo lá — diz meu pai, checando o caderno com a programação.
— Mas nosso horário oficial só está marcado para as 13 horas. Estou superempolgado para ver tudo de novo. Vou mostrar onde sua mãe e eu nos beijamos pela primeira vez.

— Parece... ótimo — interfere Nyla. — Mas, na verdade, tem outro lugar onde eu gostaria de ir amanhã de manhã. — Ela puxa um folheto da bolsa e o espalma sobre a mesa. — College of Idaho.

Encaramos ela por um segundo. Pego o folheto e puxo na minha direção.

— É uma faculdade menor — explica Nyla —, só tem uns mil alunos, mas sua reputação é boa. Achei que poderíamos pelo menos dar uma olhada. Já que estamos aqui para isso.

Eu nunca ouvi falar dessa faculdade. Mas tudo bem.

Papai assente.

— Combinado, então. É claro que essa viagem é sua também, Nyles.

— Obrigada — responde ela. — Estou bem interessada nesse lugar.

Ela me lança um sorriso secreto. Papai sorri.

— E depois, partiu BSU. Onde vamos ser recebidos com o grande tour.

Sorrio e assinto. Estou enjoada de ficar tanto tempo no carro, e desde que vimos a cúpula branca do prédio do capitólio estadual passando contra os sopés das montanhas, com suas árvores alaranjadas e vermelhas e maravilhosas por causa do outono, meu cérebro ficou confuso. Fico feliz por ter meu pai e Nyla para me guiar por aí.

Voltamos a comer e planejar.

— Hum, isso está incrível — diz Nyla, com a boca cheia de hambúrguer. — Vocês dois deveriam pensar em voltar a comer carne. É a melhor coisa do mundo.

— Como é que você sequer sabe da existência desse lugar? — pergunto.

Dou uma mordidinha num bolinho de batata, que, infelizmente, está meio seco. Eu só estive em Boise algumas vezes na vida. A última vez foi quando a minha turma de escoteiras fez um projeto sobre a Rota de Oregon. Isso foi pré-Nyla. Não lembro de muita coisa sobre essa viagem, exceto o fato de eu ficar surtando por ter nascido ali.

É isso. Boise. Meu lugar de origem.

Eu poderia estar esbarrando em meus parentes, lembro de pensar na época. Minha mãe biológica poderia ser a mulher da mesa ao lado. Ou a garçonete. Ou aquela moça passando de bicicleta na rua.

Nyla dá um gole no milkshake de morango e solta um suspiro feliz.

— Eu sempre vinha aqui quando era criança. Não existia nenhum salão para cabelo afro em Idaho Falls na época. Era um problema.

— E agora existe? — pergunta meu pai, como se estivesse surpreso por termos evoluído tanto.

— Agora tem a Casa da Nelo para Tranças e Degradês. — Ela dá tapinhas nos cachos. — Minha mãe não precisa mais me levar de carro até o outro lado do estado para fazer o cabelo. Apesar de que essas viagens costumavam proporcionar nossos melhores momentos juntas. Sinto falta.

Eu adoro a mãe de Nyla; o nome dela é Elizabeth, mas eu a chamo de Mama Liz, da mesma forma que Nyla chama minha mãe de Mama Cat, e nós chamamos a mãe da Ronnie de Mama Sue, e todas nós chamamos a srta. Golden de Mama Jo. Cada uma de nós tem uma lista de mães de reserva. Mama Liz é tipo uma supermãe. Ela consegue fazer uma leva de cookies de gotas de chocolate orgânicos e sem glúten mais rápido que uma bala. Também é a mulher mais ocupada que conheço. Nyla tem duas irmãs gêmeas de dez anos que foram adotadas da China e um irmão de seis anos da Rússia. Desse modo, Mama Liz está sempre dirigindo para lá e para cá, levando um dos irmãos de Nyla para a aula de dança ou de karatê ou de piano ou de sei lá o quê.

— O tempo parece areia numa ampulheta. — Papai suspira com pesar. — Parece que foi ontem que vocês duas se conheceram. Aluninhas da sétima série. E agora já estão indo para a faculdade.

Ele funga alto e completa, com um choro falso:

— Vocês estão me abandonando.

— Ohn. Mas olha pelo lado bom. Você vai poder transformar o meu quarto numa academia caseira. — Dou tapinhas nas costas dele. — Você vai ficar bem, pai.

Ele ri da ideia da academia e finge secar as lágrimas. Mas então solta um suspiro de verdade. E percebo que não sei se o que falei é verdade.

Não sei se ele vai ficar bem. Se eu for embora para a faculdade. Se a mamãe...

Mas, por hora, vamos fazer o que sempre fazemos: seguir em frente. Fingir que somos uma família normal. Mesmo que isso nunca tenha servido para descrever direito o tipo de família que somos.

Acordo estranhamente calma na manhã seguinte. Hoje é o dia, penso, de resolver a minha vida. E meus pais vão ficar felizes, e eu vou ficar feliz. E daqui a anos vou olhar para trás e rir de como eu ficava pensando em Juilliard. E vou pensar nessa viagem como o momento em que tudo começou a mudar. E vou ficar satisfeita. Como se tudo já tivesse sido decidido para mim, de alguma maneira, e tudo o que eu precisasse fazer fosse relaxar e assistir a mim mesma decidindo ir para Boise State.

Mas antes nós pegamos o carro para visitar a College of Idaho, o lugar que Nyla quer conhecer. Que fica numa cidade chamada Caldwell, a uns trinta minutos de Boise.

E é aí que tudo muda.

O engraçado é que eu nem consigo explicar por quê.

Começa igual às outras faculdades. Primeiro, encontramos com as pessoas que cuidam das admissões, e elas nos guiam pelo lugar, nos dizendo todas as coisas maravilhosas sobre lá, sorrindo de orelha a orelha como se a faculdade fosse um amigo próximo que elas gostariam de nos apresentar. Elas explodem de orgulho sobre as pequenas salas de aula, sobre a razão de onze alunos para um professor, sobre os docentes, sobre como a faculdade não para de ser mencionada como uma das melhores dos Estados Unidos ou como a de melhor custo-benefício ou como o lugar com os alunos mais felizes do país. E nos guiam por entre os prédios charmosos e antigos — essa é a faculdade mais antiga de Idaho, sabia?

Eu não sabia. Porque eu não sabia da existência desse lugar até ontem.

Mostram para a gente a biblioteca impressionante e novíssima. As fileiras de escrivaninhas, cada uma com as próprias entradas de USB e tomadas. As salas de estudo silenciosas. A enorme quantidade de livros.

É tudo muito bom, mas nada que mude a minha vida, até que começamos a caminhar por uma bela calçada demarcada por árvores em direção ao centro do campus, com árvores farfalhando ao vento, e eu me sinto tomada por uma sensação estranha. Parece um déjà vu ao contrário. Como se, de repente, eu ouvisse uma voz interna me dizendo, com certeza absoluta: *Seu lugar é aqui.*

Ao final da calçada tem uma fonte, e atrás dela, o prédio de arte, música e teatro. Entramos. Somos apresentados para o professor de teatro, que me faz rir tanto que é meio constrangedor, depois vamos para dentro do anfiteatro, onde a maioria das produções internas acontece.

Eu fico totalmente apaixonada pelo teatro, tipo amor à primeira vista.

É um espaço de tamanho padrão com assentos móveis, de modo que a disposição do cômodo é flexível: dá para organizá-lo com um palco tradicional e todos os assentos virados para a frente, numa direção. Ou organizar todos os assentos num quadrado e o palco no meio. É bem básico, como já disse, nada particularmente tecnológico ou revolucionário. É só um anfiteatro. Mas parece... certo.

— Temos um auditório maior, mas não usamos muito. É grande demais para nós — explica o professor. — Também temos um teatro caixa-preta menorzinho no porão do prédio dos alunos. Os alunos fazem improvisações e peças autorais de um ato lá.

— Legal — diz meu pai.

Paro no meio do palco vazio e sinto arrepios percorrerem meus braços. Quero me apresentar nesse lugar. Embaixo dessas luzes. Bem aqui.

Aqui.

Seu lugar é aqui.

— Incrível — comenta Nyla, baixinho.

— Legal — concordo, esfregando os braços.

Papai não parece notar que passo a tarde do tour pela Boise State com a cabeça nas nuvens. Tento prestar atenção ao que os responsáveis pelas admissões falam, mas minha cabeça fica voltando àquele anfiteatro da College of Idaho. À passagem arborizada que leva até o prédio, que eu percorreria todo dia a caminho dos ensaios. Aos dormitórios dos alunos, com seus escaninhos fofos ao final dos corredores, que eles chamam de cotoquinhos. E, pela primeira vez, a ideia de faculdade-mas-não-Juilliard me parece aceitável.

College of Idaho, penso enquanto jantamos ao fim do dia, dessa vez num tailandês com opções vegetarianas. Essas três palavras parecem ecoar no meu cérebro sem parar. College. Of. Idaho. Mastigo meu pad thai com tofu frito e penso em como o mascote de lá é um lobo uivante — não, eu me corrijo, um coiote. Eles são os Yotes. Vai, Yotes.

— Você não ficou impressionada com o tamanho daquele teatro? Enorme! — exclama papai para mim e para Nyla, ainda falando sobre Boise State.

— É... — murmuro, tentando focar no macarrão e não quebrar o coração já fraturado do meu pai ao dizer que não estou a fim de seguir o sonho azul e laranja dele. — Era um teatro grande.

— BSU também têm um ótimo corpo docente — adiciona Nyla, que está estranhamente quieta hoje. Ele não disse mais de três frases durante todo o tempo em que estivemos na College of Idaho, mesmo que estivesse supostamente interessada em estudar lá. Só ficou andando ao meu lado. Observando minha reação. Mantendo meu pai entretido. — Vários professores muito bons.

— Sim! — concorda meu pai com entusiasmo, assentindo. Ele passou o dia assentindo, como se estivesse pronto para dar seu veredicto final. Faculdade? Sim, sim. Boise State? Sim, sim, sim. — Você teria uma formação boa e equilibrada em teatro se fosse para a BSU.

— É — digo.

Ele fala "Sim", e eu respondo "É", e assim continuamos sem parar.

Mas é mesmo. Verdade, quero dizer. Boise State é uma boa faculdade. Eu tinha quase cedido, na verdade, quando ele estava tentando me convencer a ir para lá ontem. Fiquei me forçando a me imaginar passeando por aquele campus. Indo aos jogos de futebol americano no campo azul. Já que eu ia para uma faculdade, pensei, ou ao menos para uma faculdade que não era Juilliard, era melhor que fosse Boise State.

Mas isso foi antes de visitarmos a College of Idaho.

College of Idaho. Soa bem.

— Acho que é a escolhida, não acha? — Papai está praticamente brilhando de alegria. — Tem o preço certo. Fica no lugar certo. É a faculdade certa.

— É — respondo baixinho.

12

Nós nos atrasamos na volta. Nyla está dormindo no banco de trás, então meu pai e eu passamos a viagem de mais ou menos duas horas de volta a Idaho Falls sozinhos no escuro, encarando a autoestrada quase vazia e observando os poucos pares de faróis que se aproximam.

Nyla começa a roncar.

Papai desliga o rádio.

Estou tentando descobrir uma maneira de contar para ele que quero ir para a College of Idaho, de rejeitá-lo delicadamente, mas não consigo encontrar as palavras.

Além disso, ele voltou a refletir sobre como a passagem do tempo funciona.

— Realmente parece que foi ontem — devaneia — que sua mãe e eu estávamos fazendo essa viagem com você pela primeira vez. — Ele ri como se ainda não conseguisse acreditar. — Dirigi pelo caminho todo a uns 15 quilômetros por hora abaixo do limite de velocidade, e não conseguia parar de olhar para o retrovisor porque tinha certeza de que as pessoas da agência iriam decidir que aquilo era um erro e que não poderíamos ficar com você, no fim das contas.

— Mas puderam — respondo.

Ele sorri.

— Você era tão pequena. E gritava muito.

Solto uma risada pelo nariz.

— Valeu.

— Eu te amo demais, Bu. — Ele estica a mão para bagunçar meu cabelo.

— Eu também te amo, pai. Obrigada por me levar nessa viagem. Estou mesmo muito feliz por termos feito isso.

— Obrigado por ser tão paciente com a nossa situação atual. Sei que não é o que você esperava. Eu nunca poderia ter esperado uma filha melhor. Como é que a gente teve tanta sorte?

— Nós dois tivemos sorte. — É sempre assim que eu respondo quando meus pais dizem coisas do tipo. Como somos sortudos por ter nos encontrado.

Dirigimos em silêncio por um tempo. Noto que Nyla parou de roncar. Por enquanto.

E, de repente, voltei a pensar nas minhas origens.

— Então, quando vocês me pegaram em Boise, quando eu era bebê, vocês viram... — Hesito. Já falamos muito sobre minha adoção ao longo dos anos (o assunto está longe de ser tabu), mas não entramos nos detalhes. — Vocês conheceram... a minha mãe biológica?

Ele inspira com força.

— Não — responde, de forma abrupta. — Foi uma adoção fechada, então não a conhecemos. Uma assistente social entregou você para a gente. Você estava usando um macacão laranja com fantasminhas brancos. Porque era Halloween.

Já ouvi essa parte da história. É por isso que meu pai me chama de Bu.

Mordo o lábio, mas então decido continuar nessa linha de questionamento.

— Mas você sabe algumas coisas sobre ela. Que ela tinha 16 anos e olhos azuis, esse tipo de coisa. Alguém contou isso?

— Mais ou menos — responde ele. — Estava na papelada que nos entregaram.

— Papelada? — Eu nunca tinha ouvido falar de nenhuma papelada.

De novo, silêncio. Agora, é a vez de papai quebrá-lo.

— Então... Por que essas perguntas todas sobre a sua mãe biológica de repente?

— Eu só me pergunto às vezes. Quem ela era. Como posso ser parecida com ela, se eu for.

— Não sei se você é parecida com ela — diz ele. — Mas sei que você é incrível.

— Pai.

— Acho você bem parecida com a sua mãe, na verdade. Quer dizer...

— Eu sei o que você quer dizer. — Cat McMurtrey. Minha mãe. — Mamãe e você são meus pais de verdade.

Ele olha para mim e abre aquele meio sorriso dele.

— Que bom que você também acha isso. Odiaria pensar que sou seu pai de mentira.

— Não, tipo, é que, às vezes, quando as pessoas descobrem que sou adotada, elas me perguntam se pelo menos sei quem é minha mãe de verdade.

Papai se mexe, muda de mão no volante, então coça a cabeça embaixo do rabo de cavalo.

— Que galera sensível, hein?

Dou uma risada pelo nariz.

— Pois é. Muito. Por que as pessoas sempre falam desse jeito? Meus pais *de verdade*. É tão irritante. Às vezes falam assim na TV também, quando descobrem que um personagem tem um passado secreto ou algo assim, tipo quando o Superman descobre que não é humano.

— Escuta bem o que eu vou dizer. — Papai é nerd de quadrinhos até os ossos. Esse assunto é sério. — Martha Kent é a mãe de verdade do Superman. Eu encheria de porrada qualquer um que dissesse o contrário.

Dou uma risadinha ao imaginar meu pai enchendo alguém de porrada. Ele é totalmente pacifista.

— Sempre soube que não estava certo quando as pessoas diziam isso. Enfim. — Encaro minhas mãos juntas no meu colo. — Você é meu pai de verdade, pai.

— Valeu, Supergirl — responde ele.

Dou um soquinho no braço dele por causa do apelido.

— Ai! — grita ele, fingindo dor. — Toma cuidado. Você não tem noção da sua força.

Chegamos a Idaho Falls depois da meia-noite, tão tarde que decidimos que Nyla deveria dormir na nossa casa, o que acontece com bastante frequência, e, além do mais, temos ensaio na manhã seguinte, então podemos ir juntas. Mandamos uma mensagem para Mama Liz, que dá ok, então vestimos nossos pijamas, penteamos e prendemos os cabelos, escovamos os dentes e nos deitamos para dormir, enroscadas lado a lado na minha cama de casal.

Estou quase dormindo quando Nyla diz:

— Você quer ir para a College of Idaho, não quer?

Desperto na mesma hora. Viro para ela.

— Sim! Como você sabia?

— Achei que você fosse gostar. Minha mãe me levou lá para ver *O Quebra-Nozes* numa das nossas viagens ao salão, e achei o campus bonito. — Ela dá uma risada. — Seu rosto é tão fácil de decifrar às vezes. Você estava superempolgada essa manhã. Teria se mudado hoje, se deixassem.

Engulo em seco.

— Pena que meu pai não pareceu notar.

— Seu pai estava preocupado com a própria obsessão avassaladora por tudo relacionado a Boise State.

— Eu sei. — Suspiro. — Eu queria contar para ele, mas...

— Você deveria. Talvez ele fique decepcionado. Mas não teria nos levado a outras faculdades se não estivesse aberto à ideia de você escolher a que quer. Então conta pra ele, Cass. Ele vai querer que você vá aonde quiser.

Nyla é sempre tão esperta. Minha mãe sempre diz que ela tem um nível alto de inteligência emocional.

— Tudo bem. Vou contar — prometo.

Ela vira de barriga para cima e encara o teto. Então, depois de alguns segundos, vira a cabeça de volta para mim e pergunta:

— Você vai procurar sua mãe biológica?

Arquejo de surpresa e me sento.

— Sua fingida! Você deveria estar dormindo!

Ela também se senta.

— Eu estava dormindo até não estar mais. Então vocês dois estavam numa conversa superintensa e particular, e eu não queria interromper para dizer: "Ei, adivinha só? Acordei!"

Dou uma risada.

— Tudo bem. Quanto você ouviu?

— O suficiente. Então, você vai? Procurar sua mãe biológica?

— Eu não disse que iria, disse?

— Não. Mas parecia curiosa.

— Estou curiosa — admito. — Mas...

— Não acho que você deveria procurar — diz ela.

Fico surpresa e estranhamente magoada.

— Por quê?

— Acho que poderia estar cutucando um ninho de vespas. Você tem uma família ótima, Cass. Incrível. E não sabe como seus pais biológicos podem ser, mas eles não têm como ser melhores do que a sua família atual. Não mexe em time que está ganhando.

— Você acha que a minha mãe biológica é o time que está perdendo?

Ela não responde.

— Eu não estaria buscando outra família, Ny — explico, com cuidado. — Você tem razão. Eu já tenho uma família incrível.

— Que bom.

— Quero descobrir mais sobre a minha mãe biológica porque... — Tomo fôlego. — Acho que estou buscando a mim mesma.

— Tudo bem. Se é isso que sente que precisa fazer.

Ela franze a testa e se joga de volta na cama. Também me deito, me perguntando se ela vai dizer o que está pensando, mas ela se mantém calada. É óbvio que não entende como eu me sinto. O que é difícil, porque Nyla normalmente entende essa questão da adoção mais do que qualquer um.

No entanto, sempre foi diferente para ela. Passei a vida ouvindo como sou parecida com meus pais adotivos — as pessoas presumem que sou filha biológica deles —, e Nyla passou a vida praticamente andando por aí com um letreiro em neon sobre a cabeça dizendo ADOTADA.

Então acho que faz sentido que a gente tenha sentimentos diferentes sobre o assunto.

Eu já era amiga de Nyla havia mais ou menos um ano quando contei para ela que era adotada. O assunto veio à tona numa tarde em que eu estava na casa dos Henderson. Mama Liz estava fazendo uma panela enorme de ensopado com azeite de dendê — uma vez por mês ela tentava organizar uma "noite cultural" e fazer comida liberiana para que Nyla se sentisse conectada com a sua origem. Eu nunca soube dizer se minha amiga gostava dessa tentativa de entender suas "raízes africanas", como Mama Liz chamava, ou se odiava, mas ela sempre comia sem reclamar. De qualquer forma, nós duas estávamos sentadas à mesa grande de carvalho da cozinha, envoltas em cheiros de temperos não familiares, conversando sobre como tínhamos feito um experimento de tipo sanguíneo na escola e como eu tinha descoberto que minha mãe tinha um tipo sanguíneo raro. O que acabou sendo um dos motivos para ela ter dificuldade de encontrar um doador.

"Eu nunca ouvi falar de ninguém com sangue AB negativo", comentou Mama Liz, que se virou para mim. "Você também tem esse sangue? Qual é o seu tipo sanguíneo, querida?"

"O positivo, eu acho."

"Então o seu pai é O positivo. Que sorte."

"Na verdade, acho que meu pai é B positivo."

Nyla e Mama Liz me olharam com uma cara de *Isso não faz sentido nenhum.*

"Eu sou adotada", expliquei.

"Minha nossa!", exclamou Mama Liz. "Eu não sabia. Ora, e não é que nosso Papai do Céu trabalha de formas misteriosas?" Ela abriu um sorriso radiante. "É outra coisa que você e a minha Nyla têm em comum."

Minha amiga não disse nada até mais tarde, quando deveríamos estar dormindo, meio como neste momento. Eu estava esticada na bicama dela, pensando em como minha mãe e eu tínhamos tipos sanguíneos opostos, e o que isso significava, quando a voz de Nyla surgiu da escuridão.

"Eu tinha três anos", disse ela.

Levei um tempo para entender do que ela estava falando.

"Eu tinha seis semanas", respondi.

Então nós duas nos sentamos e contamos tudo uma para a outra, todos os detalhes que sabíamos sobre nossas vidas antes de vir para Idaho Falls. Contei a ela que minha mãe biológica tinha cabelo castanho e olhos azuis, igual a mim. As informações que meus pais tinham me passado. Que, aparentemente, vieram de um formulário.

Nyla me contou que a mãe biológica dela se chamava Bindu, mas que ela não lembrava exatamente de sua aparência. Ela não se lembrava de quase nada antes da sua vida relativamente feliz aqui em Idaho. Também me contou que a noite cultural, com a beringela frita que Mama Liz cozinhava e o molho de frango apimentado, a salada de batata-doce e o fufu — um tipo de pão — não a fazia se lembrar um pouco mais da Libéria. Mas ela gostava da comida.

"É esquisito", lembro dela falar. "Eles esperam que eu me conecte com as minhas raízes e tudo o mais, só que não sei se consigo. Mas acho que é melhor do que se eles fingissem que eu vim de lugar nenhum. Pelo menos eles tentam. Eles se importam."

Ficamos conversando até duas da manhã, e não voltamos a mencionar muito nossas adoções depois disso. Mas alguma coisa pareceu mudar entre nós naquela noite. Nossa amizade ficou mais profunda. Havia uma nova camada de conexão que compartilhávamos. Nós duas começamos a vida perdidas. E fomos encontradas.

Querida X,

Então, talvez eu tenha passado dos limites com aquela última carta. Só um pouqui-nho. Eu sei. Tentei pegar de volta, na verdade, depois de entregar para Melly, mas ela disse que já tinha passado adiante. Desculpa se foi informação demais.

Não sei o que estou fazendo, caso não seja óbvio. Talvez o efeito final dessas cartas seja deixar você bem aliviada por eu ter tê-la colocado para adoção. Talvez você leia tudo isso e pense: caramba, escapei por pouco de ser criada por essa garota.

Não posso discordar.

"Parece que você tem o que dizer, no fim das contas", disse Melly essa manhã, enquanto me levava de carro para fazer o check-up. "Escrevendo todas essas cartas."

Ela estava sorrindo, tipo "eu avisei".

"Estou entediada", respondi.

"Claro."

"É sério."

"Tudo bem. Faz todo sentido. Você está escrevendo para o seu bebê porque está entediada. Mas por que não escreve para outra pessoa, então? Ou não faz um diário? Por que o bebê?"

Para ser sincera, não sei. Não é como se eu estivesse mudando de ideia sobre a adoção. Não é como se estivesse criando laços com você.

"Tem algumas coisas que eu quero que a criança saiba", falei para Melly.

"Sobre você?"

"É, e outras coisas."

"Que outras coisas?"

Isso não é da conta dela, é?

"Ei, será que dá para deixar de ser assistente social por, tipo, cinco segundos?", perguntei.

"Claro. O que eu deveria ser, então?", perguntou ela. "Que papel posso assumir para você hoje?"

"Talvez de motorista. De preferência, um silencioso."

Achei muito engraçado. E o lado bom é que Melly não voltou a falar comigo até o fim da viagem.

Odeio essas visitas ao médico. Primeiro, tem a sala de espera, que é sempre cheia de casais parecendo tão enlouquecidamente empolgados com o fato de serem pais, ou casais parecendo totalmente felizes da vida para mostrar seu bebê, como se fosse um grande desafio que cumpriram.

Ficar grávida não é tão difícil assim. Confia em mim. As pessoas fazem isso todo dia. A cada segundo, até. Provavelmente nasceram uns quinhentos bebês nesses dois minutos que você passou lendo essa carta.

Mas vamos voltar à sala de espera. Parece que todo mundo ali dentro me lança um olhar, uma encarada cheia de julgamento, que começa no meu rosto claramente adolescente, passa para a minha barriga e termina no meu dedo anelar. O que sempre me dá vontade de mostrar um dedo diferente. E na única vez em que fiz isso, Melly ficou toda vermelha como se fosse ela que estivesse constrangida.

Então tem a hora da balança. Nenhuma garota gosta da hora da balança.

Depois disso eles me fazem um bando de perguntas sobre como estou me sentindo e medem minha pressão e me furam e cutucam e me mandam fazer xixi num copinho. Então a gente escuta o batimento cardíaco. Essa é sempre a parte mais estranha. Ali está o meu coração, todo lento e estável, e, do nada, escuto o seu, esse som rápido-rápido-rápido, e o médico sorri e Melly sorri e a enfermeira sorri e um deles inevitavelmente diz: "Esse é o seu bebê."

Mas, durante todo esse tempo, penso: esse não é o meu bebê. Você não pertence a mim. Fico pensando em você aí dentro, do tamanho de uma manga, eles dizem, e crescendo mais a cada segundo, e você consegue escutar coisas agora, eles dizem, tipo a minha voz, tipo um cachorro latindo, tipo um aspirador de pó, e seus pulmões estão se desenvolvendo essa semana e seus dedos não são mais interligados.

Entendeu? Você é um alienígena, X. É assim que eu sempre me sinto.

Então, hoje pude pular a parte do xixi. O que foi bem incrível. Mas quando todas as outras coisas acabaram e comecei a me levantar para vestir minhas roupas de volta e tal, o médico disse: "Calma aí. Ainda não chegamos na melhor parte."

"Melhor parte?" Oh-oh. Eu não fazia ideia do que poderia ser.

"O ultrassom. Você não quer ver o seu bebê?"

No fim das contas, isso não era uma pergunta de verdade. Tipo, eu não podia dizer não. Eles tinham que contar as cavidades do seu coração ou algo assim.

Falei que precisava fazer xixi. O que era verdade. Sempre preciso fazer xixi ultimamente.

Eles me disseram que seria melhor se a minha bexiga estivesse cheia. Isso te empurraria um pouco para cima, e eles conseguiriam uma imagem melhor. Foi por isso que não me mandaram fazer xixi antes.

Eu já tinha feito um ultrassom, mas foi meses antes, e não consegui identificar o que estava vendo. Mas dessa vez foi diferente. Sem ofensas, X, mas sua cabeça era gigante em comparação ao resto do corpo. Eu vi seu crânio, e o buraco dos seus olhos era enorme. Você parecia mesmo um alienígena, tipo desses que aparecem em programas de abdução, cinza com olhões pretos.

O médico se mexeu para que o resto de nós pudesse ver todos os ossinhos brancos da sua coluna. Os ossos da sua perna. Seus pés. Teve uma hora que você se esticou e a gente conseguiu ver uma impressão perfeita do seu pé, e essa foi a coisa mais estranha de todas, porque você tinha o pé.

Todo mundo da família do meu pai tem o mesmo pé. Meu avô, meu pai, eu, meu irmão mais velho, todos nós. Minha mãe chamava de "pé de pato" porque é estreito no calcanhar e largo na área dos dedos, e todos os dedos exceto o mindinho são basicamente do mesmo comprimento. O segundo dedo é tão longo quanto o dedão, o terceiro é tão longo quanto o segundo, o quarto, só um pouquinho mais curto.

Então eu estava deitada de barriga para cima, encarando essa escuridão na tela e, de repente, eu vi um pé de pato. Os dedos quadrados.

Mil desculpas pelo pé esquisito.

Aí o médico disse: "Gostaria de saber o sexo?"

E respondi: "Hein? Eu já sei sobre o sexo, obrigada. Obviamente."

"Não, não." Ele riu. "Quero dizer, o gênero do bebê?"

"Ah." Meu primeiro instinto foi dizer não. Tento manter as coisas simples, sabe? Tento não ficar muito... envolvida. Acho que é melhor se eu pensar em você como um alienígena.

Mas então fiquei curiosa e disse que tudo bem.

"É uma menina", disse ele.

"*Tem certeza?*", *perguntou Melly.*

"*Bem, não é tão fácil de identificar quanto seria no caso de um menino. Mas sim. Tenho noventa por cento de certeza. Tem uma menininha aí dentro.*"

Encarei a tela. Não conseguia mais ver os pés. Não conseguia ver nada.

O médico se mexeu de novo para mostrar sua cabeça. Uma visão lateral dessa vez. Deu para ver o seu nariz. Acho que você deve ter o nariz de Dawson, um nariz parecido com uma pistinha de salto de esqui.

"*Ela está chupando o dedo?*", *perguntou Melly.*

"*Sim*", *respondeu o médico, então consegui ver também.*

Você estava chupando o dedo dentro de mim.

"*Acreditamos que o hábito de chupar o dedo seja genético*", *comentou o médico.* "*Você chupava o dedo quando era pequena?*"

"*Não*", *falei, mas não era verdade. Não sei por que menti. Acho que não queria entrar no assunto. Chupei o dedo até o jardim de infância. Estragou os meus dentes. Foi por isso que acabei tendo que usar aparelho por uma época do ensino médio que prefiro esquecer.*

Na volta de carro, fui eu quem fiquei quieta. Pensando. Sentindo você se mexer. Eu já tinha sentido você se mexer antes, mas sempre foi parecido com gases, ou como um peixinho dourado nadando dentro da minha barriga. Não uma pessoa. Nem mesmo um alienígena.

Mas você não é um alienígena.

Você é uma menina.

O médico imprimiu uma foto sua para mim. Algumas das outras garotas daqui — aquelas que vão ficar com o bebê, pelo menos — colam essas fotos dentro dos escaninhos, ou até colocam num porta-retrato. Heather colou a dela na cabeceira, assim pode olhar quando está na cama.

Mas vou dar para você a minha. Tipo uma foto de pré-bebê. Pode ser a única foto existente de nós duas juntas.

S

13

— Preciso deixá-la — diz Bastian, com o rosto pairando sobre o meu.

Estamos finalmente ensaiando a cena da pegação. Tenho o pressentimento que vai ser a minha favorita. Nós vamos nos beijar cinco vezes nessa parte da peça. Cinco. Então ele me levanta nos braços e me carrega para fora. Agora estamos na cena em que rolamos, nos pegando, do fundo do palco até a frente.

É uma cena engraçada, e divertida de fazer também, mas ligeiramente aterrorizante. Pelo menos a gente ainda não tem que beijar de verdade. Quando chegamos à parte do roteiro que fala para nos beijarmos, nós só meio que nos inclinamos na direção um do outro, como se fôssemos consumar. Mas não beijamos. Porque somos alunos do ensino médio, e a nossa cidade é mórmon, e, portanto, somos encorajados a beijar o mínimo possível. Os de verdade vão acontecer mais para a frente, tipo uma ou duas semanas antes do espetáculo. Que ainda está a algumas semanas de distância.

— Vamos tentar de novo — diz Mama Jo da primeira fila da plateia. Ela está com a expressão de lábios franzidos que sempre faz enquanto tenta explicar o que precisa de nós. — Quero três voltas no chão, então, Bastian, você termina em cima.

Constrangedor. Bastian e eu voltamos à posição inicial, então deitamos no chão e passamos os braços ao redor um do outro. Ele não sabe onde colocar as mãos. Eu não sei o que fazer com as pernas.

Portanto: constrangedor.

— Eu deveria ter trazido balas de menta — sussurra ele.

— Ah. Hum, desculpa.

Ele arregala os olhos escuros.

— Para mim. Eu quis dizer para mim. Não para você.

Ele é tão total e completamente lindo de todos os jeitos. É difícil de ignorar desse ponto de vista vantajoso.

— Ok, comecem — ordena Mama Jo, e a música começa.

Nós dois nos seguramos um no outro e começamos a rolar para a frente do palco. É difícil de controlar o movimento, mas conseguimos uma volta, depois outra, depois outra, então paramos, e Bastian levanta a cabeça.

— Preciso deixá-la — repete ele na voz do príncipe, que é grave e hilária, e não consigo segurar a risada.

— Muito bom — diz Mama Jo, rindo também. — Mas acho que deveríamos tentar um giro um pouco mais suave.

— As pessoas fazem mesmo isso? — pergunta Bastian baixinho, só para mim. — Elas rolam enquanto se pegam?

— Não sei. Nunca fiz isso.

Tenho certeza de que estou ficando vermelha. Ele continua em cima de mim, apoiando o peso nos braços para não me esmagar. Mama Jo ainda não nos disse para tentar de novo ou continuar a cena. Ela está envolvida numa discussão profunda com a diretora de palco sobre as logísticas do rolamento. Ou talvez nós nem devêssemos rolar porque é, hum, sugestivo. Talvez devêssemos ficar em pé e entrar girando no palco, em vez disso.

— Girar de pé não vai ser mais fácil — sussurro. Verdade seja dita, estou gostando de rolar.

— Você tem lábios lindos — diz Bastian.

Fico sem ar. O rosto dele está a centímetros do meu. O hálito dele cheira a molho de salada italiano, o que não é nada ruim. E ele está encarando os meus lábios.

— Eles formam, tipo, um arco perfeito — continua.

Sem dúvida, estou vermelha, consciente das nossas pernas todas enroscadas umas nas outras. Eu deveria fazer algum comentário sobre os lábios *dele*, não deveria? Só por educação? Ou sobre os olhos dele, que são de um castanho bem escuro e estão refletindo as luzes ao nosso redor de um jeito que faz parecer que estão brilhando. Mas o que eu poderia dizer? "Você tem olhos lindos"? Será que eu conseguiria me sair bem com esse nível óbvio de flerte? Será que estou pronta para tomar uma atitude? Tipo, a gente se conhece há algumas semanas. A essa altura, Bastian já parece integrado ao nosso grupo de nerds de teatro. Almoçamos juntos quase todo dia, fazemos piada na aula de coral, passamos um tempo juntos antes e depois dos ensaios. Ele não me encara mais, disso eu sei, mas ainda parece interessado.

Talvez esteja esperando que eu dê o primeiro passo. Eu deveria dar o primeiro passo.

— Muito bem, vamos manter o rolamento, então tentem mais uma vez e depois continuem a cena — exclama Mama Jo, antes que eu tenha uma chance de dizer qualquer coisa.

Bastian me ajuda a levantar. Damos dez passos para o fundo do palco, então deitamos de novo. A música começa, e nós rolamos. Rolamos. Rolamos.

— Preciso deixá-la — diz Bastian, então pula de pé e passa as mãos na calça.

Depois ele começa a falar sobre o gigante que ainda precisa matar, e eu pergunto se algum dia vamos nos reencontrar na floresta, e ele responde que isso foi "só um momento na floresta". Que ele nunca vai me esquecer. Que eu o fiz se sentir vivo. Então ele vai embora, e é hora do meu grande solo. Depois do qual eu vou morrer.

Inclino a cabeça levemente para um lado.

— O que foi *isso*?

Mama Jo ri da minha entonação.

— Ótimo — diz ela. — Continua.

— Você é incrível — diz Bastian, quando fazemos a pausa do almoço.

Sinto as bochechas esquentarem. É esquisito e constrangedor. Em geral, não tenho problemas para falar com garotos. Abro a boca. Palavras saem. É fácil. Às vezes, quando estou com Bastian, sinto como se, de um jeito estranho, eu estivesse interpretando uma cena de uma peça, mas, na verdade, é a minha vida. Essa é a minha cena com Bastian Banks, já escrita, e estamos nos apresentando juntos. O espetáculo de Cass e Bastian. No qual Bastian acabou de falar para Cass que a acha incrível.

— Ora, obrigada, gentil senhor — respondo, porque nosso roteiro tem boas falas.

— Você gosta de torta?

— Hein? — Ou talvez não tão boas assim.

— Torta. Tipo de abóbora. Cereja. Merengue de limão. Eu poderia continuar, mas...

— Ah, essa torta. Bem. Quem não gosta de torta? — Eu gosto mais de bolos, mas posso ser flexível.

— Vou almoçar no Perkins. Quer vir?

— Quero. — Ai, meu Deus, ele está me chamando para sair, não está, mais ou menos, talvez, finalmente? Mas então lembro que já tenho planos com Nyla. Eu me encolho e fecho os olhos por alguns segundos.

— Tá tudo bem?

Assinto.

— Quer dizer, eu adoraria ir, mas...

Ele também assente, então se vira e grita para o outro lado do teatro.

— Ei, Nyla! Quer comer torta?

— Hum, pode ser! — responde ela.

Abro um sorriso radiante. Ele queria me chamar para sair, mas também sabia que deveria convidar Nyla. Esse garoto é mesmo perfeito.

Ele se vira para mim de novo.

— E aí?

Dou uma risada e assinto.

— Que venham as tortas.

— Sentimos falta de vocês duas no ensaio de terça — diz Bastian, uma hora depois, com a boca cheia de torta de creme de chocolate. — O que houve?

— A gente fez uma viagem de carro — diz Nyla.

— Legal! Por que não me chamaram? — responde Bastian. — Eu amo viagens de carro.

— Com o meu pai — esclareço.

Ele bufa.

— Com o seu pai? Como foi isso?

— Foi legal, na verdade. — Nyla me lança um olhar cheio de significado. — Foi um tempo proveitoso em família. Um momento para boas conversas. Sabe como é. Sobre as coisas que *queremos* da vida.

Balanço a cabeça levemente. Não, ainda não contei para o meu pai que não quero ir para a BSU. Quer dizer, só faz alguns dias. Estou trabalhando nisso.

Bastian franze a testa.

— Nem consigo tirar o meu pai do sofá na maior parte do tempo. — Ele balança a cabeça. — Onde vocês foram nessa incrível viagem de carro?

— Boise — respondo. — Fomos visitar umas faculdades de Idaho.

Ele assente.

— Está chegando a época das inscrições.

— Pois é. Preciso começar as minhas. Agora, acho. Ou, de acordo com a minha orientadora, tipo ontem.

— E?

— E o quê? — Não entendo o que ele quer saber.

— E em que faculdades vocês decidiram se inscrever?

— Ah... Não sei.

Nyla dá um risinho de desdém.

— Qual é, Cass. Você sabe, sim. — Ela sorri para Bastian. — Eu quero ir para a USC. É minha primeira opção. Mas também vou me inscrever para a California Institute of the Arts, DePaul, Northwestern, Carnegie Mellon, New School, Pace, Rutgers, Brown e... — Ela desvia o olhar de mim. — Juilliard.

O quê? O monstro verde mostra a cara feia de repente. Mas... mas Nyla sempre disse que não queria Juilliard.

— Bem, Juilliard é o sonho de todo ator, é óbvio — comenta Bastian. — Então, nada de Idaho para você, hein, Nyles?

Ela me olha com um biquinho de compaixão ligeiramente culpado.

— Nada de Idaho. E você? Está planejando ir para a faculdade e fazer especialização em teatro?

— Sim — responde ele, com um olhar determinado. — Mas já sei onde.

— Ah, jura? Conta aí — peço.

— Vou para a College of Idaho.

Nyla e eu trocamos olhares chocados. Ah, vai, universo. É sério?

— College of Idaho? — repito, depois de gaguejar por cerca de um minuto.

— É. Eu sempre quis ir para lá. — Ele começa elogiar o tamanho das salas de aula, que são pequenas e permitem que você conheça os professores. Os dormitórios. O prédio dos alunos com seu teatrinho caixa-preta no porão.

— Mas você viu o teatro principal? Aquele com o lobby de mármore branco? — Estou me debruçando por cima da mesa. Não consigo me controlar.

— Vi, aquele é o Langroise Hall — confirma ele. — Aquele teatro é sexy pra caramba. Tem alguma coisa nele.

— Totalmente sexy — sussurro. — Eu sei.

— Ai, céus, não consigo me decidir se deixo vocês dois sozinhos ou levo vocês de carro para Caldwell agora — diz Nyla, revirando os olhos.

Bastian dá uma risada.

— Então pelo visto você também quer ir para lá, Cass...

— Quero. — Dou um suspiro. — Quero muito.

É um pouco constrangedor como eu estou totalmente apaixonada pela College of Idaho, sendo que há apenas uma semana eu tinha sentimentos tão fortes por Juilliard. Mas acho que é a vida. Você se apaixona por um lugar. Tem o coração partido. Segue em frente.

— Agora ela precisa contar para o pai dela — adiciona Nyla.

Apoio o queixo na mão.

— Meu pai tem uma queda por Boise State.

— Ah. — Bastian assente e suspira. — Meus pais também. Eles não confiam em nenhuma faculdade com a palavra "liberal" na descrição.

— Você já explicou o que "artes liberais" realmente significa?

— Eles não se importam.

— O pai da Cass não é assim — observa Nyla. — Ele vai ficar super de boa sobre a ida dela para a College of Idaho. Desde que algum dia ela conte que quer ir para lá.

— Eu vou contar para ele, Ny — respondo, franzindo a testa. — Só não tive a oportunidade certa ainda.

— Aham.

Lanço meu olhar de "não enche" para ela.

— Como está indo a cena com a Alice para o campeonato estadual? — pergunta Nyla para Bastian, mudando a conversa suavemente. Tenho vontade de rir, porque ela está falando de um jeito todo informal, como se não ligasse, como se só estivesse curiosa, mas sei que ela está avaliando o potencial dele como competidor. — Só falta, tipo, uma semana. Baita pressão.

— Ah, estamos indo muito bem — responde ele. — Alice é hilária, e adoro as peças do Neil Simon. É tipo a cena perfeita para nós dois, um casal tendo a primeira grande briga de casados. É superengraçado. O que vocês duas vão fazer?

— O...

— É segredo — interrompe Nyla antes que eu entregue o jogo. — Um tipo de segredo secreto que não podemos contar a ninguém, sob pena de morte.

Isso é que é drama, Ny, penso. Ela é competitiva demais. E não é como se quisesse vencer por causa da bolsa, da qual ela obviamente não precisa.

Bastian parece impressionado com a declaração.

— Ah. Entendi. Bem, tenho certeza de vocês vão ser incríveis.

— Pode apostar que vamos — diz Nyla.

— Mas você também é incrível — falo para Bastian. — Ou melhor, você vai ser incrível.

— Sejamos todos incríveis — conclui ele, com sabedoria.

De fato.

Quando a conta chega, Nyla paga pela minha torta e pela dela, dizendo "É a minha vez, certo?", para que Bastian não saiba que é sempre a vez dela, e juntamos nossas coisas. Uma rajada de vento frio nos atinge quando saímos para a rua. O outono está prestes a ceder espaço para o inverno.

Estremeço, e Bastian joga os braços ao meu redor enquanto atravessamos o estacionamento. Ele me puxa para seu peito. Meu coração começa a galopar.

— Você vai para a College of Idaho — canta ele.

Deus do céu, espero que sim.

— Eu também vou para lá — continua ele. — Vamos fazer peças juntos. E ter aulas juntos. E ficar juntos o tempo todo.

— É, acho que é isso o que significa fazer faculdade juntos — diz Nyla com um tom seco.

— Então é o destino — completa ele, e seus olhos voltam a brilhar. — Nós vamos ser melhores amigos.

Claro, penso, encarando ele. Amigos.

14

— Ei, Bu — diz meu pai quando entro em casa. Ele está na frente do fogão, mexendo seu molho de tomate caseiro. A casa cheira a manjericão. — Como vai a vida, Supergirl?

Ando depressa até ele. Não vou esperar mais. Vou contar essa droga para ele agora mesmo.

— Pai, a gente precisa conversar.

Ele para de mexer e parece vagamente preocupado.

— Está tudo bem com você?

— Tudo ótimo.

— Eu queria falar com você também — diz ele. — Fiquei com uma coisa na cabeça desde a nossa viagem de carro.

— Ah, é? Tudo bem. Bom, fala primeiro, então.

— Tá bom. — Ele apoia a colher de pau na bancada e vai até o escritório. Então volta segurando um envelope.

Qual é a parada do meu pai com envelopes misteriosos?

— O que é isso? — pergunto.

— No carro, você ficou perguntando sobre como sei o que sei sobre a sua mãe biológica.

Minha mãe biológica. Lá vamos nós. Tomo fôlego.

— Sim?

Ele me entrega o envelope. É um envelope normal, do tamanho usado para documentos, mas está amarelado pelo tempo e tão estufado que parece que vai rasgar. Eu nunca o tinha visto. Abro e desdobro os papéis.

"Formulário de Histórico Requisitado Não-Identificável de Saúde, Genética e Personalidade para o Registro de Adoção de Idaho", é o que diz o topo da página.

— Eu me dei conta — explica meu pai — de que nunca deixamos você ler isso por conta própria. Quer dizer, primeiro você era muito pequena para ler qualquer coisa, então a gente meio que esqueceu, sinceramente. Mas é seu. Ela fez isso. Para você.

— Quem fez?

— Sua mãe biológica.

Não consigo falar. Engulo em seco com dificuldade.

— Isso é tudo o que sabemos sobre ela — conta ele. — Acho que você merece saber também.

INFORMAÇÕES NÃO IDENTIFICÁVEIS
PARA REGISTRO DE ADOÇÃO

HISTÓRICO DE SAÚDE E PERSONALIDADE   (X) Mãe biológica   ( ) Pai biológico

As informações deste formulário foram fornecidas pelo pai ou mãe biológicos. O Escritório de Registros Vitais não é responsável pela veracidade destas informações.

DESCRIÇÃO PESSOAL

Estado civil: (X) Solteiro   ( ) Casado   ( ) Separado
            ( ) Divorciado   ( ) Viúvo

Se casado ou separado: ( ) Casamento civil   ( ) Cerimônia religiosa (especificar)

Você é integrante registrado de uma tribo nativo-americana, de um vilarejo do Alasca ou afiliado a uma tribo? ( ) Sim (X) Não   **Se sim, qual tribo?**

Religião:

Cristã

Origem étnica (britânica, alemã etc.):

Alemã, irlandesa, italiana

País ou estado de nascimento:

Idaho

Raça (negra, branca, nativo-americana, japonesa etc.):

Branca

Altura:

1,60 m

Peso:

52 kg

Cor e textura do cabelo:

Castanho, liso

Cor dos olhos:

Azul

Características físicas únicas (sardas, pintas etc.):

Sardas

Cor da pele: (X) Clara   ( ) Média   ( ) Morena   ( ) Escura

( ) Destro   (X) Canhoto

Porte físico (ossos grandes/pequenos, membros longos/curtos, musculoso etc.):

Mediano

Talentos, hobbies e outros interesses:

Música (escutar), filmes, shows. Tentei entrar para o jornal da escola esse ano, mas tive que sair.

Quais das opções abaixo descrevem sua personalidade (marque todos que se apliquem):

( ) Agressivo ( ) Emotivo ( ) Feliz (X) Rebelde (X) Tímido ( ) Sério (X) Calmo

( ) Amigável (X) Irresponsável ( ) Divertido ( ) Temperamental ( ) Crítico

( ) Extrovertido (X) Teimoso (X) Infeliz

Comentários:

FORMAÇÃO

Último ano completo:

1º do ensino médio

Nota média recebida no boletim:

Aluno nota 7

Atualmente na escola: (X) Sim ( ) Não

Futuros planos escolares:

Me formar no ensino médio.

Assuntos de interesse:

Música?

Qualquer problema relacionado ao ensino ou desafios (aulas particulares, ensino especial etc.):

Não exatamente.

HISTÓRICO EMPREGATÍCIO

Ocupação atual:

Serviço militar: ( ) Sim (X) Não **Se sim, divisão onde serviu:**

Treinamento vocacional:

Histórico de trabalho:

Trabalhei na Target no verão passado.

HISTÓRICO FAMILIAR

Alguém da sua família foi adotado? ( ) Sim (X) Não **Se sim, quem?**

Sua ordem de nascimento (1º de 4):

2ª de 3?

Relações pessoais com pais, irmãos ou integrantes de família estendida:

Moro com meu pai e minha madrasta. Não nos damos muito bem. Vejo minha mãe e minha meia-irmã uma vez por ano. Sou mais próxima do meu irmão mais velho, mas ele está na faculdade, então eu não o vejo tanto.

Resuma a adaptação à gravidez. Inclua como você e seus pais se adaptaram à gravidez, e se você recebeu apoio de colegas:

Meu pai/minha madrasta sugeriram que eu fosse para Booth, assim eu não fi-caria com vergonha. Eles estão com vergonha. Minha mãe tem sido razoavelmente solidária. Tive muito apoio de colegas na escola.

SEUS PAIS BIOLÓGICOS (avós da criança)

PAI

Idade (se falecido, informar idade no dia da morte):

46

Problemas de saúde:

Pressão alta

Altura/peso:

1,80 m, 90 kg

Cor dos cabelos/olhos:

Castanho, castanho

Porte físico: ( ) Pequeno (X) Médio ( ) Grande ( ) Extra grande

Cor da pele: ( ) Clara (X) Média ( ) Morena ( ) Escura

Destro/canhoto:

Destro

Descrição da personalidade (feliz, tímido, teimoso etc.):

Extrovertido, honesto, crítico

Talentos, hobbies, interesses:

Política, golfe, esqui

Formação:

Faculdade

Ocupação:

Advogado

Número de irmãos:

2

Raça (negra, branca, nativo-americana etc.):

Branca

Origem étnica (alemã, inglesa etc.):

Alemã, inglesa

Religião:

Presbiteriano

Estado civil: ( ) Solteiro   (X) Casado   ( ) Separado

           (X) Divorciado ( ) Viúvo

Ciente da gravidez? (X) Sim   ( ) Não

MÃE

Idade (se falecida, informar idade no ano da morte):

44

Problemas de saúde:

Altura/peso:

1,57 m, 45 kg

Cor dos cabelos/olhos:

Castanho, azul

Porte físico: (X) Pequeno   ( ) Médio   ( ) Grande   ( ) Extra grande

Cor da pele: (X) Clara   ( ) Média   ( ) Morena   ( ) Escura

Destro/canhoto:

Canhota

Descrição da personalidade (feliz, tímida, teimosa etc.):

Cabeça quente, mas perdoa fácil, enérgica

Talentos, hobbies e interesses:

Balé, esqui, tênis

Formação:

Faculdade

Ocupação:

Professora de balé

Número de irmãos:

0

Raça (negra, branca, nativo-americana etc.):

Branca

Origem étnica (alemã, inglesa etc.):

Irlandesa, italiana

Religião:

Agnóstica

Estado civil: ( ) Solteiro (X) Casado ( ) Separado

(X) Divorciado ( ) Viúvo

Ciente da gravidez? (X) Sim ( ) Não

SEUS IRMÃOS E IRMÃS BIOLÓGICOS (tios e tias da criança)

1) (X) Irmão ( ) Irmã

Idade (se falecido, informar idade no dia da morte):

22

Problemas de saúde:

Altura/peso:

1,80 m, não sei

Cor dos cabelos/olhos:

Castanho, azul

Porte físico: ( ) Pequeno (X) Médio ( ) Grande ( ) Extra grande

Cor da pele: ( ) Clara (X) Média ( ) Morena ( ) Escura

Destro/canhoto:

Destro

Talentos, hobbies, interesses:

Futebol, luta, beisebol

Formação:

Ensino médio, um pouco de faculdade

Ocupação:

Estudante

Religião:

Cristão

Estado civil: (X) Solteiro ( ) Casado ( ) Separado

( ) Divorciado ( ) Viúvo

Ciente da gravidez? ( ) Sim (X) Não

2) ( ) IRMÃO (X) IRMÃ

Idade (se falecido, informar idade no dia da morte):

7

Problemas de saúde:

Altura/peso:

Mais ou menos 1,20 m, 27 kg

Cor dos cabelos/olhos:

Loiro, azul

Porte físico: (X) Pequeno ( ) Médio ( ) Grande ( ) Extra grande

Cor da pele: (X) Clara ( ) Média ( ) Morena ( ) Escura

Canhoto/destro:

Canhota

Talentos, hobbies, interesses:

Um jogo de tabuleiro chamado Candy Land, Meu Pequeno Pônei, Legos

Formação:

Ensino fundamental, jardim de infância

Ocupação:

Criança

Religião:

Agnóstica

Estado civil: (X) Solteiro ( ) Casado ( ) Separado

( ) Divorciado ( ) Viúvo

Ciente da gravidez: ( ) Sim (X) Não

HISTÓRICO MÉDICO

Por favor, indique "Nenhum" ou "Você" se você ou qualquer parente biológico (i.e., sua mãe, seu pai, seus irmãos, avós, tios ou qualquer outro filho que você tiver tido) já sofreu ou sofre com as condições médicas listadas abaixo. Por favor, explique na seção de comentários.

Calvície: *Pai.*

Defeitos congênitos: *Nenhum*

Pé torto congênito: *Nenhum*

Fenda palatina: *Nenhum*

Doença cardíaca congênita: *Nenhum*

Câncer: *Avô. Câncer na bexiga.*

Outras: *Nenhum*

ALERGIAS

Animais: *Nenhum*

Asma: *Nenhum*

Eczema: *Nenhum*

Comida: *Irmã. Alérgica a amendoim.*

Pólen/Plantas: *Mãe.*

Urticária: *Nenhum*

Medicamentos: *Pai. Remédios para pressão alta.*

Outras alergias: *Nenhum*

Outras (especifique): *Nenhum*

DEFICIÊNCIA VISUAL

Astigmatismo: *Mãe. Usa óculos.*

Cegueira: *Nenhum*

Daltonismo: *Pai. Meu irmão também.*

DOENÇAS EMOCIONAIS/MENTAIS

Bipolar (maníaco depressivo): *Nenhum*

Esquizofrenia: *Nenhum*

Depressão severa: *Pai. Depois do divórcio.*

Suicídio: *Nenhum*

Transtorno obsessivo-compulsivo: *Nenhum*

Transtorno de personalidade: *Nenhum*

Alcoolismo/vício em drogas: *Pai. Ele também bebeu muito por um tempo.*

Outra (especifique): *Nenhum*

DOENÇAS HEREDITÁRIAS

Fibrose cística: *Nenhum*

Galactosemia: *Nenhum*

Hemofilia: *Nenhum*

Doença de Huntington: *Nenhum*

Hipotireoidismo ou hipertireoidismo: *Nenhum*

DOENÇAS CARDIOVASCULARES

Infarto: *Avó por parte de pai, aos 50 anos.*

Sopro cardíaco: *Nenhum*

Pressão alta: *Pai.*

Diabetes: *Nenhum*

DOENÇAS SEXUALMENTE TRANSMISSÍVEIS

Que nojo. Realmente espero que não!

Clamídia: *Nenhum*

Gonorreia: *Nenhum*

Herpes: *Nenhum*

Sífilis: *Nenhum*

HIV/AIDS: *Nenhum*

Outras (especifique): *Nenhum*

TRANSTORNOS NEUROLÓGICOS

Paralisia cerebral: *Nenhum*

Distrofia muscular: *Nenhum*

Esclerose múltipla: *Nenhum*

Epilepsia: *Nenhum*

Derrame: *Nenhum*

Febre reumática: *Nenhum*

Outros (especifique): *Nenhum*

TRANSTORNOS DE DESENVOLVIMENTO

Dificuldade de aprendizado/TDAH: *Nenhum*

Retardo mental (especifique o tipo): *Nenhum*

Síndrome de Down: *Nenhum*

Problemas na audição ou fala: *Nenhum*

Peso baixo ao nascer: *Nenhum*

Outros (especifique): *Nenhum*

HISTÓRICO DE USO DE DROGAS

COM RECEITA:

Especificar o tipo (Prozac, Roacutan etc.)

( ) Antes da concepção   ( ) Depois da concepção

DE BALCÃO:

Especifique o tipo (pílulas para dieta, anti-histamínico etc.)

( ) Antes da concepção   ( ) Depois da concepção

OUTROS TIPOS DE DROGAS USADAS:

Álcool

Especifique o tipo:

Cerveja, rum com Coca, vodca

Data do último uso:

Ano passado, numa festa.

(X) Antes da concepção   ( ) Depois da concepção

Relaxantes (i.e. remédios para dormir, barbitúricos etc.)

Especificar o tipo:

Data do último uso:

( ) Antes da concepção   ( ) Depois da concepção

Cocaína ou "Crack"

Por injeção? ( ) Sim   ( ) Não

Data do último uso:

( ) Antes da concepção   ( ) Depois da concepção

Heroína/Analgésicos

Por injeção? ( ) Sim   ( ) Não

Data do último uso:

( ) Antes da concepção   ( ) Depois da concepção

Alucinógenos (i.e. LSD, Ecstasy, PCP etc.)

Especifique o tipo:

Data do último uso:

( ) Antes da concepção   ( ) Depois da concepção

Cigarros

Especifique o tipo:

Data do último uso:

( ) Antes da concepção   ( ) Depois da concepção

Maconha

Umas duas vezes

Data do último uso:

Ano passado

(X) Antes da concepção   ( ) Depois da concepção

Outro

Especifique o tipo:

Data do último uso:

( ) Antes da concepção ( ) Depois da concepção

HISTÓRICO DE SAÚDE E PERSONALIDADE

(X) Mãe biológica   ( ) Pai biológico

Se desejar, por favor, adicione qualquer informação adicional que vá descrever melhor você e a sua situação. (Leve em consideração sua escolaridade, saúde, trabalho, objetivos e esperanças para o futuro, histórico de relacionamentos, crenças religiosas ou espirituais, desafios, forças etc.)

Sou uma aluna na média, mas conseguiria me sair melhor se me esforçasse mais. Em geral, sou uma pessoa saudável. Não tenho nenhum problema sério de saúde, e tentei comer bem durante a gravidez. Sempre pareço me apaixonar pelo cara errado, mas acho que é por isso que estou aqui. Fui criada como presbiteriana, mas não sou religiosa.

Espero poder seguir com a minha vida depois disso. Não sei o que quero ser quando crescer. Estou tentando focar em terminar o ensino médio.

Só tenho 16 anos e não acho que conseguiria dar o tipo de vida que você merece, então estou fazendo isso por nós dois.

15

É muito para absorver.

Estou sentada à mesa do café da manhã, mexendo distraidamente o meu mingau de aveia e olhando pela janela para a grande árvore de bordo em frente à nossa casa. Todas as folhas já amarelaram. Caíram. Tem um vento frio e constante soprando, farfalhando os galhos expostos. O sol está nascendo. É uma dessas manhãs bonitas e silenciosas, quando eu gosto de andar até o ponto de ônibus, mesmo que esteja frio.

Mas nessa manhã estou sentada, pensando. Não dormi quase nada. Passei metade da noite acordada, investigando o formulário de informações não identificáveis que meu pai me deu. Eu o li umas cinquenta vezes.

— Está tudo bem, Bu? — Meu pai aparece na porta, vestido para a escola. Ele também não parece ter dormido muito.

— É, estou... processando. Obrigada por me dar aquelas coisas — consigo responder.

— De nada.

Como uma colherada de mingau de aveia. Está frio. É por isso que não tomo café da manhã.

— Sabe qual é a parte que eu mais gosto? — pergunta ele.

Pisco para ele.

— O quê?

— A parte das doenças sexualmente transmissíveis.

— Hum, pai. Como é que é?

— Naquela seção, ela escreveu: "Que nojo. Espero realmente que não!" Eu quase consigo ouvir a voz dela quando leio isso. Ela é engraçada.

Preciso admitir, não li isso e concluí que minha mãe biológica tinha um ótimo senso de humor. Para ser sincera, fiquei desapontada com o que ela escreveu. Especialmente naquela última parte, onde ela tinha espaço livre para escrever um pouco. Ela não me disse nada importante. Pareceu um resumo de todas as opções que ela marcou. Tinha uma página para preencher, e ela não conseguiu pensar em nada significativo para dizer.

Talvez não seja fã de escrever, digo a mim mesma. Nem todo mundo se comunica bem desse jeito.

— Fala comigo — diz papai. — Bota pra fora.

— É só que... Quando eu era pequena, imaginava minha mãe biológica como uma princesa de desenho — conto. — Ela usava um vestido roxo e tinha cabelo escuro longo e esvoaçante, e era linda.

— É claro que era — concorda ela. — Igual a você.

— Pai, por favor, para com o papo de "você é tão especial". — Desisto do mingau de aveia e levo minha tigela para a pia. — Por algum motivo, sempre imaginei minha mãe biológica no alto de uma torre de pedra branca, trancafiada, e um dia ela baixou uma cesta pela janela, e dentro da cesta estava eu.

— Talvez a gente tenha mesmo feito a sua história parecer demais um conto de fadas — admite papai. — Eu, pessoalmente, preferia a história do alienígena.

— Queria que houvesse um medalhão que ela tivesse colocado no meu pescoço, ou um bilhete explicando o quanto eu significava para ela, mas que precisou me deixar partir porque ficaria para sempre presa na torre. Ela não tinha outra escolha.

— Ela queria que você tivesse a vida que merecia — diz papai. — Foi o que escreveu.

Dou de ombros.

— Bem, a imagem da garota na torre está meio que batendo de frente com a outra imagem da garota numa festa, bebendo vodca e fumando um baseado.

Papai ri e se serve de uma tigela de cereal.

— A questão é: sua mãe biológica é uma pessoa de verdade.

— Certo — murmuro. — Eu sei.

A última página do formulário me vem à cabeça.

Sempre pareço me apaixonar pelo cara errado, mas acho que é por isso que estou aqui.

— Não são os erros dela que a definem — continua papai. — É o que ela fez com esses erros. E ela fez uma coisa incrivelmente difícil e altruísta e corajosa. E sempre vou admirá-la por isso, não importa o que ela tenha feito numa festa quando tinha 16 anos. Sempre vou amá-la. Porque ela é parte de você.

Sinto lágrimas brotarem nos olhos. Balanço a cabeça. Preciso mudar de assunto. Foco em encher o saco do meu pai por causa do cereal.

— Froot Loops, pai? É sério? A mamãe nunca me deixa comer essas bostas no café da manhã. No lanche, talvez. Mas não no café da manhã. É açúcar puro.

— Quando o gato sai... — diz ele, mas seus olhos ficam tristes do jeito que ficam quando ele pensa sobre como a mamãe está longe de nós. Ela está trancada na sua própria versão de torre. — Enfim. Pega leve com a sua mãe biológica. Ela fez a coisa certa. Funcionou. — Ele dá um tapinha no meu ombro. — Seu lugar é com a gente.

Querida X,

Meu bom e velho pai me ligou hoje. Uhuul.

"Como você está?", perguntou ele. É o que sempre me pergunta. Mesmo que não queira saber a resposta.

"Esplêndida", respondi. "Posso ir pra casa agora?"

Eu não estava falando sério. Não quero voltar para aquela casa com meu pai e minha madrasta e o carpete branco e as louças que lascam tão fácil e gente me mandando abaixar a música de dez em dez minutos. Além disso, Evelyn deixou bem claro da última vez que entrei naquela casa que sou uma desgraça para a família. Evelyn — foi esse o nome que decidi dar para a minha madrasta nessas cartas. Ela tem cara de Evelyn. Se você a conhecesse, iria concordar.

Enfim, eu não estava falando sério quando pedi para voltar pra casa. Só falei isso para provocar o meu pai, para escutar aquele tremor aterrorizado na voz dele ao dizer: "Ah, querida, não acho que seja uma boa ideia. Você está mais confortável aí, não está? Com as outras garotas?"

Eu não estava falando sério, mas também fiquei irritada ao ouvir meu pai inventando uma desculpa para justificar por que eu não deveria estar lá. Porque estou mais "confortável" aqui, como se eu e minha barriga cada vez maior não fôssemos caber no casarão de tijolos dele em cima da colina. Tenho certeza de que alguém contou para ele sobre a briga com Amber, então ele sabe que não passamos o dia fazendo tranças uma na outra e cantando hinos. E fiquei irritada por ele estar me ligando em vez de me visitando. Porque ele não quer ser visto me visitando. Porque sente vergonha.

Eu claramente tenho problemas familiares. É divertido à beça, para não falar o contrário.

É bom que você nunca vá conhecer essas pessoas. Acredita em mim. Você não quer conhecer o meu pai. Ou Evelyn. Ou a minha mãe e seu marido novo, Brett, que também é um nome perfeito para aquele mão de vaca mauricinho, ou os avós com orgulho branco e protestante. De verdade, nós somos uma família de babacas.

Menos o meu irmão. Ele é tranquilo. Claro, ele se mudou para uma faculdade do outro lado do país — como as pessoas fazem quando estão tentando escapar de uma família de babacas — e eu nunca o vejo. Ele nem sabe da sua existência, X. E acho que não vou contar.

Venho imaginando você desde o ultrassom, quando vi seus pés e seu nariz e fui informada do seu status de pré-ser humano do sexo feminino. Venho imaginando uma garotinha com rabos de cavalo sentada numa bancada de cozinha comendo café da manhã. Um café da manhã feito pela mãe dela. Tipo panquecas.

Tento lembrar. Será que já houve uma época em que minha família toda se sentava ao redor de uma mesa pela manhã para comer bacon e waffles e conversar sobre o tempo e a escola e coisas normais de família?

A resposta é curta: não. Mesmo antes do divórcio, minha mãe nunca cozinhava. Ela seria capaz de queimar um ovo cozinho, e não estou brincando. Ela é um perigo na cozinha de qualquer um. Minha madrasta é melhor, mas está eternamente de dieta e malha de manhã. Nunca está por perto na hora do café.

Somos o tipo de família que come cereal frio.

Ainda assim, o divórcio dos meus pais foi uma coisa boa, porque só o que eu me lembro dos dois fazendo juntos é gritar um com o outro. Tentei morar com a minha mãe no começo, depois da separação, mas foi como se eu tivesse assumido o papel deixado pelo papai na gritaria. Acho que hábitos antigos são difíceis de largar. Então fui morar com o meu pai, que não falava muito comigo, mas pelo menos meio que me deixava em paz. Até a Barbie de Malibu chegar, pelo menos. E a minha mãe se casou com Brett e começou a gritar com ele também, mas em vez de se divorciar dele, ela teve uma filha: minha meia-irmã que mal conheço. Mas ela é fofa. Toda vez que estou lá, o que acontece tipo de dois em dois meses, ela quer jogar Candy Land. É um jogo que não exige nada do seu cérebro, e ela nunca quer jogar só uma vez. Ela quer jogar tipo doze vezes seguidas. Mas eu jogo, porque me parece uma coisa normal de se fazer: brincar com a sua irmãzinha. Eu gosto.

Fico me perguntando se você vai ter uma irmã. Ou um irmão. Não conheço as regras... Deixam as famílias adotarem mais de uma criança? Famílias que já têm uma criança também podem adotar? Ninguém me informou nada disso ainda. Mas espero que você tenha um irmão ou uma irmã um dia. No entanto, acho que é possível se sentir solitário numa família com muitos irmãos e irmãs. Foi o que eu aprendi. É completamente possível estar cercada de pessoas e continuar sozinha.

Enfim, o que estou tentando dizer é: fique feliz por não ter a minha família. Eu até cheguei a pensar, pelo menos no começo, que pudesse acabar ficando com você, e que talvez minha família ajudasse. Quer dizer, na teoria, é uma das opções.

Mas essa opção foi pelo ralo logo no primeiro dia.

Naquela manhã — meu Deus, nunca vou esquecer daquela manhã —, eu me sentei na privada com o teste de gravidez na mão, observando o indicadorzinho se transformar num sinal de mais. Tipo, mais um. Você mais um. Tenha um bom dia.

E pensei, cacete. Sem ofensas, X, mas CACETE.

Então eu tinha que ir pra escola, e escondi o teste no fundo da minha gaveta de calcinhas e peguei o ônibus e me arrastei de uma sala para outra e não parei de pensar nem por um minuto naquele sinal de mais. Sentia como se fosse um problema que eu deveria ser capaz de resolver, como se eu pudesse tornar aquilo irreal se me concentrasse o suficiente. Eu poderia dizer a mim mesma que era um erro. Poderia ir para casa e fazer outro teste, e ele me daria um resultado diferente.

Mas quando cheguei em casa, meu pai e minha madrasta estavam me esperando no sofá da sala, e minha madrasta estava segurando o teste com uma expressão triunfante do tipo AHÁ, EU SABIA QUE VOCÊ IA FAZER MERDA e meu pai estava olhando para qualquer lugar, menos para mim.

Meu primeiro pensamento foi: eca, eu fiz xixi nesse negócio.

O segundo pensamento eu disse em voz alta: "Você não tem direito de mexer nas minhas coisas. Isso é o meu assunto pessoal."

Evelyn bufou. "Ah, que hilário", respondeu ela. "Você está GRÁVIDA e ainda quer ficar irritada porque a gente vasculhou o seu quarto?"

"A gente não, você", corrigiu papai. "Você vasculhou o quarto dela."

Ela olhou feio para ele, e aproveitei a oportunidade para arrancar o teste da mão dela. O sinal de mais continuava ali. Cacete. Então fiquei parada, bufando de raiva, porque o fato de eles saberem tornava tudo real. Eu não poderia mudar mais a realidade, ou negá-la, ou sequer tirar um tempo para absorvê-la.

"Ah, não", disse minha madrasta quando eu estava prestes a cair fora. "Pode ficar bem aí, mocinha."

Suspirei. "O que foi?"

"Vamos falar sobre isso. Vamos traçar um plano."

Por um segundo, senti um clarão de esperança, como se os adultos pudessem consertar tudo. Talvez tudo fosse ficar bem.

"Seu pai começou um trabalho novo essa semana", disse ela.

"É, eu sei."

"Isso poderia arruinar tudo o que ele vem trabalhando para conquistar. Ele quer ser governador um dia. Talvez mais."

"Então acho que estou de castigo, né?" Direcionei essa frase para o meu pai, mas ele ainda continuava sem olhar para mim. Nem parecia estar me ouvindo.

Evelyn fez um barulho de nojo. "Você é uma desgraça para essa família."

"Eu poderia fazer um aborto", falei. Eu nunca tinha escolhido um lado nessa discussão antes. No mínimo, teria me considerado pró-vida antes, seguindo a opinião que meus pais enfiaram na minha cabeça ao longo dos anos, de que aborto era assassinato de bebês. De que todas as mulheres que faziam abortos iriam para o inferno, como se, no minuto em que morressem, elas fossem colocadas no eterno duto que as levaria direto para um lago de fogo para queimar pelo resto da eternidade. Mas nesse momento eu não pensava em você como um bebê, X. Você ainda não era um bebê. Você era tipo uma semente de laranja alojada atrás do meu osso pélvico, ou talvez nem isso. Você era um sussurro. Um rumor. Um sinal positivo num teste de plástico.

Parecia melhor se eu pudesse simplesmente apagar você.

Meu pai me encarou, e começou a assentir, como se concordasse com a ideia do aborto. Mas Evelyn deu uma risada incrédula.

"Ela não pode fazer um aborto", falou. "Alguém descobriria."

"Ninguém precisaria saber", retrucou ele.

Ela sacudiu seus cachos loiros imaculados para ele. "Sempre descobrem. Coisas assim sempre vêm à tona no pior momento. E isso arruinaria a sua imagem, Rex."

(Tudo bem, Rex não é o nome verdadeiro do meu pai, mas achei hilário, então vou continuar chamando ele assim.)

Enfim, ela disse: "Sua filha não pode fazer um aborto. Nunca. Mas, especialmente, não agora."

Aí está, X. Você tem a minha madrasta malvada a agradecer. Você está viva porque se livrar de você seria um problema de RP.

"Então ela vai ter a criança", falou papai. "Ela tem 16 anos. Como isso poderia ser visto com melhores olhos?"

"Bem, ela pode ser uma piranha, mas não é uma assassina", disse Evelyn.

"Estou bem aqui", lembrei aos dois. Eu não gosto do termo vaca, como já expliquei, mas odeio piranha ainda mais.

"Quem é o pai?", perguntou papai de repente.

Ele não gostaria de saber que Dawson é mais velho do que eu. Minha mente deu voltas. Existia alguma coisa sobre estupro de vulnerável. Ele poderia ser preso, acusado de alguma coisa, talvez até condenado à prisão. Não é isso que as pessoas chamam de "chave de cadeia"? E alguma coisa sobre Evelyn ter me chamado de piranha me tirou do sério. Então dei de ombros e respondi: "Vai saber. Existem algumas possibilidades. Quer que eu escolha uma?"

Evelyn ficou boquiaberta. Foi supersatisfatório. Meu pai pressionou os lábios numa linha e ficou com o rosto vermelho feito um tijolo.

"Então não pode haver um casamento", concluiu Evelyn depois de um minuto.

Meu Deus, não. Mesmo que Dawson estivesse, de alguma forma, de boa com a ideia, eu não queria me casar. Acho que nunca quero me casar. Já vi como é a vida de casado, e não quero algo parecido.

"Não vai pegar bem, não importa o que a gente faça", disse meu pai.

Eu me virei para ir embora.

Evelyn fez um barulho como se fosse me impedir de novo, me lembrar de quem era a casa onde eu morava, esse tipo de babaquice, mas meu pai disse: "Deixa ela ir."

A última coisa que vi antes de fazer a curva para o corredor foi ele abaixando a cabeça entre as mãos e ela passando os braços ao redor dele.

"Não se preocupe", disse ela. "Vamos pensar em alguma coisa."

Está certo, pensei. Consola ele. Só vou ficar aqui, grávida.

Aquela noite foi longa. Muito longa. Meu cérebro ficava dando voltas, tentando encontrar uma saída. Mas não havia saída. Havia apenas você.

De manhã, Evelyn bateu na porta do quarto.

"Sua mãe", anunciou ela, e me entregou o celular.

"Oi", falei para o fone.

"Nosso fim de semana ainda está de pé?"

"Aham."

Houve uma longa pausa. Então minha mãe limpou a garganta. "Evelyn me disse que você está grávida."

Eu odeio a Evelyn.

"Sinto muito", continuou mamãe. Isso me surpreendeu. Como já estabelecemos, minha mãe gosta de gritar. Eu esperava que ela fosse gritar comigo, me dizer como eu era idiota, como era descuidada, que desgraça para a família, certo? Vamos concordar. Mas, em vez disso, ela perguntou: "Você já sabe o que quer fazer?"

"Não", respondi. "Eu acabei de descobrir."

"Quando estiver aqui, no sábado, a gente pode cuidar disso", disse ela. "Se for o que você decidir."

"Mas papai e Evelyn..."

"*A vida é sua*", disse ela. "*Seu pai vai ter que aceitar.*"

"*Ok*", respondi, engolindo em seco. Mamãe pode ser difícil de vez em quando, mas dessa vez ela meio que mandou bem. "*Ok.*"

Bem, X, obviamente não fiz um aborto. Eu de fato fui para o Colorado. Joguei Candy Land com a minha irmãzinha. Comi pizza e vomitei de novo. Fiz caminhadas na neve. Pensei sobre o sentido da vida e contemplei a existência do céu e do inferno. Posso até ter rezado. Eu me pergunto quantas garotas grávidas se veem com uma súbita necessidade de falar com Deus. Mas, quando chegou a hora de ir de carro até a clínica ou sei lá o quê, entrei no carro. Sem discussão. Entrei, e nós saímos.

Avançamos por um tempo em completo silêncio.

"*Essa é coisa certa*", disse minha mãe, finalmente.

Não respondi. Não sabia se era a coisa certa ou a coisa mais fácil ou se eu só queria fazer isso porque Evelyn disse que eu não podia.

Nada parecia real, mas eu estava indo na onda.

Então o carro começou a deslizar. Estávamos em janeiro. Um frio de rachar, com ruas congeladas. Minha mãe nunca foi uma excelente motorista. Ela tinha acabado de me dizer que essa era a coisa certa quando passamos por um trecho de gelo escuro. O carro derrapou para um lado, depois para o outro, então começamos a girar. O tempo desacelerou da maneira que faz nessas situações. Eu me lembro da careta da minha mãe, o terror, o pânico. Eu até me lembro de como os nós dos dedos dela ficaram brancos enquanto ela agarrava o volante. Meu estômago revirou. Neve e árvores e luzes passavam pelas janelas num borrão. Alguém buzinou para nós. Dei um grito, e ele soou como o barulho de um veado quando é capturado pelo leão da montanha.

Ai, merda.

O carro parou. Nós duas ficamos em silêncio por um momento, recuperando o fôlego.

"*Você se machucou?*" Minha mãe estava com o braço na minha frente, como se ela pudesse ter me impedido de voar pelo para-brisa.

Eu estava de cinto. Estava bem. Nós duas estávamos bem. O carro não tinha colidido com nada. Não tínhamos batido em outro carro, por mais que houvesse tráfego. Não tínhamos saído da estrada. Não tínhamos capotado. Estávamos paradas depois de completar um ângulo perfeito de 180 graus. Estávamos viradas para o outro lado. Às nossas costas, outro carro buzinou, porque estávamos bloqueando a passagem.

Minha mãe começou a dirigir devagar, lentamente voltando para a pista certa.

"*Tem certeza de que está bem?*"

Abaixei o vidro e vomitei.

"Muito bem", disse mamãe. Ela ligou a seta para sair da estrada. Para fazer o retorno. Para continuar o caminho até a clínica.

Coloquei a mão sobre a dela, no volante.

"Na verdade, pode me levar de volta pra casa?"

Não sou muito de acreditar em sinais, X, e não mudei de repente de opinião sobre aborto. Não que eu tivesse uma opinião forte em primeiro lugar. Era só uma questão de: eu estava seguindo numa direção, então uma coisa aconteceu e me fez seguir na direção oposta.

E aqui estamos nós.

S

16

Entrego o envelope com o formulário de informações não identificáveis para Nyla na escola. Porque, mesmo que ela tenha dito que procurar a minha mãe biológica era má ideia, ela é a única pessoa na minha vida além dos meus pais que talvez entenda qual é a sensação de ler esse formulário. E ela é minha melhor amiga e não posso deixar de compartilhar isso com ela. Nos melhores e nos piores momentos.

Então, ao final do almoço, ela já leu o negócio todo e está oficialmente pronta para comentar.

— Então, em primeiro lugar: eita — diz ela, enquanto nos acomodamos em um dos nossos lugares de sempre, no chão da sala comunal da Bonneville High School.

— Não é?

— Como você está?

— É muito para absorver — digo, mordendo meu último palito de cenoura. — É... muito.

— Mas você já não sabia da maior parte do que que está aqui?

Nyla me devolve o envelope.

— Já.

Coloco o envelope no chão e o encaro.

— Meus pais me contaram uma parte. Tipo que a minha mãe gostava de música, esse tipo de coisa. Mas...

Mas isso... Isso é um turbilhão de detalhes específicos que eu não sabia, tipo que a minha tia — eu tenho uma tia que é sete anos mais velha do que eu — é alérgica a amendoim, e meu avô é um presbiteriano careca, e minha mãe biológica aparentemente tinha sardas e trabalhava na Target durante o verão.

— Mas agora você tem pessoas — diz Nyla.

— É.

É exatamente isso. Agora, não importa como tente olhar a situação, é como se eu tivesse uma família escondida por aí, não só uma mãe biológica e o necessário pai biológico, mas tias e tios e avós e bisavós com vidas e histórias particulares. De repente, eles todos se tornam reais.

Nyla fica com um olhar melancólico, e penso que talvez não devesse ter compartilhado isso com ela tão depressa. Talvez essa história esteja dragando a sua própria bagagem há muito tempo enterrada.

Mas então ela diz:

— Gostei da parte das doenças sexualmente transmissíveis. Que nojo!

— Nossa, você também, é?

— Então, o que você vai fazer agora?

Eu a encaro.

— Como assim?

— Você vai procurar por ela?

— Achei que você tivesse dito que isso seria cutucar um ninho de vespa.

Ela examina as unhas.

— Talvez eu estivesse errada.

Dou uma risada de desdém.

— Quem é você, e o que fez com a minha amiga Nyla?

Ela dá uma olhada ao redor. Está barulhento ali. As pessoas estão falando, comendo, rindo. Nenhum dos nossos amigos está por perto. Ninguém olha para nós.

Ela se arrasta para mais perto de mim.

— Eu também tenho pessoas — fala ela, depressa. — Já tive um irmão.

Abro a boca, mas não sei o que dizer.

— Tipo... da...

— Libéria — sussurra ela. — Ele era mais velho, talvez dez ou onze quando...

Ela franze o cenho. Quando seus pais foram mortos. Na guerra civil que aconteceu lá. O que é tudo o que sei sobre a situação. Foi tudo o que Nyla me contou.

133

— Eu só lembro um pouco dele — diz ela. — Flashes. Uma piada que ele gostava de contar. Eu nem saberia mais repetir para você. Não falo mais a língua. Mas lembro que era engraçada. E o nome dele era Tegli.

— Ah, Ny — sussurro.

Parece impossível que eu a conheça por tanto tempo, tantos anos, tantas noites conversando até tarde, e ela nunca tenha me dito uma palavra sobre ter um irmão.

— Eu tinha dez anos quando contei para a minha mãe. Então meus pais conversaram e decidiram que iriam procurá-lo e torná-lo parte da família também, se conseguissem encontrá-lo. Então eles tentaram, e... — Ela olha fixamente na direção dos escaninhos, como se estivesse vendo algo ao longe. Algo desagradável. — É. Não acabou bem.

— Eu sinto muito...

Ela balança a cabeça.

— O negócio é... E sei que isso vai ser um choque para você, Cass, mas decidi que você não é igual a mim. E não sou igual a você.

— Ainda bem, né? — Tento fazer uma piada, mas não dá certo.

— Eu estava julgando demais a sua mãe biológica — diz ela.

— Estava?

— Meus pais biológicos não optaram por abrir mão de mim. Mas a sua mãe biológica optou. E pensei que talvez isso significasse que ela não era...

— ...uma boa pessoa — completei por ela.

Outras pessoas já reagiram assim, algumas vezes, quando escutaram que sou adotada. Como se a minha adoção fosse uma tragédia. Como se eu fosse um bebê abandonado que uma garota piranha e sem coração largou numa caixa na porta de alguém. Um cachorrinho sem dono na chuva.

Nyla toca o envelope, que continua no chão entre nós.

— Mas quando li isso pude ver que estava errada. Ela só era muito nova, sabe? Ela parece bem normal. E, se eu fosse você, iria querer procurá-la.

Dou de ombros.

— Eu nem sei o nome dela.

— Não é possível que não tenha nada na internet — responde ela. — Tipo um registro ou algo assim. E não tem nenhuma informação nesse formulário que você possa usar? Tipo pistas?

— Talvez. Mas não tem nada identificável nisso tudo — digo. — O que acho que é o objetivo.

Nyla assente, pensativa.

— E... — Dou um suspiro. — Não quero deixar meus pais chateados.

— Foi o seu pai que deu isso para você — observa ela.

— Não para que eu pudesse procurar — argumento. — Mas para que eu soubesse tudo o que eles sabem.

— Você deveria perguntar como ele se sente. Já conversou com ele sobre...

— Eu ia, mas fui distraída. Disse que queria falar com ele, mas então *ele* disse que queria conversar sobre uma coisa e me entregou isso, e eu...

Ela cruza os braços.

— Cass!

— Eu sei. *Eu sei.* Pega leve, Capitã Mandona.

O sinal toca. O almoço oficialmente acabou. As pessoas à nossa volta começam a ir para as salas.

De repente, Bastian aparece na nossa frente.

— E aí, senhoritas, como vão? — Ele nos ajuda a levantar. — Por sinal, ontem à noite foi incrível.

Ontem à noite, com a cena do beijo? Dou um sorriso.

— Pois é. Totalmente incrível.

— A sua música no final — disse ele para Nyla, balançando a cabeça como se ainda não conseguisse acreditar. — Você me mata, garota. Acho até que vou ter que pedir você em casamento na vida real.

Calma aí. Ele vai pedir *Nyla* em casamento? Por que gostou da música *dela* no final do segundo ato? Mas... sou eu quem tem o maior solo do segundo ato.

— É, boa sorte — diz ela, com um levíssimo traço de sorriso. — Mas valeu. Você também não foi tão ruim.

Ele se vira para mim, seus olhos castanhos calorosos e brilhantes de uma maneira que faz meu coração bater mais rápido.

— E você... Bem, nem preciso dizer nada.

— Na verdade, prefiro que você diga *alguma coisa*.

Ele ri.

— Tudo bem. O seu solo é do cacete, hum, caramba... — corrige ele por causa da Nyla.

Meu solo é do caramba.

— Nossa, valeu.

— Estou cercado por mulheres lindas e talentosas — suspira ele. — Como dei tanta sorte? — Seu olhar recai sobre o grande envelope na minha mão. — O que é isso?

Por instinto, eu o levo ao peito. Eu me considero uma pessoa bem aberta, de verdade, mas não saio por aí dizendo às pessoas que sou adotada. Eu sentiria como se estivesse tentando chamar atenção, e as pessoas não costumam entender a minha situação.

— Nada — respondo depressa, enfiando o envelope na mochila. — Só um negócio pra aula.

— Falando em aula, é melhor nos apressarmos — diz Nyla.

— Ah, muito bem. Adeus, belas senhoritas. A despedida é uma dor tão doce — diz Bastian, citando uma fala de *Romeu e Julieta*. Então ele faz uma reverência, sopra um beijo e sai saltitando pela sala comunal.

— Ele é tão nerd de teatro que nos faz parecer normais — suspira Nyla, mas está sorrindo.

— Ele é perfeito — respondo.

— É, talvez ele esteja subindo no meu conceito. — Ela entrelaça o braço ao meu enquanto andamos. — Enfim, de volta à nossa conversa, antes de sermos tão encantadoramente interrompidas. Eu ajudo você a procurar sua mãe biológica, se quiser. E, pelo amor de Deus, fala com o seu pai, Cass. Sobre esse negócio da adoção. E sobre a faculdade. Fala. Com. Seu. Pai.

— Vou falar — prometo. — Eu vou. Eu *vou*.

17

Naquela tarde eu me sento à mesa da cozinha, esperando meu pai voltar do trabalho. Em parte porque estou entediada, em parte porque a parte curiosa do meu cérebro não cala a boca, eu pego meu laptop e digito "busca de adoção" no navegador. E me pergunto se estou cutucando um ninho de vespas.

Na mesma hora, uma lista de possíveis sites aparece na tela. Existe uma tonelada de páginas sobre adoção, na verdade, tipo "buscadeadoção" e "pesquisadoresdereencontros" ou "reconecte.com". Escolho o primeiro. Parece legítimo, e posso criar um perfil de graça. Só preciso responder às seguintes perguntas:

Quem você está tentando encontrar?
— meus pais biológicos
— meu filho adotado
— um irmão
— um membro da família
Indique o gênero da pessoa adotada. (Não tem certeza? Selecione ambos.)
— masculino
— feminino
Indique o ano de nascimento da pessoa adotada.
Indique o mês de nascimento da pessoa adotada.
Indique a data de nascimento da pessoa adotada.

Em que país a adoção aconteceu?
Quando a adoção aconteceu?
  — não tenho certeza
  — no ano do nascimento
  — mais de um ano depois do nascimento
Desde o momento da adoção, vocês estiveram em contato?
  — não tenho certeza
  — estivemos em contato
  — não estivemos em contato
Para o propósito dessa pesquisa, que opção melhor descreve você?
  — eu sou a pessoa adotada
  — estou pesquisando em nome da pessoa adotada
  — gostaria de encontrar uma pessoa que foi adotada
Permitir que os mecanismos de busca anexem o seu perfil (altamente recomendado)?
  — sim
  — não

É a primeira pergunta que me faz parar. *Quem eu estou tentando encontrar?* Mordo o lábio. Eu estou tentando encontrá-la? De verdade? Vou mesmo fazer isso?

Tenho uma mãe, digo a mim mesma com firmeza. Uma mãe maravilhosa, amorosa, gentil, talentosa, incrível, que é praticamente perfeita em todos os sentidos. Não preciso de outra mãe. Não quero outra mãe. Eu me lembro que não penso de verdade na minha mãe biológica como minha mãe. Imagino que ela tenha, tipo, uns 34 anos, mas ainda a imagino com 16 anos, debruçada enquanto escreve *que nojo* no formulário não identificável. Na minha cabeça, ela é só uma garota. Igual a mim.

Mas a verdade é: eu sinto alguma coisa. Uma conexão com essa pessoa que não conheço. Mas, mesmo assim, eu sinto. E não importa se ela tem 16 ou 34, quero saber mais sobre ela.

Quero saber quem ela é.

Volto minha atenção para o site. Leva cinco minutos até eu criar um perfil oficial.

Nele consta:

Cassieintherye
Estou procurando meus pais biológicos.
Nasci em 17 de setembro de 2000, em Boise, Idaho.
Foi adotada em Idaho, EUA, no ano do nascimento.
Nós não estivemos em contato desde o momento da adoção.

Tem um lugar onde posso anexar uma foto, mas escolho a silhueta vazia. Também tem uma seção para deixar uma mensagem pessoal, mas não sei o que dizer que não pareça óbvio.

A tela atualiza enquanto processa meu perfil.

Ver perfis compatíveis?

Meu coração acelera. Tem algum perfil compatível? O site me perguntaria se quero ver os perfis compatíveis se não houvesse nenhum?

Aperto o botão.

1 Perfil Encontrado!

90% compatível

Perco o fôlego. Não pode ser tão fácil. Não é possível que minha mãe biológica esteja procurando por mim. Ela não pode estar, pode?

Clico no perfil.

Janet1222

Estou procurando minha filha.

Ela nasceu em 2000.

Ela foi adotada nos EUA, mais de um ano depois do nascimento.

Nós não entramos em contato desde o momento da adoção.

Nenhuma mensagem pessoal foi adicionada.

Encaro a tela por um minuto, ainda sentindo o coração martelar.

Não sou eu. Disso tenho certeza. Fui adotada com seis semanas, não depois de um ano.

Não sou a garota que ela está procurando.

Mas meus olhos ficam voltando às palavras *Estou procurando minha filha.*

Mas ela não está.

Fecho o laptop e espero meu coração voltar ao ritmo normal, o que leva um tempo. Então ouço a chave do meu pai na porta.

— Oi, Bu — cumprimenta ele ao entrar com os braços cheios de compras.

— Como foi o seu...

Fico de pé num pulo.

— Não quero ir para Boise State — digo, rápido, mas com clareza. É melhor arrancar o Band-Aid num único movimento suave, certo? Me livrar disso logo.

Meu pai fica sem expressão.

— O quê?

Eu o ajudo a guardar as compras, então o levo até o sofá da sala de estar, onde tentamos ter todas as conversas consideradas "sérias" da família.

— Isso é sobre Juilliard? — pergunta ele, com a voz rouca.

— Não. — Dou uma risada. — Não, não, pai. Eu quero ir para College of Idaho.

As sobrancelhas dele se elevam tanto que quase desaparecem embaixo do cabelo.

— College of Idaho?

— Tem alguma coisa sobre essa faculdade, pai. É tipo um sentimento. E eu sei, eu sei, sentimentos não são nada confiáveis, sentimentos podem ser voláteis, como você diz, sentimentos não servem como base para grandes decisões, mas eu gostei muito de lá. Acho que é o universo.

As sobrancelhas descem.

— O universo.

— Acho que alguma coisa vem... hum, me direcionando para lá.

Ele franze a testa.

— Mas foi Nyla que quis visitar essa faculdade.

— Eu sei. Foi Nyla e o destino.

Ele coça a cabeça embaixo do rabo de cavalo.

— Mas você parecia tão feliz sobre a BSU. Eu pensei...

— Eu estava agindo como se estivesse feliz porque você estava feliz. Quero que você seja feliz, pai. Quero mesmo. Mas também quero ser feliz, e a College of Idaho, eu acho, faria com que eu fosse mais feliz. E com uma boa formação. É isso. Agora você sabe.

Paro de balbuciar e o encaro. A qualquer segundo, ele vai cair na gargalhada e me abraçar e me dizer que é claro que quer que eu seja feliz.

— Preciso olhar meu caderno. — Ele sai para o escritório. Fica lá por uns cinco minutos. Eu me sento no sofá.

Ele volta, caderno em mãos, e se senta, cautelosamente, no canto do sofá. Está com o caderno aberto na página com os prós e contras da College of Idaho. Suspira.

— Acho que não podemos pagar pela College of Idaho — anuncia ele, depois de um minuto.

— O quê?

— É muito cara.

O quê?! Eu já sinto as lágrimas brotando, e isso me faz sentir imatura, como uma criancinha com vontade de chorar porque não ganhou um achocolatado.

— Quão cara? — pergunto num sussurro, porque não confio na firmeza da minha voz.

Ele vira o caderno na minha direção de modo que eu possa ver o que ele anotou na lista de contras. O preço da mensalidade.

Arquejo.

— É quase o preço de Juilliard.

Ele dá um sorriso triste.

— É quase o preço de Juilliard.

Fico de pé, andando de um lado para o outro. Minhas lágrimas não derramadas evaporam numa onda de raiva. Eu me sinto idiota. Deveria ter pesquisado toda a informação sobre a College of Idaho por conta própria. Então eu saberia. Venho seguindo o site deles de maneira obsessiva desde a nossa vigem, olhando fotos, me familiarizando com os professores e os prédios e os cardápios de comida. Por que não olhei a questão do dinheiro? Parti do princípio que, por ficar em Idaho, nós poderíamos pagar.

— Sinto muito, Bu — diz papai.

Eu me volto contra ele.

— Por que você me levou para olhar outras faculdades se não posso ir a nenhuma que não seja Boise State?

Ele faz uma expressão sofrida, o tipo de sofrimento envolvido em um tratamento de canal dentário.

— Eu queria que você sentisse que tinha opções.

— Mas eu não tenho de verdade?

Ele balança a cabeça.

— As outras faculdades que visitamos... Idaho State, College of Southern Idaho... elas não são caras. Você poderia ir a qualquer uma delas.

Paro de andar.

— Eu poderia pegar empréstimos.

— Não acho que seja uma ótima ideia, mas podemos conversar a respeito. — diz ele. Isso é o que ele fala quando, na verdade, está dizendo não. — Não quero que o início da sua vida adulta seja sob uma montanha de dívidas.

— Existem bolsas.

— Verdade. Mas...

— Existem bolsas acadêmicas que eu definitivamente tenho qualificação para conseguir, e bolsas de teatro, e, e... a competição estadual de teatro na semana que vem!

Ele coça a bochecha.

— Competição estadual?

Minha mente dá voltas.

— Eles premiam com uma bolsa de estudos o aluno do último ano que fizer uma apresentação excepcional na competição. Dez mil dólares por ano, por quatro anos, para a faculdade de sua escolha.

Essa é a resposta, eu sei que é.

— Ah — diz ele. — Ok. Bem... mas isso não é garantido, Cass.

— A gente ganhou em todos os anos. Todo ano, pai. — Seguro a mão dele. — Se eu conseguir uma bolsa grande o suficiente para fazer a College of Idaho, e custar o mesmo que a BSU, então posso ir para lá? Por favor, pai.

— É claro. — Ele ainda parece pesaroso. — Mas... tem certeza de que não gosta de Boise State?

— Não é que eu não goste de lá — respondo, com cuidado. — Não sei explicar, pai. Mas não sinto que é o meu lugar.

— E sente que a College of Idaho é?

Assinto.

— Sim.

Ele suspira. Então, depois dos dois minutos mais longos da minha vida, diz:

— Bem, não sei como vamos pagar por isso, mas vou falar com a sua mãe.

— Você sabe o que ela vai dizer — arrisco.

Ele sorri e aperta o meu ombro.

— É. Acho que sei.

— Tive uma amiga no ensino médio que estudou na College of Idaho — comenta mamãe mais tarde. Ela se vira para o meu pai. — O nome dela era Dori, lembra, querido? A gente ia visitá-la de vez em quando. Tinham noites de filme gratuitos num cinema caindo aos pedaços perto da faculdade. A gente viu *Um Casal Quase Perfeito* lá.

— Ah, é — responde ele, segurando a mão dela. — Dori. Ela é doutora agora, não é?

— Professora de história. Amava tanto a faculdade que acho que voltou lá para dar aula depois de terminar o doutorado — conta minha mãe. — Eu deveria ligar para ela. Ver se ela pode nos dar algumas dicas.

— Então você está de boa com isso?

Mamãe franze a testa.

— De boa com quê?

— Com o fato de eu ir para lá em vez de Boise State.

— É claro. — Ela lança um olhar severo para papai. — Se é isso o que você quer, se esse é o lugar onde você sabe, no fundo do coração, que precisa estar, Cass, então nós dois vamos apoiar você.

Olho para papai em busca de confirmação. Ele assente, distraído.

— Mas é tão caro — admito.

— O dinheiro virá — diz ela. — O universo se desenrola como deve. Eu acredito nisso.

— Quero acreditar também.

No entanto, não deixo de perceber que papai está com a testa franzida. Mas quando me nota observando, abre um sorriso abatido.

— Eu também — diz ele, suavemente. — Então aí está. College of Idaho tem aprovação materna.

— E paterna — corrige mamãe.

— Isso — concorda papai.

— Obrigada — falo, mas tenho a sensação desanimadora de que estamos todos atuando. Um pavor vem crescendo dentro da minha barriga desde que cheguei aqui. Como se essa fosse uma cena de alguma peça na qual estou atuando, e nem um pouco mais real do que meus devaneios anteriores sobre Juilliard. Venho tendo essa sensação com frequência ultimamente. De que não estou vivendo a minha vida de verdade.

A enfermeira entra, apressada.

— Está na hora do assunto sério — diz ela, o que é uma versão do que as enfermeiras sempre dizem quando querem que você saia e a deixe trabalhar no paciente. Papai e eu pulamos das cadeiras.

— Vão ficar para o jantar? — pergunta mamãe, enquanto nos aproximamos da porta. — Acho que vai ter estrogonofe de carne essa noite.

— Ah, meu Deus — diz papai, se encolhendo. — Vamos lá descolar uma salada.

Balanço a cabeça.

— Eu tenho ensaio de dezenove às 21 horas. Quer dizer, posso pedir para faltar.

Minha mãe franze a testa.

— Não, não, vai ensaiar, querida. Não faz sentido ficar aqui com a gente. Nós vamos só ficar vendo o tempo passar, não é, querido?

Papai assente daquele jeito estranho para mim de novo.

— É. Vai lá. Nos vemos em casa.

Papai espera na porta do quarto da mamãe, mas sigo para o elevador. Ligo para Mama Jo do estacionamento e imploro para faltar ao ensaio. Estamos trabalhando no final do segundo ato, e só tenho algumas falas porque minha personagem morreu. Estou cansada. Estou processando muita informação nova nesse momento. Então, basicamente, eu jogo a carta da mãe doente.

— Claro — diz Mama Jo antes mesmo de eu terminar a primeira frase. — O que precisar.

— Obrigada. — Então vou ao Rumbi e me sento para comer uma tigela de vegetais ao molho teriyaki enquanto tento organizar a conversa anterior na minha mente.

Meu celular vibra alguns segundos mais tarde: uma mensagem de Nyla.

Nyla: Você não está aqui. Por que não está aqui? Mama Cat está bem?

Eu: Ela está bem. Eu precisava de uma noite pra minha saúde mental.

Nyla: VOCÊ está bem?

Eu: Fiz uma busca num registro de adoções.

Nyla: !!! O que aconteceu???

Eu: Nada. Não tinha nada lá. Então contei ao meu pai sobre a faculdade.

Nyla: E?

Eu: Ele está de boa.

Nyla: Te disse.

Eu: É, você disse. Você estava certa. É irritante.

Trocamos mensagens bobas, então ela some por um tempo para ensaiar as cenas das quais ela faz parte e volta uns 45 minutos depois.

Nyla: E aí?

Eu: Bolo invertido de abacaxi.

Nyla: Uau, então ESSE é o nível da situação. Achei que você fosse ficar feliz pelo seu pai estar de acordo sobre a faculdade.

Eu: Estou. Mas acaba que existem preocupações financeiras. GRANDES preocupações financeiras.

Nyla: Quão grandes?

Mando uma captura de tela da página da mensalidade.

Nyla: Cacilda.

Eu: Acho que isso merece até um duplo cacilda, Ny. Então nós temos que ganhar a competição estadual de teatro e conseguir aquela bolsa. Ok?

Nyla: Pode deixar. Isso tá no papo. Quer chegar cedo amanhã e ensaiar essa droga até cansar?

Eu: 👍

Nyla: Excelente. Blz, já volto, vou pro palco.

Vou para casa no intervalo entre as mensagens dessa vez. Estou de pijama quando ela manda outra mensagem.

Nyla: Tá, você nunca mais pode faltar ao ensaio.

Eu: O que houve?

Nyla: Alice está pê da vida com Bastian. Ela deu um piti na frente do elenco todo.

Eu: 😦 Por quê?

Nyla: Ele tem que sair da competição estadual de teatro.

Eu: Mentira. POR QUÊ?

Nyla: Alguma coisa relacionada ao pai dele não deixar ele passar a noite fora numa viagem.

Eu: Ai, nossa. Noooooooossa.

Nyla: Não é? Ele parecia bem chateado. Fiquei com pena. Ele ficava pedindo desculpas, e Alice começou a chorar, o que só fez ele se sentir pior ainda.

Eu: Isso não parece culpa dele. Parece que ele tem problemas com o pai.

Nyla: Mas Alice queria ter uma chance de conseguir a bolsa também, e ela não pode competir sozinha.

Eu ficaria chateada também, se fosse Alice.

Nyla: Acho que finalmente me decidi sobre Bastian, aliás.

Eu: ???

Nyla: Eu acho que gosto dele.

Eu: O QUÊ? Como assim, você gosta dele?

Nossa conversa esquisita anterior com Bastian, quando ele, sei lá, pediu Nyla em casamento, volta a inundar minha mente. O monstro verde levanta a cabeça.

Nyla: Como assim que acho que ele pode ser uma boa pessoa. No sentido de que aprovo que você goste dele.

Eu: Beleza. Eu aprovo que você aprove que eu goste dele. Não que eu já tenha falado que gosto dele. (Mas eu gosto. É tão óbvio assim?)

Nyla: É óbvio.

Eu: Você acha que ele gosta de mim?

Nyla: Ele seria um tolo se não gostasse, e não parece um tolo. Enfim. Você deveria chamar ele pra sair. Agora preciso ir pra casa se quero levantar com a galinhas amanhã para ensaiar a nossa cena.

Eu: Ok. Boa noite.

Nyla: Dorme bem.

Eu: Não deixa a cuca te pegar.

Nyla: Você é uma gênia e nem sabe.

Eu: Porque sempre tenho a resposta perfeita?

Nyla: Viu, é por isso que te amo. Mas, pensando melhor agora, se a cuca viesse me pegar, eu não conseguiria dormir. Quer dizer, eu ia ter que mudar de quarto, sei lá.

Eu: Ou de casa. Credo.

Nyla: Sério, como isso pode estar numa cantiga de ninar?

Eu: Não é? Como você vai impedir a cuca de te pegar? Tipo, só pedindo com jeitinho? Se escondendo embaixo da coberta? E como alguém consegue dormir bem assim?

Nyla: É isso. Vou pesquisar de onde veio esse negócio.

Nyla: Ai meu deus, nunca pesquise isso.

Eu: 😆

Nyla: 🖤

Eu: 🫣

Querida X,

Hoje foi o último dia de aula. Agora todas as outras alunas foram embora e só sobrou Teresa, Brit e eu. E Melly, que trabalha aqui o ano todo. E a galera do Exército da Salvação. Parece uma cidade fantasma. Não tem nada bom na TV. Está estranhamente quente hoje, e Melly nos fez andar até a sorveteria como nosso exercício diário, o que é meio engraçado. Mas, resumindo: estou entediada. Estou entediada e é meia-noite e você não para de se contorcer pra lá e pra cá na minha barriga, então não consigo dormir.

Às vezes você é um pé no saco, X.

Aliás, Heather voltou na semana passada. Ela deve ter feito uma cesária, porque passou bem mais tempo fora do que as duas semanas de licença-maternidade. Achei que talvez não fôssemos mais vê-la, mas ela é do último ano e quer se formar, obviamente, então voltou para a última semana.

A maioria das garotas volta para cá com seus bebês. Elas os deixam na creche do campus e correm para a aula no primeiro dia com olhos vermelhos de chorar porque odeiam ter que deixar seus bebês, mesmo que a uma distância de um prédio.

Os olhos de Heather também estavam vermelhos, mas por um motivo diferente.

Ela não parecia animada para contar a história do parto, nem para responder qualquer pergunta que o restante de nós tinha sobre como era espremer uma coisa do tamanho de uma melancia através de um buraco do tamanho de um limão. Ela chegou na aula de álgebra e ficou lendo a apostila, depois começou a fazer umas folhas de exercício que tinha perdido. Até falou um pouco. Falou que tinha sentido minha falta, apesar de que poderia estar se referindo à minha compreensão superior em função polinomial. Ela riu de uma piada que contei. Levantou a mão e fez uma pergunta à srta. Cavendish.

Ela estava melhor do que eu imaginava que estaria. Estava mantendo a pose. Uma inspiração para todas nós, eu diria.

Então a moça da creche entrou com um bebê.

Não era o bebê de Heather, é claro. Era o bebê de uma outra garota, Jennifer. De uns três meses. Um menino. A moça da creche entrou e passou o bebê para Jennifer. Para que ela pudesse amamentar. É um dos benefícios de estudar aqui. Você ainda pode amamentar. No meio da aula. No refeitório. Durante a aula de educação física. A qualquer hora.

Levei um tempo para me acostumar. Não fui muito exposta a amamentação na vida. Na verdade, meio que nunca fui exposta. E agora, a qualquer momento do dia, as moças da creche entram com os bebês e os peitos saem das blusas. Elas nem tentam esconder porque acho que querem que pareça normal ou natural ou sei lá o quê, então os bebês fazem sua refeição totalmente expostos. Fiquei bem desconfortável nas primeiras vezes. Era difícil não ficar encarando. Mas não me incomoda mais, então quando Jennifer botou o peito para fora para alimentar o bebê, continuei fazendo o meu trabalho. Então dei uma olhada na direção de Heather.

O rosto dela estava vermelho — completamente cor de beterraba, começando da linha da gola da camisa até as bochechas e as orelhas e a linha do cabelo. Ela estava encarando Jennifer. Bem, ela estava encarando o bebê de Jennifer, aquela cabecinha coberta de penugem pressionada contra o peito dela. Havia um redemoinho na parte de trás da cabeça dele. Era meio que só o que a gente conseguia ver da nossa mesa.

A sala ficou silenciosa. As outras garotas também notaram o rosto de Heather. Todas nós conseguíamos ouvir os barulhos que o bebê fazia ao sugar, os gemidinhos e suspirinhos, e os chiados e arranhados do giz enquanto a srta. Cavendish escrevia no quadro distraidamente.

Heather estava encarando o bebê.

Todo mundo encarou Heather. Observamos enquanto seus ombros começavam a tremer e duas lágrimas gordas escorriam pelas bochechas dela.

"Ei", falei, colocando a mão sobre a dela. "Ei. Está tudo bem."

"Eu sei", respondeu ela numa voz baixinha.

Levantei a mão.

"Posso ir com Heather para a capela?"

Srta. Cavendish se virou, irritada.

"O que foi que eu já disse sobre levantar a..."

Ela olhou de mim para Heather. Seguiu o olhar da Heather até o bebê de Jennifer. Então voltou ao rosto de Heather. Então parou em mim.

"Sim", disse ela. "Podem ir."

Na capela, Heather parou de chorar. Parecia envergonhada da cena que fizera, o que não tinha sido cena nenhuma, na minha opinião.

"Eu dei um soco em Amber no mês passado", contei para Heather.

"Mentira."

"Juro."

"Como você não foi expulsa?", perguntou ela.

"Porque Amber estava pedindo", expliquei, mas sem entrar em detalhes. "Ela me provocou."

Amber não estava na aula hoje, percebi, satisfeita. A última coisa que Heather precisava naquele momento era ouvir alguém dizendo que ela tinha abandonado o bebê para poder ir a festas.

Dei tapinhas no ombro de Heather.

"Então um pouquinho de choro não é motivo para preocupação. Isso acontece, tipo, todo dia por aqui."

"Acho que você tem razão."

Ela secou as bochechas. Ficamos em silêncio de novo.

"Era um menino", falou ela, depois de um tempo. "O meu bebê."

"Eu sei." Todas nós sabíamos. Toda vez que uma garota da escola tinha um bebê, um anúncio era colocado no quadro de avisos. O bebê de Heather era menino, 3 quilos e 255 gramas.

"Ele tinha um monte de cachinhos."

Ela sorriu com a lembrança.

"Você pegou ele no colo?", perguntei. Era a pergunta de Amber, mas eu queria mesmo saber.

"Aham. Por alguns minutos", respondeu ela. "Dizem que contato de pele com pele é importante logo no começo. E eu..." A voz falha. "Dei de mamar. O leite que a gente produz logo depois de parir é cheio de um monte de coisa boa que o bebê precisa. Mas, depois disso, deixei os pais levarem."

Apertei a mão dela.

"Eles pareciam certos juntos", comentou ela.

"Você fez uma coisa boa."

A porta da capela se abriu e gritei "Vaza!" para a garota de cara assustada que estava prestes a entrar.

A porta se fechou.

Heather riu.

"Você é engraçada. Fica se fazendo de durona, mas é toda molenga por dentro."

"Não sou nada", respondi. "Então, preciso perguntar. Doeu?"

"Sim."

"Muito?"

"Foi a pior dor que eu já senti na minha vida."

"Que ótimo." Encarei a minha barriga cada vez maior. "Que notícia fantástica. Não dava pra ter mentido?"

Heather voltou a ficar séria.

"As dores do parto foram bem ruins também."

Isso faz mais ou menos uma semana. Ela foi para casa. Fico tentando imaginá-la no quarto, tocando flauta. Indo para a faculdade, talvez até indo a festas na faculdade. Indo a encontros. E me pergunto se vamos nos ver de novo. Algum dia. Se algum dia vamos estar no mercado, sei lá, andando pela seção de tomates, e vou vê-la e dar oi. E ela vai dizer oi de volta, e vamos seguir com as nossas vidas, sem revelar como nos conhecemos, mas sorrindo, porque lembramos daquele dia que passamos juntas na capela do Booth.

Tive que dar uma pausa na escrita porque alguém estava batendo à porta. Era depois da meia-noite, e Melly dorme pesado, então não ouviu. Saí para o corredor e Teresa e Brit já estavam ali, nós três de pijamas, escutando quem quer que fosse batendo — esmurrando — na porta do andar de baixo.

"É melhor ligarmos pra polícia", sussurrou Brit.

"É melhor acordarmos Melly", disse Teresa.

"É melhor vermos quem é". Fui até a porta e abri.

Era Amber. Ela estava vestida com uma calça de pijama e uma camiseta larga rasgada num dos ombros. Mas foram os olhos dela que me chamaram a atenção na hora — estavam tão escuros que pareciam buracos no rosto dela, e havia dois riscos de lágrimas em suas bochechas. Ela estava respirando com dificuldade como se tivesse corrido. Parecia um animal selvagem.

"Posso entrar?", arquejou ela, então olhou para trás como se estivesse sendo perseguida por alguém.

"Vá acordar Melly", pedi para Brit. Puxei Amber para dentro, fechei e tranquei a porta. Então eu a levei até a sala de estar e a fiz sentar no sofá. Ela se recostou

contra as almofadas e fechou os olhos e colocou as mãos no barrigão como se estivesse aliviada por ainda estar ali.

Acendi a luz. Então precisei tentar disfarçar o choque.

Havia um grande hematoma roxo em volta do pescoço dela, como se alguém tivesse tentado enforcá-la. E outro parecido surgia no ombro, meio escondido pela camiseta rasgada.

Não perguntei se ela estava bem. A resposta era óbvia. E não senti nenhum tipo de satisfação com o fato de a garota que sempre se achou tanto estar na pior. Só pensei: bem, merdas acontecem com todo mundo, não é?

Melly apareceu na porta, descabelada e de robe, mas alerta. Teresa e Brit a seguiam.

"Você está bem?", perguntou ela, sentando ao lado de Amber.

Amber balançou a cabeça. Levantou a mão para secar o nariz, tremendo violentamente.

"Meu pai me expulsou de casa."

O olhar de Melly foi direto para o hematoma no pescoço. Ela pegou a manta das costas do sofá e passou-a ao redor dos ombros de Amber.

"Teresa", disse ela com a voz calma. "Liga pra polícia."

Amber, dentre todas nós, tinha os melhores planos para o bebê. Mas talvez durante esse tempo todo ela estivesse contando uma história, um belo conto de fadas sobre como sua família era compreensiva e seus amigos a aceitavam e sua vida era perfeita.

Acho que nós somos a rede de apoio dela.

S

18

— Estou aqui pra você — diz Nyla.

— Eu sei. — Estamos sentadas no corredor do prédio do teatro de Boise State (ah, que ironia!), esperando sermos chamadas para a próxima etapa da competição estadual de teatro. Estou muito nervosa, por motivos óbvios. Passamos pelas duas primeiras etapas da competição, ontem à noite e hoje de manhã. *Bam*. E agora estamos na etapa final. A que importa.

— Não me bate tão forte dessa vez — diz ela, movimentando o maxilar como se estivesse dolorido. — Você me acertou em cheio da última vez.

Tem um momento no meio da nossa cena em que ela me dá um tapa na cara. Então dou um na cara dela. Então ela dá na minha. Então eu *realmente* dou um tapa nela. São tapas cenográficos, ou deveriam ser. Não deveriam machucar, mas...

— Eu me empolguei — admiti. — Pense como se estivesse fazendo o Método, certo? Estamos totalmente imersas no personagem. Estamos vivendo o momento.

Ela me lança um olhar.

— Eu não faço esse negócio de Método, e sim um negocinho chamado *atuar*.

— Ah, claro. Desculpa, sr. Olivier — brinco.

Ela gira o pescoço de um lado para o outro.

— Então — diz ela, e não é a primeira vez do dia. — Você acha que o mundo está pronto para uma Anne Sullivan negra?

Ela faz uma versão dessa pergunta toda vez que a gente se apresenta junto, como quando ela interpretou Hodel, de *O Violinista no Telhado* ou quando interpretou Emily, de *Nossa Cidade*, e, especialmente, quando interpretou Maria, de *A Noviça Rebelde*.

— As pessoas vão ficar maravilhadas com uma Anne Sullivan negra. Os juízes da última etapa ficaram obviamente impressionados.

— E você é a melhor Helen Keller desde Patty Duke. Estamos botando pra quebrar — diz Nyla.

— A gente vai ganhar esse negócio — concordo, mais para mim mesma do que para ela. A gente precisa ganhar.

— E você vai conseguir aquela bolsa — completa ela. — E ir para a College of Idaho.

Solto um suspiro trêmulo.

— Isso.

— A gente ganhou no ano passado — lembra ela. — Vamos conseguir de novo. Mamão com açúcar.

No ano passado nós estávamos nesse exato corredor, só que vestidas de freiras. Apresentamos uma cena de *A dúvida*, e Nyla interpretou a velha e durona Irmã Aloysius Beauvier, e eu, a Irmã James, jovem e ingênua. Foi incrível. Estou torcendo para os juízes nos acharem ainda mais incríveis esse ano. Porque, nesse ano, meu futuro todo está em jogo.

Sem pressão.

— O que você quer fazer depois? — pergunta Nyla. — Não vamos saber os resultados até a cerimônia de encerramento, que é depois do jantar, então temos tipo cinco horas para matar. Quer ver um filme?

— Não sei. — Honestamente, não consigo pensar em nada além do fato de que as próximas horas podem decidir o meu futuro inteiro.

SEM PRESSÃO.

— Eu deveria comer outro Big Jud daquele — diz Nyla, refletindo.

Meu estômago se embrulha quando penso naquele hambúrguer gigante.

— Você não vai vomitar, vai? — pergunta ela, me olhando com desconfiança.

Respiro fundo algumas vezes.

— Eu já botei os bofes pra fora alguma vez antes de uma apresentação?

— Não.

— Bem, não é agora que vou começar.

Uma porta do corredor se abre e um jurado coloca a cabeça para fora.

— Cass McMurtrey e Nyla Henderson?

Ficamos de pé num salto.

— Somos nós.

— Vocês vão fazer *O Milagre de Anne Sullivan?*

— Sim, senhor — digo.

— Muito bem, podem entrar.

Nyla e eu fazemos o nosso soquinho de punhos da sorte. Então seguimos o jurado para dentro do cômodo, onde nosso cenário improvisado já foi montado. Uma fileira de três jurados está sentada à mesa.

Sorrio. O negócio é: eu sempre sou bem boa sob pressão.

— Vamos fazer uns milagres — sussurra Nyla, enquanto assumimos nossas posições.

Depois disso (e a gente de fato botou pra quebrar), Mama Jo quer levar todo mundo para o shopping, mas Nyla e eu decidimos ficar para trás.

— Ainda não acredito que Bastian não pôde competir — diz Ny, enquanto observamos o ônibus que leva as outras garotas saindo do estacionamento. Ronnie acena pela janela, e nós acenamos de volta. — Que droga.

— E coitada da Alice — comento. Porque Alice deveria mesmo estar naquele ônibus.

— Eu vi os dois ensaiando na hora do almoço semana passada. Estava hilário. Na verdade, me preocupou um pouco — disse Nyla.

E agora não precisamos nos preocupar sobre competir com eles. Deveria ser uma coisa boa, mas parece errado.

— Qual será a parada com o pai do Bastian, aliás?

— Não sei — responde Nyla. — O que sei é que preciso seriamente de alguma coisa para me distrair dessa competição. Estou pensando em IMAX.

— O cinema daqui tem uma daquelas telas gigantes, que não temos em Idaho Falls. Mas desde o que aconteceu com a mamãe no ano passado, aquela noite horrível quando quase a perdi, até o cheiro de pipoca me deixa nervosa.

— Na verdade — respondi devagar —, quero andar até um lugar. Se for tudo bem.

— Uuuh, um mistério — diz Nyla, erguendo as sobrancelhas. — Melhor ainda. Conta comigo.

Passeamos pelo campus da BSU.

— Tem certeza de que não quer estudar aqui? — pergunta Nyla, enquanto ziguezagueamos pelo mar de alunos da Boise State, todos agasalhados com cachecóis e luvas sem dedos e botas altas.

Está frio, e o céu está cinzento e fechado, mas a caminhada é gostosa mesmo assim. As árvores sem folhas formam uma espécie de treliça rendada contra o horizonte. O ar tem um cheiro límpido, como se estivesse prestes a nevar. Os alunos ao nosso redor falam, riem, batem papo. Parecem curtir a vida de universitários.

Mas não, continuo querendo ir para College of Idaho.

E tenho uma ideia de como podemos nos distrair da competição.

— Vem cá. — Desvio na direção da faixa verde que corre ao lado do rio Boise, nos dirigindo para o centro. Em poucos minutos estamos na frente do prédio de tijolos vermelhos da Biblioteca Pública de Boise.

— Estou confusa — diz Nyla. — Você quer ir à biblioteca?

— Quero ir a *essa* biblioteca — esclareço. — Ou... acho que quero. Talvez seja uma má ideia.

— Qual é a parada?

— Eu pesquisei: essa biblioteca tem todos os anuários das escolas de ensino médio locais. Então estava pensando: e se fizermos uma busca no ano antes de eu nascer?

— E estaríamos buscando o quê, exatamente?

— Minha mãe biológica.

Os olhos de Nyla se arregalaram.

— Você quer mesmo?

— Quero. Acho que sim. Só tentar descobrir quem ela é, pelo menos. Enfim, lembra que você me perguntou se havia alguma coisa naquele formulário de informação não identificável que pudesse ser útil?

Ela assente.

— Bem, ele diz que que minha mãe biológica morava em Boise no momento do meu nascimento.

— E?

— E ela escreveu que estava na equipe do jornal da escola aquele ano, mas teve que sair. Provavelmente porque ficou grávida, certo?

Nyla arqueja.

— Então você quer olhar a página sobre o jornal da escola nos anuários, porque talvez tenha uma foto da sua mãe biológica lá.

— As chances são pequenas — admito. — Mas é a única pista que tenho para seguir. E estamos aqui em Boise, então pensei que deveria aproveitar a oportunidade para...

— Vamos lá — diz Nyla, obviamente empolgada com a ideia. — Como posso ajudar?

Em pouco tempo, estamos sentadas a uma mesa perto da janela com uma grande pilha de anuários entre nós. Estou chocada com a quantidade de escolas de ensino médio que existem nessa área; mais de sete, sem contar as particulares. É bem mais do que eu esperava.

Nyla arregaça as mangas. Ela coloca os óculos, que sempre fazem com que ela pareça a bibliotecária mais fodona do mundo.

— Como vai ser, então, a gente só vai para as páginas sobre o jornal e procura alguém igual a você?

Alguma coisa se aperta na minha garganta.

— Ela tinha cabelo castanho, olhos azuis, altura e peso medianos, eu acho. E seria do primeiro ou segundo ano. — Pego o anuário do topo da pilha, da Boise High School. É vermelho e preto e traz as palavras "Expandindo Horizontes" impressas na capa com o desenho de um sol nascendo ao fundo.

— Ok — diz Nyla, pegando um também. — Eu de fato falei que queria alguma coisa para me distrair da competição. Isso vai funcionar direitinho.

Meu coração volta a bater rápido quando folheio o anuário. A maioria das fotos está em preto e branco. Paro na página sobre o grupo de teatro por hábito, observando quais peças foram apresentadas naquele ano. Noto que as escolas em grande parte continuam apresentando os mesmos espetáculos. Continuo depressa, passando pela página sobre esportes, clube de xadrez, clube de debate e coral. Passo pelas fotos de turma. Pelos professores. Pela equipe de funcionários. Pelas fotos da formatura. Finalmente, acho a página do jornal da escola.

"Em Busca da História", lê-se em grandes letras nas páginas duplas. Tem uma foto de cinco alunos reunidos ao redor de uma mesa, olhando alguma coisa. Duas garotas, três garotos. E outra de doze alunos em duas fileiras: a equipe oficial do jornal. Sete garotas. Cinco garotos.

Passo os olhos nas duas fotos, pausando nas garotas. As fotos estão em preto e branco, então todas parecem ter cabelo castanho, e não tem como distinguir a cor dos olhos. Olho para seus rostos — me demorando nos olhos e sobrancelhas e queixos —, mas não vejo nada familiar.

Ainda assim, pego um caderno e anoto o nome das garotas da equipe do jornal: Kristi Henscheid, Melissa Bollinger, Melissa Stockham, Sandra Whit, Sarah Averett, Sonia Rutz e Amy Yowell. Então busco uma por uma e inspeciono todas as fotos em que aparecem no anuário, desde a foto oficial de perfil até qualquer outra foto aleatória ou grupo no qual elas estão.

É mais difícil do que pode parecer, procurar seu próprio rosto num monte de fotos velhas.

Eu não vejo nenhuma semelhança. Não me encontro em lugar nenhum.

O mesmo vale para os três anuários seguintes. Uma lista de garotas que podem ser minha mãe biológica. Um borrão de fotos. E nada reconhecível em nenhuma delas.

Depois de um tempo, Nyla tira os óculos, esfrega os olhos e dá seu sorriso de estou-tentando-ajudar-mas-isso-é-um-saco.

— Foi uma má ideia — suspiro. — Nunca vou encontrá-la desse jeito.

Engulo uma onda de decepção boba-porém-devastadora. Eu sabia que as chances seriam pequenas, mas uma parte de mim esperava encontrar minha mãe nos anuários. Uma parte de mim pensava que ela saltaria aos meus olhos, que o destino me levaria aonde eu precisava ir. O universo e essa coisa toda.

Claramente, o universo está ocupado com a vida de outra pessoa.

— Estou orgulhosa de você, Cass — diz Nyla, do nada. — Isso exige coragem.

Bufo.

— Mas não estou fazendo nada. De verdade. E talvez a minha mãe biológica não morasse em Boise. Talvez ela só tenha vindo para ter o bebê. Isso foi uma grande suposição da minha parte. Ou talvez ela tenha estudado numa escola particular. Ou talvez tenha escrito que trabalhou no jornal da escola porque queria que eu pensasse que ela tinha um hobby. Porque, fora isso, ela é bem entediante.

— Talvez — concorda Nyla, pensativa. — Mas vale a tentativa. Fica parada.

Ela levanta o anuário que estivera folheando, da Borah High School, e estreita os olhos para mim, então para a página e de volta.

— É melhor a gente voltar — digo. — Jantar alguma coisa. Já estamos aqui há tempo demais.

— Daqui a pouco — responde Nyla, fazendo um gesto de dispensa para a sugestão. — Já passamos da metade. Vamos terminar.

19

Não encontramos a minha mãe biológica nos anuários, mas, por algumas horas, de fato conseguimos nos distrair da cerimônia de premiação iminente e do destino dos meus sonhos universitários.

O que é tudo em que penso agora.

Nyla e eu nos arrumamos para a cerimônia. No ano passado, ainda estávamos de hábito de freira quando ganhamos, e foi meio constrangedor subir no palco. Se você ganha o primeiro lugar, precisa tirar uma foto com seu professor de teatro, e essa foto é emoldurada e colocada numa vitrine da nossa escola, com todos os troféus de beisebol e camisas de basquete, o orgulho da escola.

— O governador está aqui — sussurra Mama Jo para nós, quando nos sentamos ao seu lado no auditório onde os vencedores serão anunciados. — Estão vendo?

— O governador? De Idaho? — sussurro de volta.

— Não, bobinha, de Indiana — responde Nyla, rindo. — Claro que é de Idaho. Ali está ele.

Ela aponta com a cabeça para o careca de terno sentado com os jurados no palco. Ele parece levemente desconfortável, ou entediado, como se preferisse estar em outro lugar. Não o culpo.

Faço a pergunta óbvia:

— Por que o governador de Idaho veio à premiação estadual de teatro?

— Alguma coisa sobre a bolsa — explica Mama Jo, e sorri. — Boa sorte, meninas. Não que vocês precisem.

Eu preciso.

Não esperamos muito. Só há algumas categorias, e cada uma tem um terceiro, segundo e primeiro lugar. Eles começam com comédia. Então clássico. Então musical. Então drama, que é a nossa categoria.

Não levamos o terceiro lugar. Não levamos o segundo. Então é tudo ou nada. Aperto a mão de Nyla. Eu quero tudo.

— E o primeiro lugar na categoria de drama vai para Nyla Henderson e Cass McMurtrey pela sua intepretação estelar da famosa briga entre Helen Keller e sua professora, Anne Sullivan, em *O Milagre de Anne Sullivan*.

Soltei o fôlego que vinha prendendo. As pessoas aplaudem. Levantamos, e Nyla me abraça, e eu a abraço de volta, e nós abraçamos Mama Jo e subimos no palco para receber nossos troféus dourados e fazer uma reverência.

Não é o Oscar, mas é bom pra caramba. E a gente não precisa fazer um discurso, o que é ainda melhor.

— Ah, fiquem aqui, garotas — diz um jurado quando começamos a voltar aos nossos lugares.

Ele se vira para a plateia.

— Também gostaríamos de anunciar dois prêmios especiais. Bem, em todos os últimos anos, um patrocinador generosamente ofereceu uma bolsa de estudou para um aluno merecedor do terceiro ano que se apresentou de forma espetacular na competição estadual. É chamado de Prêmio de Excelência em Atuação, e consiste em dez mil dólares por ano, durante quatro anos, a serem usados na mensalidade da faculdade ou universidade de escolha do vencedor.

Chegou o momento. Estou segurando o troféu numa mão e a mão de Nyla na outra, e ela aperta a minha com força. Estou tonta. Estou enjoada. Realmente há uma chance de eu vomitar dessa vez.

No fundo da minha mente, entendo que Nyla poderia ganhar o prêmio. Nós duas somos do terceiro ano. Ela foi uma Annie incrível. Mas quero tanto ganhar, e Nyla não precisa desse dinheiro, então acredito — bem no fundo — que a bolsa de estudos virá para mim.

— Foi extraordinariamente difícil escolher o aluno merecedor esse ano — continua o juiz. — Tão difícil, na verdade, que não conseguimos chegar a uma decisão clara.

Hum, como é que é?

— Então, diante desse dilema, o departamento de teatro de Boise State decidiu se manifestar e oferecer uma segunda bolsa, de igual valor, para um segundo aluno merecedor.

Calma aí, penso. *Serão duas bolsas?*

Nyla sorri. Ela está quase rindo. Meu corpo fica fraco de alívio. Isso está acontecendo. O universo se desenrola como...

— Então é com felicidade que anuncio que a bolsa de estudos de Boise State irá para Cass McMurtrey.

O juiz gesticula para mim. Outro juiz me entrega um papel. Aplausos, aplausos.

— E o Prêmio de Excelência em Atuação irá para Nyla Henderson.

Mama Jo está de pé, gritando em comemoração. Todos os alunos da nossa escola estão berrando e assobiando e aplaudindo.

Eu, no entanto, estou olhando para o papel que me entregaram.

Dez mil dólares.

Por ano.

Por quatro anos.

Meus olhos estão embaçados. Quase não consigo ler a última linha. Que diz: *A ser direcionado para mensalidade e despesas na Boise State University.*

Então Nyla e eu temos que tirar uma foto com o governador. Nós nos posicionamos uma de cada lado dele, e ele estende os braços como se estivesse nos abraçando, mas evita nos tocar. As mãos dele pairam a alguns centímetros das nossas costas, então voltam a se abaixar assim que a foto termina de ser tirada.

— Parabéns — diz ele.

Ou acho que é o que ele diz. Não estou realmente escutando a essa altura.

— Então, onde você acha que vai usar sua bolsa? — pergunta ele para Nyla.

— Quero ir para a University of Southern California — responde ela, ainda com um sorriso radiante.

Tento imitar sua expressão.

— Fantástico — comenta o governador. Então se vira para mim. — E a Boise State vai ter sorte em receber você, mocinha.

— Obrigada — respondo, com dificuldade.

É então que Nyla percebe.

— Calma. Espera aí. Como é?

— Parece que vou para a BSU — murmuro, e mostro o papel para ela.

O governador aperta nossas mãos de novo e se afasta. Nyla lê o papel devagar, então me olha. Eu nunca tinha visto essa expressão dela, essa combinação épica de horror e culpa. Ela poderia ganhar um prêmio só por essa única expressão.

— Ah, bosta — diz ela, sem ar. — Ah, *merda*.

É. Isso meio que resume tudo.

Tento fazer uma cara de tá-tudo-bem, mas não sou tão boa atriz assim.

Mas então Mama Jo toca meu ombro, me puxando para longe, para fora do palco, e ela não está mais sorrindo, não está mais comemorando. Eu nunca a vi com uma expressão tão sóbria. Ela diz algo sobre uma ligação. Preciso ir com ela agora.

— É sobre a sua mãe — declara.

Querida X,

Essa semana marca o começo do terceiro semestre. É o último tempo do jogo menos divertido do mundo, mas pelo menos o fim está à vista, certo? Ultimamente, Melly vem insistindo para eu trabalhar nas coisas da adoção. Ela tem que começar com os processos. Só temos uns dois meses. Então essa semana, por mais que eu não esteja tecnicamente na escola, tenho dever de casa.

Eis o que preciso fazer até sexta:

Preencher o formulário de informação não identificável. Uhul. Parece tão divertido quanto uma ida ao dentista. (Mais sobre o dentista mais tarde.)

Começar a olhar as pastas de pais em potencial. Ou seja, as inscrições dos pais que querem bebês. Que querem você.

Em outras palavras, tenho que começar a escolher seus pais.

Sem pressão.

A princípio, todos os casais me pareciam iguais. Não há nomes anexados a essas pessoas, só um mar de fotografias sorridentes e os detalhes esperançosos que eles fornecem sobre suas vidas. Seus sonhos de paternidade expostos ali para mim. É claro que todos estão mostrando seu melhor ângulo, por assim dizer. Todos usam o mesmo tipo de linguagem, o quanto eles querem ter um filho, a alegria que aquela criança vai levar à vida deles, as coisas incríveis que eles têm a oferecer, como estão prontos para ser pais. Todos parecem pessoas incríveis. E preciso adivinhar o que não foi dito.

Por exemplo, leve em consideração o seguinte casal: o pai é dentista e a mãe é higienista dental. É óbvio que eles trabalham no mesmo consultório. Tem casa própria. Ambos cresceram na mesma cidade e estudaram na mesma escola durante o ensino médio. Eram namoradinhos de escola, segundo o formulário. E têm um cachorro, um grande e lindo golden retriever que aparece numa foto da pasta. Na foto, o cachorro está usando um suéter e posando perfeitamente para a câmera.

Então começo a fazer uma lista mental de prós e contras de dar você para esse casal.

Prós:

Você terá dentes saudáveis.

Você nunca será pobre — visto que o mundo sempre precisa de dentistas. Você terá segurança financeira.

Você será criada num ambiente estável.

Você terá um amigo cachorro. Eu gosto de cachorros. Evelyn é alérgica, então não tenho um. Mas gosto deles.

E agora os contras:

Esse casal é entediante com E maiúsculo. Quase caí no sono lendo a ficha deles. Você vai ficar tão entediada se eu escolher esses dois.

Mas então penso: o que há de tão errado com o tédio? Tédio é segurança. Tédio é tipo o oposto de metade das outras garotas dessa escola, cujos pais têm problemas com drogas ou álcool ou são tipo Amber, aparecendo aqui no meio da noite, quase estrangulada até a morte e expulsa de casa com nada.

Amber ainda está aqui, aliás. Ela tem sido uma pessoa diferente desde que se mudou. Está hospedada no quarto de Heather. Olha essa ironia. Pelo menos não tenho mais vontade de socar a cara dela toda vez que ela fala. Mas ela não está falando muito.

Enfim. De volta ao Time Dentista.

E se eles forem tipo pessoas de papelão, X, que nunca fizeram nada empolgante na vida e nunca vão fazer? E se eles forem o tipo de gente que passa o tempo todo em sua bolha com cheiro de menta e tiram férias no Havaí uma vez por ano, mas, fora isso, não tem vontade de ir a lugar nenhum nem de fazer nada divertido?

Acho que isso nos leva de volta a ENTEDIANTES.

O que pesa é o cachorro. Aquele coitadinho de suéter. O cachorro perfeito na família perfeita, fazendo exatamente o que é mandado. Mas, em seus olhos, consigo ver o desespero. ME AJUDA — eles gritam silenciosamente.

Você é o cachorro nesse cenário, X.

Então, é, coloco essa ficha na pilha do NEM A PAU.

O próximo pai em potencial — sem brincadeira — é uma droga de um neurocirurgião. A mãe era legal — tinha graduação em música, e suas respostas tinham alguma coisa genuinamente verdadeira. Ela parecia legal.

Mas eles também foram para a pilha do NÃO. Porque a) um neurocirurgião? Sério? Então ele nunca está em casa, né? E provavelmente acha que é a pessoa mais inteligente do mundo. Quem quer um pai assim?

Além disso, eles são mórmons. Não posso fazer isso com você, X. Quer dizer, sem ofensas à religião deles. Tem um monte de mórmons em Idaho, como você já deve saber, e são boas pessoas. Não seria a pior coisa do mundo se você fosse criada como mórmon. Mas eu meio que quero que a sua religião seja escolha sua, o que acho que não seria o caso, se eu escolhesse eles. Mas talvez isso valha para todas as religiões.

E casal #3: os Hiker. Essa mãe era chef de cozinha (pró: bom pra você, X!) e o pai era engenheiro (então provavelmente também podia dar estabilidade financeira), mas me pareceu que eles passavam todos os minutos fazendo trilhas ou escalando ou correndo maratonas. E pensei: bem, isso é bom também, não é? Quer dizer, se essas pessoas fossem seus pais, você seria saudável. Bem alimentada. Em forma. E não ficaria entediada, ficaria?

Mas ficaria cansada. Fiquei exausta só de ler a ficha deles. Você provavelmente seria uma dessas crianças que fazem três esportes diferentes em todas as épocas do ano e comem o jantar no carro a caminho do próximo treino e possivelmente racham a cabeça caindo da encosta de uma montanha.

NÃO.

Sei que estou sendo crítica demais. Estou procurando motivos para dizer não. Mas não sei a história completa dessas pessoas, sei? E se escolher um casal que parece perfeito, mas que a mãe é secretamente viciada em Frontal e o pai é viciado em trabalho e eles mal se falam? Ou e se eu escolher um casal que briga o tempo todo e está tentando adotar porque acha que você vai resolver tudo? Um bebê tapa-buraco. Tenho certeza que esse é o caso da minha irmãzinha para a minha mãe e Brett. E isso não é justo com você.

Queria que tivesse uma maneira de fazer com que eles fossem honestos de verdade quando estivessem preenchendo esses formulários. Queria poder ver não só seus lindos sonhos de família, mas seus medos também. Seus defeitos, em vez de apenas suas forças. A verdade. Não a versão filtrada para a agência.

Enfim. Vou continuar procurando e espero não mandar muito mal. Porque é por isso que escolhi essa opção, certo? O objetivo todo é esse. Quero que você tenha pais melhores do que eu poderia ser. Quero que tenha uma vida melhor do que a que posso te dar.

Mas e se eu escolher errado?

É claro que a versão crescida de você que está lendo essa carta já sabe o resultado. Eu já escolhi, pelo seu ponto de vista. E ou você está feliz com isso, ou não.

Espero que esteja feliz com quem escolhi para você. Espero que esteja feliz, ponto.

É isso o que quero.

S

20

Minha mãe está morrendo. Oficialmente, dessa vez. Pelo visto, começou ontem de manhã com uma febre baixa e uma tosse, que evoluiu durante a tarde para um acúmulo enorme de fluido nos pulmões, o que os médicos chamam de derrame pleural. Ela está basicamente se afogando. Eles tentaram drenar o fluido usando um tubo inserido em seu peito, um procedimento relativamente simples exceto pelo fato de que, de alguma forma, deu errado, e seu pulmão entrou parcialmente em colapso. Então ela precisou entrar em cirurgia, quando quase sangrou até a morte na mesa. Mas conseguiram fazer com que ela sobrevivesse.

Ela ainda está aqui. Ainda firme, como diz a minha avó. Ainda lutando. Ainda viva.

Mas os médicos dizem que ela está no que chamam de espiral. Isso tudo causou estresse demais ao coração já cansado dela. Eles dizem que ela tem seis semanas, se muito.

Tento processar a informação. Seis semanas. Eu me pergunto como eles chegam a esses números, como se houvesse um tipo de tabela em algum lugar na qual eles pudessem calcular a data de validade das pessoas. Porque eles não têm como saber de verdade, têm? Mas sempre parecem saber.

Mais seis semanas com a minha mãe.

Se muito.

— Mas tem um lado bom nisso tudo — diz papai na manhã seguinte, quando estamos todos sentados ao redor da cama dela do hospital: eu e papai e vovó e tio Pete, todos tentando fingir que esse não é o fim do nosso mundo. — Ela foi transferida para o topo da lista de doadores.

— É verdade — concorda minha vó. — Agora vamos conseguir um coração novinho em folha para você.

— Um coração de super-herói — completa tio Pete.

Certo. Tento imaginar que tem um coração para a minha mãe por aí em algum lugar. Uma pessoa andando por aí usando esse coração, sem saber que um desastre está prestes a se abater sobre ela: uma batida de carro ou um aneurisma ou um acidente bizarro que vai significar a morte dessa pessoa e a sobrevivência da minha mãe.

Parece errado torcer por isso.

Mamãe aperta minha mão três vezes. Quando eu era pequena, ela me ensinou essa mensagem secreta: três apertos na mão = eu te amo. Ela fazia isso quando me deixava na aula de natação, ou quando eu estava prestes a tomar uma vacina no consultório do médico, ou quando eu acidentalmente derrubei todo o conteúdo da minha mochila no meio do corredor da escola e um grupo de garotos riu de mim. Logo que ela teve o infarto, houve várias ocasiões em que ela não podia falar por uma ou outra razão, mas ela apertava minha mão, tão fraco às vezes que eu mal sentia, mas mesmo assim escutava as palavras altas e claras, e apertava de volta.

Aperta aperta aperta. Eu te amo.

— Desculpa por ter feito você sair correndo da competição de teatro — diz ela, quando o resto da família foi embora e nós temos um minuto a sós.

— Tudo bem. A competição já tinha acabado. Nós ficamos em primeiro lugar — conto, tentando sorrir.

Por um segundo eu mergulho de volta naquele momento horrível, com o governador e Nyla e eu e a descoberta de que eu não vou para a College of Idaho. Penso em contar à minha mãe sobre o fracasso épico da situação das bolsas escolares. Mas não conto. Não quero botar esse peso nas costas dela.

— Queria poder ter visto — diz ela, com esforço. — Sinto como se estivesse perdendo tudo de bom e empolgante na sua vida.

— Você não está perdendo muito — digo, mas o que eu penso é: *Mas vai.* Se ela morrer (e me forço a pensar na palavra *se* em vez de *quando*), o resto da minha vida inteira vai ser um buraco gigante em formato de mãe.

Ela fica quieta por um tempo, e acho que dormiu. Encaro os tubos de oxigênio no nariz dela. O rosto dela está cor de giz, e seus lábios, apesar do oxigênio, uma mistura estranha de rosa e cinza.

— Você não tem ensaio hoje à noite? — sussurra ela.

— O quê? Não. Hoje é domingo.

Mas é claro que vou sair da peça.

Ela abre os olhos.

— Preciso te contar uma coisa.

Eu me inclino para a frente, de modo que consiga ouvir.

— Me contar o que, mãe?

Eu me preparo para escutar um adeus, o discurso de "sempre estarei no seu coração" que a gente vê nos filmes. Engulo as lágrimas.

— Talvez você não devesse falar.

— Tem uma carta. — Ela se senta um pouco, limpa a garganta e repete com mais clareza. — Tem uma carta para você.

— Você escreveu uma carta para mim?

— Eu, não — diz ela. — Sua mãe biológica.

— O quê?

— Sei que está curiosa sobre ela. Seu pai me contou que você anda fazendo perguntas.

— Eu estava, mas... — Bem nesse momento, fico tentada a confessar tudo, o verdadeiro motivo para eu ter pedido minha certidão de nascimento, a frequência com que tenho pensado na minha mãe biológica, minhas conversas com Nyla, minha pesquisa improdutiva no registro de adoção, mas não vejo como essa informação não chatearia a minha mãe, e é importante que nada a chateie nesse momento. É melhor que ela não saiba que ontem mesmo eu estava na Biblioteca Pública de Boise folheando anuários em busca da minha mãe biológica. — Eu não acho...

— Não tem problema. — Minha mãe coloca a mão sobre a minha. — Quero que você a encontre.

Fico tão chocada que levo alguns minutos para formar uma resposta de duas palavras.

— O quê?

— Sempre pensei nela em algum lugar por aí — explica mamãe. — Quero que a conheça. Gostaria de dizer algumas coisas.

Eu me recosto.

— Você quer que eu encontre minha mãe biológica porque *você* quer falar com ela?

— Quero saber mais sobre ela. Você não quer?

— Mas você escolheu uma adoção fechada — respondo, rouca. — Você estava bem com não saber quem ela era antes, não estava?

— Seu pai e eu tínhamos medo, especialmente no começo — responde ela. — Não queríamos arriscar que algum dia ela pudesse querer você de volta. Achamos que seria melhor se não tivéssemos contato. O outro jeito parecia bagunçado. — Ela dá um sorriso fraco. — Mas você tem 18 anos agora. E tem direito de saber sobre essa parte de si.

Ela tira um minuto para descansar de todo esse falatório.

Continuo sem fôlego.

— E o papai quer que eu procure por ela também?

Seu sorriso some.

— Ele não está totalmente de acordo, mas aceita. Se você quiser.

Meu coração está batendo depressa, minhas palmas subitamente suadas.

— No dia em que buscamos você — minha mãe alisa os lençóis por cima das pernas —, a assistente social me contou sobre um programa que eles tinham, no estado de Idaho, no qual a mãe biológica poderia deixar uma carta para o seu bebê.

— Calma aí, o quê?

— E a assistente social me contou, mesmo que eu ache que ela não poderia, que tem uma carta para você. Sua mãe escreveu uma carta para você.

Eu volto a afundar na beira da cama. Certo. A carta.

— Ela escreveu uma carta para mim.

— E a assistente social disse que, quando você fizesse 18 anos, poderia solicitar essa carta.

Eu fiz 18 anos há meses e ela nunca disse uma palavra.

— Por que você não mencionou isso antes?

— Não sei. Eu... talvez eu não quisesse dividir você. Mas estou pensando diferente agora. — Ela tenta rir, mas acaba tossindo. — Vem cá.

Ela me abraça, mas está tão fraca que nós duas só meio que nos inclinamos para perto uma da outra.

— Tem certeza? — pergunto, porque minha mãe biológica parece ser a última coisa que preciso ter na cabeça agora.

— Tenho, querida. — Ela se afasta e prende uma mecha solta de cabelo atrás da minha orelha. — Vá buscar a carta. Então partiremos daí.

21

Quando eu e papai chegamos em casa, encontramos Ronnie, Bender e Bastian sentados na varanda. Eles se levantam num pulo quando nos veem.

— Oi, Cass.

É uma tarde de domingo. Eu mal dormi. Não tomei banho. Tenho certeza de que cheiro a hospital. Estava esperando chegar em casa e me lavar e talvez tirar um cochilo.

— Oi? — digo, confusa. — O que vocês todos estão... fazendo aqui?

— Nyla mandou a gente — explica Ronnie. — Ela tinha que ir à igreja, mas achou que talvez você precisasse de um pouco de apoio moral. Tipo um abraço em grupo ou algo assim.

Eles me dão em abraço em grupo. É esquisito, mas bom. Então dão um passo para trás e pensam em dar um abraço no meu pai também, que parece prestes a cair de tão cansado.

— Oi, Papa Bill — diz Bender.

— Oi, sr. McMurtrey — cumprimenta Ronnie ao mesmo tempo. Meu pai foi professor dela na quinta série, e ela nunca conseguiu chamá-lo de Papa Bill como o resto dos meus amigos.

— Oi, gente — fala ele, com esforço, tentando, sem sucesso, sorrir. Ele olha ao redor do grupo. — Ronnie, é claro. Bender. E... — Ele franze a testa quando chega a Bastian.

— Bastian — informa ele. — Estou na peça.

Por algum motivo, ver o garoto que eu gosto se apresentando para o meu pai me faz corar. O que é tão idiota que sei lá. Mas estou ridiculamente cansada.

— Claro. A peça — murmura meu pai. Porque ele também sabe que vou sair da peça.

— A gente trouxe pizza — diz Bender, prestativo. — E salada e pão e cheesecake do mercado.

— E flores, para sua mãe — completa Bastian, pegando um buquê de margaridas do banco.

— Foi muito atencioso da parte de vocês — diz papai. — Entrem.

Nós nos arrastamos para dentro e comemos um pouco de pizza, então meu pai desaparece no quarto. Fico na sala com meus amigos por algum tempo, batendo papo sobre nem sei o quê — um pouco sobre a minha mãe, como é ótimo que ela tenha sido transferida para o topo da lista de doadores. Como todo mundo tem certeza de que agora ela vai conseguir um coração novo. Como viver no hospital é uma droga. Então eles falam sobre a peça, o que leva a como Alice ainda está brigada com Bastian, e como isso é problemático porque ele é o lobo e ela, a Chapeuzinho Vermelho, mas eles vão ter que trabalhar juntos como profissionais.

— Ela tem direito de estar com raiva. — Esse é o único comentário de Bastian sobre o assunto. Então todo mundo meio que para de falar. Ninguém quer mencionar a competição estadual, o que me faz concluir que todos sabem sobre a situação com a bolsa de estudos.

Nyla deve ter contado para eles. Estou tão exausta que nem sei como me sentir sobre ela ter contado aos meus amigos que não consegui a bolsa. Quer dizer, é claro que todo mundo na escola ia acabar descobrindo. Mas nós duas nem tivemos uma oportunidade de conversar sobre o ocorrido. Não que eu queira falar sobre isso. Não que uma bolsa de estudos idiota signifique nada para mim nesse momento.

Minha mãe é o que importa.

Finalmente, meus amigos se levantam para ir embora, mas Bastian fica para trás.

— Sei que nem conheço sua mãe — diz ele —, mas sinto muito.

Tento sorrir.

— Obrigada.

— Estou aqui pra você, ok? — Ele me dá um longo abraço. É quente e reconfortante e gostoso, e ele cheira muito bem. — Me avisa se eu puder fazer qualquer coisa por você — fala ao se afastar.

Penso um pouco. Quer dizer, ele tem um carro.

Então falo:

— Na verdade, você pode me dar uma carona?

— Posso. Para onde você quiser — responde ele.

Mordo o lábio.

— Preciso tomar um banho primeiro. Pode esperar?

— Com certeza. Leve o tempo que precisar.

Eu o deixo na sala e corro para o banho. Quando termino, me sinto uns 25 por cento mais humana do que me sentia de manhã. E minha aparência e meu cheiro estão bem melhores.

Bastian se levanta quando eu volto.

— Muito bem. Está pronta?

Respiro fundo.

— Estou.

— Pode me considerar seu Uber particular. — Ele passa um dos braços ao meu redor. — É só me dizer o destino.

Quando a família de Nyla chega em casa da igreja, sou eu quem está sentada na varanda. Mama Liz corre para fora do carro com os braços estendidos para me abraçar até eu achar que minhas costelas talvez tenham sofrido hematomas. Então ganho abraços do pai de Nyla e de todos os seus muitos irmãos.

Tem sido um dia cheio de abraços. Isso me faz sentir como se minha mãe já tivesse morrido. Mas sei que a intenção de todo mundo é boa. Todos esses abraços significam que eu sou amada.

— Ah, coitadinha — fica repetindo Mama Liz. — Eu sinto muito, querida.

Ela chora um pouco e me abraça de novo e pergunta se quero comer alguma coisa.

Leva um tempo até que eu consiga ficar sozinha com Nyla, mas finalmente estamos no quarto dela. O negócio da bolsa continua pairando entre nós. Não consigo olhar direto para ela, porque mesmo que eu saiba que não é importante, o acontecimento ainda dói de um jeito estranho, então passeio pelo quarto observando os pôsteres nas paredes amarelo-vivo dela como se nunca os tivesse visto. Passo a mão ao longo da extensão do guarda-roupa dela. Olho pela janela, onde não tem absolutamente nada de interessante para ver.

— Cass — começa ela, finalmente. — Sobre a competição estadual, eu queria dizer...

— Não precisa — respondo rápido. — Está tudo bem.

— Mas...

— Por favor, não. — Suspiro. — Eu só preciso que você faça uma coisa para mim, tudo bem? Acha que pode faltar a escola amanhã?

— Hum, claro. Por quê?

Vá buscar a carta. Então partiremos daí.

— Preciso ir a um lugar — explico. — Para a mamãe.

22

O Escritório de Registros Vitais e Estatísticas de Saúde de Idaho fica num prédio de tijolos vermelhos no centro de Boise. Sinto o estômago afundar ao ver a sala de espera lotada. Há uma máquina na qual você pega uma senha que será chamada quando chegar a sua vez.

A minha é E145.

Estamos na E122.

Nyla se senta ao meu lado e começa a tricotar um par de meias que instintivamente sei que são para a minha mãe. Foi ela quem ensinou Nyla a tricotar, na verdade, há uns dois anos. Ela sempre se oferece para me ensinar, mas todas as vezes em que tentei, acabei com uma bagunça de lã embolada. Não sou jeitosa. Mas seria bom saber tricotar num momento assim. Pelo menos eu teria alguma coisa para fazer com as mãos.

Estou balançando a perna. Nyla estica a mão para me interromper.

— Você está bem?

— Não muito.

Nyla torce os lábios.

— Quer falar sobre a facul...

— Não. — Se não quis falar sobre isso na viagem de quatro horas até aqui, certamente não quero falar agora. Acho que ficaria satisfeita em nunca mais falar sobre isso.

— Ok. Mas se quiser falar, estou...

— Ainda não.

— Ok. — Ela afasta a mão da minha perna e volta a tricotar, cantarolando uma de suas músicas country.

Pego uma revista *People* de três anos atrás e tento estabilizar minha respiração. Vá buscar a carta, me lembro, tentando me manter focada na minha mãe. Então partiremos daí.

Olho o relógio a cada trinta segundos, então sei que eu e Nyla esperamos por mais ou menos 52 minutos até meu número ser chamado.

— Estou aqui pra você — diz Nyla baixinho, quando eu me levanto, sem jeito.

— Tá. — Eu me sinto dormente, como se flutuasse acima do meu corpo e assistisse a tudo de cima, como se essa não fosse a minha vida. De novo: é aquela cena em que Cass pega a carta da mãe biológica.

Como você sequer se prepara para uma coisa desse tipo?

— Como posso ajudar? — pergunta a atendente, quando chego ao balcão, trocando as pernas.

Estendo o papel necessário com a mão trêmula.

— Preciso dar para você esse formulário. Já está autenticado.

A atendente pega o formulário.

— Obrigada. — Ela o observa. — Ok. Está tudo certo.

Ela o carimba, faz uma cópia e me devolve o papel. Então se inclina para a frente e chama:

— Próximo.

Estou confusa.

— É isso? Mas então eu não...

— Você poderia ter mandado o formulário por correio — diz a mulher, com animação, mas também como se achasse que eu deveria ter mandado o formulário por correio e, dessa forma, não gastado o tempo precioso dela. — Mas é bom trazer pessoalmente se você precisa de uma cópia. O que eu já te entreguei.

— Mas agora vou receber a carta, certo? — pergunto.

— Carta? — Agora é ela quem está confusa.

— A carta que a minha mãe biológica deixou para mim.

A atendente fica totalmente inexpressiva.

— Quem disse que haveria uma carta?

— Minha mãe — respondo. — E também vi no site do Departamento de Saúde e Bem-Estar que eu precisava fazer um requerimento pela carta pessoalmente. E que precisava trazer esse formulário autenticado.

A atendente se vira e grita para os fundos do escritório.

— Linda? Pode vir aqui um minuto?

Uma mulher de suéter rosa — Linda, suponho — se aproxima do balcão.

— Essa garota está perguntando sobre uma carta escrita pela mãe biológica — explica a atendente, em voz alta dessa vez. Agora todo mundo do lugar, tanto as pessoas na sala de espera quanto os funcionários nos balcões, está me encarando com aquele olhar de coitadinha-da-adotada. Menos Nyla, que só parece preocupada.

— Oi — digo para Linda, sem graça.

— Ah, sim, olá — responde Linda com um tom de desculpas. — Havia um programa... Ele foi encerrado há uns 15 anos, mas existe um arquivo com essas cartas.

— Ok. Eu gostaria de receber a minha carta, por favor — peço.

— Elas estão arquivadas em outro lugar.

Tenho vontade de dizer *Então vá buscar*, mas sei que seria grosseiro.

— Contratamos alguém no ano passado para organizá-las e cuidar das solicitações, mas, veja bem, infelizmente, existem 15 anos de solicitações acumuladas que ninguém vinha acompanhando até agora. Então há uma fila considerável — explica Linda.

Parece que não vou receber minha carta hoje.

— O que significa? — pergunto, um pouco rouca. — Quanto tempo vou precisar esperar?

Ela me lança um sorriso empático.

— Pode levar um tempo para você receber a carta depois de abrir uma solicitação. Pode levar meses. Talvez até anos. Sinto muito.

Então não vou receber a carta nas próximas seis semanas.

Sinto o maxilar contrair.

— Isso é a minha vida, sabe. — Minha voz sai aguda e cortante e nada parecida com a minha voz de verdade. — Não é só papelada para mim.

E agora todo mundo está *realmente* encarando. Pelo canto do olho, vejo Nyla se levantar. Eu me viro para ir embora.

— Você ainda quer solicitar uma abdicação de confidencialidade? — pergunta Linda.

Giro de volta para ela.

— Para receber a carta? Sim. Certo? É por isso que estou aqui.

— Não, o arquivo de cartas é uma questão diferente — explica ela. — Vou inserir o seu nome na lista para o arquivo de cartas agora mesmo.

Ela copia o meu nome, minha data de nascimento e minhas informações de contato num bloco de notas amarelo. Nem existe um formulário oficial para o negócio da carta, pelo visto, o que me faz pensar que isso nunca vai dar certo, não se existem 15 anos de nomes anotados em bloco de notas acumulados, todos esperando por suas cartas.

— Calma aí, então para que serve a abdicação? — pergunto, em seguida.

Linda me olha com pena, mas também como se eu fosse uma imbecil. Porque obviamente eu não li o papel que autentiquei e tudo o mais.

— É para o caso de você desejar abdicar do seu direito à confidencialidade sobre a sua adoção. Nós temos um programa de compatibilidade aqui. Se ambos os pais biológicos submeterem uma abdicação de confidencialidade, e a criança adotada também o fizer, temos o direito legal de compartilhar a informação de contato entre as partes envolvidas.

— Aposto que também tem uma fila para isso. — Tudo bem, talvez eu esteja sendo um pouco grosseira.

Mas Linda não parece incomodada. Ela trabalha para o governo e, portanto, lida com pessoas grosseiras o tempo todo, pelo visto.

— É um processo cuidadoso, e sim, leva um tempo.

A ficha está começando a cair.

— Então o que você está dizendo é que, se a minha mãe biológica quiser me encontrar — falo devagar —, ela pode preencher esse formulário, e se eu também preencher o formulário, você vai dar minha informação para ela.

— Se o pai biológico também preencher um formulário, ou se não houver maneira de localizá-lo em tempo hábil, sim. É como funciona no estado de Idaho.

— Ok. Sim. Eu ainda quero solicitar a abdicação. — Solto um fôlego que parecia preso desde manhã. — E não vou receber nada hoje — concluo, só para ter certeza.

— É só o que podemos fazer por você hoje. — Linda sorri com paciência. A outra atendente já está ajudando outra pessoa.

— Obrigada.

Eu me arrasto para o estacionamento igual a um zumbi, seguida por Nyla. Está começando a nevar, minúsculos flocos brancos que derretem no segundo em que tocam a minha pele. Uma onda gigantesca de alívio e decepção quebra em cima de mim, tão forte que meus joelhos quase cedem.

— Está tudo bem? — pergunta Nyla.

Fecho os olhos e imagino a expressão do meu rosto durante toda a conversa com a coitada da Linda. Então começo a rir, gargalhando tanto que me inclino para a frente com lágrimas nos olhos.

— Tudo bem. Definitivamente não está tudo bem — conclui Nyla.

Eu não consigo parar de rir. É muito estranho.

Quando finalmente levanto a cabeça, sem ar, tem um senhor parado na frente do prédio me olhando como se eu tivesse ficado maluca. O que tenho certeza de que é verdade.

— Oi — exclamo para ele. — O tempo está ótimo, não é?

Volto o rosto para a neve e tomo um fôlego longo e trêmulo.

— Ah, que bom. Seja bem-vinda de volta — diz Nyla. — O que você quer fazer agora?

— Nada. — Olho ao redor em busca da vaga de Bernice. — Vamos para casa.

Querida X,

Melly passou as últimas duas horas gritando comigo. Ela não gosta da maneira como preenchi o formulário de informação não identificável. Diz que não posso entregá-lo dessa maneira. Fui sarcástica demais, segundo ela.

"Eu estava sendo honesta", respondi. Acho que você merece honestidade, não merece?

"Você precisa se lembrar de que não é só você que está escolhendo", argumentou ela. "Os pais adotivos também precisam te escolher."

Pelo visto, ela acha que eles não me escolheriam se eu entregasse o formulário desse jeito, porque, se eu sou sarcástica, talvez eles acabem com um bebê sarcástico. Nós podemos permitir isso, não é?

Então preenchi o formulário de novo. Fui uma boa garota dessa vez. Não saí do básico. Fui entediante. Genérica. Disse o que era esperado, na verdade, e nada mais. Talvez seja melhor assim. Eu quero que me escolham. Ou melhor, que escolham você.

Mas vou incluir o formulário original aqui. O verdadeiro. Dessa forma posso contar como realmente me sinto.

Melly também diz que preciso fazer o pai preencher os formulários, porque ele tem metade das informações que você precisa, né? Não estou superempolgada com a ideia de falar com Dawson sobre isso. Venho tentando não pensar nele. Ele ainda não ligou. Não que eu esperasse uma ligação. Ele nem sabe que estou em Booth.

Mas vou providenciar que esse formulário chegue a ele, porque Melly tem razão. Tem tanto que não sei sobre Dawson. E tanto que você provavelmente precisa saber.

S

INFORMAÇÕES NÃO-IDENTIFICÁVEIS
PARA REGISTRO DE ADOÇÃO

HISTÓRICO DE SAÚDE E PERSONALIDADE   (X) Mãe biológica   ( ) Pai biológico

As informações deste formulário foram fornecidas pelo pai ou mãe biológicos. O Escritório de Registros Vitais não é responsável pela veracidade destas informações.

DESCRIÇÃO PESSOAL

Estado civil: (X) Solteiro   ( ) Casado   ( ) Separado

( ) Divorciado   ( ) Viúvo

Se casado ou separado: ( ) Casamento civil   ( ) Cerimônia religiosa

Você é integrante registrado de uma tribo nativo-americana, de um vilarejo do Alasca ou afiliado a uma tribo? ( ) Sim   (X) Não   Se sim, qual tribo?

Religião:

Não sou religiosa. Não me lembro da última vez que fui à igreja.

Origem étnica (britânica, alemã etc.):

A mesma mistureba de todo mundo que conheço. Europeia, com um pouco daqui e dali. Não vou explicar o motivo de você gostar de comida mexicana.

País ou estado de nascimento:

Idaho

Raça (negra, branca, índia americana, japonesa etc.):

Branca e privilegiada e, ainda assim, nessa zona.

Altura:

1,60 m. Pois é, eu sou baixinha.

Peso:

52 kg. Suponho que estejam se referindo ao peso antes da gravidez. E vou mentir mesmo assim. Não é da conta de ninguém.

Cor e textura do cabelo:

Castanho e sem graça. Estou tentando deixar crescer há dois anos, mas nunca parece passar muito do ombro.

Cor dos olhos:

Azul-claro, meio celeste, eu diria. Facilmente meu melhor atributo.

Características físicas únicas (e.g., sardas, pintas etc.):

Tenho sardas no nariz que, segundo os garotos, são "bonitinhas", e um número de pintas que considero normal.

Cor da pele: (X) Clara ( ) Média ( ) Morena ( ) Escura

Use protetor solar, ok? Eu ganho sardas no sol, igual à minha mãe, mas o meu pai fica vermelho igual uma lagosta em tipo dez minutos. Somos uma família de fantasmas.

( ) Destro (X) Canhoto

Pois é, e sempre foi um pé no saco. Espero que você não seja canhota. Mesmo que isso signifique que eu deveria ser criativa ou algo do tipo.

Porte físico (ossos grandes/pequenos, membros longos/curtos, musculoso etc.):

Sou mediana. Nunca vou ser modelo.

Talentos, hobbies e outros interesses:

Curto música. Algumas antigas, mais indie, algumas alternativas. Estou ouvindo "Kryptonite" do 3 Doors Down agora, e é incrível. Também estou descobrindo que gosto de escrever. Mais e mais ultimamente. Quer dizer, eu já sabia que gostava. Tentei trabalhar no jornal da escola por um tempo e fiz o anuário desse ano. Em grande parte porque meu pai disse que eu precisava ter um hobby ligado à escola. Mas não durou. Podemos dizer que não sou uma grande fã de prazos.

Quais das opções abaixo descrevem sua personalidade (marque todos que se apliquem):

(X) Agressivo (X) Emotivo (X) Feliz (X) Rebelde (X) Tímido (X) Sério (X) Calmo
(X) Amigável (X) Irresponsável (X) Divertido (X) Temperamental (X) Crítico
(X) Extrovertido (X) Teimoso (X) Infeliz

Comentários:

Sério mesmo? Estou "infeliz" porque esperam que eu me categorize desse jeito. Qual é o objetivo disso? Marquei todas as opções! Que tal esse exemplo de teimosia? Estou grávida de sete meses; sou todas essas coisas! Não posso ser resumida a uma múltipla escolha.

FORMAÇÃO

Último ano completo:

1º do ensino médio

Nota média recebida no boletim:

Aluna nota 7, foi mal

Atualmente na escola: (X) Sim   ( ) Não

Futuros planos escolares:

Quero me formar e conseguir um emprego. Nunca fui ótima na escola. O que provavelmente não é o que você gostaria de ouvir. Cheguei a pensar em fazer jornalismo (ver acima), mas parece que o mercado de jornais está morrendo rápido, e não tem a menor chance de eu querer aparecer na TV.

Assuntos de interesse:

Música, mas não toco nenhum instrumento. História, mas não quero ser professora e não tenho uma boa memória para datas. Arte, mas não sei desenhar. Sou ok em matemática, mas odeio. Dá para ver o padrão.

Qualquer problema relacionado ao ensino ou desafios (aulas particulares, ensino especial etc.):

Não exatamente, exceto o fato de que eu não gosto da escola e a escola nunca gostou de mim de verdade.

HISTÓRICO EMPREGATÍCIO

Ocupação atual:

Serviço militar: ( ) Sim   (X) Não   **Se sim, divisão onde serviu:**

Treinamento vocacional:

Histórico de trabalho:

Trabalhei na Target no verão passado. Foi um saco, mas teve uma semana legal na qual montei um monte de bicicletas na seção de jardinagem. Gostei de encaixar as peças da bicicleta — ei, talvez eu possa virar mecânica!

É isso! Esse formulário me inspirou a consertar o meu futuro.

HISTÓRICO FAMILIAR

Alguém da sua família foi adotado? ( ) Sim   (X) Não   **Se sim, quem?**

Se sim, é um segredo bem enterrado.

Sua ordem de nascimento (1º de 4):

2^a de 3? Não sei bem como responder isso quando tenho uma meia-irmã. Tenho um irmão mais velho e uma meia-irmã mais nova. Isso me torna a selvagem filha do meio?

Relações pessoais com pais, irmãos ou integrantes de família estendida:

Sou uma desgraça para a família, de acordo com a minha madrasta. Ela é muito amável e compreensiva. Meu pai é o tipo silencioso que fala "deixa ela em paz". Obviamente, muito compreensivo também. Meu irmão é incrível, mas também ausente, e não posso culpá-lo por isso. Minha mãe também é bastante ausente, mas tudo bem. Sou mais do tipo independente.

Resuma a adaptação à gravidez. Inclua como você e seus pais se adaptaram à gravidez, e se você teve apoio de colegas:

Meu pai/minha madrasta me forçaram a vir para Booth (uma escola/abrigo para grávidas), assim não precisariam lidar comigo. Minha mãe tem sido relativamente compreensiva, por mais que tenha apoiado mais a ideia de abortar, para ser sincera. Os professores da escola ajudam muito, no entanto.

SEUS PAIS BIOLÓGICOS (avós da criança)

PAI

Idade (se falecido, informar idade no dia da morte):

46

Problemas de saúde:

Pressão alta, acho que por ser tão travado.

Altura/peso:

1,80 m, 90 kg. Ele poderia perder alguns quilinhos.

Cor dos cabelos/olhos:

Castanho, castanho

Porte físico: ( ) Pequeno (X) Médio   ( ) Grande   ( ) Extra grande

Cor da pele: ( ) Clara   (X) Média   ( ) Morena   ( ) Escura

Destro/canhoto:

Destro

Descrição da personalidade (feliz, tímido, teimoso etc.):

Ele é um poço de risadas. Ha ha, só que não. Mas as pessoas parecem gostar dele e admirá-lo.

Talentos, hobbies, interesses:

Política, golfe, esqui

Formação:

Faculdade

Ocupação:

Advogado, e não do tipo legal que tenta ajudar os indefesos

Número de irmãos:

2

Raça (negra, branca, nativo-americana etc.):

Branca

Origem étnica (alemã, inglesa etc.):

Alemã, inglesa, pode ser daí que vem o jeito travado.

Religião:

Presbiteriano, ou pelo menos a bunda dele esquenta alguns bancos de igreja uns domingos por mês.

Estado civil:　　( ) Solteiro　　(X) Casado　　( ) Separado

　　　　　　　　　　(X) Divorciado　　( ) Viúvo

Ciente da gravidez? (X) Sim　　　　( ) Não

Ele gostaria de não estar.

MÃE

Idade (se falecida, informar idade no ano da morte):

44

Problemas de saúde:

Altura/peso:

1,57 m, 45 kg. Ela é basicamente magra e perfeita.

Cor dos cabelos/olhos:

Castanho, azul — temos os mesmos olhos

Porte físico: (X) Pequeno　( ) Médio　　　　( ) Grande　　　　( ) Extra grande

Cor da pele: (X) Clara　　( ) Média　　　　( ) Morena　　　　( ) Escura

Destro/canhoto:

Canhota

Descrição da personalidade (feliz, tímida, teimosa etc.):

Faz o tipo quieto na companhia de desconhecidos. Às vezes fica brava, mas passa rápido.

Talentos, hobbies e interesses:

Balé, esqui, tênis — esqui é a única coisa que eu saiba que eles tinham em comum

Formação:

Faculdade

Ocupação:

Professora de balé

Número de irmãos:

0

Raça (negra, branca, nativo-americana etc.):

Branca

Origem étnica (alemã, inglesa etc.):

Irlandesa, italiana — acho que é de onde vem a mania de gritar.

Religião:

Agnóstica — eles costumavam brigar sobre como ela deveria ir à igreja.

Estado civil: ( ) Solteiro (X) Casado ( ) Separado

(X) Divorciado ( ) Viúvo

Eles se divorciaram e casaram de novo.

Ciente da gravidez? (X) Sim ( ) Não

SEUS IRMÃOS E IRMÃS BIOLÓGICOS (tios e tias da criança)

1) (X) Irmão ( ) Irmã

Idade (se falecido, informar idade no dia da morte):

22

Problemas de saúde:

Altura/peso:

Menor ideia, mais alto do que eu, altura média de homem, eu acho.

Cor dos cabelos/olhos:

Castanho, azul

Porte físico: ( ) Pequeno (X) Médio ( ) Grande ( ) Extra grande

Cor da pele: ( ) Clara (X) Média ( ) Morena ( ) Escura

Destro/canhoto:

Destro

Talentos, hobbies, interesses:

Futebol, luta, beisebol

Formação:

Ensino médio, um pouco de faculdade, apesar de eu achar que ele pode estar se formando em cerveja e garotas.

Ocupação:

Estudante

Religião:

Diz que é presbiteriano para agradar nosso pai.

Estado civil: (X) Solteiro   ( ) Casado   ( ) Separado

( ) Divorciado   ( ) Viúvo

& amando cada momento

Ciente da gravidez? ( ) Sim   (X) Não

2) ( ) IRMÃO   (X) IRMÃ

Idade (se falecida, informar idade no dia da morte):

7

Problemas de saúde:

Altura/peso:

Menor ideia, mais baixa do que eu e pequena.

Cor do cabelo/olhos:

Loiro, azul — todos nós temos os olhos da mamãe

Porte físico: (X) Pequeno ( ) Médio   ( ) Grande   ( ) Extra grande

Cor da pele: (X) Clara   ( ) Média   ( ) Morena   ( ) Escura

Canhoto/destro:

Canhota, tadinha

Talentos, hobbies, interesses:

Um jogo de tabuleiro chamado Candy Land, Meu Pequeno Pônei, Legos

Formação:

Ensino fundamental, jardim de infância, onde ela já sabe contar até cem e os nomes das cores!

Ocupação:

Criança

Religião:

Pensa em Deus da mesma forma que pensa no Papai Noel.

Estado civil: (X) Solteiro ( ) Casado ( ) Separado

( ) Divorciado ( ) Viúvo

obviamente

Ciente da gravidez: ( ) Sim (X) Não

HISTÓRICO MÉDICO

Por favor, indique "Nenhum" ou "Você" se você ou qualquer parente biológico (i.e., sua mãe, seu pai, seus irmãos, avós, tios ou qualquer outro filho que você tiver tido) já sofreu ou sofre com as condições médicas listadas abaixo. Por favor, explique na seção de comentários.

Calvície: *Pai. Só no cocuruto. Mas ele raspa a cabeça para as pessoas pensarem que é intencional.*

Defeitos congênitos: *Nenhum*

Pé torto congênito: *Nenhum*

Fenda palatina: *Nenhum*

Doença cardíaca congênita: *Nenhum*

Câncer: *Avô. Câncer na bexiga, acho. Ele morreu quando eu era pequena, e ninguém parecia gostar muito dele antes disso.*

Outras: *Nenhum*

ALERGIAS

Animais: *Nenhum*

Asma: *Nenhum*

Eczema: *Nenhum*

Comida: *Irmã. Alérgica a tudo, acho. Tem alguma coisa a ver com as crianças não serem expostas o suficiente a germes hoje em dia.*

Pólen/Plantas: *Mãe. Ela poderia ser uma propaganda de antialérgico toda primavera.*

Urticária: *Nenhum*

Medicamentos: *Pai. Remédios para pressão alta, eu acho, e vitaminas potentes. Eu já encontrei Viagra no armário de remédios uma vez, mas ninguém quer pensar nisso.*

Outras alergias: *Nenhum*

Outras (especifique): *Nenhum*

DEFICIÊNCIA VISUAL

Astigmatismo: *Mãe. Usa óculos/lente de contato.*

Cegueira: *Nenhum*

Daltonismo: *Pai. Meu irmão também, os dois têm dificuldade de encontrar o pé certo da meia.*

DOENÇAS EMOCIONAIS/MENTAIS

Bipolar (maníaco depressivo): *Nenhum*

Esquizofrenia: *Nenhum*

Depressão severa: *Pai. Depois do divórcio ele passou por uma "fase", como chamou, e começou a fazer terapia, mas já está melhor.*

Suicídio: *Nenhum*

Transtorno obsessivo-compulsivo: *Nenhum*

Transtorno de personalidade: *Nenhum*

Alcoolismo/vício em drogas: *Pai. Ele também bebeu muito depois do divórcio e bateu o carro na nossa caixa de correio, mas ninguém se machucou ou foi preso, então está tudo bem.*

Outra (especifique): *Nenhum*

DOENÇAS HEREDITÁRIAS

Fibrose cística: *Nenhum*

Galactosemia: *Nenhum*

Hemofilia: *Nenhum*

Doença de Huntington: *Nenhum*

Hipotireoidismo ou hipertireoidismo: *Nenhum*

DOENÇAS CARDIOVASCULARES

Infarto: *Avó por parte de pai, aos 50 anos.*

Sopro cardíaco: *Nenhum*

Pressão alta: *Pai*

Diabetes: *Nenhum*

DOENÇAS SEXUALMENTE TRANSMISSÍVEIS

Que nojo. Isso é uma pergunta totalmente inapropriada. Por que importa se seus parentes têm DSTs? Eca. Eu me recuso a responder pelo simples princípio da coisa.

Clamídia: *Que nojo!*

Gonorreia: *Eca!*

Herpes: *Duplamente nojento!*

Sífilis: *Que ano é hoje, 1890?*

HIV/AIDS: *Não.*

Outra (especifique): *Nenhum*

TRANSTORNOS NEUROLÓGICOS

Paralisia cerebral: *Nenhum*

Distrofia muscular: *Nenhum*

Esclerose múltipla: *Nenhum. Acho que somos bem sortudos.*

Epilepsia: *Nenhum*

Derrame: *Nenhum*

Febre reumática: *Nenhum*

Outro (especifique): *Nenhum*

TRANSTORNOS DE DESENVOLVIMENTO

Dificuldade de aprendizado/TDAH: *Nenhum. Novamente, ou somos sortudos ou ninguém nunca fala no assunto.*

Retardo mental (especifique o tipo): *Nenhum*

Síndrome de Down: *Nenhum*

Problemas na audição ou fala: *Nenhum*

Peso baixo ao nascer: *Nenhum*

Outro (especifique): *Nenhum*

HISTÓRICO DE USO DE DROGAS

COM RECEITA:

Especificar o tipo (Prozac, Roacutan etc.)

( ) Antes da concepção   ( ) Depois da concepção

DE BALCÃO:

Especifique o tipo (pílulas para dieta, anti-histamínico etc.)

( ) Antes da concepção   ( ) Depois da concepção

OUTROS TIPOS DE DROGAS USADAS:

Álcool

Quase sempre em festas. Cheguei a substituir um pouco da bebida do meu pai por água no primeiro ano.

Especifique o tipo:

Cerveja, rum com Coca, vodca, o que estiver disponível. Mas juro que não sou uma alcoólatra. Só bebo socialmente.

Data do último uso:

Sei lá quando foi a festa. Nem lembro.

(X) Antes da concepção   ( ) Depois da concepção

Posso gostar de me divertir em festas, mas não tomei um drinque desde que descobri que estava grávida. Talvez tenha rolado uma festa antes de eu descobrir.

Relaxantes (i.e. remédios para dormir, barbitúricos etc.)

Especificar o tipo:

Data do último uso:

( ) Antes da concepção   ( ) Depois da concepção

Cocaína ou "Crack"

Por injeção? ( ) Sim   ( ) Não

Data do último uso:

( ) Antes da concepção   ( ) Depois da concepção

Heroína/Analgésicos

Por injeção? ( ) Sim   ( ) Não

Data do último uso:

( ) Antes da concepção ( ) Depois da concepção

Alucinógenos (i.e. LSD, Ecstasy, PCP etc.)

Especifique o tipo:

Data do último uso:

( ) Antes da concepção ( ) Depois da concepção

Cigarros

Tentei uma vez. Tossi até vomitar. Decidi que não era pra mim.

Especifique o tipo:

Acho que dessa vez foi Lucky Strike. Claramente o nome não deu nenhuma sorte.

Data do último uso:

(X) Antes da concepção ( ) Depois da concepção

Maconha

Ok, umas duas vezes. Mas juro que não traguei.

Data do último uso:

Ano passado numa festa.

(X) Antes da concepção ( ) Depois da concepção

Outro

Especifique o tipo:

Data do último uso:

( ) Antes da concepção ( ) Depois da concepção

HISTÓRICO DE SAÚDE E PERSONALIDADE

(X) Mãe biológica   ( ) Pai biológico

Se desejar, por favor, adicione qualquer informação adicional que vá descrever melhor você e a sua situação. (Leve em consideração sua escolaridade, saúde, trabalho, objetivos e esperanças para o futuro, histórico de relacionamentos, crenças religiosas ou espirituais, desafios, forças etc.)

Então, venho escrevendo um monte de cartas, que espero que você receba, e se ler tudo, vai entender muito bem a minha situação. Mas, se por algum motivo essa for a única coisa que receber de mim, só saiba que me importo com você. O resto não importa tanto no contexto geral. Sou saudável e estou tentando te manter saudável. Tomo minhas vitaminas e como legumes e tento não consumir meu peso em sorvete, o que é tentador nesse momento. Tem sido um verão quente. Estou tentando fazer a coisa certa por aqui.

Sei que deveria dizer alguma coisa inspiradora, tipo que Deus está no controle e vai te guiar aonde deveria ir. Mas nem sei se sequer acredito mais em Deus. Foi mal. E queria poder dizer que sonho em te reencontrar algum dia, mas não sei se isso seria bom para ninguém. Você está melhor sem mim. Sinto muito, mas é verdade.

Eu não estou feliz. Tudo bem. Não precisamos ser felizes o tempo todo, certo? Tenho 16 anos e fiquei grávida de um cara que não está mais na minha vida, e eu não poderia ficar com você ou cuidar de você por um monte de motivos que eu precisaria de páginas para explicar e provavelmente ainda não seriam os motivos verdadeiros. Nunca morei no que poderíamos chamar de lar feliz, então, se eu ficasse com você, o seu caso seria o mesmo. Sinceramente, minha vida está uma bagunça agora, e a culpa não é sua, mas preciso dar um jeito nela antes de poder ser mãe. Espero que entenda. Então, nesse momento, estou tentando encontrar pais melhores para você. Quero que tenha uma vida boa. Desejo tudo no mundo para você, de verdade.

Espero que receba minhas cartas.

Da sua mãe biológica/abrigo confiável,
S

23

Acabou que o negócio da carta foi uma total perda de tempo, mas tenta só falar isso para a minha mãe.

— Precisamos ter paciência — diz ela, quando conto sobre a minha aventura em Boise na manhã seguinte depois da escola. Como sempre, ela está determinada a ser otimista. — Vamos precisar esperar e ver o que acontece.

Mas ela sabe. Está deitada ali, ligada a uma máquina que faz as vezes de coração. Seus pulmões estão voltando lentamente a se encher de fluido. Seus órgãos estão sobrecarregados e prestes a pararem de funcionar. Não temos muito tempo. Não temos meses, como a moça do escritório disse que poderia levar até que chegassem ao meu pedido na fila. Talvez nem semanas.

— Claro. Esperar e ver — concordo, como se acreditasse que isso fosse funcionar.

— No meio-tempo — continua ela —, você poderia tentar outra abordagem. É fácil encontrar pessoas ultimamente, com a internet e as mídias sociais. Existem sites de pesquisa só para adoções. Existem registros.

— Eu sei — respondo, suspirando.

— Só pensa no assunto. Quem sabe? Sua mãe biológica já poderia estar procurando por você.

— Ela não está — digo automaticamente.

Minha mãe franze a testa.

— Ela não está? Como você sabe?

Engulo em seco.

— Eu fiz uma pesquisa... uma vez.

— Ah. — Seu rosto fica cheio de mágoa. É exatamente o que eu temia. — Por que não me contou?

— Porque eu não queria que você pensasse que... — Respiro fundo. — Você é a minha mãe. Eu não queria que você pensasse que eu não estava feliz, ou que estava procurando por outra família, ou que você não bastava.

— Eu teria entendido — afirma ela. — Eu *entendo*. Sempre presumi que, um dia, quando fosse o momento certo, você procuraria por ela.

— Sério?

— É o que eu faria se fosse você — diz ela. — E aí, o que aconteceu? O que encontrou?

— Nada — confesso.

Ela parece confusa.

— Nada?

Dou de ombros.

— Você só precisa informar a data de nascimento e o estado em que nasceu, e se qualquer um da sua família biológica estiver procurando você, o site vai mostrar uma compatibilidade. É fácil. Mas não havia nenhum perfil compatível.

— O que significa?

— Que ela não está me procurando. — Tento sorrir. — O que faz total sentido. Ela optou por uma adoção fechada, não foi?

Ela aperta a minha mão.

— Não sabemos a história dela, ou por que escolheu o que escolheu. Mas já faz 18 anos, Cass. Talvez ela pense de forma diferente agora.

— Ela não está procurando.

Minha mãe aperta os lábios da maneira que faz quando está decidida sobre alguma coisa.

— Talvez ela não saiba como procurar.

— Ela tem 34 anos — observo. — Provavelmente sabe usar o Google.

— Há quanto tempo você fez essa busca? — Ela olha ao redor. — Cadê o seu celular? Podemos olhar agora. Não faria mal checar.

— Não. — A palavra meio que explode para fora da minha boca. Não consigo imaginar entrando num desses sites com a minha mãe no meu cangote. Lembro de como eu surtei ontem no estacionamento, por algum motivo que ainda não consigo entender totalmente. — Eu preciso fazer isso sozinha, ok?

Não sei explicar por que, é só... estranho e emocional e... particular. E acho que não quero mais fazer isso. Se for tudo bem por você.

Ela fica séria.

— Tudo bem — responde. — Eu entendo.

Um cara entra com a bandeja de café da manhã da mamãe. Ela chega para o lado na cama de hospital e dá um tapinha no espaço vazio. Os remédios novos pelo menos a animaram um pouco. É difícil acreditar, olhando para ela agora, que há uns dois dias ela estava à beira da morte, e que ainda está morrendo.

— Já tomou café? — pergunta ela.

— Você sabe que eu não costumo tomar café.

— Sabe que eu vou te dizer que é a refeição mais importante do dia. — Ela volta a dar tapinhas na cama.

— Mas... comida de hospital — argumento.

— Verdade, mas é difícil até para um hospital estragar um café da manhã. Vamos tentar.

Bem nessa hora, meu estômago ronca. Não como nada desde ontem, e a refeição de ontem foi na estrada. Estou com outras coisas na cabeça além de fome.

Minha mãe levanta a tampa do prato.

— Rabanada — sussurra ela.

Sento ao lado dela. Ela despeja o potinho de xarope de bordo na torrada e começa a cortá-la em pedacinhos. Como se eu tivesse três anos ou algo parecido e ela não quisesse que eu engasgasse.

— Pode comer — diz ela. — Você está em fase de crescimento.

Espeto um pouco de ovo mexido para ser do contra. É um erro. Está frio e borrachudo de algum jeito. Parece que é possível estragar um café da manhã.

— É você quem deveria estar comendo isso — observo.

— Ah, não. É muita comida. Preciso cuidar das minhas curvas.

É uma piada. Hoje em dia ela tem tantas curvas quanto um graveto. Antes do infarto, era um pouquinho gorducha — não era obesa mórbida nem nada assim, mas carregava alguns quilinhos a mais. Costumava alegar que estava na profissão errada para ser magra. "Ninguém confia numa confeiteira magra", ela sempre dizia.

Na época, eu achava engraçado.

Ela espeta um pedaço de linguiça acinzentada e ergue no ar.

— Isso deve ser péssimo para o meu coração. E provavelmente também tem um gosto péssimo.

Eu me inclino para perto e dou uma mordida, o que vai diretamente contra todos os meus princípios vegetarianos. O gosto é horrível.

— Não é tão ruim, na verdade. Você deveria provar.

— Calma aí, quem está forçando quem a comer aqui? — pergunta ela enquanto eu pego o garfo e tento fazer um aviãozinho com a linguiça até a boca dela.

— Beba seu suco.

Ela dá um longo gole no suco, então se recosta e olha para o relógio na mesa lateral.

— É melhor você ir pra escola. Acho que seu pai vai chegar a qualquer momento para te buscar. Nos vemos mais tarde?

— É claro. Estarei aqui logo depois da escola.

Ela franze a testa.

— Você não tem ensaio? Está chegando a hora do show. Só faltam algumas semanas.

Seis, para ser exata. O que poderia ser uma eternidade.

— Eu... — Não olho para ela. — Eu saí do musical.

Ela fica boquiaberta.

— O quê? Não!

— Não, está tudo bem. Liguei pra Mama Jo ontem à noite. Ela entendeu. E olha, minha substituta está superfeliz agora. Eu devo ficar aqui. Com você.

Ela balança a cabeça.

— Cass. Isso é muito fofo, e agradeço, mas não. Quero que você viva a sua vida, lembra?

— Nesse momento, você é a minha vida.

— Ô, querida.

— Sério, está tudo bem.

Mas ela está com aquele olhar férreo que conheço muito bem.

— Não. Liga pra srta. Golden. Ela vai deixar você voltar.

— Mãe. O musical não é importante.

— Claro que é. Não me lembro da última vez em que você não esteve numa peça. Isso te faz feliz. Além disso, é o meu musical favorito. Quero te ver lá em cima do palco, como a esposa do padeiro.

Eu a encaro.

— E quero conhecer esse garoto de quem você gosta, Bastian — completa ela com uma risadinha. — Seu pai disse que ele foi à nossa casa. Estou morrendo de inveja. E quero ver Nyla interpretando a Cinderela, usando o vestido de baile azul do qual você me falou. E quero aplaudir de pé.

— Mas você não pode — digo finalmente.

Ela me olha.

— Eu vou.

— Mãe. Os médicos disseram que nós temos seis semanas. Até menos. E como posso fazer qualquer coisa exceto passar cada minuto desse tempo aqui? Como eu posso...

— Os médicos não sabem tudo. — Ela ergue o queixo. Meu Deus, como é teimosa. — Eu vou conseguir um coração novo.

Alguma coisa estala dentro de mim, mas não posso gritar com ela. Só que também não consigo entrar na onda dessa vez, então respondo, baixinho:

— Você não tem como saber.

— Eu sei. O universo...

— Talvez o universo não funcione da maneira que você pensa — falo, ainda me esforçando para manter a voz baixa. — Não consigo continuar fingindo que está tudo bem. Eu simplesmente... não consigo.

Ela fecha os olhos por um segundo e, quando os abre, eles brilham de raiva.

— Tudo bem — diz ela com um tom entrecortado que eu associo com broncas. — *Tudo bem*. Ótimo. Então vamos dizer que eu estou morrendo.

Arquejo em surpresa.

— Se estou morrendo, se vou definhar nesse quarto, nessa cama, não quero que você esteja aqui.

Sinto como se ela tivesse me dado um soco no estômago.

— Você não me quer aqui?

— Não — afirma com a voz rouca. Ela lambe os lábios. Ofereço o copo d'água, ela bebe, me devolve e continua a conversa. — Eu quero você lá fora, vivendo a vida.

— Mãe.

— Por favor — pede ela, com a voz mais suave. — Por favor, querida. Quando busquei você, naquela primeira noite em que você estava nos meus braços, fiz promessas. Prometi que ia te dar a vida mais feliz e linda possível. Foi por isso que sua mãe biológica deu você para mim, porque eu te daria essa vida.

Suspiro.

— Você não pode prometer que a minha vida vai ser feliz, mãe.

— Vou dar o meu melhor, porque foi essa a promessa que fiz. Então, se estou morrendo, Cass, esse é o meu desejo de morte. Não saia da peça. Não saia da escola. Não pare de passar tempo com seus amigos. Viva sua linda vida, cada segundo que puder.

Ouvimos uma batida rápida na porta, e meu pai coloca a cabeça para dentro.

— Ei, desculpa interromper, mas preciso levar a Bu pra escola... — Ele se interrompe. Olha de mim para mamãe e de volta para mim. — O que está havendo?

— Tá bom, querida? — pergunta minha mãe, ainda me olhando. — É isso o que eu quero.

Estou chorando, caramba, e meio furiosa, meio arrasada, mas não posso ficar com raiva dela agora. Ela me encurralou. Seco o rosto e assinto uma vez.

— Tudo mundo bem por aqui? — pergunta papai.

— Estamos todas esplêndidas. — Minha voz falha na palavra *esplêndidas*. Limpo as lágrimas depressa. — Está tudo normal, como sempre. E, pelo visto, preciso fazer tudo o que ela quer.

— É, bem-vinda ao clube — diz papai.

— Vamos — falo para ele, pegando a minha mochila. — Não quero me atrasar pra escola. Te amo — digo para minha mãe de qualquer jeito. — Estou indo. Tchau.

— Também te amo — responde ela, e eu saio.

24

Vou à escola. Vou à aula. Vou à aula de educação física. Vou a uma reunião do clube de teatro. Vou à aula de novo. Então vou almoçar, onde me sento na mesma mesa de todo dia, com as mesmas pessoas. Mas minha vida não parece nem um pouco bonita.

— Como está Mama Cat? — pergunta Nyla, em voz baixa.

— Revoltante. Ela não me deixa sair da peça.

— Calma aí, você quer sair da peça? — pergunta Bastian.

Dou de ombros. Bem nesse momento, Alice aparece. Ela lança um olhar notavelmente frio, então se senta ao lado dele à nossa mesa.

— Já superei — anuncia ela.

— E você está se referindo a... — diz Bender.

— À competição estadual.

Pelo amor de Deus, não vamos falar sobre a competição de teatro. Não agora.

— Eu sinto muito mesmo — diz Bastian, com sinceridade.

Alice levanta a mão.

— Como disse, eu já superei. Mas agora, obviamente, quero ouvir tudo a respeito.

Silêncio. Ronnie está tentando fazer alguma coisa embaixo da mesa, acho que chutar a perna de Alice. Mas não funciona.

— O que foi? — pergunta Alice. — Vamos lá, galera, desembucha. Passei o fim de semana todo morrendo de curiosidade, e ontem não vim porque estava resfriada, então talvez tenha sido bom eu não ir. Eu poderia ter deixado todo mundo doente. Enfim... Como foi?

— Ganhamos em segundo lugar na categoria de comédia — informa Bender depressa.

Ronnie assente e adiciona:

— Uh-huul!

— Incrível. — Alice gira para Nyla e eu. — E vocês duas?

— Levamos o primeiro lugar — informo, obediente. — Uh-huul.

Porque sou uma atriz excepcionalmente talentosa. Com uma vida linda pra caramba.

— Que ótimo! — arqueja Alice. — Claro que não é uma surpresa. — Ela olha ao redor da mesa com nervosismo. Está entendendo que tem alguma coisa errada, e acha que sabe o que é. — Ah, e Cass, eu sinto muito. Fiquei sabendo da sua mãe. Todo mundo que eu conheço está mandando orações e pensamentos de cura para a sua família.

— Ah, incrível — digo. — Pensamentos e orações.

Nyla me olha como se falasse *Para com isso.*

— Mas a boa notícia é que a mãe de Cass foi transferida para o topo da lista de doadores — conta Nyla. — Então há muito motivo para ter esperança.

— Que ótima notícia — diz Alice.

— É, não é *incrível?* — comento com empolgação.

Alice vê que precisa mudar de assunto.

— Ok, certo, então, de volta à competição estadual. E quanto à bolsa de estudos? Eu realmente queria ter concorrido a essa bolsa, mas...

— Sinto muito — murmura Bastian.

— Já superei — responde ela. — Mas me conta. Quem ganhou?

Cerro os dentes. Sinto como se meu cérebro estivesse cheio de bolas de algodão. É demais para mim. Mãe morrendo. Mãe querendo que eu encontre minha mãe biológica porque está morrendo. Mãe não querendo que eu esteja lá enquanto está morrendo. Mãe perdendo toda a minha vida, mas talvez não tenha problema, porque a minha vida não está saindo da maneira que deveria, mesmo que devesse ser linda e perfeita e incrível. E a cereja no bolo é a p-rra da bolsa escolar.

— Não é nada de mais — diz Nyla, enfim. — Eu...

— Ah, mas é de mais *sim* — argumento. — Nyla ganhou. Ela vai poder ir para a faculdade que quiser. Mas é claro que ela já faria isso de qualquer maneira.

— Ei — diz Bastian, estendendo a mão para a minha, mas eu me afasto.

— Então vamos todos dar os parabéns pra Nyla. Viva pra Nyla. — Sei que estou agindo igual a uma criança mimada, mas não consigo parar. Minha raiva sobre o que está acontecendo com a minha mãe e o monstro verde convergem de repente num enorme dragão cuspidor de fogo. — E ela é uma droga de uma santa, além do mais.

Nyla se levanta devagar.

— Sinto muito, Cass.

— É, isso melhora tudo.

— Eita — diz Ronnie. — Vamos todos nos acalmar, ok?

— É, vamos respirar por um minuto — completa Bender.

— Eu não preciso respirar — retruco, com grosseria. — Já estou respirando.

— Ei, você ganhou também — lembra Nyla, agitada. — Você ganhou uma bolsa...

— Para um lugar onde eu não quero estudar! E por que eu não quero ir lá, Nyla? Ah, certo, porque *você* me fez ir visitar a College of Idaho. Porque *você* sabia que eu me apaixonaria pelo lugar. E é claro que *você* nem sequer pensou em quanto a mensalidade poderia custar!

— Eu não sabia que era tão cara — argumenta Nyla.

— Porque dinheiro não é um problema para você!

— Calma aí. Cass também ganhou uma bolsa? — pergunta Alice. — Estou confusa.

— Para Boise State — explica Nyla. — Eles deram uma bolsa na BSU pra Cass, com praticamente tudo incluído. — Ela se vira para mim. — Você vai poder ir para a faculdade, não vai? Muita gente não pode. Muita gente nem vai para a escola.

— Ah, nossa, que *sorte* a minha. Enquanto isso, por que você não vai logo para Juilliard, só pra esfregar na minha cara o quanto eu sou sortuda?

— Tudo bem, você está chateada — diz Nyla, devagar. — Eu sei. Mas nós vamos dar um jeito. Talvez nós possamos...

Eu me levanto.

— *Nós* não vamos fazer nada. Esse problema não é seu, Ny. Para de agir como se estivesse no controle de tudo. Me deixa em paz.

E, com isso, eu saio batendo pé do refeitório.

Nyla me encontra dez minutos depois no banheiro feminino do segundo andar, bufando de raiva perto da janela dos fundos. Claramente, ela não entendeu as palavras *me deixa em paz*.

— Vai embora, Ny — falo com um suspiro.

Ela confere as cabines. Não tem mais ninguém no banheiro. Respira fundo.

— Sinto muito pela sua mãe. E também sinto muito por ter sido eu quem te apresentou à College of Idaho sem conferir o valor primeiro. E sobre a bolsa. Eu sinto muito, Cass.

Ela está tentando fazer as pazes. Está a uns três segundos de dizer: "Estou aqui pra você." E não posso deixar que ela fale isso. Ainda quero remoer minha raiva e essa decepção aparentemente incessante que parece me estrangular. Estou tão cansada de ser a boa garota, de fingir que as coisas não me incomodam, de sempre pensar nos outros em vez de em mim. Então vou lá e digo a pior coisa em que posso pensar.

— Nem estou, tipo, minimamente surpresa por eles terem escolhido você — digo baixinho. — É claro que eles dariam a bolsa pra *você*.

Nyla fica imóvel.

— O que quer dizer com isso?

— Pega melhor pra eles darem a bolsa pra você, mesmo que interpretar a Helen Keller seja bem mais difícil do que interpretar a Anne Sullivan. Eles sempre vão dar o prêmio para você, porque...

Dou de ombros.

Ela arqueja.

— Me diz que você não acabou de usar minha cor como desculpa.

Não respondo. Sei que fui longe demais, mas não tenho como voltar atrás.

— Então você acha que ganhei porque sou negra. — Ela me encara. — Você me disse isso. Você.

— Eu não falei isso. — Soa tão feio quando ela coloca desse jeito. — Olha, me desculpa — murmuro.

Ela cruza os braços.

— Ah, não faça isso. Não peça desculpas quando não está arrependida.

— Eu *estou*, ok?

Ela balança a cabeça.

— Você precisa se enxergar. Mas eu entendo. Está tendo um dia ruim.

Solto uma risada amargurada.

— Você acha mesmo? Está mais para ano ruim.

— A questão é — diz ela, tensa —, eu entendo.

Mas o monstro verde dentro de mim continua soltando fumaça.

— Não. O negócio é esse — argumento. — Você *não* entende. Você ainda vai conseguir tudo o que quer. Você sonha sobre uma coisa e ganha essa coisa, Nyles. Tipo, quantas vezes já ouvi sua mãe falando que você pode fazer qualquer coisa que decidir. Qualquer coisa, não é? E você pode. Essa é a parte absurda. Você vai.

Nyla bufa.

— Todo mundo tem problemas, Cass. Não aja como se você tivesse o monopólio dos sofrimentos.

— Que sofrimentos você tem na vida, exatamente?

Nyla se encolhe.

— Você não conseguir ir pra faculdade que quer não é a maior tragédia que poderia acontecer.

Jogo as mãos para o alto.

— Eu sei que não! — Estou praticamente gritando. — Minha mãe vai *morrer*, e *depois* eu não vou pra faculdade que quero. E depois eu nem sei. Provavelmente vou acabar sendo uma professora de teatro num apartamentinho com um bando de gatos e nenhuma vida, e enquanto isso você vai para USC ou Juilliard ou sei lá onde você gostaria de ir e ser uma estrela de cinema e morar numa mansão na praia e esquecer que eu existo. — Viro de costas para ela. — Volta lá pra sua vidinha perfeita e me deixa em paz.

— Minha vida nem sempre foi perfeita. Você sabe disso.

— Ah, não vem com papo de África — respondo. — Não é o que está acontecendo agora. Você está bem.

Ela faz aquela cara, aquela que sei que significa que ela está prestes a perder as estribeiras.

— Eu não estou bem! — Ela fala tão alto que sua voz reverbera nos azulejos do banheiro. — Eu perdi a minha vida inteira! A minha língua! Minha cultura! Aquela era a minha vida! Você. Não. Sabe. Nada.

— Ah, vai — retruco no mesmo tom estridente. — Você nem lembra dessas coisas. Você era um bebê.

— Isso só torna tudo pior! — berra ela. — Sua egoistazinha de...

Nyla aperta as mãos em punhos como se fosse me socar, mas, em vez disso, pressiona uma delas contra a boca, provavelmente para se impedir de xingar. Ela faz um barulho enojado com o fundo da garganta.

— Isso é um maldito pesadelo. Vou embora — conclui ela.

Viro de costas, ainda ouvindo a palavra *egoísta* ecoando nos ouvidos.

— Vai lá.

Ela para na porta do banheiro.

— Vou esperar um pedido de desculpa quando você voltar a ser você mesma. A não ser que isso seja você. Nesse caso, nem se dê o trabalho.

Então ela vai embora.

Desabo contra a pia, exausta, com vergonha do meu próprio reflexo. Então corro e vomito em uma das privadas até me sentir totalmente vazia. Limpo a boca com um papel-toalha, me sentindo azeda por inteiro. Já tivemos brigas antes, eu e Nyla. Já dissemos coisas de cabeça quente. Nós duas somos bastante emotivas.

Mas não desse jeito.

Parece que estou perdendo tudo. Meus sonhos. Minha mãe.

E acho que posso ter acabado de perder minha melhor amiga.

25

A parte boa de surtar no meio da escola é que todo mundo te deixa em paz pelo resto do dia. Felizmente, sobrevivo ao resto das aulas sem vomitar ou chorar. Vou falar com Mama Jo e peço para voltar para a peça, e ela (*é claro, o que você precisar*) concorda. Ensaio com diligência a noite toda, alcançando todas as notas, lembrando de todas as falas perfeitamente, tentando ignorar os sussurros trocados entre meus colegas de elenco e o silêncio ensurdecedor de Nyla. Então vou para casa, bato a porta do quarto porque parece ser a única coisa que posso fazer a essa altura, visto o pijama às, tipo, oito da noite e me sento na cama, lendo mensagens antigas no celular.

Não deixa a cuca te pegar.

Viu, é por isso que eu te amo.

Desculpa, mando para Nyla enfim. *De verdade.*

Tudo bem. Não se preocupe, responde ela, quase imediatamente, o que não é bem a resposta que eu esperava. Porque não significa que ela me perdoou. Mas, de verdade, como ela poderia? Depois do que eu disse?

Ela não manda mais nada.

Uma batida na porta. Papai. Achei que ele ainda estivesse no hospital.

— Venho trazendo sopa.

Ele carrega uma bandeja com uma tigela grande de sopa de legumes, biscoitos, um copo de leite — que não é minha bebida preferida há anos, mas tudo bem — e uma maçã cortada. Chego as pernas para o lado de forma que ele possa apoiar a bandeja na minha cama.

— Ouvi dizer que teve um dia difícil — começa ele. — E você sabe que acredito fortemente no poder da sopa para melhorar as coisas. Então coma.

— Quem te contou? Nyla?

Ele franze a testa e parece ligeiramente culpado.

— Não, hum, a irmãzinha da Ronnie é minha aluna, e encontrei com a mãe dela na hora da saída...

Suspiro. A cidade de Idaho Falls tem 16 mil habitantes. Não é tão pequena. Mas a nossa área parece muito pequena e fofoqueira.

— Ah, que ótimo. Então todo mundo sabe.

— Aham. Acho que sim.

Pelo menos ninguém mais ouviu a última parte da minha conversa com Nyla. A pior parte. A parte pela qual ela nunca vai me desculpar.

— Coma — ordena papai.

Tomo uma colherada de sopa. Está deliciosa. Minha mãe sempre leva o crédito por ser a gênia culinária da família, mas às vezes esqueço que o meu pai também cozinha pra caramba. A sopa esquenta todo o caminho até o meu estômago, e, estranhamente, eu de fato me sinto um pouco melhor.

Ele se senta do outro lado da cama.

— Quer conversar?

— Não mesmo.

— Quer dizer, já sei um pouco da história. Porque, pelo visto, você estava gritando no meio do refeitório.

— Desculpa.

— Pelo que ouvi, não é para mim que você deveria pedir desculpas.

— Eu já pedi desculpas — retruco com grosseria. — Mas beleza, pai. Fica do lado dela.

— Não tem lado. Cass. Querida. Na vida, não existe uma competição de quem sofre mais.

Dou outra colherada.

— Eu sei. Mas, se tivesse, eu ganharia fácil.

Ele se inclina para trás e me olha intensamente, como se estivesse decidindo o que dizer.

— Há algum tempo, tipo uns três ou quatro anos, eu tive uma conversa com o pai de Nyla numa noite, num churrasco, e ele me contou sobre como ela chegou à família. Houve um período bem ruim. Ela não falava inglês. Chorava o tempo todo. Tinha pesadelos horríveis. Mordia os pais, tipo, com força o suficiente para cortar a pele. E se escondia às vezes. Eles levavam horas para encontrá-la. Não foi fácil.

Sinto uma pontada de culpa. Não sabia nada disso. Ela nunca me contou.

Meu pai ainda não acabou.

— A questão não é que Nyla passou por momentos difíceis, por mais que ela tenha passado. Mas todos nós passamos por momentos difíceis. Até aqueles de nós que, por fora, parecem bem.

— Como assim, tipo você?

— Eu não estou bem. — Ele encara o chão como se houvesse algum tipo de mensagem rabiscada no meu tapete. — Não estou o que podemos chamar de "bem" há mais de um ano.

— Nem eu.

Ele coça a barba.

— Antes disso, tipo bem antes, eu e sua mãe tivemos uma fase difícil durante a qual tentávamos engravidar e sofremos dois abortos. Torramos todas as nossas economias em tratamentos de fertilidade que deixaram a sua mãe mal-humorada e doida, então perdemos os bebês. Então decidimos adotar. Optamos por uma adoção aberta a princípio, e fomos escolhidos por uma mãe biológica, e arrumamos esse quarto como se fosse um berçário e esperamos, tão empolgados, então a mulher decidiu não nos dar mais o bebê, no fim das contas. E nós ficamos tão... arrasados.

— Meu Deus, pai, sinto muito.

— Foi uma fase difícil — diz ele. — Essa fase aqui, bem agora, está sendo difícil. E poderia ficar pior. Provavelmente... provavelmente vai.

Sinto um arrepio na espinha ao imaginar minha mãe realmente partindo. Seu caixão. Seu funeral. Sua cova.

— Então você está com raiva — continua ele. — É justo.

— Me desculpa. — Meus olhos se enchem de lágrimas.

— Não peça desculpas por seus sentimentos. Sinta o que precisar sentir. Banque os seus sentimentos. — Ele passa um braço ao meu redor. Suspira. — Também estou com raiva. Meu Deus, como estou. Tinha a vida perfeita, e agora... — Ele faz uma careta infeliz. — Mas quando estiver passando por uma fase ruim, precisa se apoiar nas pessoas que te amam. Tipo Nyla. Tipo eu. Você pode ter seus momentos ruins. Pode até surtar para cima das pessoas. É humano. Mas precisa tentar consertar as coisas depois. E precisa encontrar uma maneira de passar pela fase ruim junto com essas pessoas. Entendeu?

— Entendi.

— Que bom.

Seco os olhos.

— Como é que você ficou sábio desse jeito?

— Ah, estou inventando tudo — admite ele. — Não sei nada exceto ensinar o método científico para alunos do quinto ano do fundamental.

Tento dar uma risadinha.

— Tá certo, pai.

Ele fica até eu terminar o jantar. Então diz:

— Quanto à bolsa de estudos.

Suspiro.

— A gente precisa falar sobre isso?

— Sim. Precisa. Como você sabe, eu ficaria feliz da vida se você fosse para a BSU.

— Pai...

— Mas ninguém vai forçar você a ir para lá, querida. Ainda podemos tentar a College of Idaho. Vou fazer o meu melhor. Você também. E, quem sabe, talvez alguma coisa na nossa situação financeira vá... mudar. — Ele me abraça. — O que quero dizer é: vai, Yotes.

Eu sou o ser humano mais mimado e ingrato que já pisou no planeta.

Ele se levanta e anda em direção à porta, então para e a encara por um segundo.

— Você nunca tinha batido a porta — diz ele, num tom perplexo. — Foi uma atitude tão adolescente que quase fiquei sem reação. Gostaria que eu passasse essa noite fora para você poder dar uma festa escondida e destruir a casa? Vou receber uma ligação da escola dizendo que você vem matando aula para dar voltas na garupa da moto de um garoto? Não sei lidar com você sendo uma adolescente normal.

— Eu nem sabia que você estava em casa. Foi mal.

Ele dá uma risadinha triste.

— Quer passar um tempo com seu velho?

— Você não vai ao hospital? — Eu deveria voltar ao hospital. Mas minha mãe disse que não me queria lá.

— Ela está com o tio Pete hoje — explica papai. — Acho que eles precisam de um tempo sozinhos.

Enrosco um cobertor em volta dos ombros.

— Acho que podemos passar um tempo juntos, meu velho.

Seguimos para a sala. Quando eu era menor, costumávamos nos esgueirar para cá depois que a mamãe dormia e assistir a reality shows juntos. Nós dois temos uma queda por *Million Dollar Listing* e *House Hunters International* e *Flip This House*. Não que nenhum de nós algum dia tenha demonstrado qualquer interesse em reformar a nossa casa.

— Então, sem querer trazer outro assunto sensível à tona... — diz ele, depois que fizemos pipoca e estamos sentados no sofá assistindo a um casal discutir enquanto marreta uma parede que possivelmente é uma coluna. Ele pausa a TV. — Como foi a sua viagem ao Escritório de Registros Vitais?

— Você falou com a mamãe, certo?

— Certo.

— Como *ela* disse que foi?

Ele alisa a barba.

— Ela disse que você não pegou a carta.

— Pois é.

Ficamos em silêncio por um minuto. Então ele suspira e diz:

— Ela também disse que quer que você continue procurando.

— Eu sei.

— *Você* quer continuar procurando? — pergunta ele.

Viro para olhar para ele.

— Sim... e não. — Dou de ombros.

Ele abre um sorriso sofrido.

— Certo. Bem, acho que a sua mãe é ótima. Casei com ela, afinal.

— Ela é ótima — concordo. — A melhor.

— Mas acho que ela está errada. Acho que precisa parar de se meter nesse negócio da adoção. Não é a vida dela.

— Mas *ela* disse que queria conhecer...

Ele balança a cabeça.

— Não é a vida dela. É a sua. E você precisa fazer o que for melhor para você.

Mordo o lábio.

— Entendeu? — pergunta meu pai.

— Entendi — sussurro.

Ele dá play na TV. Assistimos por alguns minutos, então estico a mão para o controle e dou pause de novo.

— Pai? *Você* quer que eu procure a minha mãe biológica?

— Não importa o que eu quero. — Mas dá para notar que ele está fazendo aquele negócio de "respeitar minha autonomia".

Voltamos a assistir aos nossos programas até quase meia-noite. Então, bem na hora em que me levanto para ir dormir de verdade, ele diz:

— Calma aí, Cass.

Eu volto a me sentar.

Ele suspira.

— A verdade é: não quero que você procure a sua mãe biológica. Quer dizer, quando a sua mãe mencionou isso pela primeira vez, odiei a ideia. Ainda odeio, na verdade. Acho que pode ser a pior ideia que ela já teve. E ela já teve umas ideias bem loucas.

— Você odeia a ideia — repito devagar.

Ele assente, sem me olhar nos olhos.

— É como eu já disse. Sua mãe é a sua mãe verdadeira. E talvez nós precisemos nos concentrar nela nesse momento.

Engulo em seco.

— Ok.

Ele suspira e volta a mudar de ideia.

— Mas se você quer procurar, vá atrás. E se não quiser, tudo bem também. A vida é sua. Repita comigo.

— A vida é minha.

— Essa é a minha garota — diz ele.

Mas o que estou pensando nesse momento é: ninguém consegue ter uma vida separada. Nossas vidas são sempre horrivelmente misturadas com as pessoas ao nosso redor. As pessoas que amamos.

Querida X,

Sonhei com Ted. Lembra, o colega de quarto de Dawson? (Esse também não é o nome verdadeiro dele). Garoto-propaganda nerd? Magrelo? Meio grunge? De maneira geral, Ted não faz o meu tipo, mesmo que eu tivesse certeza de que tenho um tipo. Quer dizer, se eu fosse dizer que acho um certo tipo de cara bonito, eu provavelmente descreveria Dawson. O que é o motivo de eu estar aqui.

Mas me distraí. Não foi com Dawson que eu sonhei. Bem, esse sonho em particular de fato começou com Dawson. Eu sonho frequentemente com ele. Que vou visitá-lo no dormitório. Ou que encontro com ele em algum lugar — eu já tive sonhos desse tipo, nos quais eu encontro com Dawson por acaso. Às vezes parece uma coisa boa, outras vezes, não.

Então, essa noite, há algumas horas, sonhei que estava no cinema, e uma hora olhei para a frente e vi Dawson a alguns assentos para o lado e mais ou menos uma fileira para cima. Ele estava sentado com outra garota e, do meu ponto de vista, ela estava praticamente sentada no colo dele. Eles não estavam prestando muita atenção no filme, se é que você me entende. Eu só soube que era Dawson quando eles pararam para pegar ar. Então eu estava sentada lá, no meu sonho, observando o cara pelo qual eu já estive apaixonada — o pai do meu filho, eu queria anunciar dramaticamente

— *quase transando com outra pessoa. E fiquei com ciúme, é claro. Eu poderia ter arrancado o belo cabelo loiro daquela garota. Mas, em grande parte, eu estava com raiva dele. Por me esquecer. Mas também senti que estava, sei lá, aceitando a coisa toda. Como se pudesse não ser um evento agradável de testemunhar, Dawson e a Loira, mas estava tudo bem. Eu não sou dona dele.*

Então alguém tocou no dorso na minha mão, eu olhei e, surpresa! Eu estava sentada ao lado de Ted.

"Oi", sussurrou ele.

"Oi", sussurrei de volta, e me senti instantaneamente... bem. Feliz, até.

"Você está com frio?", perguntou ele.

"Na verdade, a temperatura está gostosa", respondi.

"Ah, então está igual a você", diz ele, e se inclina para me beijar.

Ted! Me beijando! E não sei como dizer isso de maneira delicada, mas eu estava curtindo.

E foi aí que acordei.

Vamos analisar esse sonho pelo viés psicológico, que tal? O que o meu subconsciente está tentando me dizer com sonhos desse tipo? Eis o que eu acho que meu cérebro está tentando me passar:

Não se apaixone por caras igual a Dawson.

Apaixone-se por caras como Ted.

Lição aprendida, cérebro. Lição aprendida. Mas talvez seja meio tarde demais.

Hoje foi dia 4 de julho. Quer dizer, ainda é dia 4, visto que faltam 17 minutos para a meia-noite. Sempre tenho vontade de escrever uma carta para você nos dias fora do comum. Não sei por quê. Isso não é um diário. Ao menos é isso que vivo repetindo para mim mesma.

Nunca liguei muito para essa história toda de Dia da Independência. Ok, a gente é um país. Grandes coisas. Imagino que isso me torne menos patriota. Eu só nunca achei que fazia sentido ser toda cheia de orgulho por um país simplesmente pelo fato de, por acaso, ter nascido aqui. Por que eu deveria pensar que os Estados Unidos são o melhor país do mundo? Por que nasci em Denver, Colorado? Mas se eu tivesse nascido, sei lá, na Finlândia, ainda acharia que os EUA são o melhor país? Não, eu acharia que a Finlândia é o melhor país. E eu poderia estar certa. A Finlândia parece bem maneira.

O que quero dizer é: não me parece um motivo bom o bastante para formar uma opinião tão forte.

Enfim. A gente não se esforçou muito para celebrar o feriado aqui em Booth. Eles serviram churrasco de costela e espiga de milho e salada de batata e melancia, e a gente comeu igual a umas porcas. Somos quatro, mas estamos comendo por oito.

E quando escureceu, Melly fez pipoca e colocou numa tigela enorme e fomos para a frente da escola e ela apareceu com uma caixa cheia de foguinhos de artifício comprados na Target.

E pensei, calma aí, a Target não vende fogos de artifício de verdade. Eu saberia disso. Trabalhei lá no verão passado. Foram, tipo, os três meses mais chatos da minha vida.

"Muito bem, escolha um", disse Melly para Brit. "Escolha um bom."

Brit escolheu uma das colunas. Acabou sendo uma bomba de fumaça. Seu único truque foi fazer uma grande nuvem de fumaça verde.

"Uau. Realmente, muito impressionante", falei.

"É tão lindo", completou Amber.

Trocamos um sorrisinho sarcástico. Amber está subindo no meu conceito. Acaba que ela tem senso de humor quando a ocasião pede. Estou começando a me sentir mal por ter deixado o olho dela roxo naquele dia.

"Escolha outro", pediu Melly, e estendeu a caixa para Amber.

Ela pegou o maior.

"Se preparem para uma experiência avassaladora", disse ela.

Também era uma bomba de fumaça. Cor-de-rosa, dessa vez, e com um apito que fez você se contorcer dentro de mim, X, mas nada de faíscas coloridas e desenhos.

Melly entregou a caixa para Teresa. Ela inspecionou cada "fogo de artifício" cuidadosamente.

"É tudo bomba da fumaça", anunciou.

"O quê? Não!", gemeu Melly.

Mas era verdade. Falei que a Target não vende fogos de artifício.

Só o que Melly tinha para nós, então, eram algumas caixas de estalinho. Sabe, do tipo que você joga no chão para fazer um barulhinho de estouro... Passamos alguns minutos jogando os estalinhos uma no pé da outra e gritando e pisando neles para fazê-los estourar. Foi engraçado, mas também me deixou meio nervosa e irritável. Mas acho que ultimamente tudo me deixa nervosa e irritável.

"Desculpa, meninas", disse Melly, quando os estalinhos acabaram. "Mandei mal esse ano."

"Tudo bem", falei para ela. "Gravidez e fogos de artifício de verdade não são uma combinação muito esperta."

"Bom ponto."

Entrei e tentei dormir. Não sei sobre as outras, mas não consigo dormir muito hoje em dia. É quente demais. Tem um ar-condicionado de janela no quarto, mas não funciona direito. E hoje tem muito barulho lá fora. A cidade inteira está explodindo um monte de merda. O céu do lado de fora da minha janela muda de cor o tempo todo. Cachorros uivam de pavor. Música country patriótica está tocando nas alturas numa casa no fim da rua. Eu apaguei pelo que pareceu um minuto e tive aquele sonho sobre Ted no cinema, então acordei toda cheia de um calor e um incômodo diferente.

Mas está silencioso. É bom.

Coloco a mão na barriga e sinto você se mexer lá dentro de novo. Estou começando a sentir partes do seu corpo, tipo seu cotovelo ou pé cutucando a minha bexiga, o que é esquisitíssimo. No entanto, nunca sei dizer em que posição você está. Acho que posso estar passando a mão na sua cabeça, mas aí Melly diz que eu estou fazendo carinho na sua bunda.

Ainda preciso falar com Dawson e tentar fazer com que ele preencha o formulário de informação não identificável, e acho que ele vai precisar assinar a outra papelada também, para que você seja adotada.

Mas a faculdade está fechada para as férias. Nem sei onde encontrá-lo. Liguei para o dormitório dele há algumas noites, e ninguém respondeu. O que faz sentido porque, como eu disse, a faculdade está fechada para as férias. Acho que vou ter que esperar as aulas voltarem. Talvez até lá eu já tenha decidido o que dizer a ele sobre você.

Affe. Espera um minuto, X. Preciso fazer xixi.

Voltei. Então, saí para ir ao banheiro e, quando estava no corredor, ouvi um som de choro.

Caramba, pensei. Por que eu nunca consigo ter uma boa noite de sono? O que aconteceu dessa vez?

Mas levei um tempo para descobrir, porque, seja lá quem estivesse chorando não estava no banheiro ou na cozinha ou na sala. Não estava no quarto de Melly também, onde ela estava espalhada igual a uma estrela-do-mar no meio da cama, roncando igual a um urso. Não estava no quarto de Teresa, onde ela se sentou e perguntou "O que houve?" numa voz preocupada porque também tinha ouvido o choro, ou no quarto de Amber, onde ela acordou num pulo quando abri a porta.

Restava Brit. Como esperado, o quarto dela estava vazio. Teresa e Amber e eu paramos ao pé da cama dela encarando a pilha de lençóis torcidos e a poça escura de água nos lençóis.

Amber declarou o óbvio.

"Brit está em trabalho de parto."

Não brinca. Mas onde ela estava?

Fomos de quarto em quarto de novo, checando. Nada de Brit. Saímos da casa e começamos a espiar atrás de arbustos e procurar em todos os cantos escuros do prédio. Deve ter sido uma cena estranha, três meninas muito grávidas no meio da noite vasculhando o terreno como se estivessem numa espécie de caça a ovos de Páscoa. Mas não a encontramos do lado de fora.

"É melhor acordarmos Melly", sugeriu Teresa, quando voltamos para dentro.

"Calma aí." Ergui a mão para pedir silêncio. Ficamos paradas no meio da sala, prendendo o fôlego, até que ouvíssemos um barulho. Não era um som de choro dessa vez, mas sim um grunhido intenso. Segui o som, o que acabou me levando a um canto atrás do sofá. Brit não estava ali também. Mas havia um duto de aquecimento. Abaixei com esforço ao lado dele, escutando.

O grunhido voltou a soar.

Eu me endireitei.

"Tem uma sala das caldeiras aqui na casa? Algum lugar onde é feito o aquecimento?"

Ninguém sabia, mas saímos conferindo as portas até encontrar uma nos fundos da cozinha que dava numa escada para baixo. Quando abrimos a porta, ouvimos o barulho com mais clareza. Ela definitivamente estava ali embaixo.

Nós deveríamos ter acordado Melly. Não sei por que não acordamos logo que entendemos a situação. Mas talvez não tenhamos feito isso porque soubemos que Brit deve ter descido ao porão para se esconder, e que ela tinha um motivo. Talvez quiséssemos respeitá-la.

Encontramos Brit sentada no chão de concreto ao lado do aquecedor de água, com a parte inferior da camisola toda molhada de líquido amniótico, o rosto vermelho e marcado por lágrimas. Instintivamente, nós três nos sentamos em volta dela.

"Estou bem", disse ela, limpando rosto. "Estou bem."

"Hum, não, acho que você não está bem." Afastei o cabelo dela do rosto. "O que está fazendo?"

"Eu estava curiosa sobre o que tinha aqui embaixo", respondeu ela.

"Ok", falou Amber. "Bem, aqui embaixo fica o aquecedor de água, o filtro e o sistema de calefação." Ela juntou as mãos com um estalo. "Agora já sabemos. Vamos subir."

"Não", disse Brit. "Quero ficar aqui."

Então ela teve um espasmo e fez um tipo de barulho rouco, rangido na garganta, e se recostou para trás, respirando com dificuldade.

"Estou bem", repetiu ela, quando conseguiu falar.

Isso, X, é o que chamamos de uma situação complicada.

"Seu bebê está vindo", disse Teresa, com delicadeza. "Você precisa ir para o hospital."

"Não!", gritou Brit com um ímpeto que assustou todas nós. "Ela não está vindo. Ela não deveria vir até semana que vem."

Ai, caramba.

"Acho que bebês vêm quando dá na telha deles", falei. "Criaturinhas trapaceiras."

"Não", insistiu ela. "Eu ainda tenho uma semana."

Todas nós nos olhamos, desamparadas. O que poderíamos fazer? Então ela teve outra contração forte. Vi seus olhos revirando um pouco. Ela segurou a minha mão e apertou com tanta força que a ponta dos meus dedos ficou dormente.

"Brit", falei devagar. "Acho que está na hora, meu bem."

"Não." Ela começou a chorar. "Não. Eu não quero ir. Gosto daqui."

"Você pode voltar", argumentou Amber. "Vamos estar todas aqui, esperando você."

"Sim, vamos estar esperando", confirmou Teresa.

"Mas não quero ir." Brit balançou a cabeça, fazendo o cabelo ruivo embaraçado cair de volta sobre o rosto dela. "Não estou pronta."

"Brit", falei.

Silêncio.

"Brit, vamos lá."

"Não", foi tudo o que ela disse. "Não, não." Então grunhiu de novo.

Eu não tinha um relógio, mas as contrações pareciam bem pouco espaçadas. Lancei um olhar para Amber. A última coisa que qualquer uma de nós queria era fazer um parto ali embaixo. Precisávamos acordar Melly. Precisávamos chamar uma ambulância. Naquele momento.

Amber assentiu e saiu em direção às escadas. Brit não pareceu notar.

"Brit, olhe pra mim", ordenei. "Olhe pra mim."

Ela estremeceu antes de me olhar.

"Fale sobre o bebê", pedi com cuidado. "Conte como ela vai ser."

Eu já tinha ouvido esse discurso uma dúzia de vezes, talvez mais. Essa fantasia que ela tinha. O que era muito mais fácil para ela do que a realidade.

"Ela é uma menina", começou Brit, arquejando. "Ela vai ter cabelo ruivo, igual a mim, e sardas."

"Eu tenho sardas, está vendo?", digo, apontando para as minhas bochechas. Essa conta como a única vez na minha vida em que minhas sardas talvez tenham sido úteis. "Será que esse bebê também vai ter?" Lancei um olhar para minha barriga. Para você, X, e você se mexeu tanto que consegui ver através da blusa. Como se estivesse concordando ou algo assim.

Uma lágrima desceu pela bochecha de Brit.

"Eu tenho mais uma semana com ela. Mais uma semana. Não quero ir agora." Ela fungou e limpou o nariz na manga da camisola. "Ela vai ser inteligente. E linda. E perfeita. E quando tiver idade o suficiente, vamos nos reencontrar. Vou contar tudo pra ela."

"Isso vai ser incrível", respondo.

"Sim", concorda Teresa com a voz fraca. "Vai ser um dia maravilhoso."

Outra contração. Brit quase grita dessa vez.

Pude ouvir uma sirene ao longe. O hospital St. Luke's ficava a menos de dez minutos de distância. Se Amber tivesse feito o trabalho dela, a ambulância chegaria a qualquer minuto.

"Brit", apresso com a maior delicadeza possível. "Brit, está na hora de ir."

"Não", disse ela. "Por favor."

"Sei que você não quer", respondo. "Mas o bebê está vindo. Você sabe que ela está vindo. Ela quer sair, e não seria bom tentar impedi-la. Você precisa pensar no que é melhor pra ela, Brit."

"O que é melhor pra ela", repetiu ela. "Tá bom."

Passei um dos braços sob ela, e Teresa se aproximou pelo outro lado, e nós a erguemos entre nós e avançamos para a escada. Subimos devagar, um passo de cada vez. Tivemos que parar no meio para outra contração. Quando chegamos ao topo, encontramos Melly, novamente de cabelo bagunçado e pijama e uma expressão perfeitamente calma.

"Olá, Brit", cumprimenta ela.

"Olá", responde Brit. Então ela se vira pra mim de novo e segura meu braço. Parece uma menininha que engoliu uma bola de basquete. "Por que eu não posso ser o que é melhor pra ela?"

Eu sabia exatamente o que ela queria dizer. Mas não sabia a resposta.

Atravessamos a cozinha devagar e saímos para o hall de entrada. Amber estava ali, segurando os chinelos e a escova de cabelo de Brit. Teresa correu até o quarto dela e pegou um robe, que envolveu nos ombros de Brit mesmo que não estivesse frio. Luzes vermelhas e azuis começaram a brilhar através das janelas. As sirenes estavam desligadas, mas ouvimos uma freada quando a ambulância encostou no meio-fio.

Brit parecia mais calma. Andou sem ajuda até a base da escada. Os paramédicos demonstraram empolgação enquanto a ajudavam a deitar numa maca e levavam para dentro da ambulância. Melly subiu ao lado dela. Eles não ligaram as sirenes enquanto dirigiam para longe, só as luzes.

Ficamos no degrau de entrada — Amber, Teresa e eu —, com as luzes nos banhando como fogos de artifício, finalmente fogos de artifício, e observamos a ambulância até perdê-la de vista.

Como eu me sinto?

Não sei. Triste. Assustada. Cansada. E como se também não estivesse pronta. É estranho, mas ainda não quero que nosso tempo acabe.

Acho que só não estou pronta para deixar você partir.

S

26

Não estou pronta, penso, enquanto observo minha mãe abrir seus presentes de Natal.

Estamos celebrando o Natal no feriado de Ação de Graças porque o Natal está longe demais e é a coisa favorita da minha mãe depois de bolo. Colocamos uma arvorezinha de mentira no canto do quarto, e pendurei luzinhas de Natal ao redor da janela, e papai e eu usamos suéteres feios de tema natalino (o dele traz um urso polar com nariz de pom-pom e o meu tem um biscoito de gengibre com as pernas quebradas dizendo: "Macacos me mordam!") e gorros natalinos grandes demais. Estamos dedicados. Peru de Natal. Biscoitos de Natal. Músicas de Natal. O blu-ray de *Uma história de Natal*, o filme de fim de ano preferido da minha mãe, está passando na TV do hospital. Os outros pacientes no corredor devem achar que enlouquecemos. E talvez seja verdade.

Rimos bastante essa semana. Curtimos a presença uns dos outros. Saboreamos cada bengalinha de açúcar, por assim dizer. Mas tudo o que continuo pensando é que não estou pronta. Não estou pronta para que esse seja o meu último Natal com a mamãe.

— Ah, Bill — suspira ela ao desembrulhar uma caixinha preta de veludo.

Do lado de dentro, como já sei, tem um par de brincos de pérolas que ajudei o papai a escolher. Minha mãe nunca gostou de diamantes. Prefere pérolas. São mais bonitas, ela sempre diz, porque são criadas por um ser vivo à custa de muito esforço.

— São deslumbrantes — elogia, ajeitando o tubo de respiração no rosto.
— Obrigada.

Espero ela dizer que ele não deveria ter feito aquilo, que são brincos muito caros. Mamãe sempre foi frugal, mesmo quando tínhamos dinheiro, mas ela não diz nada exceto que amou o presente, então fecha a caixinha e a coloca ao lado da cama. Não pode usá-los. Não se deve usar joias no hospital.

O que significa que talvez ela nem vá usá-los enquanto estiver viva.

— E para você, Bu. — Papai me dá uma caixa. — De nós dois.

Eu a abro. É outra caixa, uma caixa branca e lisa com colunas de cores diferentes na base. *Seja bem-vindo a você*, diz a caixa.

Olho para cima.

— O que é isso?

— Um teste de DNA — explica meu pai. Ele parece meio apreensivo sobre o presente, como se não tivesse certeza de que eu fosse gostar. Ou como se não tivesse certeza de que ele próprio gosta.

Mas a minha mãe está sorrindo.

— Sabemos que você tem perguntas que não podemos responder. Então pensamos... Bem, eu pensei, pelo menos, que isso poderia ajudar você.

— Ok — digo, devagar. — Obrigada.

Faz quase um mês desde que fui ao Escritório de Registros Vitais, e nunca mais ouvi nada sobre essa carta misteriosa que pode ou não existir. O que, pensando agora, é uma coisa boa.

— Eu mesma gostaria de fazer um teste de DNA — comenta ela. — Ver se o que a sua avó me disse a vida inteira sobre nossa ancestralidade é de fato verdade. Ela diz que somos alemães, suíços e galeses. Alega que é daí que vem nossos cabelos claros e sobrancelhas escuras: dos galeses.

A vovó e o tio Pete vão chegar mais tarde. Fico me perguntando o que ela vai falar sobre essa ideia do teste de DNA.

— Fico satisfeito em não saber essas coisas — diz papai. — Ninguém me define.

— Você tem cabelo ruivo, sardas, olhos verdes, seu nome do meio é Patrick e o último, McMurtrey. O seu caso é óbvio. — Minha mãe não vê problema nenhum em defini-lo. — Você é escocês, querido. Com uma porção generosa de sangue irlandês na mistura, tenho certeza.

— Sou dono de mim mesmo — fala ele, como se não tivesse escutado.

Abro o kit. Lá dentro tem um tubinho esquisito no qual devo cuspir. Tipo, um montão de cuspe, até chegar a uma linha marcada no frasco. Meu coração está batendo depressa de novo, mas, se penso melhor, esse teste é menos assustador do que qualquer uma das outras coisas relacionadas à adoção. Eu não preciso procurar nada ou tentar encontrar ninguém. Posso cuspir num tubo e receber respostas.

É um bom presente. Atencioso.

— Obrigada — repito.

Mamãe aperta minha mão três vezes.

— Então, estou querendo perguntar para você... — começa ela.

Ai, caramba.

— O quê?

— O que está rolando com Nyla?

— Nada. — E isso é verdade, mais ou menos. Olhando por fora, está tudo igual. Vou à escola, almoço com os mesmos amigos, na mesma mesa. Vejo Nyla quase todo dia, e conversamos sobre as coisas de sempre: aula, teatro, ensaio, tudo de novo. Até rimos das piadas uma da outra. Agimos como se nada tivesse acontecido.

Essa é a pior parte. Eu já pedi desculpas, tipo duas vezes, e Nyla tecnicamente aceitou minhas desculpas, então deveríamos estar seguindo em frente. Só que não é de verdade. Dá para sentir. Podemos sentar no mesmo lugar do refeitório e falar sobre as mesmas coisas, mas tem uma parede entre nós agora. Perdi a confiança da minha amiga. Ela pode querer ser evoluída e dizer que está tudo bem, mas não me perdoou.

Se ela estivesse com raiva, eu saberia lidar. Poderia pedir desculpas de novo. Poderia fazê-la acreditar que estou falando de coração. Mas não tem nada que eu possa fazer agora que já pedi desculpas e ela disse que está tudo bem. É como se o assunto estivesse encerrado. Possivelmente para sempre.

Além disso, parece que a escola inteira está com raiva de mim. Desde que perdi a cabeça no refeitório, ninguém mais me olhou do mesmo jeito. Todo mundo continua sendo amigável. Sorriem para mim. Perguntam sobre a minha mãe. Conversam amenidades. Mas também estão me mantendo à distância. Até Ronnie, Alice e Bender.

Em outras palavras, meio que estraguei tudo, mas meio que sinto que não importa. Porque meu tempo com a minha mãe está acabando.

— Vocês brigaram? — pergunta mamãe, e olho para o meu pai. Ele balança a cabeça. Não contou para ela.

— Não — minto descaradamente. — Por quê? Ela disse alguma coisa?

— Não — responde ela, franzindo a testa. — Mas ultimamente você não tem falado sobre ela e, quando ela está aqui, não fala sobre você. O que não é normal vindo de vocês.

— Estamos ocupadas, só isso — insisto. — Está tudo bem.

Eu me sinto mal por mentir, mas quero que o mundo da minha mãe seja como um lago congelado. Perfeitamente calmo. Sem marolas. Sem ondas.

— Ocupadas com a peça — diz ela.

— Sim. A peça.

Ainda faltam umas duas semanas para a apresentação. Venho acompanhando obedientemente a escola e os ensaios, e escapulindo para ver a minha mãe sempre que posso, e ela ainda está aqui. Mas mesmo que ainda esteja por aqui daqui a duas semanas, os médicos não a deixariam sair do hospital para assistir à peça. E não é como se eles tivessem nos dado uma data exata. Disseram seis semanas. Se muito. Decidi que essas palavras — *se muito* — são a pior coisa, pior até do que saber que ela está morrendo. Porque querem dizer "a qualquer momento". A qualquer momento, ela poderia nos deixar.

— E o garoto? — pergunta mamãe, com um tom malicioso. — Como está Bastian?

Odeio pensar em como Bastian estava lá no refeitório naquele dia. Ele assistiu de camarote ao meu surto. Fico relembrando de como ele disse "Ei" e tentou pegar a minha mão, mas não deixei. Então devo ter estragado as coisas com ele também. Mesmo que, por um milagre, ele ainda esteja interessado em mim, romance tem sido a última coisa na minha cabeça ultimamente, mas entro no jogo para agradar a minha mãe.

— Vamos começar a praticar a cena de pegação com beijos de verdade em breve.

Papai grunhe.

— Não quero ouvir isso.

Mamãe sorri.

— Entendo. Você vai ter que me fazer relatórios.

— Sim, senhora.

— Nyla parece gostar dele — diz minha mãe.

Já notei. Nyla e Bastian estão se tornando amigos rapidamente, pelo que parece. Afinal, eles têm tantas cenas juntos, a Cinderela e o príncipe da Cinderela, e estão andando mais juntos agora que Nyla e eu não estamos tão próximas. Talvez eles acabem namorando. Nem consigo reunir energia emocional o suficiente para sentir ciúmes.

— Então Nyla esteve aqui? — pergunto a ela. — Quando?

— Ontem.

Tento manter o tom leve.

— O que ela disse?

— Que também tem estado bem ocupada, gravando vídeos para todas as faculdades em que ela vai se inscrever. Você precisa fazer um vídeo para a College of Idaho?

— Não, vou fazer o teste pessoalmente — respondo. — É só em janeiro.

— Ah, que bom — diz ela. — Sei que você vai deixá-los de queixo caído.

Espero que sim, porque é óbvio que preciso da maior ajuda possível no quesito bolsa de estudos. Mas ultimamente parece que meus pais não estão mais preocupados com dinheiro. Ambos parecem ter aceitado que vou para a College of Idaho, mesmo que eu só tenha feito a inscrição há duas semanas, mesmo que ainda não tenha sido aceita, mesmo que eu não saiba como vou pagar a mensalidade. Minha mãe, principalmente, não para de falar sobre como serão as coisas quando eu for para a faculdade. Quando eu estiver morando lá. Quando eu for embora.

Como se fosse eu quem estivesse a deixando para trás.

— Quem quer gemada sem álcool? — pergunta papai, de repente.

— Hum, eca. — Finjo ter ânsia de vômito.

Minha mãe levanta a mão.

— Eu, com certeza eu!

Papai sai para o corredor. Acho que ele deixou a gemada na geladeira da sala das enfermeiras.

— Eu costumava fazer cupcake de gemada com rum de especiarias — lembra ela, em tom saudoso.

Eu também me lembro. Não gosto de gemada, mas achava aquele cupcake divino.

— Ah, vai atrás do seu pai e fala que quero canela. Ele sempre lembra da noz-moscada, mas esquece a canela. Deve ter no refeitório.

Corro para o corredor. Onde quase dou de cara com o papai na frente da sala das enfermeiras, recostado na parede. Chorando.

Eu só o vi chorar uma vez desde o infarto da minha mãe. Foi depois da primeira cirurgia. Tínhamos passado a noite acordados na sala de espera, esperando para descobrir se ela estava viva, então o cirurgião apareceu e disse que ela tinha sobrevivido, e o papai começou a soluçar. Eu nunca o tinha visto daquele jeito. Dessa vez não é um choro com soluços. É um sofrimento silencioso. Ele ainda está segurando tudo dentro de si. Tentando ser corajoso.

Ele não me vê, então fica surpreso quando o abraço.

— Ah — diz ele. — Ah, oi. Desculpa, Bu.

— Não peça desculpas — respondo. — Você tem que sentir o que está sentindo, certo?

— É só que eu não estou pronto — fala ele, secando os olhos. — Não estou preparado para continuar sem ela.

— Eu sei — sussurro. — Eu sei.

27

Eu não estou pronta, volto a pensar ao subir no palco com Bastian.

Mama Jo bate palmas.

— Ok, todo mundo menos Bastian, Cass, Nyla e Bender para fora. Vamos dar um pouco de privacidade para os dois praticarem a cena do beijo de fato. Então, Nyla e Bender, vocês têm que ficar, obviamente, porque vão precisar fazer parte da cena no meio, mas não fiquem encarando, ok? Sejamos sensíveis.

O resto do elenco sai do teatro. Então Bastian e eu estamos quase sozinhos. Em cima do palco. Sob os holofotes.

Bastian exala com um "ufa" curto e sorri para mim com nervosismo.

— Ah, calma aí — diz ele, enfiando a mão no bolso. — Eu vim preparado.

Ele pega dois tubos de hidratante labial e me deixa escolher primeiro: sabor laranja ou cereja. Escolho laranja, porque detesto tudo de cereja. Ele assente e abre o de cereja e besunta os lábios com gestos exagerados. Faço o mesmo.

Acho que é capaz de deslizarmos para longe um do outro na hora do beijo.

— Além disso... — Ele mexe no outro bolso e pega uma caixinha de Tic Tac de laranja.

— Eu amo essa bala! — exclamo.

— Eu sei.

— Você sabe?

— Nyla me contou.

Olho para Nyla, que está falando com Bender fora do palco. Ela me olha por cima do ombro dele, então desvia o olhar.

— Estão prontos? — pergunta Mama Jo.

Não, penso. Meu estômago revira. Não vomita, ordeno a mim mesma. Isso não seria sexy.

Não é como se fosse nada de mais. É puramente profissional, na verdade. É atuação. Só isso. É uma bobeira que Mama Jo faça uma produção especial na hora do ensaio do primeiro beijo. Ela acha que vai ajudar, mas, de alguma forma, é pior do que se estivéssemos nos beijando nos ensaios desde o começo. Cria uma falsa importância naquilo que é, no fim das contas, só um beijo.

— Cass? — Bastian está me olhando.

Eu não respondi à pergunta da Mama Jo: estou pronta?

— Aham — digo depressa. — Vamos nessa.

É só um beijo, falo para mim mesma.

— Seja paciente comigo — sussurra Bastian, quando a música começa. — Sou novo nisso.

— Nisso?

— Eu nunca beijei uma garota — admite ele, coçando a sobrancelha.

Acho incompreensível. Bastian é gato. Engraçado. Inteligente. Ele decorou suas falas antes de todos nós. Cita Shakespeare em momentos aleatórios. Tem uma voz que poderia derreter qualquer coração numa poça de manteiga. Como é possível que Bastian Banks nunca tenha beijado ninguém?

— Muito bem. Em suas posições — exclama Mama Jo, e não tenho tempo para questioná-lo sobre isso, porque começamos a cena em lados opostos do palco. E acabamos (respira, Cass, respira) beijando.

Tudo sai bem. Bastian, interpretando o príncipe confiante e mulherengo, canta: "Posso te beijar?" Então beijamos. Simples assim. Meus lábios, seus lábios.

Na verdade, a cena deveria ser meio sem jeito, já que a esposa do padeiro está completamente chocada com o fato de esse belo príncipe estar interessado em beijá-la.

— Posso te beijar? — As mãos de Bastian estão na minha cintura. Puxando meu corpo na direção do dele. Seus lábios tocam os meus, suaves e macios e nem um pouco pegajosos com troço labial sabor cereja. Ele tem um cheiro bom — eu quase tinha esquecido de como o cheiro dele é maravilhoso, como uma barra de sabonete que sempre tem na casa da vovó, e bala de laranja e sândalo, ou seja o que for que colocam em colônias masculinas.

— Mantenha o corpo tenso a princípio, porque a esposa do padeiro está chocada — orienta Mama Jo. — Mas então relaxe. Entregue-se. Coloque a mão no rosto dele.

Faço o que ela manda. É tão estranho, penso, coreografar um beijo. A bochecha dele é suave sob minha palma, tão lisa quanto a minha, e morna.

— Agora se afastem — diz Mama Jo.

— Não — arquejo, tropeçando para longe do Bastian. — Não podemos. Você tem uma princesa. E eu tenho... um padeiro.

Mama Jo dá uma risadinha.

— Ótimo — diz ela. — Vamos pausar por um minuto. Como foi?

Olho para Bastian.

— Como foi?

Foi... apenas um beijo.

Ele coloca uma das mãos no peito.

— Senti a terra se mexer.

Dou uma risada que sai mais como um ronco. Cubro a boca com a mão.

— Então esse foi o primeiro beijo — diz Mama Jo depressa, toda profissional. — Vamos para o próximo.

Certo. São *cinco* beijos.

Vai ser uma noite interessante.

28

— Alô, terra chamando. — Vovó me dá um cutucão.

— O quê? — Ergo o olho para minha mãe e minha avó. Faz uns cinco minutos que não ouço o que mamãe está dizendo, o que me causa uma pontada de culpa. Ela só tem uma certa quantidade de palavras de sobra. Eu não deveria perdê-las.

— Como foi? — pergunta minha mãe de novo, com delicadeza.

— O quê? A cena do beijo?

Ela ergue as sobrancelhas.

— Uh, a cena do beijo? Foi hoje isso?

Vovó franze a testa.

— Que cena do beijo?

Bosta.

— Sim. Foi tudo bem. Ele me disse que foi o primeiro beijo dele.

Minha mãe arqueja.

— Mentira.

— Pois é!

— É esse o garoto com quem você vai transar? — pergunta vovó.

— Não, vó. — Olho para a porta em busca da enfermeira. — Eu não vou transar.

— O primeiro beijo dele, hummm — diz mamãe. — Isso é importante. Como foi?

— Foi... um beijo.

— Sem fogos de artifício, hein? — comenta vovó. — Que pena. Às vezes acontece.

— É, mas foi um beijo técnico — argumento. — Não é igual a um beijo de verdade. É atuação. Você não deveria sentir nada de verdade. Em geral.

— Você sentiu alguma coisa?

— Não responda. — Vovó faz uma careta. — Nós não precisamos saber o que você sentiu.

— Ai, vó! Credo!

Mamãe começa a rir. E a tossir. E tossir. Todo mundo fica um pouco sério.

— O que foi que Nyla disse? — pergunta minha mãe, quando consegue voltar a falar. — Quando você contou que foi o primeiro beijo dele?

— Hum...

— O que está rolando entre vocês duas? — pergunta vovó.

— Pois é — diz mamãe. — O que está rolando?

— Eu disse para você.

— Não disse. Você mentiu.

— Menti nada. Eu...

— Você está mentindo de novo — afirma mamãe, enquanto suspira como se estivesse cansada demais para essa palhaçada. — Eu sou a sua mãe. Sei quando está mentindo. Lembra aquela vez com o patinho de borracha na banheira?

— Não minta para a sua mãe — ordena vovó.

— Ok! — admito. — A gente brigou. Na competição de teatro, Nyla conseguiu uma bolsa incrível, e eu não, e eu estava com raiva porque preciso do dinheiro, e ela não, então eu disse... Eu disse...

Os olhos da minha mãe estavam tristes.

— O que você disse?

— Eu disse uma coisa... racista.

— Ai, merda — fala vovó.

— O que você disse? — pergunta mamãe.

Eu conto.

— Aham, foi racista — declara vovó.

Minha mãe tensiona os lábios numa linha. Ela parece irritada e (ai) envergonhada.

— Você acha que é melhor do que Nyla?

— Não!

— Então por que disse isso?

— Porque... — Preciso parar e pensar por um minuto. — Porque eu estava magoada e com inveja e queria magoá-la também.

Mamãe assente em silêncio.

— Você pediu desculpas?

— Sim, mas as coisas não têm sido as mesmas desde então.

— Algumas feridas demoram a fechar — diz mamãe. — Enquanto isso, você precisa decidir se é ou não é ok dizer coisas racistas, por qualquer que seja o motivo. Se é essa a pessoa que você quer ser.

Engulo em seco.

— Certo.

Ela toca a minha bochecha.

— Vai ficar tudo bem, querida. Vão fazer as pazes. Vocês duas são amigas há tempo demais para acabar com tudo por causa de uma frase. Você vai para a College of Idaho e ela vai para onde decidir ir, e vocês vão morrer de saudade uma da outra, e você vai lembrar essa briga horrível e balançar a cabeça e pensar em como estava errada e como ainda precisava amadurecer.

— Eu já estou com saudade dela — admito.

Ficamos em silêncio por um tempo, só ouvindo o *bip bip bip* do monitor.

— Mãe — digo, porque claramente é uma noite de honestidade, e talvez ela seja honesta também. — Por que você fica falando que vou pra College of Idaho como se fosse garantido?

— Bem... — começa ela.

— Não fala que é por causa do universo. Mesmo se eu passar...

— Ah, pelo amor de Deus, você vai passar — diz vovó.

— É tanto dinheiro. Dinheiro que ainda não temos. E sim, vou conseguir bolsas de estudo, talvez, mas mesmo se eu conseguir a melhor bolsa de teatro possível e a melhor bolsa acadêmica possível, e mesmo que eu trabalhe em tempo integral todos os verões e meio período durante o ano escolar, vai faltar dinheiro.

Tipo, uns dez mil por ano. Eu sentei e fiz as contas há alguns dias.

Mamãe baixa o olhar para a mão com o soro. Abre e fecha os dedos. Limpa a garganta de leve.

— Bem — começa ela suavemente —, quando eu...

— Tem o dinheiro do seguro de vida — diz vovó por ela. — Uma coisa esperta que seus pais fizeram. Contrataram um bom seguro de vida quando você chegou, para o caso de haver um acidente. Ou uma doença, imagino.

Ela tensiona os lábios antes de continuar.

— Então quando a sua mãe... — Nem ela consegue falar. — Quando ela não estiver mais conosco, vai entrar um dinheiro extra. Dinheiro para você estudar na College of Idaho. Ou onde quiser, na verdade.

Meus olhos se enchem de lágrimas idiotas. Levo um minuto para conseguir voltar a falar, então digo o que venho pensando desde que não consegui a bolsa. Que talvez eu não esteja destinada a tudo aquilo. Talvez meu propósito nesse momento esteja deitado numa cama de hospital na minha frente, e eu deva focar nele.

— Obrigada por me contar. — Eu me inclino para pegar a mão da mamãe. — Mas eu não vou.

Ela se afasta para me olhar.

— O quê?

— Decidi não ir para a faculdade no ano que vem. — Eu me apresso para continuar antes que ela consiga argumentar. — Vou ficar em casa. Arrumar um emprego. Economizar. Porque essa é a maneira responsável de agir.

Vovó franze a testa.

— Pode repetir? Minha audição não é das melhores.

— Cass — diz mamãe, então hesita. — Querida, eu...

— A faculdade pode esperar.

Ela balança a cabeça.

— Você não precisa fazer isso. Ainda faltam meses para o ano letivo começar. Eu não vou estar aqui.

— Mas o papai vai. Ele vai estar sozinho. — Não é totalmente verdade, eu sei. Papai tem amigos. E o tio Pete. E a vovó, que é tão mãe para ele quanto meus avós de Portland. Mas pensar que vou estar a quatro horas de distância enquanto o papai está numa casa vazia depois que a mamãe for embora me parece muito errado.

Minha mãe está balançando a cabeça.

— Você pode visitar o seu pai. Pode ligar todo dia para ele. Não precisa desistir de...

— Eu não estou desistindo — falo. — Só estou decidindo o que quero. E é isso que eu quero. — Aperto a mão dela três vezes. — Isso. Então, depois que você... conseguir seu coração, ou seja lá o que acontecer. Depois que você...

— Respiro fundo. — Depois que você morrer... — Meus olhos se enchem de lágrimas de novo, mas eu as afasto. — Depois que tudo estiver resolvido, e eu já tiver tido tempo de processar também, sabe? Aí eu vou. Vai ser melhor se eu prometer ir? Mais tarde?

Ela continua balançando a cabeça.

— Meu amor, eu não posso deixar você...

Mas a vovó se intromete.

— Pode deixar, sim, Kitty Cat. Ela está pedindo um tempo para enlutar, e não acho que isso seja descabido. Afinal, a decisão é dela.

— Mamãe. — Minha mãe franze a testa.

— O que foi? Ela é adulta. Pode tomar as decisões necessárias sobre a própria vida. Deus sabe que você tomou quando tinha a idade dela.

Isso cala a boca dela. Vovó é boa nisso.

— É a minha vida — digo suavemente.

— Tudo bem — murmura ela.

Por um minuto, ficamos só escutando o monitor cardíaco dela, que está mais rápido do que eu gostaria. Mas estou calma. Eu me sinto melhor do que em muito, muito tempo.

É a coisa certa. Tomei a decisão certa. Sinto isso.

Vovó está sorrindo para mim. Ela se parece com a mamãe, ou eu provavelmente deveria dizer que a mamãe se parece com ela. Minha mãe ficaria igual a ela se chegasse à velhice.

— Quer tal vermos um pouco de TV? — pergunta ela. — Acho que *Roda da Fortuna* ainda não deve ter acabado.

Eu e mamãe gememos, mas cedemos à vontade da vovó, que encontra o programa e começa a gritar as respostas e chamar os participantes de idiotas quando eles não sabem instantaneamente as palavras no quadro.

Mas a minha mãe parece triste. Queria que ela não parecesse tão triste. Espero que venha a entender que, por mais que eu esteja dando um presente para ela e para o papai, acho, também estou me dando um presente.

O presente do tempo.

Só queria que esse tempo pudesse ser passado com ela.

29

— Deixe o momento passar! — canto com a maior força que consigo, erguendo o rosto para as luzes. — Mas não o esqueça por um momento. Só lembre que teve um "e" quando voltar ao "ou". Faça o "ou" significar mais do que antes. Agora eu entendo... e está na hora de deixar a floresta!

Ainda é só um ensaio técnico, mas ouço Bastian aplaudir de fora do palco. Sorrio e giro lentamente na direção das grandes árvores falsas que compõe o nosso cenário. Então (como a esposa do padeiro) volto a contar meus passos.

— Setenta e um, setenta e dois, setenta e três... — Paro. Ouve-se um estrondo de passos de gigante. O grasnar dos pássaros. Folhas falsas caem do céu.

Ergo o olhar, aterrorizada, e as luzes mudam de forma a parecer que há uma sombra em cima de mim. Ouve-se o som de uma árvore caindo. Dou um grito. E as luzes se apagam.

Ao sair do palco de novo, pego o meu celular. Estou oficialmente morta agora — só vou voltar no final da peça, quando apareço para fazer um discurso incentivador para o padeiro. Não é tempo o bastante para eu poder passar um tempo na sala verde, mas o suficiente para mexer um pouco no celular.

Então eu dou um encontrão em Nyla.

— Desculpa — sussurro.

— Imagina. — Ela me encara como se quisesse dizer alguma coisa. Queria que ela *dissesse alguma coisa*. — Mandou bem na música.

— Valeu. — Quero responder *Você também*, mas ela está seguindo para o palco a fim de cantar o grande segundo ato dela. Estou no caminho. Dou alguns passos para trás e gesticulo para que ela passe.

— Valeu — sussurra ela.

Quer ir comer alguma coisa depois daqui? É o que quero perguntar, mas ela já foi embora.

Encontro um canto para me esconder e volto a atenção ao telefone. É quando vejo o e-mail. Passo os olhos sobre o assunto: *Encontramos Um Perfil 100% Compatível!*

Volto ao remetente. Buscadeadoção.org.

Fico sem ar. Relanceio ao redor, como se conseguisse sentir o surto chegando e quisesse ver se tem alguém olhando. Não tem. Estou sentada no escuro, cuidando dos meus assuntos, seguindo com a minha vida, até que, *BAM*.

E-mail transformador de vida.

Meu dedo paira sobre a tela, prestes a clicar, mas me interrompo. Estou no meio do ensaio. Provavelmente não é uma boa ideia ler esse e-mail agora. Eu deveria esperar até chegar em casa. Quando estiver sozinha. E puder processar a informação.

Mas... está dizendo que é 100% compatível.

Cem por cento.

Clico no e-mail.

Querida CassieintheRye,

Nós, do buscadeadoção.org, ficamos satisfeitos em informar que encontramos um perfil perfeitamente compatível com o que você criou no site. Quando isso acontece, designamos um membro da nossa equipe como mediador para entrar em contato com ambas as partes envolvidas e verificar a compatibilidade. Mais tarde também ajudaremos a providenciar um encontro, se for do desejo das duas pessoas.

Por favor, responda essa mensagem assim que possível com as datas e os horários mais convenientes para entrarmos em contato com você, assim como o melhor telefone de contato.

Obrigada pela paciência. Entraremos em contato em breve.

Atenciosamente,

Jennifer Benway
Buscadeadoção.org

O tempo fica confuso. Leio o e-mail um monte de vezes numa sequência rápida, então preciso guardar o celular de volta no bolso e correr para o palco, porque quase perdi minha deixa para a cena do fantasma.

Digo minhas falas. Canto. Canto mais. Chegamos à música de encerramento. Tenho dificuldade de alcançar uma das notas agudas que normalmente alcanço com facilidade. Noto Nyla me lançando um olhar estranho quando está de costas para a plateia, mas não faço contato visual.

Eu não deveria ter aberto o e-mail, penso. Deveria ter esperado.

Então damos a noite por encerrada, e corro de volta ao celular para escrever uma resposta.

Entrem em contato a qualquer hora, escrevo. E informo meu telefone.

Querida X,

Ok, garota, estou pronta. Pode sair.

Eu só estou meio que brincando. Ainda falta mais ou menos um mês para o parto, mas já estou surtando. Não consigo ver meus dedos dos pés. Não consigo levantar ou sentar numa cadeira sem fazer um esforço enorme. Estou com estrias. Tornozelos inchados. Tudo o que tem direito. Também estou constipada. É tudo culpa sua. Você está quase totalmente assada aí dentro. Se quiser vir mais cedo, por mim, tudo bem.

As aulas recomeçaram. O campus está cheio de barulho de novo. Bebês chorando. Garotas rindo e fofocando normalmente. Professores fazendo monólogos chatos. Que bom. Estava quieto demais nesse verão.

Teresa teve o bebê dela há umas três semanas. Estávamos sentadas na sala de estar, lendo nossas cópias de O que esperar quando se está esperando *quando ela se mexeu de repente, fez um barulho tipo hummm, massageou as costas e voltou à leitura. Isso aconteceu mais duas vezes antes de eu me dar conta.*

"Ai, meu Deus, você está tendo contrações?", perguntei.

"Acho que sim." E voltou a ler.

"Daquelas Braxton Hicks ou as de verdade?" Eu mesma andava tendo Braxton Hicks. Estava cuidando da minha vida quando de repente todos os músculos do meu

abdômen se contraíam por alguns segundos. Não dói, mas também não é exatamente prazeroso. Treino de contrações, como Melly chama. Meu corpo está revisando a estratégia de saída.

A qualquer momento, X. A qualquer momento.

"As de verdade. Dói", explica ela.

"Dói? Quanto? Numa escala de um a dez, sendo um uma topada no dedo do pé..."

"Três", responde ela. Então franze a testa e massageia as costas de novo. "Quatro."

"Então é melhor eu buscar Melly?"

"Ainda não", disse ela. "O livro diz que pode levar várias horas, e que é melhor passar a primeira etapa do parto no conforto da sua casa."

Semicerro os olhos para ela.

"Você está pensando em se esconder no porão? Porque não estou a fim de descer e subir escada agora."

Ela sorriu.

"Não. Eu vou quando for o momento certo."

"O momento certo pra quê?" Nós duas erguemos o olhar e vemos Amber com um prato de picles e um sanduíche de manteiga de amendoim equilibrados na barriga gigante. Ela está acabando com a nossa imagem. Olha de mim para Teresa. "O que está havendo?"

"Teresa está tendo contrações", anuncio.

Amber arregala os olhos. Sempre pensei que os olhos de Amber deveriam ser, bem, cor de âmbar. Mas eles são castanho-escuros. O cabelo dela também não é âmbar. Não tem nada âmbar na Amber.

"É melhor chamarmos Melly?", perguntou ela.

"Ainda não precisa", respondeu Teresa.

"Ela disse que quer que a gente informe assim que começar a ter contrações."

"Eu sei. Mas não quero incomodar. Ela está pintando o cabelo."

Fato pouco conhecido, X, mas no andar de baixo do antigo prédio de tijolinhos que costumava ser uma escola que costumava ser uma maternidade tem um monte de pias especiais numa fila, do tipo que se veria num salão de beleza de verdade, porque, nos velhos tempos em que o antigo prédio de tijolinhos marcava o limite da cidade e ninguém deveria saber sobre as grávidas que moravam aqui, elas tinham que dar um jeito no cabelo. Eram os anos 1960. Cabelo era um assunto importante. Agora, a cada seis semanas mais ou menos, Melly vai lá cobrir as raízes grisalhas. Então é lá que ela está.

"Você vai se esconder no porão?", pergunta Amber para Teresa.

"Foi o que eu disse!", exclamei.

"Não", respondeu Teresa com firmeza, mas também com um pouco de tristeza. Não vimos mais Brit. Quer dizer, ela está bem — não morreu no parto nem nada assim. Ela teve a bebezinha dela, que, de fato, segundo Melly, tinha cabelo ruivo. Também de acordo com Melly, Brit deu a bebê para a família adotiva sem hesitar. Mas não voltou.

Acho que isso não é uma surpresa. Para que ela voltaria?

"Vou sentir saudade de vocês duas." Era óbvio que Teresa estava pensando a mesma coisa.

Então ela ficou ali por um tempo, massageando as costas e franzindo a testa a cada sete ou dez minutos, então a cada cinco ou sete minutos, até que se levantou.

"Esse negócio dói mesmo?", perguntou Amber. "Ou você é, tipo, a garota mais durona do planeta?"

"Dói. Está definitivamente no cinco agora", respondeu ela.

"Você vai tomar a epidural?" Amber fala isso como se a anestesia fosse uma maconha de qualidade. "Não vejo a hora de tomar a epidural."

"Deus deu dor no parto a Eva", disse Teresa baixinho. "Para lembrá-la do seu pecado."

"Palhaçada", falei, o que, em retrospecto, eu não deveria ter feito. É a crença dela. Eu deveria respeitar, mesmo que seja palhaçada.

"Vou pegar minhas coisas", avisou Teresa, e saiu cambaleando pelo corredor em direção ao quarto.

Amber correu para buscar Melly, que levou Teresa de carro para o hospital alguns minutos mais tarde.

Não a vimos desde então.

Depois disso já se passaram três semanas só de Amber e eu, eu e Amber, passando tempo juntas. Eu gosto dela, mas meio que quero socá-la de novo.

Enfim. Ah, sim, o objetivo dessa carta: tenho boas notícias. E más notícias. Qual você quer primeiro?

Eu sempre escolho a notícia ruim primeiro. Assim a notícia boa pode me animar depois.

Então será notícia ruim.

Aí vai: liguei para Dawson. As aulas da faculdade recomeçaram também, e liguei para lá. Mas ele não estava. Que surpresa, né? Ted atendeu. O que também não é uma surpresa.

Me senti um pouco estranha falando com Ted dessa vez, por causa dos sonhos. Pois é. No plural. O sonho de pegação-com-Ted está começando a ser uma programação regular do meu cérebro.

"Dawson está aí?", perguntei.

"*Ele não mora mais aqui*", disse Ted. "*Se mudou para a casa Kappa.*"

Sinto te informar, X, mas seu pai biológico aparentemente faz parte de uma fraternidade agora. Tenho fé de que você vai superar essa falha na sua formação genética.

Mas, infelizmente, essa não é a má notícia que mencionei.

Achei o número da casa Kappa na agenda telefônica. Liguei. Levou alguns minutos para o cara que atendeu achar Dawson, e havia muita música alta no fundo, mas ele chegou ao telefone.

"*Alô?*", disse ele.

"*Tudo bem?*" *Não sei por que perguntei isso. É só que fazia um tempo que eu não ouvia a voz dele. Trouxe alguns sentimentos de volta.*

"*Tudo, quem tá falando?*"

Fiquei paralisada por alguns segundos. Fazia meses que eu tinha mandado aquela carta sobre a minha gravidez.

"*É, aqui é a (oops, quase escrevi meu nome aqui, X, mas ainda acho que não é uma boa ideia)... Aqui é a (e disse meu nome). Sabe, do ano passado.*"

"*Ok.*" *A voz dele ficou imediatamente fria.* "*Como posso ajudar você?*"

"*Você precisa preencher umas papeladas*", informei. "*Talvez tenha que vir assinar uns formulários.*"

"*Do que você está falando?*"

"*Para o bebê.*"

Silêncio. Dava para ter ouvido grilos cantando, X.

"*Sabe, aquele que vou ter. Do qual você é pai. Aquele bebê*", falei. *Beleza, eu estava um pouco irritada.*

Mais silêncio.

"*Olha*", continuei. "*Você não precisa se envolver. Eu vou dar ele — ela, na verdade, é uma menina — para adoção. Você não vai ter que pagar por nada, mas seria legal se preenchesse os formulários, assim ela pode saber um pouco sobre você.*"

"*Isso é uma piada?*", perguntou ele. *Pelo menos foi o que ouvi. A música estava alta.*

"*Que parte do que eu disse pareceu engraçado?*", perguntei.

Mas pelo visto alguma coisa foi engraçada, porque ele riu.

"*Beleza. Um bebê. Você me pegou.*"

"*Isso mesmo. Um bebê. Ela deve nascer em 26 de setembro. Então não temos muito tempo.*"

"*Você me deu um pé na bunda*", disse ele. "*Desapareceu. E agora me liga e fala sobre um bebê?*"

"*Calma aí!*", reclamei. "*Não dei um pé na sua bunda. Não sou a vilã aqui. Sou a vítima. Você é o vilão. Eu contei para você sobre o bebê, e você terminou comigo.*"

"Você nunca me falou sobre um bebê."

"Eu escrevi uma..." Paro de falar. Penso um pouco. Deixei a carta no escritório do meu pai, na pilha de correspondências a serem enviadas. Já fiz isso uma centena de vezes, sem problema. Mas não levei pessoalmente aos correios, o que seria a atitude inteligente.

"Filha da puta da Evelyn", sussurrei.

"O quê?"

"Deixa pra lá. Desculpa. Meu Deus, desculpa. Eu escrevi uma carta, e pensei que você tinha recebido. Vou ter um bebê. Em breve. Acho que deveria dizer que nós vamos ter um bebê, eu e você. Deveríamos nos encontrar pra conversar. Desculpa por contar desse jeito. Realmente achei que você já soubesse."

Tipo, Ted sabia. Eu contei pro Ted. Por que ele não contaria a Dawson?

Por um total de três segundos, eu senti como se talvez houvesse outro caminho para mim. Talvez Dawson tivesse outra ideia sobre o que fazer. Talvez ele quisesse ficar com você. Talvez houvesse uma maneira de fazer isso funcionar. Talvez...

"Não é meu", falou ele enfim, e desligou.

Entããããão.

Más notícias, X. Seu pai pulou fora. Quer dizer, não seu pai. Seu doador de esperma, como falei no começo. E não é como se alguma coisa tivesse mudado. Mas agora acho que é oficial. Nada de pai.

No entanto, lá vem a boa notícia.

Sei quem é o seu pai de verdade. Já escolhi. Ele é professor do ensino fundamental. Também é meio natureba; o tipo clássico de hippie de Oregon, o que faz sentido, porque ele é de Portland. Ele passou alguns anos trabalhando como voluntário para alguma organização tipo Greenpeace, mas acho que não foi pro Greenpeace. Não me lembro agora. Ele foi guarda-florestal num parque nacional por um tempo. Então se formou em Boise State, que foi onde conheceu a sua mãe (eu não conheço essa história, mas você provavelmente conhece, não é?). Então ele deu aula em algumas escolas no interior de Los Angeles por uns dois anos. Mas deve ter gostado de Idaho, porque eles voltaram e ele virou professor de ensino fundamental. Ele tem olhos gentis. Verdes. Foi a primeira coisa que notei nele.

Gostei dele. Sei que gostaria que ele fosse meu pai.

No entanto, não foi o pai que me fez colocar aquela ficha na pilha do SIM. Foi a mãe. Ela é dona de uma loja de bolos. Vive de fazer cupcakes. Quer dizer, dava para pedir alguma coisa melhor do que isso? Tinha alguma coisa muito maneira nela, como se ela fosse a Martha Stewart se a Martha Stewart fosse carinhosa e amorosa e fofa. Eu queria abraçá-la. Ela tem cara de quem dá bons abraços.

Então, não encontrei nenhum contra de verdade na sua nova família. E, pode acreditar, fui exigente. Mas aqui estão os prós:

Eles não são milionários. Mas também não são pobres. São bem classe média, talvez média-alta, mas pessoas normais, sabe? Eles podem te dar o que você precisar. Mas não parecem que te dariam tanto a ponto de você achar que dinheiro nasce em árvore. Ou achar que tem direito a tudo. Ou criar a percepção errada, assim como os meus pais, de que dinheiro é igual a amor.

Eles sabem como lidar com crianças. Principalmente o pai, certo? Tipo, ele lida com crianças todo dia. Por opção. Ele deve saber como se faz. Deve ser especialista. Escolas de ensino fundamental são tipo selvas, então esse cara deve ser igual ao Tarzan.

E a sua mãe sabe cozinhar. Quase consigo sentir os cookies com gotas de chocolate. Sorrio ao imaginar o tipo de bolos de aniversário que você vai ter.

No formulário, eles falaram muito sobre família — não só a família que eles querem ter, mas a que já têm. Então você vai crescer rodeada de avós e tios e primos e amigos. Pode até ser filha única, mas não vai ficar solitária.

Eles são boas pessoas, X. Amei as fotos que eles incluíram no arquivo. Tem uma que devia ser uma foto para um cartão de Natal ou de convite de casamento, na qual eles estão num campo, na frente de uma cerca, abraçados. Estão se olhando nos olhos. E rindo. E, na foto seguinte, ela está dando um cupcake para ele. Ainda rindo. E na seguinte eles estão todos arrumados em trajes formais e ela está fingindo estrangulá-lo com a gravata. Talvez não tenha sido a melhor escolha de foto a ser mandada para a pessoa que está decidindo se vai ou não vai dar o bebê a eles, admito. Mas eles são engraçados. Deu para perceber pela maneira como eles preencheram os formulários. Quer dizer, não engraçados demais, já que isso deve ser tratado como um assunto sério, uma transação que vai terminar com uma criança, mas deu para notar que eles sabem rir de si mesmos.

Você não vai ser o bebê tapa-buraco deles. Ou o bichinho de estimação.

Eu pude sentir a felicidade deles.

Posso sentir no meu útero: o seu lugar é com eles.

Então essa é a boa notícia. É com isso que quero deixar você hoje.

S

30

Recebo a ligação do representante da buscadeadoção.org na manhã seguinte ao e-mail. Estava acordada desde umas 5 horas, sem conseguir dormir. Papai ainda não acordou. Pensei em contar para ele ontem à noite, depois que cheguei em casa do ensaio, mas ele estava no hospital, e pensei: é melhor esperar. Ver se é real. Lembro a mim mesma de que eu já tinha recebido uma notificação de compatibilidade antes nesse site, e não era eu. Não era ela.

Quando vejo o código telefônico desconhecido, fico tão nervosa que me sinto tonta. Não consigo respirar direito. Não sei do que mais tenho medo: de que eu possa ter de fato encontrado a minha mãe biológica, de que ela tenha procurado por mim também, de que isso esteja acontecendo e agora nós vamos ter que correr para apresentá-la à mamãe, e como vai ser isso?, eu me pergunto; ou de que isso possa ser uma peça cruel que o universo está pregando em mim.

— Alô? — Não consigo impedir o tremor na minha voz.

— Alô, quem fala é Cassandra McMurtrey?

— Sou ela. Quer dizer, é ela.

— Meu nome é Jennifer Benway. Estou ligando do buscadeadoção.org.

— Sim. Estava esperando sua ligação.

— Então, como você sabe, ontem nós encontramos um perfil compatível com o seu. Perfeitamente compatível.

— O que isso significa? — pergunto. — "Perfeitamente"?

— Uma mulher que está atualmente buscando o filho que deu para adoção há 18 anos criou um perfil no site. Os detalhes batem perfeitamente com o seu. É isso o que significa.

Eu me esforço para lembrar os detalhes que informei no site. Só meu aniversário e meu local de nascimento, acho.

Jennifer Benway pigarreia.

— Agora eu preciso de mais algumas informações suas para termos certeza de que tudo bate de verdade.

— Ok.

— Você sabe em que hospital nasceu?

— St. Luke's.

— Tem certeza?

— Sim. — Está escrito no formulário que meus pais me deram.

— E a sua adoção foi privada? — pergunta Jennifer Benway.

— Foi por meio do estado.

— E você sabe a idade da sua mãe no momento do seu nascimento?

— Dezesseis anos.

— Excelente. — Ela parece empolgada. Eu devo estar dando as respostas certas. Sinto que estou passando no teste mais importante da história. — Tem alguma informação adicional que possa ajudar?

— Aham. — Vasculho a gaveta da minha escrivaninha em busca do envelope gasto e amarelado. — Tenho o formulário de informação não identificável.

— Que ótimo. Devemos conseguir confirmar tudo com isso. Você se importa em escanear esses papéis e me mandar por e-mail? Então posso compará-los com a informação que temos da mãe biológica e ligar para você hoje mais tarde.

É isso? Ela vai ligar mais tarde?

— Ok.

— Ótimo. Retorno em breve.

— Calma aí — digo, antes que ela consiga desligar. — As outras coisas que eu contei para você, que nasci no St. Luke's e que fui adotada por meio do estado... Essa informação é compatível?

— Sim — confirma ela, e quase consigo ouvi-la sorrir. — É, sim. Temos que checar todos os detalhes, mas é provável que essa mulher seja sua mãe biológica. Isso é muito empolgante. Parabéns.

— É. — Volto a ficar tonta. — Obrigada.

Escaneio os formulários e os mando logo por e-mail. Então espero meu pai acordar.

— O que houve? — pergunta ele no momento em que entra na cozinha e vê minha expressão. — Sua mãe? O hospital ligou? Vou me vestir.

— Não é a mamãe. É outra coisa. — Conto tudo o que aconteceu nas últimas doze horas, então começo a andar de um lado a outro da cozinha. — Acha que eu deveria contar à mamãe? Ela disse que quer conhecer a minha mãe biológica. Eu deveria contar, certo?

Ele se senta à mesa da cozinha com uma xícara de café e pisca várias vezes antes de responder:

— Não até ter certeza.

— Certo. Essa mulher pode nem ser a minha mãe biológica — digo com a voz fraca.

— Não sei. Quantas garotas de 16 anos você acha que tiveram uma bebê no St. Luke's no mesmo dia em que você nasceu? — fala papai. — Parece que é você, Bu.

É o que eu venho pensando desde que desliguei o telefone. Deve ser eu. É uma compatibilidade perfeita. Como poderia não ser?

Papai apoia o café e coça o queixo.

— Mas é melhor esperarmos. Não sei como sua mãe vai reagir. Ela está tão frágil. Não quero agitá-la demais.

— É — concordo. — Acho que tem razão. Vamos esperar até ter certeza.

Ele encara a neve caindo pela janela.

— Pai? Você está bem? Sei que odiava a ideia.

Ele acorda do devaneio.

— Sim. Se é o que você quer, eu estou bem. Sim.

— Eu te amo. — Estico os braços. Estou num humor hiperativo do nada. — Tanto assim.

Ele estica os braços também, que são muito mais compridos que os meus.

— Mas eu te amo tanto assim.

— Não é uma competição, pai — lembro.

— Mas, se fosse, eu ganharia de lavada. Meus braços são muito mais longos. Quer ouvir uma piada de pai?

— Não.

— O que o rato americano falou para o rato brasileiro?

— Para, pai.

— Camon Dongo.

Caio na risada. Eu me odeio por isso, mas não posso evitar.

— Que péssima.

— Eu sei — diz ele, sorrindo. — Aliás, sabe qual é a cidade que não tem táxi? Uberlândia.

Meu telefone toca. Ambos paralisamos no meio da risada. Pego o celular e confiro o número.

— É ela — digo.

— Senta — sugere ele, e eu obedeço antes de atender.

— Alô? — Ali está o tremor na minha voz de novo.

— Cassandra.

— Sou eu.

— Aqui é a Jennifer Benway do buscadeadoção.org.

— Eu sei. Oi.

— Odeio trazer más notícias, mas... — Ela suspira. — Temo que não tenhamos encontrado sua mãe biológica, no fim das contas. Venho comparando os detalhes, tanto seus quanto os do perfil da mulher, e eles não batem.

Fico sem ar.

— O quê? Mas como pode...

— Essa mulher tem olhos castanhos — diz Jennifer Benway. — E é alta: 1,80, e não 1,60 como consta no seu formulário. E essa mulher era a mais nova de quatro irmãos. Acho que pode ter frequentado a mesma escola da sua mãe, que também servia como abrigo para jovens grávidas, mas ela não é sua mãe biológica, Cassandra.

— Ah. — É tudo o que consigo dizer.

— Sinto muito — fala Jennifer Benway.

Papai está me observando. Tento manter a expressão neutra.

— Vamos manter seu perfil aberto, é claro — tagarela ela. — Pode haver uma compatibilidade a qualquer momento. E vou falar com essa mulher e ver se ela pode ajudar na sua busca de alguma forma.

— Ok. — Estou viajando agora. Dormente.

— Darei notícias — conclui ela, e desliga.

Coloco o celular na mesa e o encaro. Depois de um tempo, ergo os olhos para o meu pai. A tristeza no olhar dele me acorda um pouco. Acho que ele quer me proteger disso, mas não sabe como.

Engulo em seco.

— Não é ela — conto, tentando manter a voz indiferente como se não me importasse, mas ela falha um pouco.

— Ah, querida. — Ele estende a mão por cima da mesa e pega a minha. — Eu sinto muito.

— Não vamos contar pra mamãe — digo. — Nunca vamos contar pra mamãe.

31

Tenho um ensaio de figurino naquela noite. Tento tirar as últimas 24 horas da cabeça, agir como se nada tivesse acontecido, mas está começando a parecer que o universo está pregando uma peça cruel em mim. Essa é a pior parte de todo esse negócio de adoção: essa sensação de desamparo. Outra pessoa vem tomando decisões por mim durante a minha vida toda. Quem seriam meus pais. Quanto eu saberia sobre as circunstâncias do meu nascimento. Está tudo fora do meu controle.

Olho para Nyla, do outro lado da longa mesa do camarim. Ainda nem comecei a fazer meus contornos, mas ela já está vestida com os trapos da Cinderela, o cabelo preso. Ela está pronta. Parece focada. Suspiro.

Meu celular vibra. Uma mensagem.

De Nyla.

Nyla: O que houve?

Volto a olhar para ela, está olhando para o celular, não para mim.

Eu: Como sabe que houve alguma coisa?

Nyla: Eu conheço você. Mama Cat está bem? Você precisa ir? Posso levar você de carro.

Ler isso me traz uma sensação boa, porque fica óbvio que ela ainda se importa.

Eu: Minha mãe está bem. Quer dizer, não exatamente bem. Mas não é sobre ela.

Nyla: Ah. Ufa.

Eu: Mas valeu.

Nyla: O que houve, então?

Mordo o lábio. Não estamos bem, nossa amizade está prejudicada, e a culpa é minha, e ela está sendo legal — talvez até queira consertar as coisas —, mas a nossa relação não pode ser sempre baseada nos meus dramas e nela tentando me fazer sentir melhor.

Eu também tenho uma coisa para dar a ela. Uma coisa que devo a ela.

Encaro o celular. Tipo, eu pedi desculpas logo depois da nossa briga, e de novo mais tarde, mas ambos os pedidos de desculpas foram genéricos, do tipo "não tinha a intenção de magoar você", o que não soava verdadeiro, porque eu queria, *sim*, magoá-la naquele dia. Entendo isso agora. Então o que dou a ela agora é um não pedido de desculpas.

Meus dedões digitam as palavras que eu deveria ter falado.

Eu: O que eu disse naquele dia sobre terem te dado a bolsa de estudos... foi racista e errado, e sinto muito. Você ganhou a bolsa porque é a atriz mais talentosa que eu conheço. Ponto. Você merece a bolsa. Fiquei chateada porque também queria ter ganhado, e só estava pensando nos meus próprios problemas, mas isso não é desculpa. Sei disso. Estou tão envergonhada desde então. Estou decepcionada comigo mesma. Não achei que fosse capaz de dizer algo assim para ninguém, nunca. Nunquinha mesmo. Especialmente pra você. Sei que deve ter te magoado muito ouvir esse tipo de coisa de mim, quando deveria ser eu a apoiar você. Me desculpa, Nyles.

Mando a mensagem e fico observando pelo canto do olho enquanto ela lê. Ela abaixa a cabeça por um minuto, então dá uma risadinha esquisita que não sei como interpretar, então levanta a cabeça e o celular. Vejo as reticências que significam que ela está respondendo.

Mas então elas param. E somem.

Ela não olha para mim. Está encarando o celular.

Estou inundada de vergonha de novo. Meu Deus, como sou covarde. Deveria ter dito isso tudo pessoalmente. É tão fraco mandar por mensagem.

Eu: Eu deveria ter falado isso há semanas.

Nyla:

Eu: Sinto sua falta.

Nyla:

Eu: Eu te amo. Você é minha melhor melhor amiga do mundo todo. Sabe disso, não sabe?

Nyla:

Eu: Mas vou entender se nunca puder me perdoar.

Nyla:

Eu: Eu só queria que você soubesse como me sinto mal.

Nyla: Dá pra calar a boca por um minuto? Estou tentando escrever uma resposta e você fica mandando mensagens.

Eu:

Nyla: Eu aceito seu pedido de desculpas.

Eu:

Nyla: De fato fiquei muito magoada.

Eu:

Nyla: Mas também sinto a sua falta. Eu também te amo. Você estava tendo um dia epicamente bosta. Então vou deixar passar.

Eu:

Nyla: Só dessa vez.

Eu: Não vai ter outra vez. Prometo.

Ela afasta a cadeira e vem para o meu lado.

— Posso sentar aqui por um minuto? — pergunta ela para Alice, que está se maquiando na cadeira ao lado. — Preciso falar rapidinho com a Cass.

Alice abre um sorriso radiante, como se soubesse que estamos finalmente fazendo as pazes, junta as coisas dela e se muda para o lugar antigo de Nyla, do outro lado da mesa.

Nyla senta.

— Obrigada por pedir desculpas — diz ela. — Acho que podemos deixar isso para trás agora.

— Tá bom. — Eu olho para ela com os olhos cheios de lágrimas, então dou uma risada.

— O que foi?

— Eu quero abraçar você, mas não quero estragar o seu cabelo.

Ela ri também e dá tapinhas no penteado.

— Você acha que o mundo está pronto para uma Cinderela negra?

— Mas a Brandy já não tem o título de Cinderela negra? — observo. Nyla e eu assistimos a esse filme 15 mil vezes quando éramos mais novas.

Ela assente solenemente.

— Sim. Brandy será para sempre a Cinderela negra. Mas você entendeu.

— É, entendi — respondo. — E você vai ser a melhor Cinderela, ponto, que essa cidade já viu.

Espero que ela perceba que estou falando sério. Ela me abraça.

— Então — diz ela ao se afastar. — O que houve? Por que você está com essa cara?

Não quero entrar nesse assunto agora.

— Vem dormir na minha casa depois da peça — peço. — Então eu conto tudo.

Estamos aconchegadas embaixo de uma manta no meu sofá umas quatro horas mais tarde, comendo pipoca aos montes, assistindo, mas não assistindo de verdade, à versão de *Caminhos da Floresta* da Disney, e conto tudo para Nyla. Conto sobre o alarme falso de hoje com a compatibilidade não-tão-perfeita. O golpe daquela experiência toda. A dorzinha estranha que me dominou, como uma azia muito ruim.

— Caramba — diz ela, quando termino. — Que intenso.

— Não é?

— É tudo tão... complicado.

— Procura complicado no dicionário — falo com um suspiro. — Sou eu. Minha vida foi cheia de drama mesmo antes de eu nascer.

— Então o que você vai fazer? — pergunta Nyla.

— Não acho que tenha nada mais a ser feito. Eu me inscrevi para receber a carta, mas não tive nenhuma notícia. Preenchi aquela abdicação. Mesma história. Fiz o negócio da internet, e acho que podemos concordar que não deu certo. — Sufoco uma risada. — Até pesquisei em anuários de ensino médio, não foi, Ny? Acho que já fiz tudo.

Lágrimas brotam nos meus olhos, e dou outra risada.

— E fico chorando a bosta do tempo todo. Não entendo por quê. Não me sinto mal por ter sido adotada. Não fico triste em relação a isso. Não estou ansiosa para me reconectar com os meus pais biológicos. Não estou tentando encontrar uma família, já tenho minha avó e meus outros avós por parte de pai e o tio Pete e... você.

Ela passa os braços ao redor dos meus ombros e aperta.

Solto uma respiração trêmula.

— Tenho a melhor rede de apoio que consigo imaginar. O negócio da minha mãe estar morrendo é difícil, mas estou ok. De verdade. Estou bem. Estou curiosa sobre a minha mãe biológica, só isso. Quero saber o que aconteceu, porque sinto que... eu deveria poder saber minha própria história. É minha. É sobre mim.

— Eu entendo — diz ela.

Sei que ela entende. Seco os olhos.

— Então por que o chororô? Estou sentada aqui, choramingando por causa de uma estranha, porque...

Por quê? Eu ao menos sei?

Meus olhos se enchem de lágrimas de novo.

— Porque... ela está por aí. Mas não está me procurando. Mesmo que eu tenha uma vida ótima, e ela tenha me dado essa vida, essa vida melhor pela qual ela sacrificou tanta coisa, pensar que ela não está procurando por mim, isso...

— Isso magoa você — conclui Nyla.

— É. — Assinto e seco o rosto. — É. Me magoa saber que ela pode ter se esquecido de mim.

— Ela não esqueceu — afirma Nyla.

Assoo o nariz.

— Ok, então agora quero ver alguma coisa bem idiota para me distrair disso tudo, tipo aquele mocumentário sobre vampiros de que todo mundo está falando, mas que eu não queria assistir sem você.

Começamos o filme, que é igualmente hilário e idiota. Estamos dando risadinhas quando eu me lembro de repente:

— Ah, preciso contar para você sobre Bastian.

Ela encolhe as pernas para cima do sofá e gira para mim na mesma hora.

— Sim?

— Quando nos beijamos pela primeira vez.

Ela se inclina para a frente com os olhos arregalados.

— Você beijou Bastian?

— Não, bobinha, para a peça. A primeira vez que nos beijamos para a peça. Acompanha.

— Ok, a primeira vez que vocês se beijaram para a peça — repete ela.

— Ele disse que eu era a primeira garota que ele beijava.

— Mentira.

— Não. Ele disse isso.

Ela faz uma expressão confusa.

— Caramba.

— Não é?

— Aham. Talvez ele seja SUD — sugere ela.

Solto um riso de desdém.

— Ele não pode ser mórmon. Saberíamos se ele fosse mórmon, não?

— Temos passado bastante tempo juntos — concorda Nyla. — Acho que já teríamos percebido se ele fosse SUD.

— Pois é. Ele teria falado sobre sua ala, sua missão. E ele iria ao seminário.

Os mórmons têm uma igreja no campus da escola onde todos os alunos mórmons (que compõe, tipo, 80% da BHS) têm aulas de religião toda semana. Ok, não é tecnicamente "no campus", porque a igreja é dona da propriedade ocupada, pelo visto, mas fica a, tipo, 15 metros da porta da sala comunal. E nunca vi Bastian seguindo naquela direção.

— E ele bebe café. E fala palavrão — concluo.

— Adivinha só, Cass? — diz Nyla, pragmática. — Somos todos indivíduos. Alguns mórmons bebem café. E alguns falam palavrão. E não vão ao seminário.

— Mas não o tipo bom, né?

Ela fecha os olhos como se estivesse com vergonha de ter essa conversa.

— Cass, eu juro que vou...

Abro um risinho.

— Xingar é que não vai.

Ela me dá um soco. Então ri.

— Ei! — reclamo. — De volta a Bastian. O tipo de mórmon que fala palavrão e bebe café é provavelmente o mesmo tipo que beija antes de casar, certo?

Ela suspira.

— Nós podemos beijar o quanto...

— Eu não acho que Bastian seja mórmon — afirmo.

— Concordo. Então deve ter outra coisa que o fez nunca ter beijado uma garota. Sempre pensei que havia alguma coisa que ele não estava nos contando. Talvez alguma coisa a ver com o pai.

— O pai dele parece meio radical.

Bem nesse momento, meu celular toca. Um número familiar.

— Merda — falo.

— Ei. Estou aqui pra você — responde Nyla.

— Alô? — atendo, desconfiada.

— Posso falar com Cassandra? — diz a voz que agora reconheço como de Jennifer Benway.

— É ela.

— Aqui é a Jennifer Benway, do site buscaporadoção.org. Espero que não seja muito tarde para ligar.

Encaro Nyla.

— Não tem problema, Jennifer. Do que você precisa?

— Só queria contar algumas novidades — diz ela. — Falei com a outra pessoa, a mulher que...

— Que não é minha mãe biológica — completo com um tom seco.

— Não. Quer dizer, sim, ela não é sua mãe biológica, mas me deu permissão para contar para você algumas coisas que lembra.

— O que está havendo? — sussurra Nyla.

— Que coisas? — pergunto.

Jennifer pigarreia.

— Sobre sua mãe... Digo, sua mãe biológica. Essa pessoa acredita que estava com a sua mãe biológica no Booth Memorial, ou era como chamava na época. Ela acha que os detalhes no seu formulário são compatíveis com a descrição de outra garota de 16 anos que estudou com ela lá, que deu à luz na mesma noite que ela.

Não sei o que falar.

— Você está aí? — pergunta Jennifer.

Volto a falar.

— Sim. Desculpa. Estou aqui.

— Ela não lembra do nome da garota, infelizmente, o que, é claro, seria útil — continua ela. — Já faz quase 20 anos, entenda. E ela disse que só morou lá por algumas semanas. Ou talvez esteja tentando proteger a identidade da sua mãe biológica. Mas ela me contou que o nome da outra garota começava com S. Sally ou Sarah ou algo parecido.

Penso em todos os nomes que começam com S na minha lista de garotas dos anuários.

— Um S. Ela lembrava de mais alguma coisa?

Nyla desaparece por um minuto e volta com um bloco de notas e um lápis. Entrega para mim.

— Ela disse que sua mãe biológica foi gentil com ela — conta Jennifer. — E pediu para você agradecê-la, se um dia encontrá-la.

— Qual é o nome dela?

— Ela acha que começa com S — repete Jennifer.

Balanço a cabeça mesmo que ela não possa me ver.

— Não, quero dizer o nome *dessa* mulher. Que não é minha mãe biológica. Qual é o nome dela? Talvez você possa me dar o telefone dela? Posso falar com ela?

Ela não responde por alguns segundos.

— Não posso compartilhar essa informação. Desculpe.

Sinto o maxilar tensionar.

— Então como é que vou agradecer a minha mãe biológica, se um dia eu encontrá-la, se nem sei o nome dessa pessoa?

Outra pausa.

— Bem — responde Jennifer devagar. — Não posso dar o nome dela. Mas posso mencionar que ela tem um perfil no site. Você deve conseguir ver, devido à compatibilidade.

Entendo na mesma hora.

— Ok, obrigada.

— Eu que agradeço, Cassandra. Novamente, sinto muito que isso não tenha acabado como você esperava. Desejo tudo de melhor em sua busca. Boa noite.

Quando desligo o telefone, Nyla e eu corremos para o meu laptop e abrimos o site. Jennifer tem razão: ele ainda indica que encontrou um perfil 100% compatível.

Sufoco uma onda de decepção e clico no link do perfil da mulher.

Amber84

Estou procurando minha filha.

Ela nasceu em 17 de setembro de 2000, em Boise, Idaho.

Ela foi adotada em Idaho seis semanas depois do nascimento.

Não estivemos em contato desde o momento da adoção.

Mensagem pessoal: Quero que ela saiba que é amada.

Nyla me abraça, e eu literalmente choro no ombro dela.

— Então o nome da minha mãe biológica talvez comece com S.

Seco os olhos. Nyla assente.

— É melhor anotar isso.

32

— Cassandra McMurtrey, compareça à secretaria, por favor. Cassandra McMurtrey, compareça à secretaria.

Estou no coral dessa vez. Olho para Nyla, na seção "alto" do coral. Ela dá de ombros.

— Pode ir, Cass — diz a professora.

Eu vou. Mas então viro uma esquina e vejo meu pai parado em frente à porta da secretaria com sua expressão corajosa.

Minhas pernas falham. Desabo no chão como se fosse feita de espaguete cozido.

Papai corre até mim.

— Está tudo bem. Está tudo bem, querida.

Não está, não, penso. Não está, não. Nunca vai ficar bem de novo. Eu deveria estar chorando. Por que não estou chorando? Sempre pensei que choraria quando chegasse a hora.

Papai está falando. Não consigo entender o que ele está falando de verdade. Alguma coisa tipo:

— Ai, meu Deus, desculpa. Estraguei tudo. Só achei que você iria querer ouvir a notícia pessoalmente.

Aí eu começo a chorar. Uhul, não estou quebrada. Minha mãe morreu e eu estou chorando. Começo a soluçar. É a cena em que Cass perde a mãe. Aquela que faz todo mundo na plateia fungar.

Papai me segura pelos ombros. Ele até me dá uma sacudida leve.

— Cass. Olha pra mim. Olha pra mim.

Encontro o olhar dele.

— Ela não morreu. Ela está viva.

Estou atordoada. Estou confusa. Por algum motivo, sinto a língua inchada. Meu coração bate de um jeito estranho.

— O quê? Ela não morreu?

— Não. — Ele sorri. É o sorriso mais feliz eu já vi no rosto dele. Parece o sorriso das fotos de casamento deles. — Aconteceu, Bu.

— O quê? — repito.

— Ela está bem? — A moça da secretaria está inclinada acima de nós com uma expressão preocupada.

— Ela está ótima. — Papai olha para o meu rosto. — Bem, ela vai ficar ótima.

— Pai? — Não sei o que está acontecendo. Minha mãe estava morta, então não está mais. — Não estou entendendo.

— Sua mãe conseguiu um coração.

Chegamos ao hospital logo antes de ela entrar em cirurgia. Ela está reluzente quando a vemos, tão luminosa que é difícil de olhar, de tão brilhante que é sua esperança.

Ela aperta minha mão três vezes.

— Não importa o que aconteça. Lembre.

Eu aperto três vezes em resposta.

Então eles a empurram para um quarto bastante iluminado onde vão abrir seu peito, tirar seu coração defeituoso e estragado e lhe dar um melhor.

Vovó começa a soluçar na sala de espera. Eu nunca a vi soluçar desse jeito, mesmo nos piores dias. Então ela seca os olhos e ri.

— Não consigo acreditar — diz ela. — Realmente não achei que ele fosse conseguir.

Ela está falando de Deus, eu acho, o que não é um assunto normal na nossa família.

— Ela vai ficar bem agora — fala papai.

Passo o braço ao redor da vovó.

— Amém.

* * *

O coração velho sai. O novo entra. Tem chance de a mamãe rejeitá-lo, então eles precisam dar um monte de remédios para tentar impedir isso de acontecer. Mas mesmo no quarto, depois da cirurgia, mesmo antes de acordar, suas bochechas têm um tom rosado que eu não via há muito tempo.

Depois que ela acorda, está cheia de sonhos de novo. Os médicos disseram que ela pode ir para casa em dez dias. É claro que vai ter que voltar várias vezes nos meses seguintes. O coração novo precisa ser constantemente verificado. Ela precisa fazer reabilitação, recuperar toda a massa muscular que perdeu enquanto estava no hospital, ficar forte de novo, mas pode ir para casa em dez dias.

Dez dias, caramba.

Estou com a vovó. Não consigo acreditar.

Minha mãe não para de falar. De rir. Fico com medo de ela estar rindo demais.

— Não posso comprar a loja de volta — diz ela. — Mas talvez Jodi possa me dar um emprego lá. Seria engraçado, não seria? Ou eu poderia arranjar outro emprego numa confeitaria diferente...

— Segura a onda, campeã — fala papai. — Você só vai poder voltar a trabalhar daqui a meses. Talvez até um ano.

— Sim, sim, eu sei. — Ela abana a mão no ar. — Mas depois disso. Quando eu puder, vou trabalhar. Já passei tempo demais na cama.

— Tudo bem, querida — diz vovó. — Você pode trabalhar.

Ficamos quietos por um minuto, nos deliciando com a ideia da mamãe recuperando a vida. Ela aperta minha mão de novo. Escrevo uma mensagem para Nyla. É noite de fotos da peça — quando Mama Jo convida todos os pais para assistir ao ensaio final e subir no palco com suas câmeras. É meio divertido — a qualquer momento durante a apresentação, um pai ou uma mãe pode gritar "Estátua!" e todos os atores precisam parar onde estão e ser fotografados. Mama Jo diz que se conseguirmos nos manter no personagem e seguir em frente numa boa com todas essas interrupções, significa que estamos prontos de verdade para a apresentação. Sempre foi um dos meus ensaios favoritos de qualquer peça.

Não estou me sentindo nem um pouco mal por faltar.

Mama Cat ganhou um coração novo, escrevo. *Está funcionando bem.*

Querida X,

Se prepara: essa carta vai ser uma doideira. Mas é relevante, X, ou ao menos é parte da minha história, que também é a sua história, então aguenta firme.

Fui visitar Dawson hoje. Eu sei, eu sei, sou viciada em sofrer. Mas, novamente, fico pensando em você, X, e em como vai querer saber coisas sobre ele que só ele pode te contar. Odeio admitir, mas não aprendi muito sobre ele enquanto estávamos namorando. (Ou seja lá o que estivéssemos fazendo.) Além disso, queria fazer com que ele me olhasse nos olhos e me dissesse, cara a cara, que você não é dele, porque ele sabe que é. Ele sabe, e eu sei. Quero ouvi-lo dizer.

Além disso, eu estava me sentindo enclausurada em Booth. Sinto como se todo mundo estivesse me encarando, esperando que eu explodisse. Precisava sair um pouco, então pedi para Melly me levar à casa Kappa para entregar os formulários ao pai biológico.

"Tem certeza de que esse garoto é o pai?", ela teve a pachorra de me perguntar no caminho até lá. Melly sempre usa essas ocasiões para tentar esclarecer as coisas comigo. Como, pelo visto, o fato de eu ser uma adolescente promíscua.

"Sei que isso pode te deixar chocada", respondi, "mas ele é o único cara com quem eu já transei. Então, sim, tenho certeza".

"Ei, não estou julgando. Só estava perguntando." Ela deu uma olhada no retrovisor. "Mas até que faz algum sentido que ele tenha negado."

Eu a encaro, sem saber se deveria ficar ofendida ou não.

"Como é que isso faz sentido?"

"Ele está na faculdade. Você está no ensino médio. Ter relações sexuais com você foi, tecnicamente, ilegal."

Eu tinha total noção disso, foi o que pensei quando meu pai me perguntou sobre o pai do bebê quando descobrimos sobre você. Foi inquietante pensar em como algumas pessoas poderiam rotular como estupro o que aconteceu entre mim e Dawson, quando foi tudo consensual. Ouvir Melly dizer essas coisas me deu vontade de reconsiderar essa viagem toda.

"Você não vai denunciar ele, vai?"

"Não. Isso não é assunto meu. Meu trabalho é ajudar você."

Ufa. Quer dizer, quero que você saiba o máximo possível sobre seu pai biológico, X. Mas não quero que ele seja preso. Estou com raiva dele — é claro —, mas não quero que ele seja punido. Não por isso.

"Nós também deveríamos conversar sobre contracepção", continuou Melly.

Eu estava bebendo de uma garrafa d'água quando ela soltou essa pérola, e engasguei um pouco. "Acho que é tarde demais para a conversa sobre sexo, Melly." Tossi. "É seguro dizer que sei tudo sobre de onde vêm os bebês."

"Você ficaria surpresa se soubesse o que algumas garotas já me perguntaram ao longo dos anos, considerando que elas estavam grávidas. Mas você não vai continuar grávida por muito tempo. Vai estar de volta ao mundo em breve. Eu gosto de você — na verdade, você é uma das minhas favoritas, se é que tenho permissão para dizer isso —, mas não quero que volte para Booth."

"Eu também não quero. Sem ofensas."

"Não me ofendi", responde ela. "Então vamos conversar sobre como prevenir essa situação no futuro."

"Sei tudo sobre o assunto. Pílulas. Camisinhas. Diafragmas. Um negocinho esquisito que enfiam no seu útero para impedir você de engravidar por cinco anos. Eu gosto dessa opção. Talvez seja a minha escolhida."

"Mas o DIU não vai impedir você de contrair doenças sexualmente transmissíveis", comentou ela casualmente, como se estivéssemos discutindo a bolsa de valores. "Então é mais seguro usar camisinha também."

"Camisinhas falham", observo, apontando para a minha barriga. "Como podemos ver."

"Vamos falar sobre isso", diz ela. "Como foi que aconteceu?"

Conto a história da camisinha desaparecida.

"Humm" é tudo o que ela diz. "Bem, elas podem sair. Mas você nunca... a encontrou?"

"Não."

"Hummm."

Eu me senti idiota nesse momento. Como se eu fosse uma dessas garotas a quem ela estava se referindo. As que não tem noção de nada.

"Que tempo gostoso que está fazendo, hein?", falei para mudar de assunto. Uma piada, visto que está tão quente que você queimaria o pé na calçada se andasse descalço. Estava fazendo quase 38 graus lá fora. Eu estava curtindo ficar sentada na frente do ar-condicionado, sentindo o vento forte no rosto. "Ouvi dizer que o inferno fica agradável e moderado nessa época do ano."

"Vai refrescar", respondeu Melly. "Dê tempo ao tempo."

Passamos o resto do caminho praticamente em silêncio. Quando encostamos em frente à casa Kappa, que ficava do outro lado da rua do campus da faculdade, falei para Melly que queria que ela esperasse no carro.

"Tudo bem", falou ela. "Mas, se tiver algum problema, avise."

"Vou só deixar isso e talvez bater um papinho com ele", expliquei, pegando os formulários.

"Ele vai precisar passar lá na Booth mais tarde e assinar os papéis da adoção com um advogado e um tabelião", lembrou ela.

"Vou avisar a ele."

O problema era que Dawson não estava na casa Kappa. E o único cara meio bêbado que finalmente atendeu a campainha respondeu que não fazia ideia de onde ele estava.

"Ele tem aula?", perguntei.

"Não faço a menor ideia", respondeu ele.

"Quando ele costuma voltar pra casa?"

"Menor ideia."

Falei para Melly que ia dar uma volta e ver se o encontrava. Ela se ofereceu para me acompanhar, é claro, mas recusei. Atravessei a rua e o estacionamento e segui para o coração do campus. Então parei e dei um giro. Havia tantos prédios. Tantos lugares onde ele poderia estar. Eu não sabia onde procurar.

Mas sabia onde ficava o prédio dos alunos. Parecia um lugar bom para começar.

Andei lentamente por uma calçada arborizada por um tempo, então segui para o único prédio que reconheci, sem contar com o dormitório onde Dawson morava. A massa de alunos se bifurcava ao meu redor como se eu fosse Moisés na frente do Mar Vermelho, encarando a minha barriga pronunciada e sussurrando entre si.

Era como teria sido se eu tivesse continuado na minha escola. Eu estava sendo notada por todas as razões erradas.

"Ei!" Alguém estava me chamando. Parei.

Ted se aproximou correndo.

"Oi", disse ele. "Achei que fosse você."

"Achou certo. Oi."

"Como vai?", perguntou ele, se esforçando para olhar o meu rosto em vez da barriga de grávida. Ted é um cara legal. Toda vez que eu o vejo ou falo com ele, isso fica mais comprovado.

"Já estive melhor", murmurei. Senti as bochechas corando só de olhar para ele. "Eu estou, hum, procurando Dawson. Pra variar."

"Claro", disse ele.

"Não faço ideia de onde ele possa estar."

"Bem, não sei a agenda dele", afirmou Ted, "mas sempre que queria encontrá-lo no ano passado, eu começava pelo teatro. Ele normalmente fica no estúdio." Ele de fato me ofereceu o braço, como se tivéssemos voltado cem anos no tempo. "Vamos, eu te levo lá."

Nós seguimos bamboleando — ou melhor, eu bamboleei e Ted andou devagar para me acompanhar — de volta pela calçada na direção de um grande prédio no qual eu já entrara, mas não lembrava quando. Ted segurou a porta para mim e me guiou pelo lobby, que era todo branco, de mármore e com colunas altas, até uma porta que informava "Estúdio de Teatro".

Havia um grupo de alunos parado no meio do palco com livrinhos nas mãos. Roteiros, eu acho. Um cara mais velho sentado na primeira fila se virou para mim.

Seu olhar foi direto para a minha barriga.

"Posso ajudá-la? Está perdida?"

"Eu estou..." Talvez tenha sido uma má ideia, pensei. Poderia pegar mal para Dawson, o fato de eu estar vagando pelo campus nesse estado, o procurando. Eu não queria humilhá-lo, não de verdade. Ninguém precisava saber que ele tinha engravidado uma garota. Eu não tinha como impedir as pessoas de saberem no meu caso, já que você, X, fica muito óbvia para todo mundo que me olha nesse estágio. Mas não precisava ser assim para ele.

Foi um erro, pensei.

"É, estou perdida", falei.

Ted balançou a cabeça.

"Ela está procurando Dawson."

"Ah", disse o homem mais velho, olhando o relógio. "Temo que ele não esteja aqui, mas tem um ensaio daqui a mais ou menos uma hora. Se quiser voltar."

"Obrigada", respondi. "Farei isso."

Ted e eu voltamos para o lobby e ficamos ali por um minuto. Então ele disse "Ei, já sei onde podemos esperar" e seguiu para um corredor com um monte de portas. Ele tentou abrir uma delas, mas estava trancada, então tentou a seguinte, que se abriu.

Era uma sala pequena com um piano num canto, um bando de cadeiras dobráveis e uns dois púlpitos.

"É uma sala de ensaio", explicou Ted. "Para quando você quer fazer um som péssimo em particular."

"Você toca algum instrumento?", perguntei.

Ele ficou vermelho de um jeito adorável.

"Violino. Minha mãe pensou que, por ser meio asiático, eu me tornaria um prodígio musical aos cinco anos. Então me fez aprender. Mas não fui um prodígio."

"Sua mãe? Você é adotado?"

"Não. Minha mãe é branca. Meu pai é japonês", explicou ele. "Os dois são ótimos, mas até ela precisou desconstruir alguns conceitos pré-concebidos sobre raça, e não ajudei ao demonstrar facilidade para matemática e ciência e por gostar de jogar xadrez de vez em quando, mas fiz minha parte sendo péssimo em música."

"Ah." Não consegui pensar em mais nada para dizer.

Ele desdobrou uma cadeira para mim, e eu me sentei. Então pegou outra cadeira e se sentou nela ao contrário, de frente para o encosto e para mim. Parecia diferente em relação ao ano passado, até mais alto. Menos tímido. Eu me perguntei o que tinha acontecido durante o verão para lhe dar essa onda de confiança. Queria perguntar, mas não somos amigos. Sou só uma garota que engravidou do colega de quarto dele, com quem ele estava sendo inexplicavelmente legal porque eu precisava de ajuda e ele é um cara legal.

"Então, por que você disse para o diretor lá dentro que estava perdida?", perguntou. "O que houve?"

"Não quero constranger Dawson", confessei.

Ted soltou uma risada curta e sarcástica.

"Por que as garotas sempre fazem isso? Por que tentam proteger o cara? Não entendo."

Era uma pergunta válida, mas me deixou na defensiva.

"Não é como se você não tivesse feito a mesma coisa", retruquei.

"Eu? O que eu fiz?"

"É mais uma questão do que não fez", respondi. "Ou disse."

"Não estou entendendo nada."

"Você não contou a ele sobre..." Eu gesticulei para a minha barriga. "Isso."

Ele se levantou.

"Por que você não contou? Foi por isso que veio naquela noite, não foi? Amarelou de novo?"

Você sabe a resposta a essa pergunta, X, que é sim. Eu amarelei. Mas disse: "Não, escrevi uma carta explicando a situação. Achei que ele tinha recebido, mas deve ter extraviado... Então durante esse tempo todo, achei que ele soubesse e não quisesse lidar."

Ted voltou a se sentar.

"Ah. Não, ele realmente achou que você tinha dado um pé na bunda dele sem motivo. Gostava de você de verdade. Se quer saber, ficou até meio de coração partido. E puto."

Senti um embrulho no estômago, mas também pode ter sido você dando suas cambalhotas aqui dentro.

"Fiquei com a mesma impressão quando liguei pra ele na semana passada. Mas você sempre soube e não contou. Por quê?"

"Não achei que tivesse direito de fazer isso", respondeu ele. "É uma notícia bem séria para se jogar no colo de um cara. E ele não teria acreditado, mesmo que eu tivesse falado."

Assenti. Fazia sentido. Mais ou menos.

"Então, o que vai acontecer agora?", perguntou ele. "Você vai... Quer dizer, é óbvio que você vai ter o..."

"Bebê." Eu posso dizer isso agora. Você é um bebê, X. Você é um bebê humano de verdade. Acho que isso representa uma evolução em relação à maneira como eu pensava em você no começo. "Vou ter a bebê."

"Então é uma menina."

"Vou colocá-la para adoção. Já escolhi os pais e tudo." Tentei sorrir. "Preciso que Dawson preencha parte dessa papelada e vá assinar os documentos para resolvermos essa história."

"Que bom", falou Ted.

"Exceto que, quando eu contei pra Dawson, ele disse que o bebê não era dele e desligou na minha cara."

"Ah, cara." Ted passou a mão no rosto. "Nossa, cara. Que imbecil."

"Pois é."

"Não é à toa que você está nervosa com a ideia de encontrar com ele."

"Pois é."

"Bem. Eu não sei o que te dizer."

"Tudo bem. Também não sei o que dizer."

"Dawson não é um cara ruim. Tipo, ele pode ser um pouco... vaidoso, talvez? Um pouco obcecado consigo mesmo. Eu ficava implicando com ele pela maneira que ficava se olhando no espelho e treinando umas expressões dramáticas." Ted riu, mas então voltou a ficar sério. "Ele teve uma vida meio imprevisível, mas acabou se saindo bem. Não é um imbecil de verdade, então... acho que vai voltar atrás."

"Acho que você conhece ele melhor do que eu", declarei.

"Conheço bem o suficiente para apostar que ele vai fazer a coisa certa." Ted se levantou e foi até o piano. "Enquanto isso", continuou com mais animação. "Você conhece 'Heart and Soul'?"

"Todo mundo conhece essa música."

"Muito bem, então." Ele estalou os dedos. "Vamos tocar."

Ficamos brincando no piano por um tempo, o que de fato me fez parar de pensar na situação por alguns minutos, então voltamos ao lobby para esperar por Dawson. O diretor estava certo: por volta das 16 horas, Dawson desfilou para dentro do prédio. Abraçado com uma ruiva.

Eu não sou dona dele, disse a mim mesma. Está tudo bem.

Quando me viu, ele afastou o braço da garota nova.

"O que você está fazendo aqui?"

"Preciso conversar com você", respondi o mais baixo que consegui.

Ele olhou para Ted.

"O que você está fazendo aqui?"

"Sou o apoio moral", respondeu Ted.

"Quem é ela?", perguntou a ruiva.

"Ninguém importante, não se preocupe."

Voltei a encarar Dawson.

"Precisamos conversar."

"Eu já te falei, não é meu..."

"Cara, não seja essa pessoa", falou Ted. "Ouve o que ela tem a dizer. Assume."

"Quem é ela?", perguntou a ruiva de novo.

"Ei, você pode entrar e falar pro Joe que vou me atrasar alguns minutos?", pediu Dawson para a ruiva. Ela não pareceu feliz, mas entrou.

Outros atores também estavam entrando no prédio, nos lançando olhares curiosos.

"Quer ir para algum lugar mais particular? Só preciso de um minuto", sugeri.

"Ok. Por aqui", respondeu ele.

"Vou esperar aqui", avisou Ted.

Dawson me guiou por outro corredor até uma salinha, mas essa era uma espécie de camarim com um grande sofá xadrez ao longo de uma parede.

Não me sentei porque a) eu não tinha certeza de que conseguiria me levantar de novo sem ajuda e não queria que Dawson me visse entalada desse jeito, b) eu estava com uma vontade súbita de fazer xixi, e c) a essa altura, eu só queria que a conversa acabasse logo.

A porta se fechou.

"Você é o pai", comecei. "Posso fazer um teste de paternidade, se quiser, mas você foi o único cara com quem eu já dormi. Ou não dormi, para ser mais exata."

Ele abriu a boca para reclamar, mas coloquei a mão nos lábios dele. Meu Deus, eu amava os lábios dele antes disso tudo. Era uma de suas melhores partes.

"Não vou pedir nada de você. Não exatamente. Pretendo dar esse bebê para adoção. Está tudo encaminhado. Como falei no telefone, você não vai precisar se envolver, ou pagar nada ou fazer nada. Só quero que preencha esse formulário para que ela..."

Ele afastou minha mão da boca.

"Ela?"

"Não contei? É uma menina. Ela ama chutar meu baço, mas, fora isso, é bem incrível. E provavelmente vai querer saber sobre você. Quem você é. Um pouco do seu histórico de saúde. Doenças comuns na família."

O pomo de Adão dele dá um solavanco, e seu maxilar contrai.

Estendo o formulário.

"Por favor. Não por mim. Por ela."

"Tá bom." Ele pegou os papéis. Notei que suas mãos tremiam um pouco. Me senti mal por ele. Queria abraçá-lo e dizer que ia ficar tudo bem. Acredito nisso agora. Realmente acho que vai ficar tudo bem.

"Obrigada", falei.

"Eu fui um babaca. Desculpa."

"Eu surpreendi você da pior forma possível", respondi. "Desculpa também."

"Quando ela vai..."

"Daqui a umas três semanas." Massageei minha barriga. "Apesar de que, sério mesmo, se ela quiser vir mais cedo, eu seria super a favor. Estou ficando bastante desconfortável." Mudei o peso de um pé para o outro. Ainda precisava fazer xixi. "Venho escrevendo cartas pra ela. Não sei se ela vai ler algum dia, mas continuo escrevendo. Contando coisas. Coisas sobre nós."

"Posso?" Ele estendeu a mão na direção da minha barriga.

Meu coração começou a bater mais rápido. Quer dizer, eu queria que Dawson ficasse de boa com a adoção. Queria que ficasse satisfeito, assim como eu, com o fato de você estar viva. Mas e se ele quisesse mais? E se quisesse um plano diferente? Você é filha dele também, X. E se ele quisesse conhecer você?

Não tenho certeza de que saberia lidar com isso. Tenho um plano agora, um plano no qual pensei bastante. Não quero deixar tudo confuso.

"Claro", respondo, com a voz esganiçada.

Ele colocou a mão na minha barriga, bem em cima.

"Caramba, é sólido de verdade."

"Pois é, eu não esperava isso também", concordei. "Achei que pudesse ser tipo um balão de água, mas é tão duro. Às vezes sinto que é cheio de cimento." Pressionei minha barriga até sentir você embaixo das camadas de músculo. Você se mexeu um pouco. "Eu nunca sei qual parte é o quê." Peguei a outra mão dele e o guiei até o lugar. "Mas isso... é um cotovelo ou um joelho."

Ele deixou a mão ali por um minuto. Então arquejou como se tivesse se queimado, porque você se mexeu, tipo, você empurrou de volta, e ele sentiu.

Preciso confessar que lacrimejei. Eu nunca tinha deixado mais ninguém tocar a minha barriga. Ninguém além de mim tinha sentido você se mexer até então. Naquele momento, você se tornou real para nós dois.

Dawson afastou a mão. Eu sequei a bochecha.

"Ligo sobre a papelada. Tem um negócio que você precisa assinar antes que ela possa ser adotada. E vou pedir pra alguém ligar para você quando ela nascer. Tenho certeza de que vão deixar você vê-la, se quiser."

"Não sei", respondeu ele. "Não acho..."

"Ok, tudo bem. Eu entendo." Respirei fundo. "Tchau, Dawson."

"Tchau", disse ele.

Ele ficou na sala depois que eu saí. Voltei para o lobby, onde, fiel à promessa, encontrei Ted, sentado na base da grande escadaria de mármore.

"Vou acompanhar você de volta", falou ele. "Você veio... de carro? Como é que dirigiu assim?"

"Ai, meu Deus, Melly!", exclamei. "Estou sumida há horas. Ela deve estar surtando."

Melly, de fato, estava surtando. Ela estava a um fio de ligar para a polícia quando eu e Ted chegamos no carro, afobados. Ela encarou ele intensamente.

"Esse é o cara?", perguntou ela.

"Hum...", respondeu Ted.

"Não. Esse é o Ted. Ele é um amigo."

Ted sorriu e assentiu.

"Sou um amigo."

"Você fez o que precisava?", perguntou ela.

"Missão cumprida", afirmei.

"Ok", disse ela num tom brusco, ainda lançando um olhar estranho para Ted. "Vamos lá."

Então agora estou de volta a Booth, absorvendo toda essa informação. O que aprendemos hoje?, pergunto a mim mesma. O que posso passar adiante?

Nós aprendemos, eu acho, que Ted estava certo. Seu doador de esperma não é um imbecil completo.

Que bom que eu estava errada.

S

33

— Ela está aqui! — exclama Nyla, espiando por entre o espaço minúsculo entre as cortinas. — Não acredito que ela está aqui.

— Eu sei. — Espio a plateia também, onde vejo os dois (meu pai *e* minha mãe) se encaminhando lentamente para os lugares que reservei para eles na seção central.

— Ai, gente, seu pai é tão engraçado. Ele está agindo como se ela fosse uma boneca de porcelana — observa Nyla.

Ele está com a mão no meio das costas da minha mãe, guiando-a com delicadeza, atento a qualquer coisa que possa se tornar um obstáculo ou um perigo.

— Bem, de certa forma, ela é — respondo.

Sinto o coração apertar ao observar minha mãe interagindo com a amiga que parou para dar oi. Mamãe está usando uma máscara cirúrgica para se proteger de qualquer possível germe, uma condição estabelecida pelos médicos para deixá-la vir hoje, mas conheço tão bem o sorriso por baixo daquela máscara. É um sorrisinho frágil e tímido, como se ela estivesse com vergonha de como todo mundo está empolgado de vê-la bela e faceira depois de passar mais de um ano como praticamente um fantasma na nossa comunidade.

— Ela ainda não está liberada para ir pra casa — destaco para Nyla. — Só daqui a dois dias.

Respiro fundo e sorrio, nervosa, é claro, mas da melhor forma possível. Passamos a semana inteira fazendo isso, quinta, sexta, sábado à noite e uma matinê de domingo na semana passada, então essa é a sétima vez que vou apresentar essa peça, mas a apresentação dessa noite parece a mais importante da minha vida inteira.

— Acha que eles estão prontos para ver a filha única deles se pegar com um príncipe? — pergunto para Ny.

— Ah, eles estão prontos — responde ela, rindo.

Bem nesse momento, Bastian sai do camarim dos garotos, esticando a faixa azul-real atravessada sobre o peito. Ele vem direto até nós.

— Olá — diz na voz grave do príncipe, arqueando uma sobrancelha para mim. Então ele sai do personagem e abre aquele sorriso de menino. — Oi.

— Oi.

— Ei — diz Nyla.

Ele lança um olhar para a cortina.

— Quem estamos espiando?

— Mama Cat — responde Nyla.

— Minha mãe — esclareço.

Bastian arregala os olhos castanhos.

— Sua mãe? Mas ela não fez uma cirurgia cardíaca há alguns dias?

— Há oito dias, para ser exata. Mas os médicos disseram que ela poderia vir hoje.

— É um baita acontecimento — diz ele. — Nossa.

Fico com os olhos cheios de lágrimas de repente, o que é ruim porque não posso borrar a maquiagem.

— É. Meio que é.

Mama Jo se aproxima com pressa, usando o vestido de veludo preto que sempre usa na noite de encerramento e um sapato perfeito de lantejoulas que brilha quando os holofotes o iluminam. Ela nos olha de cima a baixo da maneira que faz antes de todas as apresentações e parece satisfeita com os nossos figurinos e maquiagens de maneira geral.

— Estão prontos para se apresentar pela última vez? — pergunta ela, sem fôlego. Depois de todos esses anos no teatro, ela ainda fica nervosa antes de todas as peças.

Se eu algum dia virar professora de teatro — e nesse momento não estou decidida sobre o que quero, mas também não risquei a docência da lista —, quero ser igual à Mama Jo, então também vou usar sapatos brilhantes na noite de encerramento.

— Estamos prontos — respondo.

— Prontos pra botar pra quebrar — concorda Nyla.

Batemos os punhos.

— Muito bem. — Mama Jo ri. — Merda para vocês três.

Ela vai checar os outros atores.

— Que triste. — Bastian suspira. — Noites de encerramento são tão deprimentes. Acabou. Nunca mais vamos fazer isso, nem uma vez.

— Eu sei, mas não é meio assim que a vida funciona? — respondi.

— Depois disso, vamos passar pra próxima — diz Nyla. — E vai ser ainda melhor.

Bastian faz um beicinho.

— Mas me promete que ainda vamos ser amigos. Mesmo sem a peça.

Amigos, de novo.

— É claro — prometo.

— Senhoras e senhores, por favor, ocupem seus lugares. A cortina vai se erguer em cinco minutos — anuncia uma voz no alto-falante.

Ouvimos movimentos no poço da orquestra. Os músicos estão assumindo suas posições. Eles começam a afinar os instrumentos, e a plateia fica em silêncio. De repente, uma corrente de eletricidade passa pelo ar, correndo de um ator para um violonista, do violinista para um assistente de palco, de volta para um ator, para mim, para o maestro, para Nyla, para os meus pais na plateia. Parece um único organismo, respirando junto, esperando. Esperando pelas luzes.

Sinto os ombros relaxarem. Estou em casa.

— Merda, Cass — diz Bastian, me dando um abraço rápido. — Só que não, porque não quero que a nossa apresentação seja uma merda.

— Merda pra você também — sussurro.

— Vejo você num minuto, Cindy — fala ele para Nyla, voltando a ser o príncipe da Cinderela. E desaparece nas coxias.

Fico olhando enquanto ele vai embora, com um leve sorriso.

— Você vai sair algum dia com ele? — pergunta Nyla.

Franzo a testa para ela. Fico vermelha.

— Hum, bem... Eu andava meio preocupada — observo.

— Verdade. Mas agora você não está preocupada — argumenta ela, com inocência. — Agora você está livre.

Ela tem razão. Agora a minha mãe vai ficar bem. Agora eu não sinto como se a minha vida fosse um passeio por uma casa dos espelhos. Agora posso de fato focar em mim mesma. Posso ter uma vida normal. Posso ter um (eita) namorado. E, por acaso, conheço o garoto perfeito.

— Só estou dizendo que talvez você devesse pensar em chamar ele para sair... — Nyla gira a cabeça para um lado, se alongando, então para o outro.

— Ok, tá bom. — Falo como se fosse uma obrigação, mas agora estou definitivamente pensando no assunto. Ajudo Nyla com o lenço do cabelo dela, garantindo que está bem preso, então me viro para que ela amarre as costas do meu avental num laço caprichado.

A música começa. Trocamos olhares.

— Lá vamos nós — diz Nyla.

Lá vamos nós.

34

Naquela noite, a última noite de *Caminhos da Floresta* na Bonneville High Scholl, parece a primeira noite do resto da minha vida. Canto com todo o coração. Faço as pessoas rirem. Faço as pessoas chorarem. Voo até as estrelas e volto, tudo no intervalo de três horas, e quando acaba e estou parada na frente da plateia, que comemora, meus pais entram em foco. Minha mãe, sorrindo e chorando, meu pai, de pé e aplaudindo com tanta força que suas mãos devem estar doendo. E estou feliz, o mais feliz que já estive, e penso, finalmente, que a mamãe estava certa sobre o universo.

Depois de fazermos as últimas reverências de agradecimento e a cortina se fechar, vamos para o corredor, onde nossos amigos e familiares estão esperando para nos parabenizar. Os pais de Nyla estão ali também, com seu irmão e suas duas irmãs, todos arrumados e com expressões orgulhosas. Eles envolvem Nyla num abraço gigante, então se afastam numa multidão barulhenta.

Avisto a mamãe no final do corredor, sentada num banco perto do ginásio. Ela se levanta para me abraçar. Ainda está chorando, limpando o rímel. É tão incrível vê-la usando rímel, mesmo que esteja manchado.

— Foi lindo — arqueja ela atrás da máscara. — Estou tão feliz por ter conseguido vir.

Ela também está de luvas. Os médicos estão sendo legais em deixá-la sair, mas não estão de brincadeira. Aperto a mão dela três vezes através do látex.

— Eu também.

— Você foi incrível, Bu. — Papai me dá um buquê com uma dúzia de rosas cor-de-rosa da loja do tio Pete, mas o tio Pete veio assistir à peça na noite de abertura. E a vovó veio na sexta à noite. E os pais do papai vieram de Oregon no fim de semana passado. Todo mundo apareceu para me apoiar, e para ver a mamãe. Foi legal.

Meu pai suspira com nostalgia.

— Me lembro de quando eu era o seu príncipe.

Porque, quando eu tinha tipo 4 ou 5 anos, meus pais faziam peças comigo, tipo *Branca de Neve* e *A Pequena Sereia* ou qualquer outro filme que eu andasse assistindo. Papai sempre fazia o príncipe. Mamãe era a bruxa, porque alguém precisava ser a vilã. Acho que, secretamente, ela adorava. E, é óbvio, eu tinha que ser a heroína da história.

— Você ainda é o meu príncipe — falo para o meu pai, e ele dá um sorriso bobo.

A agitação da noite está começando a morrer. A eletricidade está reduzindo. Os atores estão voltando aos camarins para tirar a maquiagem e os figurinos e voltar à vida no mundo real. Mas eu ainda não quero voltar.

Por falar em príncipes, avisto Bastian escapando na direção da porta lateral.

— Bastian! — chamo, levantando a mão como se ele não fosse me ver de outra forma. — Bastian, calma aí. Vem conhecer minha mãe.

Ele se aproxima devagar.

— Oi, mãe da Cass! Ouvi falar tanto de você.

— Ah, imagino!

Mamãe dá uma risada.

— E é um prazer revê-lo, senhor — diz para papai.

— Ótimo show. Aquelas músicas sobre agonia foram hilárias! — Papai dá um tapa nas costas dele. — Adoro que os dois príncipes são os príncipes de todos os contos de fadas. É tão deturpado.

— E a música do lobo também foi muito boa — completa minha mãe. — Você tem uma bela voz, hein?

— Muito obrigado — responde ele, um pouco envergonhado, o que acho engraçado.

— E os seus pais? — pergunto, olhando ao redor. — Eles vieram hoje, ou já assistiram outro dia?

Não me lembro de ouvi-lo comentar que os pais estavam na plateia em nenhuma outra apresentação. Ele balança a cabeça.

— Meus pais gostam daqueles musicais exagerados de antigamente. *Bonita e Valente*. *Sete Noivas para Sete Irmãos*. Agora seremos felizes — canta ele, então suspira. — Eles levariam o primeiro ato de *Caminhos da Floresta* numa boa, quando todo mundo está feliz para sempre, mas o segundo ato, quando o feliz para sempre vai por água abaixo... — Ele faz uma careta e balança a cabeça. — Além disso, eu interpreto um príncipe adúltero e vadio e um lobo sexy. Eles não entenderiam. É melhor que não venham.

— Entendi. — Volto a me perguntar se Bastian é mórmon. Ou se seus pais são.

— Mas eu gosto mais do primeiro ato também — comenta minha mãe. — O segundo é meio sombrio.

— Enfim, ótimo espetáculo, Cass. A filha de vocês é uma estrela do rock — diz ele para os meus pais. — É melhor eu...

Ele olha para a porta.

— Você tem algum compromisso?

Normalmente tem uma festa de elenco na noite de encerramento, mas dessa vez Mama Jo decidiu que juntaríamos a comemoração com uma festa de desarrumação do cenário amanhã à tarde.

— Não — respondeu Bastian. — Não exatamente. Mas é melhor eu...

— Quer ir comer torta com a gente? — pergunto. — Poderíamos ir ao Perkins. Eles ficam abertos a noite toda.

— Bem, você sabe que eu detesto torta — fala ele devagar, com um meio-sorriso.

Mamãe arregala os olhos.

— Quem odeia torta?

— Ele está brincando. Ele ama torta — explico. — De creme de chocolate, se me lembro bem.

— Acertou em cheio — responde ele.

— Fiquem aqui — digo, indo na direção dos camarins. — Volto em cinco minutos.

Nunca me vesti tão rápido na vida. Quando volto ao corredor, meus pais e Bastian estão entretidos numa conversa sobre os melhores livros para iniciar meninos da quinta série na leitura, e a minha mãe está sorrindo para ele por trás da máscara, com os olhos brilhando. Meu pai também está se encantando por Bastian. Não que eu possa culpá-lo.

Andamos juntos para o estacionamento.

— Vou no carro de vocês? — pergunta Bastian.

— Na verdade — responde minha mãe devagar. — Eu preciso voltar ao hospital.

— Mas o hospital é bem do lado do Perkins — observo.

— Sim, mas eu sou a Cinderela agora — explica ela. — O baile acabou, o relógio bateu meia-noite, e é melhor eu voltar antes que vire abóbora.

Papai assente.

— Ordens médicas.

— Ah. — Franzo a testa e olho para Bastian. — Foi mal. Acho que não posso ir comer torta.

— Ah, não, vocês dois deveriam ir — diz mamãe. — Não deixem que eu estrague a noite. Vocês deveriam comemorar sua apresentação de encerramento perfeitamente afinada na qual vocês trabalharam tanto. Vão.

Ela cutuca o papai, que me entrega uma nota de vinte dólares.

— Mas...

— Você pode deixá-la em casa, então? — pergunta o meu pai.

— Claro — responde Bastian. — Eu a levo para casa.

E lá se vão meus pais. Suspeito que eles tenham armado para que eu tivesse um encontro, mas é com Bastian, então...

Sorrio.

— Muito bem, então. Lá vamos nós.

— Então me conta a verdade: você é mórmon? — pergunto mais tarde.

Ele finge engasgar com a torta.

— Você acha que sou *mórmon*?

Dou de ombros.

— Sei lá. Você ainda é meio que um mistério para mim. Pais conservadores. Nunca tinha beijado uma garota antes de mim. Ama tudo relacionado a musicais...

— Não sou mórmon — responde ele com uma risada. — Nem os meus pais. Eles só têm uma visão meio tradicional do mundo.

— Entendi. Bem, pais são assim mesmo, acho.

Ele ergue as sobrancelhas.

— Seus pais parecem ótimos.

— Eles são.

Ele suspira.

— Eu também acho você ótima.

Estou ficando vermelha. Meu Deus. É tão bizarro como passei todas as noites das últimas três semanas, mais ou menos, beijando esse cara, sendo carregada por ele, rolando no chão com ele, literalmente, mas só agora sinto como se estivéssemos começando alguma coisa. Talvez por ser a primeira vez que de fato estamos a sós.

Obrigada, universo, penso.

— Fico tão feliz por ter conhecido você. — Ele ergue o copo de café. — A nós.

— A nós.

Nós brindamos e bebemos. Ele dá um gemidinho de prazer com o café.

— Eu não sobreviveria sem café. Como pode ter achado que eu sou mórmon?

Não sei. Eu realmente não sei.

Ele me leva de carro para casa. Passa o caminho em silêncio, como se estivesse com alguma coisa na cabeça. Acho que não posso culpá-lo. Também estou com coisas na cabeça.

Quero contar que gosto dele. Que sempre gostei. Que ele é a minha versão de garoto perfeito. Quero chamá-lo para outro encontro, um encontro de verdade no qual ele me busca e a gente vai ver um filme ou algo do tipo.

Encostamos em frente à minha casa. As janelas estão escuras. Meu pai ainda não chegou do hospital.

Bastian olha para fora pela janela.

— Não disse nada quando estive aqui antes, mas... — Ele olha para mim e sorri. Fico sem ar. — Eu amo a sua casa. Tem personalidade.

Ah. Minha casa.

— As janelas azuis foram minha ideia, mas o resto é da minha mãe. Ela é a decoradora da família.

— Estou tão feliz por você, por ela ter ganhado um coração novo.

— Ela mereceu. — Sorrio. — Ela é a melhor.

— Certo. Mas quero dizer que estou feliz por *você*. Você parecia tão triste alguns dias na escola e nos ensaios. E outros dias você parecia...

— Puta da vida? — completo por ele.

Ele assente.

— Você era uma puta da vida fofa, mas sim. Então teve a briga com Nyla.

Sinto o estômago revirando.

— Eu estava fora de mim naquele dia. Você acredita em mim, não é?

— É, você estava passando por um momento delicado — responde ele com tanta facilidade que tenho vontade de cantar. — Todo mundo surta de vez em quando, não é? Mas agora as coisas estão bem com Nyla, certo? Vocês duas voltaram a ser unha e carne. Ou, tipo, unidas pelo quadril. Metades de uma laranja.

— Nyla comentou alguma coisa sobre a nossa briga? — Eu me pergunto se ela contou a ele o que eu disse naquele dia. O negócio racista. Não sei se conseguiria encará-lo se ele soubesse.

— Ela disse que você estava tendo um dia difícil porque sua mãe estava doente, e que todo mundo tem dias difíceis.

Porque Nyla realmente é a melhor melhor amiga.

— Enfim — diz ele.

— Enfim. — Eu me pergunto se ele vai se inclinar para perto e me beijar. Um beijo de verdade dessa vez, sem mais ninguém nos encarando. Umedeço os lábios com nervosismo.

— É melhor eu ir — fala Bastian. — Tenho um toque de recolher bem rigoroso, e estou desesperado para dormir. Temos que desmontar o cenário amanhã.

Ele me acompanha até a porta. Ficamos sob a luz da varanda por um minuto. Então ele diz, com a voz do príncipe:

— Boa noite, bela dama! — E se curva numa reverência.

Dou uma risadinha e tento retribuir.

— Nos vemos amanhã. Boa noite.

Então dou um impulso e pressiono os lábios contra os dele.

Bastian dá um passo para trás com os olhos escuros arregalados.

— Eita. O que foi isso?

— Eu, tentando ser corajosa — explico. — Dando o primeiro passo. Assumindo os meus sentimentos.

— Tá, mas Cass...

— Eu gosto de você — digo enfim. — Não é óbvio? Acho que tenho sido bem óbvia. Eu gosto muito de você.

Ele franze a testa.

— Sim. Eu gosto de você também, mas...

Ele está chateado por algum motivo. Não sei qual pode ser o problema.

— Cass — grunhe ele. — Ah, Cass.

— Bastian. — De repente, sinto como se meu estômago estivesse na calçada.

Ele não gosta de mim.

— É Nyla? — pergunto, rouca.

— Nyla? O quê?

— Você está apaixonado por ela? Eu entenderia se estivesse. Sei que vocês dois estão próximos. Quer dizer, Nyla é linda e talentosa e inteligente.

Ele balança a cabeça como se estivesse tentando acordar de um sonho ruim.

— É, Nyla é ótima... Eu amo Nyla, mas Cass...

Ele ama Nyla. Meu Deus.

— Desculpa. Desculpa mesmo. Eu não deveria ter... Eu deveria...

— Eu sou gay — declara ele.

Fico de cara.

— Hein?

Ele passa a mão no cabelo.

— Achei que você soubesse. Nyla sabe, não sabe?

— Não, ela não sabe que você é gay — respondo, sem ar. — Como saberíamos?

— Ué, as pessoas não sabem sobre... Eu contei pra Alice há meses. Achei que ela teria...

Ele dá de ombros.

— Achei que você soubesse.

— Mas você estava flertando comigo.

Ele faz uma expressão aflita.

— Ai, meu Deus. Esse é meu jeito de fazer amigos, Cass. Não de flertar. Sinto muito. Não sabia que você estava...

— Mas você disse que meus lábios são bonitos.

— Porque são — diz ele. — Eu sou gay, não cego.

— Mas você ficava me encarando quando achava que eu não estava olhando. Como se estivesse a fim de mim.

— Você me lembrava de alguém que eu conheço — explica ele.

— Ah. — Cambaleio para trás. — Ah... nossa. Como eu sou idiota.

Ele balança a cabeça com urgência.

— Não é nada. Você é brilhante. Você é, tipo, a garota mais incrível que eu já conheci. Se eu gostasse de garotas, você seria a garota perfeita pra mim.

Lanço um olhar intenso para ele.

— Ok, já entendi que isso não está ajudando.

Ele estende as mãos como se estivesse tentando me dar alguma coisa invisível que vai tornar essa situação toda menos humilhante.

— O que posso fazer?

— Acho que preciso... — Abro a porta de casa e dou um passo tenso para dentro. — Boa noite, Bastian.

— Boa noite, Cass.

— Vejo você... amanhã. — Ai, caramba, como vou olhar para a cara dele amanhã?

— Ok. Amanhã. Então vamos conversar, ok?

— Boa noite. — Bato a porta e me apoio nela por um minuto. — Como eu sou idiota.

— Você não é idiota — diz ele do outro lado da porta.

— Vai embora, Bastian! — grito.

— Estou indo agora!

Eu me apresso para pegar o celular. Não vejo a hora de ligar para Nyla.

Desbloqueio a tela, e a primeira coisa que vejo é uma notificação de ligação perdida. Tem uma mensagem de voz com um número intitulado Escritório de Registros Vitais e... Então sinto como se o meu mundo congelasse por um segundo. Tudo para.

Clico na mensagem.

— Olá — diz a voz animada da moça no meu ouvido. — Aqui é a Linda, do Escritório de Registros Vitais e Estatísticas de Saúde. Estou ligando sobre a sua solicitação para receber qualquer carta que possa ter sido escrita para você no Programa de Correspondência da Mãe Biológica. Bem, temos algumas cartas para você. Vamos precisar que venha buscá-las pessoalmente. Por favor, traga dois documentos de identificação: podem ser sua carteira de motorista e seu cartão de seguro social. Nosso horário de funcionamento essa semana é de segunda a sexta, das 8 às 17 horas. Me ligue se tiver qualquer dúvida, mas espero te ver em breve.

Todos os pensamentos sobre Bastian e minha extrema humilhação somem num instante. Abaixo o celular, então volto a levá-lo à orelha e escuto a mensagem outra vez.

— Calma aí — digo para a casa vazia. — Cartas, no sentido de mais de uma?

Então eu ligo para Nyla por um motivo totalmente diferente do que eu tinha há sessenta segundos.

— Ny, acorda — falo quando ela atende.

— O que houve? — pergunta ela, com a voz confusa. — Ei, você foi embora com Bastian hoje? Sua mãe disse alguma coisa ontem sobre como ela talvez fosse tentar usar seus poderes de mãe ou o universo ou algo assim.

— Bastian é gay. Mas não me importo.

— *O quê?*

— Não importa. Tenho coisas mais importantes para lidar. Pra variar.

Minhas mãos estão tremendo tanto que eu quase derrubo o celular.

— Coisas mais importantes do que o fato de Bastian ser gay?

— Eu preciso de você — arquejo. — Pode vir pra cá agora?

Querida X,

Eu fico repetindo para mim mesma que alguma hora vou parar de escrever essas cartas. Você já sabe tudo sobre mim a essa altura. Provavelmente já está até de saco cheio. Consigo imaginar você abrindo essa carta e pensando: Meu Deus, só me coloca para fora logo! Acaba logo com isso! Para de falar!

Foi mal, X.

É claro que é possível que, nos próximos dias, tudo o que seja capaz de escrever é AAAAAAAAAARG.

O dia hoje está difícil.

O que me leva de volta ao motivo pelo qual estou escrevendo essa carta em particular. Meu pai veio me visitar hoje. Fiquei genuinamente surpresa quando Melly bateu na minha porta e disse que ele estava me esperando no andar de baixo. Ele nunca quis conversar de verdade comigo, nunca, mesmo quando eu morava com ele. Para um cara que deveria viver de se relacionar com as pessoas, ele não sabe falar com elas.

Desci a escada para a sala de estar, e ali estava ele, sentado sem jeito no sofá, com as mãos no colo.

"Oi, pai", falei, meio tímida. "Quanto tempo."

Ele encarou a minha barriga.

"Você está..."

"Eu sei."

Ele balançou a cabeça como se não conseguisse acreditar que fui capaz de me colocar nessa situação. Como se pensar que eu transei o chocasse no fundo da alma.

"Como você está se sentindo?", falou ele, com esforço.

Fui direto ao ponto.

"Por que você está aqui?"

Ele pigarreou.

"Eu queria ver como você estava."

"É mesmo? Por quê?"

"Você é minha filha."

"Ah, entendi. Então por que quis me ver agora? Não estava tão preocupado antes."

"Eu liguei", disse ele.

"Uma vez. Nos cinco meses em que estou aqui."

Ele baixou os olhos para as mãos.

"Evelyn e eu vamos nos divorciar."

Não consegui segurar, deixei uma risada incrédula escapar.

"Ai, meu Deus. Por quê?"

"É complicado."

"Acho que Evelyn é um demônio, então não me parece tão complicado." Eu me sentei com cuidado no sofá ao lado dele. "Você vai ficar bem?"

"Estou ótimo."

Eu me dei conta nesse momento que, de tantas formas, somos iguaizinhos.

"Você está triste?", perguntei.

"Sinto muito por Evelyn", disse ele. "Pela maneira como ela tratou você."

"Qual das vezes?"

Ele deu uma risada arrasada e sem humor.

"Quer vir pra casa? Você me perguntou se podia ir para casa. Estava falando sério?"

Fiquei sem ar. É claro que eu tinha falado isso. Mas foi a sério? Eu ia querer ir pra casa, se Evelyn não estivesse mais lá?

Meu pai olhou ao redor, como se finalmente se importasse e estivesse avaliando se esse lugar no qual eu vinha morando era bom o bastante para sua garotinha. Fiquei instantaneamente ciente do carpete puído, da televisão velha da década de oitenta, da leve mancha na almofada no sofá bem debaixo da minha perna.

Ele suspirou.

"Se você sente que forcei você a essa situação... de estar aqui, de abrir mão do bebê, ou qualquer coisa assim, você não precisa fazer isso, querida."

"Você não me forçou", respondi automaticamente. "Eu tomei a decisão por conta própria."

"Mas se quiser vir pra casa... Se quiser trazer o bebê também, você pode. Vou ajudar. A gente pode contratar uma babá."

Comecei a dar aquela risada de autodefesa que não consigo controlar. Eu ri e ri até fazer um pouquinho de xixi. Então me levantei.

"E quanto ao seu eleitorado? Pegaria mal pra você. Você pareceria um hipócrita. Atrapalharia a sua carreira."

"Eu lidaria com isso", respondeu ele.

Senti como se fosse vomitar. Percebi que não vomito há um tempo. Estou com quase nove meses de gravidez e finalmente superei os enjoos matinais. Viva as pequenas conquistas.

Papai também se levantou. Ele tinha vindo falar uma coisa, e falou. Já podia riscar isso da lista de afazeres. Estava na hora de fugir.

"Pense sobre a minha proposta", disse ele.

"Vou pensar."

Fiquei pensando enquanto o acompanhava para fora e pela calçada até a vaga onde ele tinha estacionado o carro na rua. Fiquei pensando de verdade.

"Entrarei em contato", disse ele, o que achei uma coisa estranha de se falar para sua filha. Devia ser um hábito — uma coisa que ele diz às pessoas ao final de uma reunião. Em contato. Mas isso não significa que ele realmente quer ter qualquer contato físico comigo.

"Tchau, pai." Eu me aproximei para abraçá-lo, mas minha barriga ficou no caminho.

Tentei imaginar a vida que ele tinha acabado de me oferecer: o casarão de tijolinhos na colina, comigo e com ele sem Evelyn e possivelmente com uma babá. E com você.

Você. Que, nesse momento, está com soluço.

Você poderia ser minha de novo. Eu poderia segurar você no colo e falar com você e tocar todos os meus discos para você e empurrar você dentro de um carrinho e de fato ser sua mãe.

Sinto a palavra entalar na garganta.

Mãe.

Então pensei: ter acesso a uma babá não me torna subitamente apta a ser mãe. O problema nunca foi que eu não teria ajuda para cuidar do bebê. Não era Evelyn.

Ou a carreira do meu pai. Ou que eu não teria dinheiro para alimentar ou vestir você, como tantas garotas aqui do Booth precisam se esforçar tanto para fazer.

O problema era que não sou feita para ser mãe. Ainda não, pelo menos. Talvez nunca.

"Quem é esse?", perguntou o meu pai. Uma porta bateu e, quando ergui o olhar, Ted estava se aproximando lentamente de nós pela calçada.

O dia estava cheio de visitas.

"Oi", falei. "Quanto tempo." Era para ser uma piada, já que eu tinha visto Ted na semana passada.

"Oi." Ele me entregou algo pequeno e em formato de disco embrulhado em papel pardo. "Tinham uns cookies com gotas de chocolate muito bons no prédio dos alunos hoje. Trouxe um pra você."

"Valeu." Eu o encarei, encantada e subitamente faminta e bastante confusa. Eu gosto dele. Penso sobre ele, provavelmente mais do que deveria. Tipo, que grávida fica com uma queda pelo ex-colega de quarto do pai do bebê que ela mal conhece?

Mas — e acho que essa é uma pergunta igualmente importante —, quem é que visita uma grávida num abrigo para mães não casadas para levar um cookie?

"Ah. E eu trouxe isso." Ele me entregou um envelope.

Espiei dentro dele. Era o formulário de informação não identificável que eu tinha entregado a Dawson na semana passada, todo preenchido na letra rabiscada de Dawson, pelo que parecia.

"Obrigada", falei.

Você se mexeu dentro de mim. Instintivamente, coloquei a mão na barriga e massageei. Está ficando apertado aí dentro.

Estava ficando apertado aqui fora também.

"Não me diga que esse é o pai", disse meu pai numa voz séria que me fez virar para olhar. Ele parecia uma pessoa diferente da que era dez minutos anos, encarando Ted com uma expressão furiosa como se estivesse pensando em bater nele.

Ted ficou genuinamente assustado e envergonhado, o que não ajudou.

"Hum, senhor, eu..."

Papai continuou.

"De onde você é?"

Ah, AGORA ele resolve me proteger, penso, agora ele se importa. Mas então notei o lábio dele se crispar e me dei conta de que ele não estava agindo assim para tentar me proteger, sua pobre filha grávida.

Ted disse o nome da faculdade.

Papai balançou a cabeça.

"Não. Antes disso. De onde é a sua família?"

Ted contraiu o maxilar.

"Hum, Homedale? Eu também tenho família em Jerome. Mas meus pais moram em Homedale."

"Você deveria sentir vergonha", rosnou meu pai. "Você sabe que seu lugar não é com a minha filha."

Certo. Então isso era porque Ted não parecia branco. Ou branco o bastante, pelo menos.

Isso era porque, aparentemente, meu pai é racista.

Desculpa, X, mas perdi a cabeça por um minuto.

"Ele é o pai", falei de repente. "Então ele pode ir morar com a gente também, pai? Ajudar a criar a nossa filha? Eu poderia até me casar com ele, se você quisesse." *Tentei não notar como o rosto de Ted ficou pálido e frouxo de choque. Continuei: "A gente seria uma grande família feliz então, não seria? Seria ótimo. Já consigo imaginar o nosso cartão de Natal."*

"Não acho que seja uma boa ideia." Meu pai voltou a pigarrear. "Você está fazendo a coisa certa com a adoção."

Naquele momento odiei ele, porque soube. Meu pai não estava só rejeitando Ted. Ele estava rejeitando você também, X, se achasse que Ted era o seu pai. Simplesmente assim, ele tinha decidido que não conseguiria te amar.

Mas fingi não entender.

"Como assim, agora também não posso mais ir morar com você? Por que não? O que houve, pai?"

Ele se virou e abriu o carro.

"Falaremos sobre isso mais tarde."

"É mesmo?"

Ele não respondeu. Entrou no carro e foi embora.

Acho que a resposta é não.

Eu me virei pra Ted, que ainda estava parado no meio da calçada com os ombros meio encurvados, olhando para mim.

"Desculpa", falei. "Nada justifica o que ele disse."

"E quanto ao que você disse?"

"Eu não sei por que falei que você era o pai."

"Eu sei. Você queria punir ele."

"Talvez."

"É melhor eu ir", disse Ted.

Tentei consertar.

"Ted, desculpa. Eu não queria..."

"Tudo bem", respondeu ele. "Eu só realmente não gosto de ser usado. Aproveita o cookie."

"Calma aí, posso ligar para você, pelo menos?"

"Hum, claro." Mas dava para perceber que ele queria dizer não. Então ele voltou para o carro e foi embora.

Foi uma tarde solitária. Mas o dia foi esclarecedor. Ele me fez encarar duas grandes verdades que eu vinha ponderando ultimamente:

Eu estou fazendo a coisa certa com a adoção. Preciso tirar você daqui, X, mandar você para algum lugar onde vai ter uma chance de crescer na companhia de pessoas decentes.

Não posso voltar a morar com o meu pai, nem mesmo depois de você nascer. Não posso ir pra casa. Nem sei mais direito, a essa altura, onde fica a minha casa.

Agora só preciso descobrir aonde vou.

S

35

— *I will sail my vessel* — canta Nyla, bem alto — *till the river runs dry. Like a bird before the wind, these waters are my sky...*

É uma bela manhã de domingo, fria, mas com o céu aberto. Tem neve no chão hoje, e o sol está brilhando. Meus pais acham que estou na festa de desarrumação do cenário e que depois vou dormir na casa de Nyla, mas, em vez disso, estamos dando uma voltinha de carro com Garth Brooks.

Não contei sobre a carta aos meus pais. Ainda não. Não queria deixar minha mãe empolgada, foi como expliquei minha decisão para Nyla. Tem limite para o quanto o coração novo dela aguenta. Mas o motivo verdadeiro para não contar à minha mãe é a pergunta que vem me encucando desde ontem à noite.

E se ela não quiser mais que eu pegue a carta, agora que não está morrendo?

E agora que eu tenho certeza de que *existe* uma carta da minha mãe biológica, e que só o que preciso fazer e aparecer lá e pegá-la, não me parece mais uma escolha.

Eu preciso ver essa carta.

Ou cartas, no plural. Essa parte não ficou totalmente clara.

Então somos só eu e Nyla, passeando na Bernice com o aquecimento no máximo, cantando músicas country, dirigindo para o oeste, de novo. Para Boise, de novo. Matando aula amanhã, de novo. Fazendo uma visita ao Escritório de Registros Vitais e Estatísticas de Saúde. De novo.

Mas dessa vez é diferente.

— Você está bem aí? — pergunta Nyla, olhando para mim pelo canto do olho.

— Estou — respondo, tensa. Meu estômago se embrulha. Tento focar no horizonte distante, e não na paisagem que passa num borrão.

— Bem, sei que estou surtando um pouco — diz ela. — Então não consigo imaginar como você está se sentindo.

Estou tentando controlar as expectativas. Já me dei mal tantas vezes com esse negócio da adoção nos últimos meses que a verdade sobre a minha mãe biológica começou a parecer um mito, algo que não existe na vida real. Tipo um conto de fadas.

— E se eu estiver cutucando um ninho de vespas, como você falou? — falo, de repente. — E se eu não devesse fazer isso?

Ela segura o volante com mais força.

— É só uma carta, Cass. Você pode decidir o que fazer com ela depois de ler.

— Tudo bem, mas e se ler essa carta realmente ferrar com a minha cabeça? Não posso esquecer o que li depois.

— Não sei. Mas se existisse uma carta da minha mãe, eu ia querer ler — comenta Nyla baixinho. — Não importando mais nada.

Ajeito o cinto de segurança na minha clavícula. Não consigo ficar confortável.

— É só uma carta — repito.

Na manhã seguinte, chegamos ao Escritório de Registros Vitais e Estatísticas de Saúde no minuto da abertura. Dessa vez, ganho a senha E05, e o que está sendo atendido é o E03. Eu e Nyla nos sentamos na sala de espera.

— O que torna um registro *vital* exatamente? — pergunta Nyla, tombando a cabeça para um lado.

Não sei. Esse lugar me parece bastante vital.

Ela pega uma bola de lã amarelo-vivo emaranhada.

— O que é *isso*? — pergunto.

— Vai virar um gorro para a sua mãe. Ela me disse uma vez que amarelo é a cor da felicidade. Do sol e das margaridas e dos patinhos bebês. Então estou fazendo um gorro da felicidade para ela.

Suspiro e giro o anel de estrelas no dedo, culpada.

— Sua mãe vai ficar bem. — Nyla arruma a lã e as agulhas e começa a tricotar, um movimento hipnotizante e repetitivo que me acalma imediatamente. — Foi ideia dela, lembra?

— Eu sei. Mas e se ela mudar de ideia?

— E se ela não mudar?

Meu celular vibra. Uma mensagem de Bastian. Eu recebi uma torrente de mensagens dele nas últimas 24 horas, mas ainda não respondi nenhuma.

Bastian: Você e Nyla faltaram à festa de elenco. Agora estou na escola e vocês não estão aqui. Isso está ficando ridículo. Onde você tá? Por favor, não pode me evitar pra sempre. A gente precisa conversar.

Eu consigo praticamente ouvir a mágoa na voz dele.

Suspiro. Ele merece alguma resposta.

Eu: Não estou evitando você. Aconteceu uma coisa, e precisei faltar à festa de elenco e ir a Boise resolver.

Bastian: Boise? O que tem em Boise?

Nyla lança um olhar para o meu celular.

— Bastian? Ai, céus. Lá vamos nós.

É claro que já contei tudo para ela. Eis como ela respondeu:

"Bem, faz sentido."

E eu disse:

"Sentido? Que tipo de sentido isso faz?"

"Ele falou que era a primeira vez que ele beijava uma *garota*. Não que beijava alguém."

"Ah. *Ah.*"

"Deveríamos ter imaginado. Ele ama *Alô, Dolly!* E tem um gosto excelente para sapatos."

"Nyla", expliquei. "Nem todo gay gosta de musicais e tem sapatos bonitos. Eles são indivíduos diferentes. Tipo o meu tio Pete. Ele é florista, mas também tem uma barba bagunçada e anda de Harley."

"Ah, verdade, seu tio Pete."

E agora ela parece achar toda essa história com Bastian meio fofa e também bastante divertida.

— Dá oi pro Bastian por mim — diz ela.

Bastian: Olha, desculpa. Por favor, me desculpa. Quero que a gente seja amigo, Cass.

Foi isso que ele sempre quis, não? Foi essa a palavra que ele usou. *Amigo.* Por que não escutei?

Bastian: Desculpa desculpa desculpa.

Eu: Não pede desculpas! Sou eu quem deveria estar pedindo desculpas.

Fui eu que entendi tudo errado. Interpretei seus sinais totalmente errado.

Mas, sério, está tudo bem. Já superei.

É verdade, descubro ao digitar as palavras. Estou bem. Quer dizer, ainda estou morrendo de vergonha, especialmente quando penso em como deve ter parecido quando me joguei nos braços desavisados dele. Ou em como gritei "vai embora" para ele através da porta da frente. Mas meu coração não se partiu por Bastian Banks. Meu coração ainda está bem inteiro.

Bastian: Calma aí, você SUPEROU?

Eu: Também quero que a gente seja amigo. Já tenho uma melhor amiga, é óbvio, mas vamos ser segundos melhores amigos. Tudo bem?

Bastian: Claro. Segundos melhores amigos.

Eu: Ah, e Nyla está dando oi.

— Quer que eu ensine você a tricotar de novo? — pergunta Nyla, balançando o futuro gorro na minha direção. — Pode ser uma distração.

Balanço a cabeça. A última coisa de que preciso agora é me enrolar num bolo de lã.

Nyla suspira e joga o gorro de volta na bolsa.

— Você está me matando. Não consigo tricotar com tanta tensão no ar. Fico errando toda hora.

Ela pega uma revista e a folheia. Não sei quem está mais nervosa, eu ou ela.

Alguém chama a senha E05.

Enfio o celular no bolso e me levanto.

— Oi, meu nome é Cassandra McMurtrey — informo à mulher no balcão. — Recebi uma ligação na sexta sobre algumas cartas separadas para mim.

— Ah, sim — diz a mulher com um sorriso caloroso. Ela se vira e chama: — Linda!

Tenho aquela mesma sensação surreal quando Linda chega ao balcão. Talvez seja porque ela esteja usando o mesmo suéter rosa que usava da última vez. Na verdade, ela está exatamente igual à última vez em que a vi: os mesmos brincos de pérola, as mesmas unhas perfeitamente pintadas de rosa, o mesmo cabelo. A diferença é que dessa vez ela não parece irritada. Na verdade, ela parece feliz em me ver.

— Vim buscar as...

— Cartas — completa ela. — Eu sei. Assina aqui.

Eu assino um papel e mostro minhas diversas formas de identidade, para as quais ela mal olha, porque sabe que eu sou eu.

— Preciso dizer, nunca vi nada parecido com isso — continua ela enquanto estamos completando a papelada. — É no mínimo incomum.

Eu a encaro. Estou flutuando em algum lugar acima de mim mesma de novo, como se meu corpo fosse um balão cheio de gás hélio oscilando perto do teto e eu o estivesse segurando pela cordinha.

— Aqui está. — Ela estica a mão para baixo e pega uma grande pilha de envelopes amarelados presos por um elástico vermelho. Ela os larga no balcão à minha frente. — Todas suas.

— Todas elas?

Parece impossível que tudo isso seja para mim. Linda sorri, radiante.

— Todas elas. Boa sorte.

Eu me inclino por um segundo para que consiga erguer a pilha do balcão. Não é tão pesado quanto Linda fez parecer. Eu me viro e flutuo até Nyla, que ergue o olhar para mim.

— Pronta para... eita — diz ela. — Como é que *é*?

Afundo na cadeira ao lado dela. Eu deveria esperar até estar num lugar com privacidade, mas não estou exatamente em controle do meu corpo agora. Não espero. Solto a primeira carta do elástico e abro. Dentro do envelope tem um papel amarelo, e quando o desdobro, encontro a letra estranha que reconheço do formulário de informações não identificáveis. Meio cursiva, meio bastão.

É ela. Ela escreveu isso. Minha mãe biológica escreveu isso.

Querido X,

Hoje Melly nos fez escrever cartas para os nossos bebês...

Volto a dobrar a carta depressa e a enfio de volta no envelope, que devolvo à pilha. Então prendo o elástico ao redor deles.

— Ei. — Nyla toca meu ombro. — Só respira.

Ergo o olhar para ela. Uma lágrima escorre pela minha bochecha.

Ela estica a mão e a seca.

— Vai ficar tudo bem, Cass.

— Eu sei. — Respiro de forma profunda e trêmula.

Ela encara a pilha no meu colo.

— Então todas essas cartas são da sua mãe biológica?

— Acho que sim.

— Carambolas — murmura ela.

Pois é. De novo, isso meio que resume tudo.

36

De volta ao carro, enquanto seguimos para Idaho Falls, eu leio as cartas —
todas as dezessete — no espaço de uma hora. Chega um momento em que
Nyla precisa encostar para eu vomitar na beira da estrada, porque ler no carro
me deixa enjoada, mas não consigo parar. Continuo lendo, uma depois da
outra, com pressa, como se estivesse num buffet liberado de mãe biológica.
Eu devoro as cartas. Então as leio em voz alta para Nyla, e passamos quase
todo o resto da viagem em silêncio, digerindo tudo. Essas palavras, escritas
para mim.

Quando Nyla finalmente me deixa em casa, eu cambaleio para dentro e me
tranco no quarto e releio todas as cartas devagar, absorvendo frase por frase,
linha por linha, até que todas comecem a se fundir numa única conversa.

Querida X,

*Sou eu de novo. Quem mais seria, né?... Resolvi investir nesse negócio
da carta.... Estou sentada aqui, toda grávida, e não tem nenhum Príncipe
Encantado à vista.... Seu doador de esperma não é um imbecil completo.... Eu
estava seguindo numa direção, então uma coisa aconteceu e me fez seguir na
direção oposta.... Mil desculpas pelo pé esquisito.... O seu lugar é com eles....
Quero que você tenha ESSES PAIS, o professor e a confeiteira e a risada....*

Não estou pronta para ser mãe.... Acho que não estou pronta para te deixar ir embora. Vejo você do outro lado.

S

Ela escreve como se falasse. Durante páginas e páginas, ela fala comigo — comigo, diretamente comigo —, e eu me sinto irracionalmente culpada por não ter nenhuma lembrança dela ou de qualquer um dos momentos que ela descreve em que eu estava com ela. Mas as cartas me fazem gargalhar e chorar loucamente. Eu encaro e encaro a minha própria foto, o ultrassom granulado em preto e branco, e tento imaginar como deve ter sido escutar a voz dela, sentir o toque dela, adormecer ao som do coração dela.

Então, depois que já desmoronei algumas vezes e voltei a me recompor, peço para Nyla me buscar e me deixar no hospital. Minha mãe receberá alta oficialmente em mais ou menos três horas.

Meus pais estão se beijando quando eu entro no quarto da mamãe. Como nos velhos tempos, quando flagrava os dois se beijando quando achavam que eu não estava olhando. No corredor. Beijando. No banheiro, logo depois de escovar os dentes. Beijando. Dobrando roupa lavada. Beijando. Fazendo jantar. Beijando. Como se fossem, bem, adolescentes. Antes eu os achava exagerados e nojentos. Mas agora vê-los se beijando como pessoas normais e saudáveis me enche de alegria.

Tento uma piada.

— Ei, isso é bom para o seu coração?

— Ah, olá, querida — diz minha mãe, sorrindo, e ela não está mais usando cânulas ou soros, nem ligada a nada. Nunca achei que fosse ver isso de novo. — Estava esperando que você viesse. Como foi o seu dia?

— Bom — respondo, rouca.

— Chega de ensaios. Você é uma mulher livre. — Papai abre um sorriso. — Querem ir ao cinema?

— Bill. — Minha mãe franze a testa. — Cinema, não.

— Ué, por que não? — diz ele. — Tudo bem, a gente teve uma experiência epicamente ruim no cinema. Mas isso significa que nunca mais deveríamos ver um filme?

— Acho que talvez sim, pai.

— Não — insiste ele. — Não, a gente tem que superar isso. Eu amava ir ao cinema. Sinto saudade. Nós deveríamos ir.

— Tudo bem. — Mamãe ri. — O que está passando?

— O novo filme do Star Wars — informo.

Papai dá um grunhido.

— Tudo bem, está cedo demais. E quanto a um jantar? O que tem perto daqui?

Ele está brincando, ou ao menos acho que está. A mamãe está liberada para ir para casa hoje, não sair por aí. Ela está liberada para ir direto para casa e direto para a cama, onde deve descansar e se reabilitar por semanas. Meses. Anos, quem sabe? Mas por mim tudo bem, desde que ela esteja em casa.

— Perkins — responde ela, entrando na brincadeira. — Ah, como sinto saudade de comer torta.

Ela se vira para mim.

— Como foi no sábado, aliás? Você meio que se fechou desde então. Nunca recebi os detalhes sobre o seu encontro com Bastian.

— Bastian é gay. — Eu me sinto estranha em contar isso para eles, essa informação tão pessoal sobre o meu amigo, mas, se eu não contar, eles vão continuar colocando pilha.

— Ele *é*? — Mamãe está chocada. — Mas achei que você gostasse dele.

— Eu gostava.

— Então quando descobriu que ele era gay?

— Logo depois que o beijei, na noite de sábado, depois do nosso encontro no Perkins.

— Ah, Bu — diz papai, com compaixão. — Que saco.

Dou de ombros.

— A gente conversou, eu e Bastian. Eu estou bem, e ele está bem.

— Obviamente, não era para ser — comenta mamãe.

— Você não parece tão chateada — observa meu pai.

— Estou bem. Estou melhor do que bem. Você está indo pra casa.

— Casa. — Minha mãe suspira, sorrindo. Então se vira para o papai. — Vamos pra casa, Bill.

Ele checa o relógio.

— Temos mais umas duas horas. O que vamos fazer para passar o tempo?

É a minha deixa.

— Preciso contar uma coisa para vocês — solto. Porque, se vou chocar a minha mãe com essa notícia, é melhor que seja no hospital. Só por garantia.

— Oh-oh — diz papai. — Nos contar o quê?

— Preciso que vocês fiquem calmos, tá bom? Os dois. Não surtem.

— Cass... — fala o meu pai em tom de aviso. — O que você está fazendo?

— Eu posso ficar calma. — Minha mãe pega a mão do meu pai. — Nós podemos ficar calmos, não podemos, querido?

Eu desembucho logo.

— Fui a Boise hoje. Bem, ontem e hoje. Acabei de voltar.

Meus pais se olham.

— O quê? Por quê? — pergunta papai.

— Eles encontraram as cartas da minha mãe biológica. — Escorrego a mochila para fora do ombro. — Ligaram e me deixaram uma mensagem no sábado, dizendo que eu tinha que buscá-las pessoalmente. Então eu fui.

Silêncio. Os dois estão me encarando, em choque.

— Cartas? — pergunta mamãe, depois de um minuto. — No sentido de mais de uma?

Eu tiro o monte de cartas da mochila e o seguro no ar.

— São 17 — informo com uma risadinha fraca. — E algumas são muito longas, tipo, dez páginas frente e verso. Ela é prolífera. Mas é honesta e inteligente e hilária, mãe, e sinto como se a conhecesse, ao ler o que escreveu.

— O que elas dizem? — Tem um tremor de medo na voz dela.

— São incríveis. Algumas são sobre meu pai biológico, que era ator. *Ator*, acreditam? E outras são sobre a vida dela na escola, como se ela estivesse escrevendo um diário. Ela estava morando num abrigo para adolescentes grávidas. Não sei se vocês sabiam. E algumas são sobre o pai dela e a madrasta má e a mãe no Colorado e esse cara, Ted, de quem ela era a fim. — Eu me interrompo. Não consigo contar tudo agora. É muito.

— Ela deu... nomes? — pergunta minha mãe.

— Não. Ela inventou nomes, tipo pseudônimos, para todo mundo na vida dela. E sempre assinou com a letra S. Então acho que aquela tal de Amber estava certa, no fim das contas.

A expressão do meu pai fica paralisada. Ele parece paralisado desde que comecei a falar, na verdade. Como se a minha notícia o tivesse transformado em pedra.

— Que tal de Amber? — pergunta mamãe.

Eu tinha esquecido que não contei para a mamãe sobre o alarme falso com o site de adoção. Falha minha.

— Eu te conto tudo mais tarde — respondo, apressada. — Promeeto. Mas você mesma pode ler as cartas. Quando chegar em casa. Ou... agora. Se quiser.

Eu ofereço o monte de envelopes para ela.

Ela está calma. Mas encara a pilha de cartas como se não soubesse bem o que fazer.

— Você é a minha mãe — digo como se tivesse a exonerando de qualquer responsabilidade. — Nada nunca, jamais vai mudar isso. Você ainda quer saber dela, mesmo que não esteja mais morrendo?

Ela ergue os olhos para mim, e eles estão inseguros e tristes e compreensivos, tudo ao mesmo tempo.

— Não sei — admite ela com a voz suave. — Tudo está acontecendo tão rápido.

— Cat, a gente não tem que... — começa papai.

— Eu quero saber — declaro com firmeza. — E quero compartilhar isso com vocês.

Minha mãe pega as cartas da minha mão com cuidado.

— Obrigada, querida — diz ela.

— Ok. Que bom. — Eu saio do quarto e fecho a porta. Quero lhes dar tempo, a sós, para ler e processar tudo.

Então teremos muito a conversar.

Querida X,

Ando pensando, na verdade, que não preciso escrever essa carta. Se você estiver lendo isso, já foi adotada, então não importa, não é? Eu deveria escrever sobre outra coisa. O tempo (ainda quente). Esportes (argh, esportes não). Alguma coisa. Não isso. Mas então comecei a pensar em como quero que você saiba o máximo possível sobre mim e sobre Dawson, de forma que, ao saber mais sobre nós, você saiba mais sobre si mesma — um pouco mais, pelo menos. É tudo uma questão de: se eu fosse você, eu iria querer saber.

Na minha última carta você vai lembrar que Ted trouxe o formulário — o formulário de informação não identificável, preenchido por Dawson. Achei que deveria entregá-lo para Melly e que ela poderia anexá-lo ao arquivo oficial junto com o meu formulário (a versão entediante do meu formulário, na verdade) e que você teria uma visão mais ou menos completa de nós dois.

Mas então li o formulário de Dawson.

É uma bagunça, X. Eu me lembro agora de que Ted disse que Dawson teve uma vida meio imprevisível, e dá para ver isso nas entrelinhas quando se lê o formulário. O que quero dizer é: não é ótimo. Traz à tona um monte de problemas em potencial.

Fiquei preocupada com você quando li o formulário, e depois fiquei preocupada com os seus pais.

E se eles virem o que está ali e decidirem que não querem você, no fim das contas? E se ficarem desmotivados pelo passado dele? Não que nada disso seja culpa dele. Quero destacar que Dawson é inteligente e talentoso em tudo o que tenta e engraçado e sexy e maneiro. Mas e se os seus pais só enxergarem a palavra cadeia e a palavra drogas e quiserem um bebê diferente, um bebê novo e melhorado?

Faltam duas semanas para você nascer, X, se muito.

Não tenho como encontrar pais novos para você. Nem quero. Quero que você tenha ESSES PAIS, o professor e a confeiteira e a risada.

Então, essa manhã, tomei uma decisão. Decidi não entregar o formulário de Dawson. Não seria incomum que o pai biológico não preenchesse o formulário. Ninguém me questionaria sobre isso. Ninguém iria até Dawson e exigiria que ele o preenchesse de novo. Eu poderia jogar esse papel fora, ou guardá-lo, colocá-lo numa gaveta e esquecer dele. Essa seria a coisa inteligente a se fazer.

Mas eu nunca fui tão inteligente assim, fui?

Então perguntei a mim mesma: por quê? Por que eu esconderia o formulário de Dawson de você e dos seus pais? Por que não deixar que a verdade simplesmente seja a verdade? Deixar acontecer naturalmente. Colocar as cartas na mesa.

E a resposta é fácil: porque estou com medo.

Todo esse negócio de gravidez tem sido sobre medo ultimamente. Quando a minha mãe estava grávida de mim, os médicos talvez tenham falado alguma coisa vaga sobre não ficar bêbada durante a gravidez e talvez não fumar. Sei lá. Foi na década de oitenta. Esse provavelmente era o resumo das orientações: "Não beba demais e/ ou não use muitas drogas. Agora empurra."

Mas hoje em dia existe uma lista enorme do que não fazer. Eu não devo beber nada, nem fumar, obviamente. Não devo comer sanduíche de presunto, porque frios podem ter listeria, e grávidas são suscetíveis a listeriose. Eu poderia literalmente morrer por comer um sanduíche de presunto. Você poderia morrer. Além disso, nada de sushi — mas não sou muito fã de peixe cru mesmo — e nada de queijos macios ou qualquer coisa não pasteurizada, e nada de bala de alcaçuz, que por acaso eu amo. Nada de banhos quentes — eu poderia cozinhar você dentro de mim se a água estivesse a mais de 37 graus. Nada de montanhas-russas (ok, isso faz sentido) e nada de deitar de barriga para cima na hora de dormir — eu deveria deitar virada para o lado esquerdo, porque você ganha mais fluxo sanguíneo dessa forma ou algo assim. Não devo comer muito, porque posso inadvertidamente adicionar um gene da obesidade no seu DNA, mas também não posso comer muito pouco, porque você precisa criar glóbulos oculares de qualidade e tal. Não devo comer amendoim demais, porque você pode desenvolver alergia a amendoim. Mas também não devo evitar amendoins, porque você... pode desenvolver alergia a amendoim.

Tipo, sério?

A questão é: eu deveria estar com medo agora, muito, muito medo. E, às vezes, estou. Às vezes você dorme por muito tempo dentro de mim, imóvel, e sinto um medo borbulhando no meu cérebro de que talvez você tenha se enrolado no cordão umbilical e esteja se estrangulando aí dentro, e como eu poderia saber? Começo a sentir como se o meu corpo fosse um lugar perigoso para você. Então bebo água gelada para acordar você, apesar de não saber exatamente como isso deveria ajudar. E se você não se mexe depois disso, eu cutuco você. Isso mesmo. Você é um bebê, simplesmente tentando tirar um cochilo, e estou aqui fora cutucando você nas costas porque tenho medo de não estar mantendo você a salvo o suficiente.

Credo, né? E não é exatamente melhor aqui fora. Se você já tivesse nascido, seus pais também teriam muitos motivos para ter medo. Síndrome da morta súbita. Autismo. As coisas que você vai pegar e enfiar na boca. Se vacinas são seguras de verdade, o que são, mas tem um monte de gente por aí gritando sobre como elas não são, então você tem que ficar com medo de vacinas ou do seu bebê ficar doente e morrer porque outra pessoa não vacinou o próprio filho. Então tem sequestros e seu rosto numa caixinha de leite. Adolescentes indo à escola com armas e matando pessoas, como em Columbine no ano passado. Estupro durante um encontro. Overdoses de drogas. DSTs e gravidez adolescente — há! E mais e mais, uma lista interminável de coisas apavorantes quando o assunto é você.

É a sociedade, eu acho. Nós já estamos sendo informados do que deveríamos temer.

Mas estou cansada de ser controlada pelo medo. Eu me recuso. Você não merece ao menos saber tanto o bom quanto o ruim? Os seus pais não merecem saber? E se eles de fato rejeitarem você por causa de coisas no passado de Dawson, eles provavelmente não deveriam ser seus pais, não importa o quão gostosos sejam os cupcakes daquela mulher.

Então decidi ser honesta com você e não esconder nada. Se eu fosse você, e esse formulário tivesse toda essa informação sobre o meu pai biológico, eu iria querer ler.

Eu iria querer saber mesmo assim.

Ok, entreguei o formulário no intervalo do almoço. E tudo bem, nada ali é motivo de orgulho, X. Seus pais podem enfiá-lo numa gaveta também, se acharem melhor. Vou deixar a decisão na mão deles. Mas, como já falei, se você estiver lendo isso agora, não importa de verdade. Eles adotaram você de qualquer maneira. Você provavelmente já leu o formulário a essa altura, e talvez não tenha amado. Mas tudo bem.

Só o que quero dizer é: seus genes não definem você. O próprio Dawson escreveu isso no formulário, na verdade, ou algo parecido, e ele é quem mais sabe disso. Sua composição genética é só uma pequena parte da pessoa que você vai se tornar. Estou contando com isso, X. Estou tomando o lado da criação acima da natureza.

Você vai ficar bem, X. Você vai ficar ótima.

S

37

Volto ao hospital. Faz duas horas que larguei a bomba das cartas no colo dos meus pais. Parece cedo demais, e não sei bem o que espero encontrar ao entrar no quarto, mas a minha mãe está prestes a receber alta. Estamos sem tempo. Eu deveria ter esperado ela chegar em casa, penso, me repreendendo enquanto me arrasto pelo corredor na direção da ala onde ela está. Deveria ter esperado uma ou duas semanas. Talvez mais. Mas parecia... impossível não contar a eles. Não consegui segurar.

Os dois estão sentados na cama quando eu volto ao quarto. As cartas estão espalhadas entre eles, que conversam intensamente, mas, quando me veem, param e meio que abrem os braços, e eu me aproximo, e nós três nos abraçamos por um tempo. Então eles me soltam, e eu me afasto e olho para eles. Avaliando o estrago.

Mamãe está com o nariz e os olhos vermelhos.

Papai pigarreia.

— Antes de conversarmos sobre isso, antes de qualquer coisa, nós... Eu preciso contar uma coisa para você.

— É sobre o formulário do Dawson, não é? — Eu engulo em seco. Aquela carta de fato me fez parar e pensar no que eu poderia estar me metendo. Será que quero mesmo saber essas coisas? — É ruim, não é?

— Não é ruim. — Minha mãe balança a cabeça como se estivesse perplexa com a ideia. — Eu não lembro de ser tão ruim. Faz muito tempo que recebemos aquele formulário. É claro que precisávamos esperar até você estar mais velha para compartilhá-lo com você. Sinceramente, eu tinha me esquecido.

Coloquei a mão na cintura e fiz uma cara de "Aham, tá bom. Boa tentativa", um gesto que, por sinal, peguei dela.

— Mas era ruim o suficiente para você não me entregar junto com o da minha mãe biológica. Não é? Vocês meio que editaram essa parte.

— Isso foi escolha minha. — Papai suspira e balança a cabeça com pesar. — Foi a decisão errada. Eu deveria ter entregado os dois formulários para você. Vejo isso com muita clareza agora.

— É como dizem: é muito mais fácil ver o que deu errado do que prever o que vai dar.

Ele me olha nos olhos.

— Me desculpa.

Não estou com raiva dele, mesmo que provavelmente devesse estar. A questão é: eu confio no meu pai. Ele sempre fez o melhor que pôde para cuidar de mim, me manter a salvo, tomas as melhores decisões, então o formulário deve ser ruim se ele achou que era melhor que eu não soubesse dele. Meu pai sempre foi do tipo de colocar todas as cartas na mesa.

— Tudo bem — respondo. — Também escondi algumas coisas de você.

— Eu não queria que você se magoasse — explica ele. — Só isso.

— Eu sei.

— Mas então sua mãe teve que ir lá e me lembrar de como você é capaz de lidar com tudo que cai em cima de você.

— Não — protesto. — Não sou.

— É, sim — diz minha mãe. — Você é nossa rochinha.

— Veja bem, a gente sabe. A gente estava lá, Bu — continua papai. — Eu estava bem ali ao seu lado nos piores momentos da minha vida, e da sua também. E acho que a gente deve ter feito um belo de um trabalho ao criar você, e estou tentando não me achar muito. Porque você é a pessoa mais forte que eu conheço.

E... começo a chorar. Affe.

Ele se levanta e me abraça daquele jeito em que me envolve apertado com os braços e me balança de um lado para o outro. Então se afasta.

— Enfim. Vou entregar para você o tal formulário assim que a gente chegar em casa, se você quiser. Está no arquivo de documentos.

— Tudo bem. — Relanceio para mamãe. — Mas vamos colocar tudo para fora quando chegarmos, ok? Vamos contar tudo um para o outro agora. Tudo que estávamos com medo de dizer. Tudo que deixamos de fora.

— Depois de chegarmos em casa — concorda papai. — Sim. Revelação completa.

— Falando em casa — diz minha mãe, gesticulando para a enfermeira que apareceu na porta. — Está na hora de ir.

— Vamos tirar você daqui, Cat — fala a enfermeira. — Estou cansada de você.

— Estou pronta — anuncia minha mãe, quase num grito de comemoração. — Vamos lá, vamos lá.

Meu pai dirige especialmente devagar no caminho para casa, comigo no banco da frente e a mamãe no traseiro, enrolada numa coberta — uma troca de papéis estranha. Então a gente a ajuda a andar com cuidado até a casa, onde Nyla prendeu uma faixa na porta da frente na qual se lê "SEJA BEM-VINDA DE VOLTA, MAMA CAT", e pela sala e pelo corredor e para dentro do quarto dos meus pais, onde a acomodamos na cama e colocamos travesseiros nas costas dela e perguntamos um milhão de vezes se ela precisa de alguma coisa.

— Não — repete ela. — Tenho tudo o que preciso bem aqui.

Então dorme.

— Preciso ir comprar alguns remédios — anuncia meu pai quando eu volto com as coisas que tirei do carro. — Mas antes...

Ele estende um montinho de papéis dobrados. Fico sem ar.

— Talvez eu não queira ler isso — digo ao pegar os papéis.

— Sua mãe tem razão. Não é tão ruim. Lembra como eu disse que a sua mãe biológica é um ser humano? O mesmo se aplica ao seu pai biológico. Só leia. Ou não. Você também pode colocar numa gaveta. Mas é seu agora.

Ele sai para buscar os remédios da mamãe na farmácia. Eu me sento à mesa da cozinha e desdobro os papéis. Não quero ser — como foi que S falou mesmo? — controlada pelo medo.

Meu telefone me avisa que chegou uma mensagem. Nyla.

Nyla: Como eles reagiram?

Eu: Tranquilo. Como sempre.

Nyla: Que bom. Sua mãe está em casa agora?

Eu: Sim. Ela está dormindo. Amou a faixa.

Nyla: Que bom.

Eu: Meu pai me deu o formulário de informação não identificável.

Nyla: Achei que ele já tivesse dado isso para você.

Eu: Do meu pai biológico.

Nyla: Ah. Bem que eu estava me perguntando. O que está escrito?

Eu: Ainda não li. Meu pai me entregou há dois minutos.

Nyla: Ah, foi mal. Vou deixar você ler.

(Tipo um minuto mais tarde.)

Nyla: Quer que eu vá aí ler com você? Lembra que estou aqui pra você.

Eu: Valeu. Não. Pode deixar.

Silencio o celular e volto a pegar o papel. Sinto que deveria ter uma etiqueta de "Cuidado. Siga por sua conta e risco". Mas não serei controlada pelo medo. Então leio.

INFORMAÇÕES NÃO IDENTIFICÁVEIS
PARA REGISTRO DE ADOÇÃO

HISTÓRICO DE SAÚDE E PERSONALIDADE   ( ) Mãe biológica   (X) Pai biológico

As informações deste formulário foram fornecidas pelo pai ou mãe biológicos. O Escritório de Registros Vitais não é responsável pela veracidade destas informações.

DESCRIÇÃO PESSOAL

Estado civil: (X) Solteiro   ( ) Casado   ( ) Separado

( ) Divorciado   ( ) Viúvo

Se casado ou separado: ( ) Casamento civil   ( ) Cerimônia religiosa (especificar)

Você é integrante registrado de uma tribo nativo-americana, de um vilarejo do Alasca ou afiliado a uma tribo? ( ) Sim   (X) Não   Se sim, qual tribo?

Religião:

Católico

Origem étnica (britânica, alemã etc.):

Não sei. Minha vó costumava dizer que a mãe dela era meio Cherokee.

País ou estado de nascimento:

Idaho

Raça (negra, branca, nativo-americana, japonesa etc.):

Branco

Altura:

1,80 m

Peso:

70 kg

Cor e textura do cabelo:

Loiro, cacheado

Cor dos olhos:

Verde

Características físicas únicas (sardas, pintas etc.):

Cor da pele: ( ) Clara   (X) Média   ( ) Morena   ( ) Escura

(X) Destro   ( ) Canhoto

Porte físico (ossos grandes/pequenos, membros longos/curtos, musculoso etc.):

Magro, um pouco musculoso; eu malho.

Talentos, hobbies e outros interesses:

Teatro, escutar música, tocar guitarra, pintar e esculpir, compor músicas, ir ao cinema.

Quais das opções abaixo descrevem sua personalidade (marque todos que se apliquem):

( ) Agressivo ( ) Emotivo ( ) Feliz ( ) Rebelde ( ) Tímido ( ) Sério ( ) Calmo

(X) Amigável (X) Irresponsável (X) Divertido ( ) Temperamental ( ) Crítico

(X) Extrovertido ( ) Teimoso ( ) Infeliz

Comentários:

Fico deprimido às vezes. Lido com isso.

FORMAÇÃO

Último ano completo:

3º ano do ensino médio

Nota média recebida no boletim:

Aluno nota 8

Atualmente na escola: (X) Sim ( ) Não

Futuros planos escolares:

Estou me formando em teatro — vou ser bacharel em artes e me mudar para Nova York para ser ator em tempo integral.

Assuntos de interesse:

Teatro, música, arte, história, literatura.

Qualquer problema relacionado ao ensino ou desafios (aulas particulares, ensino especial etc.):

Nenhum

HISTÓRICO EMPREGATÍCIO

Ocupação atual:

Serviço militar: ( ) Sim (X) Não **Se sim, divisão onde serviu:**

Treinamento vocacional:

Histórico de trabalho:

Fui atendente num posto de gasolina, trabalhei num cinema a céu aberto, fast food.

HISTÓRICO FAMILIAR

Alguém da sua família foi adotado? (X) Sim　( ) Não　　**Se sim, quem?**

Fui adotado pela minha avó quando tinha 10 anos.

Sua ordem de nascimento (1º de 4):

1º de 4

Relações pessoais com pais, irmãos ou integrantes de família estendida:

Antes de vir para a faculdade, eu morava com a minha avó e meus irmãos e irmãs. Ela é rigorosa, mas somos bem unidos. Minha mãe está na cadeia por causa de drogas. Meu pai sumiu antes de eu nascer. Então somos só minha avó e meus irmãos.

Resuma a adaptação à gravidez. Inclua como você e seus pais se adaptaram à gravidez, e se você teve apoio de colegas:

Contei pra minha avó ontem. Ela acha que eu deveria ficar com o bebê. Mas acho que assim é melhor.

SEUS PAIS BIOLÓGICOS (avós da criança)

PAI

Idade (se falecido, informar idade no dia da morte):

?

Problemas de saúde:

?

Altura/peso:

?

Cor dos cabelos/olhos:

?

Porte físico: ( ) Pequeno　( ) Médio　　　　( ) Grande　　　　( ) Extra grande

Cor da pele: ( ) Clara　　( ) Média　　　　( ) Morena　　　　( ) Escura

Destro/canhoto:

?

Descrição da personalidade (feliz, tímido, teimoso etc.):

Menor ideia. Minha avó não gosta de falar dele.

Talentos, hobbies, interesses:

Dar uma volta.

Formação:

?

Ocupação:

?

Número de irmãos:

?

Raça (negra, branca, nativo-americana etc.):

?

Origem étnica (alemã, inglesa etc.):

?

Agora eu queria saber.

Religião:

Provavelmente não.

Estado civil: ( ) Solteiro   ( ) Casado   ( ) Separado

( ) Divorciado   ( ) Viúvo

Ciente da gravidez? ( ) Sim   (X) Não

MÃE

Idade (se falecida, informar idade no dia da morte):

37

Problemas de saúde:

Seus dentes, pele e cabelo são todos ruins por causa da metanfetamina.

Altura/peso:

1,75m? Sempre magra.

Cor dos cabelos/olhos:

Loiro, verde

Porte físico: ( ) Pequeno   (X) Médio   ( ) Grande   ( ) Extra grande

Cor da pele: ( ) Clara   (X) Média   ( ) Morena   ( ) Escura

Destro/canhoto:

Destra

Descrição da personalidade (feliz, tímida, teimosa etc.):

Ela também é bipolar, então depende do dia. Lembro que às vezes ela era muito feliz e às vezes chorava muito.

Talentos, hobbies e interesses:

Não sei. Tocava um pouco de piano.

Formação:

?

Ocupação:

Presa

Número de irmãos:

1

Raça (negra, branca, nativo-americana etc.):

Branca

Origem étnica (alemã, inglesa etc.):

Alemã, segundo a vovó, e um pouco nativo-americana.

Religião:

Ela ia às vezes à Igreja do Calvário quando estava tentando ficar sóbria.

Estado civil: (X) Solteiro ( ) Casado ( ) Separado

( ) Divorciado ( ) Viúvo

Ciente da gravidez? ( ) Sim (X) Não

SEUS IRMÃOS E IRMÃS BIOLÓGICOS (tios e tias da criança)

1) (X) Irmão ( ) Irmã

Idade (se falecido, informar idade no dia da morte):

17

Problemas de saúde:

Altura/peso:

1,80 m

Cor dos cabelos/olhos:

Loiro, verde

Porte físico: ( ) Pequeno (X) Médio   ( ) Grande   ( ) Extra grande

Cor da pele: ( ) Clara   (X) Média   ( ) Morena   ( ) Escura

Destro/canhoto:

Destro

Talentos, hobbies, interesses:

Fumar maconha

Formação:

2º ano do ensino médio

Ocupação:

Estudante

Religião:

Nenhuma

Estado civil: (X) Solteiro   ( ) Casado   ( ) Separado

                 ( ) Divorciado   ( ) Viúvo

Ciente da gravidez? ( ) Sim   (X) Não

2) ( ) IRMÃO   (X) IRMÃ

Idade (se falecido, informar idade no dia da morte):

15

Problemas de saúde:

Altura/peso:

1,67m

Cor dos cabelos/olhos:

Preto, castanho

Porte físico: (X) Pequeno ( ) Médio   ( ) Grande   ( ) Extra grande

Cor da pele: ( ) Clara   ( ) Média   (X) Morena   ( ) Escura

Canhoto/destro:

Destra

Talentos, hobbies, interesses:

Filmes, música, desenho

Formação:

9º ano do fundamental

Ocupação:

Estudante

Religião:

Nenhuma

Estado civil: (X) Solteiro ( ) Casado ( ) Separado

( ) Divorciado ( ) Viúvo

Ciente da gravidez: ( ) Sim (X) Não

HISTÓRICO MÉDICO

Por favor, indique "Nenhum" ou "Você" se você ou qualquer parente biológico (i.e., sua mãe, seu pai, seus irmãos, avós, tios ou qualquer outro filho que você tiver tido) já sofreu ou sofre com as condições médicas listadas abaixo. Por favor, explique na seção de comentários.

Calvície: *Minha avó diz que o meu avô era careca.*

Defeitos congênitos: *Nenhum*

Pé torto congênito: *Nenhum*

Fenda palatina: *Nenhum*

Doença cardíaca congênita: *Nenhum*

Câncer: *Avô, câncer no pulmão.*

Outras: *Nenhum*

ALERGIAS

Animais: *Minha irmã mais nova é alérgica a tudo.*

Asma: *Minha irmã mais nova.*

Eczema: *Avó.*

Comida: *Irmã mais nova.*

Pólen/Plantas: *Irmã.*

Urticária: *Irmã.*

Medicamentos: *Irmã.*

Outras alergias: *Irmã.*

Outras (especifique):

DEFICIÊNCIA VISUAL

Astigmatismo: *Eu uso óculos/lente.*

Cegueira: *Nenhum*

Daltonismo: *Nenhum*

DOENÇAS EMOCIONAIS/MENTAIS

Bipolar (maníaco depressivo): *Minha mãe. Se manifestou quando ela tinha 22 anos.*

Esquizofrenia: *Minha avó diz que uma tia tinha isso.*

Depressão severa: *Minha mãe, meu irmão e minha irmã.*

Suicídio: *Uma das minhas irmãzinhas tentou se matar no ano passado. Eu também era assim quando tinha a idade dela.*

Transtorno obsessivo-compulsiva: *Nenhum*

Transtorno de personalidade: *Nenhum*

Alcoolismo/vício em drogas: *Meu pai, quando ele morava com a gente, e obviamente minha mãe.*

Outra (especifique): *Nenhum*

DOENÇAS HEREDITÁRIAS

Fibrose cística: *Nenhum*

Galactosemia: *Nenhum*

Hemofilia: *Nenhum*

Doença de Huntington: *Nenhum*

Hipotireoidismo ou hipertireoidismo: *Nenhum*

DOENÇAS CARDIOVASCULARES

Infarto: *Meu bisavô, antes de eu nascer.*

Sopro cardíaco: *Nenhum*

Pressão alta: *Avó.*

Diabetes: *Avó e tia.*

DOENÇAS SEXUALMENTE TRANSMISSÍVEIS

Clamídia: *Nenhum*

Gonorreia: *Nenhum*

Herpes: *Meu irmão tem herpes labial.*

Sífilis: *Nenhum*

HIV/AIDS: *Nenhum*

Outra (especifique): *Nenhum*

TRANSTORNOS NEUROLÓGICOS

Paralisia cerebral: *Nenhum*

Distrofia muscular: *Nenhum*

Esclerose múltipla: *Nenhum*

Epilepsia: *Nenhum*

Derrame: *Minha bisavó teve um derrame, mas ela era muito velha.*

Febre reumática: *Nenhum*

Outro (especifique): *Nenhum*

TRANSTORNOS DE DESENVOLVIMENTO

Dificuldade de aprendizado/TDAH: *Meu irmão e eu temos.*

Retardo mental (especifique o tipo): *Nenhum*

Síndrome de Down: *Nenhum*

Problemas na audição ou fala: *Nenhum*

Peso baixo ao nascer: *Minha irmã mais nova.*

Outro (especifique): *Nenhum*

HISTÓRICO DE USO DE DROGAS

COM RECEITA:

Especificar o tipo (Prozac, Roacutan etc.)

Paxil

Data de último uso:

Hoje

(X) Antes da concepção (X) Depois da concepção

DE BALCÃO:

Especifique o tipo (pílulas para dieta, anti-histamínico etc.)

( ) Antes da concepção   ( ) Depois da concepção

OUTROS TIPOS DE DROGAS USADAS:

Álcool

Um pouco

Especifique o tipo:

Cerveja e coisas fortes às vezes.

Data do último uso:

Ontem

(X) Antes da concepção   (X) Depois da concepção

Relaxantes (i.e. remédios para dormir, barbitúricos etc.)

Especificar o tipo:

Data do último uso:

( ) Antes da concepção   ( ) Depois da concepção

Cocaína ou "Crack"

Por injeção? ( ) Sim   ( ) Não

Data do último uso:

( ) Antes da concepção   ( ) Depois da concepção

Heroína/Analgésicos

Por injeção? ( ) Sim   ( ) Não

Data do último uso:

( ) Antes da concepção   ( ) Depois da concepção

Alucinógenos (i.e. LSD, Ecstasy, PCP etc.)

Especifique o tipo:

Data do último uso:

( ) Antes da concepção   ( ) Depois da concepção

Cigarros

Eu fumava no ensino médio.

Especifique o tipo:

Marlboro

Data do último uso:

(X) Antes da concepção ( ) Depois da concepção

Maconha

Sim

Data do último uso:

Semana passada

(X) Antes da concepção (X) Depois da concepção

Outro

Especifique o tipo:

Data do último uso:

( ) Antes da concepção ( ) Depois da concepção

HISTÓRICO DE SAÚDE E PERSONALIDADE

( ) Mãe biológica   (X) Pai biológico

Se desejar, por favor, adicione qualquer informação adicional que vá descrever melhor você e a sua situação. (Leve em consideração sua escolaridade, saúde, trabalho, objetivos e esperanças para o futuro, histórico de relacionamentos, crenças religiosas ou espirituais, desafios, forças etc.)

Não sei o que dizer, porque acabei de descobrir sobre esse bebê. Minha avó me criou da melhor maneira que pôde e fez um bom trabalho. Sou a primeira pessoa da família a ir para a faculdade. Tenho genes zoados também, e estou ótimo. Ok, talvez não ótimo, mas bem. Vou ser alguém na vida.

38

A primeira coisa que me chama a atenção é que meu pai biológico também era adotado. Quer dizer, sei que é uma situação diferente da minha. Ele foi adotado pela avó, junto com os irmãos, mas também é verdade que ele, assim como eu, foi criado por pessoas que não eram seus pais biológicos. Temos isso em comum.

Ah, e também tem a parte em que ele quer ser ator em Nova York. Meu pai biológico tinha o mesmo amor pelo palco e pelos holofotes e pela adrenalina da apresentação. Então posso ter herdado o pé de pato da minha mãe biológica. Mas herdei os sonhos do meu pai biológico.

Ler as cartas me fez sentir como se eu conhecesse a S, de verdade, pudesse entender seu jeito de pensar e como ela se sentia sobre o mundo. Ler esse formulário me faz sentir como se eu conhecesse meu pai biológico, que gosto de imaginar como D — D de Dawson, por mais que eu saiba que esse não é o nome verdadeiro dele. E a vida do D não foi perfeita de jeito nenhum. Eu já sabia disso quando resolvi ler. Sim, algumas coisas ali naquele formulário são menos do que ideais. Mas, se eu fosse filha biológica dos meus pais, eu estaria preocupada com doenças cardíacas e esclerose múltipla, que foi do que a irmã do meu pai morreu há alguns anos. Todo mundo tem passado. E todo mundo tem segredos escondidos em algum lugar da árvore genealógica.

Eu só estou profundamente agradecida por meus pais não terem pedido um reembolso quando leram o formulário. Diga as palavras *cadeia* e *drogas* e *transtorno bipolar*, misturadas com algumas tentativas de suicídio e um pai alcoólatra e negligente, e muita gente teria pulado fora. Em vez disso, eles me deram uma chance. Eles me escolheram. Eles me amaram. Eles me deram uma vida linda.

Depois de uns dois dias, quando as coisas se acalmam um pouco, eu e meus pais temos uma conserva aberta. Eles me contam uma história um pouco diferente da que cresci ouvindo, aquela sobre o casal desesperado e a jovem corajosa. Eles recontam tudo o que se lembram sobre a minha adoção, as coisas que eu já sabia e as que eu não sabia; todas as pessoas com quem eles falaram durante o processo, advogados e assistentes sociais, médicos, amigos, cada detalhe da jornada de me transformar em filha deles. E eu, em troca, conto sobre todos os passinhos da minha busca até agora, as coisas que eles já sabem e as que eu mantive em segredo até então: a certidão de nascimento, o registro na internet, os anuários, as cartas. E quando estamos na exata mesma página da história, falamos sobre o que queremos.

— Eu quero encontrá-la — declaro, olhando de um para o outro. — Espero que não seja um problema.

Isso já passou de mera curiosidade para mim. Estou me tornando dolorosamente ciente de um buraco em forma de S dentro de mim, um espaço vazio que sempre esteve ali, mas consigo senti-lo com mais intensidade agora que li as cartas. Consigo ouvir a voz da S no fundo da mente. Seu jeito engraçado e sarcástico de falar. A questão é: consigo ouvir a mim mesma. Na voz dela, eu ouço parte de mim. Ou talvez o contrário.

Ela é parte de mim. Eu sou parte dela.

— Nós queremos ajudar você a encontrá-la — diz papai, e eu acredito dessa vez.

— Mas você pode esperar um pouquinho, só para podermos fazer isso juntos? — pergunta mamãe com a voz trêmula. — Talvez seja egoísmo, mas... Não quero que vocês façam isso sem mim.

— Sim — concordo, porque sinto que devo isso a ela. — Sim, vamos esperar.

Querida X,

Estou me sentindo igual a um elefante, como se você estivesse aí dentro há dois anos e nunca fosse sair. Igual a um peru recheado no forno. Ou uma baleia encalhada. Estou inchada e prestes a explodir.

Quero fazer todas as coisas listadas no livro O que esperar para estimular o parto. Estou dando longas caminhas pelo bairro. O tempo refrescou um pouco, como Melly disse que aconteceria, então as caminhadas seriam agradáveis se não fosse pelo fato de que eu não consigo andar direito. Eu ando igual a um pato e consigo chegar aonde preciso. Também estou comendo comida apimentada, bebendo um monte de água para me manter hidratada, fazendo o balanço pélvico, que é um movimento que Melly me ensinou, no qual você fica de quatro e mexe a pélvis para a frente e para trás a fim de fortalecer esses músculos e fazer o bebê encaixar na posição certa. Tem alguma coisa sobre tentar óleo de rícino se estiver desesperada, mas, na minha opinião, isso estimula o parto ao fazer você ter a pior diarreia da sua vida, então não, obrigada. E você pode transar. Orgasmos, segundo o meu livro de confiança, é capaz de estimular seu corpo a entrar em trabalho de parto.

Foi mal, X, mas ha ha ha. Orgasmos. Eu riria se não fosse começar a chorar.

Eu não deveria reclamar — sei disso. Você é saudável. Vai sair quando estiver pronta. E eu não deveria ficar com pressa para chegar a essa parte, porque a sua saída não vai ser muito divertida para mim.

Espero que você não seja muito grande. O médico disse que você tem uns três quilos. Parece muito.

Quando eu era criança, nós tínhamos uma cachorra que teve filhote. Isso foi antes de Evelyn, é claro. Meus pais pegaram ela como um tapa-buraco do casamento, como as pessoas fazem com bebês às vezes. Na verdade, ela deveria ser uma distração, uma tentativa de distrair eu e meu irmão para que a gente não notasse como as coisas tinham ficado ruins entre meus pais. Enfim. Ela se chamava Miojo. Não sei por que esse era o nome dela, porque ela era um labrador caramelo e não se parecia em nada com um miojo. Mas suspeito que tenha sido eu quem escolhi o nome, já que eu tinha uns seis anos. Miojo me parece o tipo de nome que uma criança de seis anos daria para um cachorro.

E a Miojo era incrível. Ela amava brincar de buscar a bolinha e correr para todo lugar que eu ia e dormir enroscada ao meu lado, e era, sinceramente, a distração perfeita aos meus pais péssimos que só brigavam.

Quando ela tinha mais ou menos um ano, meu pai resolveu colocar a Miojo para cruzar. Ela tinha custado mais de mil dólares, porque tinha pedigree e pais campeões de exposição — afinal, se fôssemos ter um cachorro, teria que ser o melhor cachorro possível —, então ele pensou em colocá-la para cruzar e vender os filhotes e ter um retorno no seu investimento. Ela teve um encontro com outro labrador com pedigree do outro lado da cidade e voltou apropriadamente prenha.

Não notei nada diferente nela até um dia em que ela estava sentada ao lado da minha cama e, em vez de parecer feliz como sempre, ela parecia completamente infeliz. Estava arfando. Sua barriga estava toda estufada e suas tetinhas caninas estavam inchadas, e ela ficava olhando para mim com uma cara de "faz isso parar".

Essa sou eu agora. Faz isso parar.

Minha mãe arrumou uma grande caixa de papelão e cobriu de toalhas para a Miojo deitar e, tarde de uma noite, ela me acordou para contar que a Miojo estava tendo os bebês. Eu estava bem ali quando aconteceu. Vi o primeiro sair. Ele estava num saquinho gosmento, e a Miojo se virou e olhou para ele toda confusa, tipo: "Ei, esse troço saiu de mim? Que vergonha."

Então o negócio se mexeu, e a Miojo ganiu, tipo: "Ai, meu Deus! Tá vivo! Que negócio é esse? Tira de perto de mim!"

Ela teria se arrastado para longe, apavorada, mas a minha mãe estendeu a mão e rasgou o saco ao redor do filhote e o colocou ao lado da cabeça da Miojo. Ela o cheirou. O filhote choramingou. Ela começou a lambê-lo. Então o filhote seguinte saiu, então o outro, e o outro, até que tivessem sete filhotes enfileirados ao lado da Miojo, choramingando e resmungando, e a Miojo lambeu todos eles com capricho e então olhou para mim de novo, batendo o rabo contra as toalhas. Acho que ela estava feliz. Tinha finalmente entendido o que precisava fazer.

Essa foi a minha experiência com nascimento, pelo menos até eu chegar a Booth. Já estive com duas meninas em trabalho de parto no meu tempo aqui, e eles foram tão diferentes quanto dia e noite, Brit no porão e Teresa com seus humms. Nenhum dos dois me deixa animada para quando chegar a minha vez.

Por sinal, Miojo, a cachorra, nunca mais foi a mesma depois de ter filhotes. Antes ela tinha uma barriguinha macia que virava para cima para que eu fizesse carinho, e depois disso ficou toda encaroçada e flácida e triste. Achei que talvez ela fosse voltar ao jeito que era antes, mas nunca voltou.

"Ela parece velha agora", falei para minha mãe. E ela riu e balançou a cabeça e respondeu: "Ela parece uma cachorra que teve filhotes. Só isso."

Também vou ficar daquele jeito, sei disso. Pode não ser tão óbvio. Minhas estrias vão ficar escondidas embaixo de camadas de roupas, mas ainda estarão lá. Gosto da ideia. Vai ser uma coisa para me lembrar de você, tipo uma tatuagem epicamente ruim. Vai ter uma história por trás daquelas marcas. Nossa história. Minha e sua.

S

39

— Ei, Cass, calma aí!

Eu me viro e vejo Bastian disparando pelo corredor na minha direção. O sinal acabou de tocar para marcar o fim das aulas do dia. Estou indo encontrar Nyla, que deve estar saindo da aula avançada sobre governo, que ela ama porque, enquanto o meu plano B, se eu não virar estrela da Broadway, é ser professora de teatro, o de Nyla, caso todo esse negócio de atriz de Hollywood não der certo, é entrar numa faculdade de direito e se tornar juíza.

Eu consigo imaginar: juíza Henderson.

— Ei, sua linda! — Bastian me alcança e me gira como se estivéssemos dançando.

— E aí?

Dou uma risada.

— Você e Nyles querem comer alguma coisa? Comigo? Mais tarde? — Ele coloca um joelho no chão, e os alunos se desviam dele, encarando e dando risadinhas. — Por favor, diga sim.

Faz um mês desde que fiz papel de idiota com Bastian na noite de encerramento. Depois que estabelecemos que eu esperaria a minha mãe se recuperar antes de vasculhar mais essa situação com a minha mãe biológica, as coisas sossegaram. Fiz testes para bolsas escolares na College of Idaho, mesmo que ainda não saiba se fui aceita. Comemoramos o Natal, o Natal de verdade, no dia de verdade. Minha mãe usou os brincos de pérola num encontro com o papai. Fomos ao cinema e sobrevivemos. Estamos vivendo um dia de cada vez.

Em meio a tudo isso, fui à escola e passei tempo com os meus amigos, com Nyla, é claro, e Alice e Ronnie e Bender também, e Bastian. Sinto como se Bastian fosse meu bom amigo há uma vida agora, nós praticamente terminamos as frases um do outro. Mas nunca conversamos a sério sobre o que aconteceu na noite em que eu o beijei, fora as mensagens — "Você tá bem?", "Tô bem" — que trocamos logo depois. Eu não queria que Bastian pensasse que eu tinha qualquer mágoa, então tenho agido de maneira extremamente amigável sempre que estamos juntos. E ele tem feito o mesmo. Estamos supercompensando, mas acho que tudo bem.

Eu o puxo para ficar de pé.

— Você não sabe o que fazer consigo mesmo quando não está numa peça, não é?

Ele balança a cabeça.

— Graças a Deus que vai ter um teste para outra no sábado. Você vai participar?

— É claro.

Ele bate palmas.

— *Peter and the Starcatcher*! Ainda não consigo acreditar. Era o meu livro preferido quando eu era criança.

— E você quer ser o Peter, imagino.

— Bem, quer dizer, o Peter é a estrela — responde ele com um sorrisinho. — Ou o Black Stache. — Ele mexe as sobrancelhas para cima e para baixo. — Eu poderia deixar um bigode crescer — completa ele na versão grave e adulta da própria voz.

— Será que poderia mesmo?

— Me respeita, mulher. — Ele bufa. — E você, provavelmente, quer ser a Molly Aster?

— É a Molly ou a sra. Bumbrake — observo. Só tem duas personagens femininas nessa peça, e a sra. Bumbrake é uma velha ranzinza que só aparece em, tipo, duas cenas. O que Mama Jo estava pensando? Mas nós vamos lidar com isso, como sempre fazemos. — Enfim, a resposta é sim, vou comer com você, mas antes vou buscar Nyla, e a gente te encontra na entrada.

Mas acaba que Nyla não pode ir.

— Tenho obrigação com as gêmeas — explica ela com um suspiro quando a encontro nos escaninhos. — Alexei está gripado, então preciso levar as meninas à aula de dança. Por tipo, horas.

— Ah, buá-buá, você tem irmãos e irmãs — choramingo de brincadeira.

— Cala a boca.

— Você sabe que eu te amo — cantarolo com uma voz fofa.

— Eu sei. — Ela faz beicinho. — Divirta-se com Bastian. Sem mim.

Mas Bastian não está na entrada da escola quando eu chego. Levo um tempinho para encontrá-lo. Ele está sentado do lado de fora, nos degraus de cimento ao lado do ginásio. E parece uma pessoa totalmente diferente do garoto animado que ficou me fazendo dançar há cinco minutos. Sua testa está franzida.

— O que houve? — pergunto.

Ele ergue o celular.

— Recebi o e-mail de admissão antecipada da College of Idaho.

Uma mistura de pavor e esperança passa por todo o meu sistema nervoso. Eu me jogo nos degraus ao lado dele.

— Então você foi aceito?

Ele assente.

— Isso não deveria ser uma coisa boa?

Ele assente de novo.

Eu me atrapalho toda para pegar o celular e, milagrosamente, também encontro um e-mail da College of Idaho. Eu o leio num milissegundo, e o texto me faz abaixar o celular e sufocar um gritinho de menina.

— Eu entrei — arquejo. — Eu entrei, eu entrei, eu entrei!

Mas entrar não era a parte que me preocupava, não é mesmo?

— Parabéns — diz Bastian, ao meu lado. — Eu sabia que você conseguiria.

— Só um minuto.

Clico no arquivo que eles mandaram anexado ao meu pedido de bolsa.

— E sobre a mensalidade... — sussurro.

Passo os olhos pela lista de financiamentos que consegui. Recebi a bolsa mais alta possível de teatro. A bolsa acadêmica mais alta. Uma bolsinha separada da qual eu nem sabia. E um subsídio.

Estou prendendo o ar, mas não consigo evitar. O que está listado aqui não é suficiente para eu conseguir pagar sem pegar empréstimos, ou não seria, se fosse só isso. Mas tem mais.

Tem o que eu gosto de chamar de dinheiro das flores.

Há umas duas semanas, a vovó e o tio Pete estavam lá em casa, e quando eu e o tio Pete estávamos sozinhos botando a mesa do jantar, ele começou a tentar me contar alguma coisa, mas não parecia conseguir chegar ao ponto.

"Eu nunca tive filhos", foi o que disse a princípio, e ficou com o rosto todo vermelho e manchado por baixo da barba bagunçada.

Não entendi aonde ele queria chegar.

"Eu sei", falei devagar. "Você queria ter filhos?"

"Eu não tenho nenhum filho, então você é tipo minha filha."

"Ah. Obrigada, tio Pete. Eu também amo você."

"Não sou exatamente rico", disse ele ao colocar os pratos na mesa. "Mas me viro bem. O ano foi bom para as flores."

Isso estava ficando esquisito.

"Bom pra você. Fico... feliz."

"Então tenho como te dar uma coisa."

Eu parei e o encarei, com as mãos cheias de garfos.

"O quê?"

"Eu posso dar algum dinheiro para você estudar na College of Idaho."

Fiquei surpresa. Nunca esperei receber nenhuma ajuda do tio Pete. Eu nunca teria pensado nisso. Então, mais tarde naquela noite, depois de comermos a sobremesa e lavarmos a louça, a vovó me puxou de lado.

"Eu ando vendendo algumas das minhas coisinhas artesanais no Etsy", contou ela. "Faço rosas de papel, basicamente, de páginas de livros antigos. Dá a mim e à minha pistola de cola quente algo para fazer enquanto assisto à *Roda da Fortuna*. E acabou que os jovens querem desesperadamente comprar essas rosas, para formaturas e casamentos e tal. Estou arrasando."

"Que incrível, vó. Você precisa me ensinar."

"Claro, mas a questão é", continuou ela, segurando meu braço e me levando para ainda mais longe do resto da família. "Eu estou com um pouco de dinheiro extra por causa dessas flores, e queria dar para você."

"Para mim?" Novamente, fui pega de surpresa.

"Para estudar na College of Idaho."

Então. Eu tenho dinheiro das flores.

Agora, sentada ali nos degraus, faço as contas depressa, adicionando o dinheiro das flores ao total do meu financiamento. Quase fecha. Eu ainda vou ter que trabalhar em tempo integral durante os verões, e ter um emprego de meio período durante o ano escolar, mas é possível. É viável, até sem pegar empréstimo. Então, sim. Sim, sim.

Eu vou para a College of Idaho.

— Eu vou mesmo — suspiro, então começo a rir até chorar um pouquinho, porque estou tão assoberbada e aliviada e empolgada e honrada pela boa vontade da minha família incrível pra caramba em me ajudar e eu me sinto tão... amada. Essa é a palavra. Amada. Estou transbordando de amor. Não vejo a hora de contar aos meus pais.

— Me parece uma boa notícia — diz Bastian. — Estou tão feliz por você.

Mas seu rosto ainda está desanimado, seus olhos sem o brilho usual. Fico um pouco mais séria.

— O que houve? Você não tem como pagar?

— Dinheiro não é o problema — explica ele. — Meu tio vai pagar pela minha faculdade.

Arquejo.

— O meu também se ofereceu para ajudar. Viva os tios, não é?

Ele dá um sorrisinho triste.

— Meu tio é o melhor.

— Então qual *é* o problema?

— Nada, acho. Eu deveria estar feliz. Deveria estar pulando pra cima e pra baixo. Eu deveria estar... — Ele aponta para o meu rosto. — Com *essa* expressão. E eu estava. Eu vi o e-mail, abri, fiquei animado, mas então...

— Mas então?

Ele suspira.

— Mas então quis ligar para os meus pais. Quis comemorar com a minha mãe, e ouvir que o meu pai, sei lá, está orgulhoso de mim. Mas isso não vai acontecer.

— Sinto muito. — Passo os braços ao redor dele. Ele deita a cabeça no meu ombro. — Mas você vai para a College of Idaho?

— Sim. Vou — confirma ele, com uma voz determinada. — Não importa o que eles pensem.

Dou um tapinha carinhoso na bochecha dele.

— Bem, então vou comemorar com você. *Eu* estou orgulhosa de você, e vou estar lá ao seu lado, e nós vamos nos divertir muito.

Ele ergue a cabeça. Seus olhos têm um brilho suspeito.

— Valeu, Cass.

— Agora vamos sair desses degraus porque a minha bunda está congelando. Vamos comer.

— Eu não estou com fome, na verdade — admite ele quando nos levantamos.

— Então vamos para outro lugar. Algum lugar onde possamos conversar. Acho que já passou da hora de termos uma conversa sincera, não acha? Você está de carro?

40

Acabamos, entre todos os lugares, no Thunder Ridge. É silencioso e tem uma vista bonita.

Bastian acha hilário.

— Esse é o ponto de pegação da cidade? — pergunta ele, incrédulo, depois de estacionar na beira da colina, de frente para a vista. Está começando a escurecer lá embaixo. Idaho Falls parece maior aqui de cima, se estendendo por todo o vale, rodeada por uma colcha de retalhos de fazendas de batatas. É meio lindo.

— Quer se pegar? — Eu viro para ele e ergo uma sobrancelha de maneira sugestiva.

Ele também ergue uma sobrancelha.

— Achei que já tivéssemos definido por que isso não seria uma boa ideia.

— Mil desculpas por ter feito aquilo. É tão constrangedor — resmungo.

Ele balança a cabeça.

— Não é culpa sua. Você estava cega pela minha beleza estonteante. Poderia acontecer com qualquer um.

Prendo uma risada. Na realidade, isso não está muito longe da verdade.

— Você de fato arrasa de legging.

— Você sabe bem disso. Mas eu deveria ter prestado mais atenção aos seus sinais também, Cass. Não queria chatear você.

— Eu sei. Estou bem agora, mas como pude ter sido tão idiota em acreditar por tanto tempo que você seria meu namorado? Você é o cara perfeito.

Ele dá um riso meio de desdém.

— Claro. Eu, perfeito. Essa foi boa.

— Não, sério — insisto. — Você é. Isso ainda é verdade. Eu só estava errada sobre a parte em que o universo tinha nos destinado a ficar juntos.

Ele fica em silêncio por um minuto, então diz:

— Passei muito tempo desejando ser hétero. Muito, muito tempo. Teria sido tão mais fácil.

— Teria sido mais fácil para mim também — concordo. — Você acabou com a minha vida.

Ele me encara.

— O quê?

— Depois do nosso breve tempo juntos, essencialmente como a esposa do padeiro e o príncipe, você estabeleceu um padrão tão alto que ninguém mais consegue alcançar — explico com pesar.

Bastian assente.

— Ah. Bem, temo que esse seja o martírio das mulheres hétero do mundo todo.

— Você deve ter razão.

— Na verdade, eu já saí com uma garota — conta ele. — Não quero me gabar, mas fui o melhor namorado da história.

— Que garota?

— O nome dela era Katie. Estávamos no nono ano, e a levei para o baile de inverno. Acho que a magoei.

Ele faz uma expressão triste.

— Parece que ela o magoou também — comento.

Ele balança a cabeça.

— Não, não é isso. É só que essa época foi difícil pra mim. Eu sabia quem era, bem no fundo, mas tinha medo de que mais ninguém gostasse dessa pessoa. Eu estava tão no fundo no armário que encontrei, tipo, Nárnia lá dentro.

Dou uma risada e assinto. Acho que entendo, ao menos em parte. Idaho Falls é um lugar difícil no qual crescer se você não é igual a todo mundo. Como em qualquer lugar, acho.

— Então, quando você saiu do armário? — pergunto.

— No ano passado. — Ele suspira. — Na minha festa de aniversário. Fui pego beijando um cara da escola. Achei que ele fosse gay... E continuo achando, na verdade, mas ele não estava pronto para se assumir, então meio que puxou o meu tapete. Disse que *eu* estava tentando corromper *ele* ou algo assim. E foi basicamente por isso que tive que mudar de escola.

Seguro a mão dele.

— Se serve de consolo, fico feliz por você ter mudado de escola.

Ele abre um sorriso, que logo desaparece.

— Essa foi a última vez que o meu pai falou comigo. Literalmente. A última vez.

Sinto o coração apertar.

— Sinto muito. Eu realmente... sinto muito.

— Ah, ele vai superar — responde ele com um tom leve, como se não doesse. — Mas pode levar uma década ou mais. Ele é religioso. Quer dizer, tanto ele quanto a minha mãe são muito religiosos. Não é uma coisa fácil de se deixar pra lá quando se pensa que o livro de regras de Deus diz que o seu filho vai queimar no inferno. Sei que nem todos os religiosos pensam assim, mas meu pai pensa. — Ele tosse. — E quanto a você? Sua vida não é livre de drama.

— Minha vida é cheia de drama. Confia em mim.

Penso em contar que sou adotada. Estou refletindo sobre como começar, como sequer trazer o assunto à tona, mas antes que eu tenha uma chance, ele diz:

— Quer dizer, seu drama está quase acabado agora, não é? Sua mãe está bem.

— Minha mãe está bem — concordo.

Ele assente.

— Eu amo ficar na sua casa quando vocês estão todos lá, observar você e sua mãe interagindo.

— Você nos observa? Quer dizer, tipo zebras num zoológico?

— Vocês são zebras cheias de classe. É tão óbvio que ela é a sua mãe. Ela vira a cabeça do mesmo jeito que você quando faz uma pergunta. E fala gesticulando igual a você. E morde o lábio quando está pensando, o que você faz o tempo todo.

— Você anda prestando atenção — murmuro.

— Bem, sim, mas você também é a cara dela.

Desvio o olhar para a janela, sorrindo. Está escuro agora, as luzes de Idaho Falls se acenderam, e sinto como se estivesse encarando um campo de estrelas. Então volto a olhar para Bastian.

— Acho que sou mesmo.

— Então, viu só? Você passou por um monte de drama recentemente, mas está no final feliz.

Dou uma risada.

— O final feliz.

— Você acabou aqui — diz ele, gesticulando para a bela vista. — Nesse momento. Comigo.

É verdade, penso.

Eu acabei aqui.

Querida X,

Fico imaginando seus pais agora, se preparando, arrumando seu quarto, montando o berço e pendurando um quadro de um coelho ou uma ovelha ou algo igualmente fofo na parede que eles pintaram de cores suaves só para você. Quero que sua mãe tenha uma cadeira de balanço. Quero que ela cante para você. Minha mãe costumava cantar para mim, acho. Quando era pequena.

Liguei pra minha mãe hoje. Ela me perguntou como eu estava, e respondi que estava pronta.

"Posso ir morar com você?", perguntei. "Depois que ela nascer?"

"Você quer vir morar no Colorado?", perguntou ela, surpresa. Eu sempre quis ficar em Idaho, com papai e seu silêncio, em vez de com a mamãe e sua gritaria.

"Não quero voltar a morar com o papai", falei, e não expliquei por quê — Deus sabe que ela já está bem ciente de que ele tem seus problemas. Não quis mencionar a maneira como ele olhou para Ted, e como toda vez que penso no meu pai agora, vejo o rosto de Ted tentando ser gentil com esse cara que é obviamente um babaca racista.

"Tenho certeza de que podemos dar um jeito", respondeu a minha mãe. "Vou perguntar pro Bret, mas acho que ele vai aceitar numa boa."

"Valeu."

"Então você pode deixar essa história para trás, quando tudo tiver acabado. Pode recomeçar", falou ela.

"Certo", concordei com ela. "Começar do zero."

Eu realmente estou pronta agora, X.

Isso me faz pensar numa coisa que Heather disse uma vez, quando ela estava tão grávida quanto eu. A avó dela estava morrendo de câncer, e Heather disse que sentia que as duas estavam passando por experiência semelhantes, ela e a avó. Elas estavam prestes a passar por algo inevitável e assustador, algo que elas não podiam controlar e não sabiam exatamente quando ou como aconteceria. Mas, em algum momento, ambas teriam que passar por aquilo — morrer, parir — e sair do outro lado.

Acho que eu vejo você do outro lado.

S

41

Estamos aqui. Minha mãe e Nyla estão paradas no meio da Twenty-Fourth Street, em Boise, Idaho, olhando para cima em direção ao grande prédio de tijolinhos com o símbolo do Exército da Salvação sobre a porta principal. O lugar se chama Marion Pritchett School agora, e ainda é destinado a adolescentes grávidas, mas elas não moram mais aqui. Atrás do prédio de tijolos tem outro prédio longo e bege, e uma van cuja lateral diz "Centro de Aprendizado Primário Risada de Girafa". A escola não está aberta porque estamos nas férias de primavera, então tudo está perfeitamente silencioso.

Continuamos paradas na rua quando uma mulher sai pela porta. Ela está com uma camiseta xadrez e óculos e sapatos confortáveis e, quando nos vê, ajeita os óculos no nariz e pergunta:

— Posso ajudá-las, senhoras?

Queria que ela estivesse usando um crachá, assim eu poderia saber se ela é Melly, mas, pensando melhor, acho que Melly não é o nome verdadeiro da Melly. S disse que mudou todos os nomes, então Ted e Dawson e Evelyn — o elenco completo dos personagens da vida dela — estão todos seguindo suas vidas pelo mundo com outros nomes.

Exceto Amber. Acho que a S manteve o nome de Amber, porque esse também é o nome da mulher que estava procurando pela filha no site de adoção, e isso não pode ser coincidência. Então talvez ela não tenha mudado o nome de Melly também, ou das outras pessoas da escola. Quer dizer, por que precisaria mudar?

— Não, estamos só passeando — respondo a talvez-Melly.

A mulher olha para mim e para Nyla de cima a baixo a fim de ver se cumprimos o único critério para entrar nessa escola. Nenhuma de nós parece grávida, mas talvez ainda não dê para notar.

— Se estiverem interessadas em estudar aqui, eu teria prazer em fazer um tour — oferece ela.

— Seria ó... — começa Nyla.

— Não — respondo com firmeza.

Tem uma parte de mim que quer ver o quarto onde a S dormiu e a sala de estar onde fez o dever de casa e o porão onde Brit se escondeu no dia 4 de julho. Mas os dormitórios foram todos convertidos em escritórios, pelo que pude descobrir usando os poderes da internet. Também não quero me esgueirar por aí fingindo ser alguém que não sou. Só queria ver a escola. Andar na mesma calçada que a S andou, mesmo que por alguns minutos. Ver o que ela viu.

Mas de fora.

— Ok, bem, se mudarem de ideia, aqui está o meu cartão. — A mulher tira um pedacinho de cartolina do bolso e me entrega.

— Obrigada.

Ela sorri e passa por nós, seguindo na direção do carro, no qual entra e dirige para longe.

— Você acha que essa era Melly? — sussurra Nyla.

— Não sei. Melly trabalhou aqui há, tipo, 19 anos. Aquela mulher parecia trabalhar aqui há 19 anos?

— Escolho acreditar que era Melly — diz mamãe.

Olho para ela e sorrio.

— Eu também.

Ela pega a minha mão e aperta três vezes. Eu aperto de volta.

Relanceio para o cartão. *Carmella Lopez*, ele informa.

— Então, o que você quer fazer agora? — pergunta minha mãe.

— Quero encontrar a S.

Estamos prontas. Mamãe está mais forte. O corpo dela aceitou o coração novo. Os médicos nem parecem mais preocupados. Ela está com as bochechas rosadas, andando com um ligeiro pulinho. É uma fera na fisioterapia. Todos os profissionais de saúde a liberaram para fazer uma viagem curta até Boise. Então aqui estamos.

Minha mãe ri.

— Eu estava falando do almoço.

— Ah. Não tenho a menor ideia. — Faço contato visual com a minha mãe.

— Mas quero encontrá-la, mãe. Não só fazer um tour pelos lugares das cartas, mas de fato encontrá-la. Você está mesmo de boa com isso? Não está dizendo isso porque é o que quero escutar?

Ela sorri, e é um sorriso verdadeiro, não um feito para me agradar.

— Eu quero que você a encontre — afirma ela. — É o que eu quero também.

— Ok. Se você tem certeza.

— Eu tenho certeza se você também tiver. — Ela balança minha mão entre nós duas da forma que costumava fazer quando eu era pequena e ela estava tentando tornar até uma caminhada pela calçada divertida, feito uma dança.

— Eu tenho.

— Que bom.

— Bem, vamos logo, então — diz Nyla, bem à frente. — Vamos achar a S.

Encontramos com o meu pai para almoçar e depois passamos numa loja de materiais de escritório, onde ele compra um grande quadro branco igual aos que usa na escola porque ele é um professor nerd e acha que todos os quebra-cabeças da vida podem ser resolvidos esquematizando um plano com uma canetinha de colorir. Então nós vamos para a biblioteca da BSU e fazemos cópias das cartas e passamos algumas horas analisando-as minuciosamente, nos familiarizando com o mundo da S. Tomando notas. Procurando pequenos detalhes que possam acabar sendo provas.

— Que campus bonito — diz papai, enquanto estamos vagabundeando por Boise State.

— Pai.

— Só estou comentando.

Ele está mais aberto à missão em-busca-da-mãe-biológica do que eu esperaria que ele estivesse. As coisas mudaram na noite em que ele leu as cartas. Ele está oficialmente engajado.

— Muito bem — diz ele quando nos acomodamos numa das salas de estudos da BSU. Ele cola o quadro branco na parede com uma massinha adesiva. — Vamos escrever o que sabemos.

Depois de uma hora, isto é o que está escrito no quarto:

Primeiro nome começa com S.
Morou em Booth.

Poderia ter vindo de outra cidade ou estado, mas é improvável, visto que seu pai a visita.

S menciona que sua escola antiga chamava BHS (Boise? Borah? Possivelmente Bishop Kelly High School, mas então teria um BK).

Mãe em Colorado.

Irmão "estrela?" do futebol americano numa faculdade do outro lado do país.

Amber menciona que o pai de S é um "grande político", e S fala sobre o seu eleitorado. O formulário de INI diz que ele é advogado.

Verificar possíveis faculdade que Dawson pode ter frequentado.

Dou um passo para trás, absorvendo todas as informações. Parece muito, o que está escrito ali. Sabemos muito mais agora, sobre a S, sobre a vida dela.

— Então, qual é o plano? — pergunta meu pai, porque se tem uma coisa que ele ama é um plano. — Qual é o próximo passo para hoje?

— Acho que deveríamos ir à Biblioteca Pública de Boise. — Eu já tinha pensado bastante sobre isso. — Verificar os anuários de novo. Talvez olhar algum microfilme do jornal local em busca das "estrelas" de futebol americano que jogaram na época do irmão da S. Fazer uma lista de todos os parlamentares do estado e do país no ano em questão, especialmente os recém-eleitos. Também deveríamos olhar os membros do conselho da cidade e qualquer outro político eleito.

Meu pai ergue a mão.

— Eu fico com futebol.

— Anuários — diz minha mãe, rindo. — Talvez eu consiga reconhecer o seu queixo.

Eu já tentei isso e fracassei totalmente, mas ok. Olho para Nyla.

— Acho que isso nos deixa com os políticos corruptos.

Ela se encolhe.

— Uhul.

42

— Estou pronto para dar o dia por encerrado — suspira papai umas três horas depois.

Esfrego os olhos.

— É, eu também.

— Também — fala Nyla. — Além disso, a biblioteca está quase fechando.

Relanceio para minha mãe, que ainda está enterrada em anuários, mas ela não levanta a cabeça.

— Ei, mãe. Mãe?

A bibliotecária nos lança um olhar de "shh". Eu me levanto e me aproximo para tocar de leve no ombro dela.

— Sim, querida — diz ela com uma voz meio sonhadora.

— Estamos exaustos por aqui.

— Tudo bem. — Ela fecha o anuário.

— Alguma sorte?

Ela franze a testa bem de leve.

— Não. Quer dizer, talvez. Tem muitas garotas de 16 anos nessas escolas cujo primeiro nome começa com S. Mas não, ninguém que seja obviamente quem estamos procurando. E vocês?

Suspiro. Nyla e eu fizemos uma lista de parlamentares e tentamos comparar esses nomes com o que sabíamos sobre S e sua família, e conseguimos eliminar vários homens eleitos na época, mas não encontramos nenhum candidato claro.

— Nos saímos ok — respondo. — Mas, como você disse, ninguém óbvio.

Reunimos nossas coisas e saímos da biblioteca. Passamos o caminho de volta ao hotel em silêncio.

— Fizemos um bom trabalho hoje — fala papai. — Progredimos.

Mas não sinto que descobrimos nada novo. Parece que toda essa informação nos dá pistas, mas as pistas não levam a lugar nenhum.

Talvez seja de propósito, sussurra uma vozinha de alerta no fundo da minha mente, uma que eu venho tentando ignorar. *Talvez a S não tenha dado a você pistas de verdade, porque isso não é uma caça ao tesouro para ela. Isso é a vida dela. Se ela quisesse fazer contato, poderia fazê-lo com um piscar de olhos.*

Cala a boca, voz. Eu sei. Eu *sei*. Mas é aquilo que a minha mãe disse no começo. Faz quase vinte anos. As coisas mudam.

— E quanto ao meu pai biológico? — digo.

O sorriso do meu pai murcha um pouco. Ele pode até ter topado participar da minha busca pela S, mas acho que não tem tanta certeza sobre o D. Ainda assim, está determinado a me apoiar e deixar que a decisão seja minha.

— Vamos focar numa coisa de cada vez — responde a minha mãe, animada. — Sabemos tanto sobre a sua mãe biológica e, se a encontrarmos, ela pode nos dar o nome verdadeiro de Dawson. Não deve ser muito difícil depois disso.

— Exatamente — concorda meu pai. — Vamos nos ater à S.

No hotel, mamãe tira um cochilo. Papai sai para uma caminhada. Ele diz que precisa pegar um ar, mesmo que a qualidade do ar em Boise seja bem ruim — o que as pessoas não contam sobre Boise é que ela tem o formato de uma tigela, e às vezes acontece uma inversão térmica, e toda a poluição da cidade fica presa dentro da tigela. O céu está de uma cor granulada entre marrom e cinza. A neve toda derreteu, e a grama morreu. O ar está frio e úmido e estranhamente pesado.

Boise é um belo reflexo do meu humor, percebo.

Nós duas vamos para a varanda do hotel para conversar.

— Ok, fala sério — diz ela. — Como você está?

Ela passou o dia quase todo quieta, nos acompanhando, oferecendo a opinião só quando requisitada. Não é do feitio dela.

— Bem — reporto. — E você?

— Hoje não foi bem o episódio de *Cold Case* que eu estava esperando, mas tudo bem.

Era assim que essa busca parecia, quando falávamos dela no começo do mês. Parecia que voltaríamos a Boise, onde a minha história começou, e juntaríamos todas as peças do quebra-cabeça para formar uma imagem. Mas não juntamos. Não estamos mais perto de encontrar minha mãe biológica do que estávamos ontem. Ou no mês passado. Ou no ano passado.

Eu estava tentando fazer uma cara de "ah, bem, pelo menos a gente tentou" para os meus pais, porque eles não querem me ver chateada. Mas isso me chateia.

Digo tudo isso para Nyla, só que não em tantas palavras.

— Que droga — diz ela. — Sinto muito. Talvez não seja o momento certo, sabe?

— O momento certo? Quando é momento certo?

— Talvez não fosse para você encontrá-la agora. Como é que a sua mãe sempre diz? Que as coisas acontecem quando devem acontecer?

— Alguma coisa assim.

— Vai acontecer se for para acontecer — declara ela.

— E se não for para acontecer?

— Acho que, por essa lógica, significa que não vai acontecer.

— Tipo, nunca.

Ela não está exatamente me animando.

— Eu só quero saber — murmuro.

A varanda do hotel tem uma vista magnífica do estacionamento, e lá embaixo vejo uma mulher tentando colocar uma criança pequena aos berros dentro do carro.

— Ah, por favor! — Ouço ela dizer, frustrada. — Vamos logo!

Essa mulher também pode ser um bom reflexo do meu humor. Ou a criança. Não tenho certeza de qual.

— O que você quer saber? — pergunta Nyla.

— Quem ela é.

— Você sabe quem ela é. Sabe as partes importantes, pelo menos.

Suspiro. Ela tem razão.

— Então acho que quero saber quem eu sou.

— Como assim, e você quer encontrá-la para que ela possa te dizer? Como ela saberia quem você é?

— Bem... — Caramba, Nyla, penso, que grosseria. — Ela é uma parte de mim, uma parte de quem sou à qual eu nunca tive acesso.

— É, você já disse isso, uma vez. Mas a parada, Cass — observa ela, com a voz delicada —, é que todo mundo se pergunta quem é, não importa se conhecemos quem nos pariu ou não. Todo mundo se faz as mesmas perguntas, certo? *Quem sou eu? Por que estou aqui?* E mesmo que a gente saiba as respostas simples, a pergunta nunca vai embora. Nunca fica mais fácil. Nunca é resolvida.

Tenho a sensação de que ela não está mais falando tanto sobre a minha vida, mas sobre a dela.

— Sei o nome dos meus primeiros pais, e do meu irmão. Sei onde nasci. Sei por que acabei num orfanato. Eu não *quero* lembrar de algumas coisas, mas lembro. Tipo o cheiro de comida podre. Minha mãe me escondia numa lata de lixo quando os homens maus iam na nossa casa. Está no documento que a minha mãe tem.

Ela nunca me contou isso. Eu a abraço, mas sinto que não é o suficiente.

— Não consigo me lembrar direito do rosto dela — continua Nyla. — Queria que houvesse uma foto ou uma carta, mas nem acho que ela falava inglês. Bindu, esse era o nome dela. Eu já te contei isso?

— Já. Sinto muito. Sinto muito mesmo, Nyles.

Ela suspira.

— Não, eu sinto muito. Acabei de colocar o foco do assunto em mim. Nossa.

— O foco do assunto é em nós duas, acho.

— Meu ponto é: eu sei tudo. Sei que foto meus segundos pais olharam quando me escolheram dentre uma pilha de fotos de crianças tristes sem pais que estavam à disposição para resgate. Sei essa parte da minha história, mas nada disso define quem eu sou agora. Sou quem eu sou. Ponto final.

— Você tem razão.

— Pode apostar que tenho. Mas ainda é uma droga, o que aconteceu, ou o que *não* aconteceu, hoje. Talvez você encontre sua mãe biológica algum dia, mas não crie sua identidade a partir disso. Ou dela. Porque essa não é a função dela. É a sua.

— Ah, Ny, pode ser sincera comigo.

Ela ri.

— Foi mal. Falei umas verdades, mas com amor.

— Obrigada. E valeu por ter vindo comigo. De novo. Sei que não é fácil para você.

Ela se vira para me dar um abraço direito.

— Imagina. Estou aqui pra você, amiga.

— Eu também.

Ela começa a cantarolar "Bless the Broken Road", do Rascal Flatts.

Pela porta de correr, vejo que minha mãe está acordada. Ela acena para mim.

— Ei, vamos entrar.

— Vou surrupiar uns doces na máquina automática — diz Nyla, depois de entrarmos.

Mamãe dá uma batidinha no espaço da cama ao seu lado, um gesto muito familiar. Eu me sento. Ela passa um dos braços ao meu redor.

— Então hoje as coisas não saíram como você esperava.

— Não, mas tudo bem.

Ela se reclina para me olhar.

— Tudo bem mesmo?

— Não vou encontrar todas as respostas em um dia — digo.

Ela faz um "humm".

— É, acho que isso é verdade — concorda ela.

— Vai acontecer se for para acontecer, quando for para acontecer.

— Olha só você — fala ela, apertando minha bochecha. — Como ficou tão sábia e madura?

— É um mistério — respondo.

43

Acordo mais tarde naquela noite com Nyla sentando na cama de repente.

— A foto! — exclama ela, alto, e quero pedir para ela falar baixo (meus pais estão dormindo na cama ao lado), mas então ela joga as cobertas para o lado e pula para fora da cama. Ela corre até a mesinha no canto do quarto e liga a luz.

Fico cega e irritada.

— Ei, Ny. O que você está fazendo?

— Onde a gente colocou a foto? — pergunta ela, ainda alto demais.

Eu me sento e apoio os pés no chão.

— A foto. Que foto?

— A... — Nyla fecha os olhos e franze a testa. — Não consigo lembrar da palavra. A foto, sabe?

Meu pai se senta. Seu cabelo ruivo está todo embolado, e ele parece meio assustado.

— Ei, hum, garotas? — Ele esfrega a mão pelo rosto e relanceia para o relógio na mesa de cabeceira. — São duas da manhã. É hora de dormir...

— Está tudo bem? — pergunta a voz sonolenta da minha mãe ao lado dele.

— Não sei.

Eu me viro para Nyla, que está vasculhando todos os nossos papéis: as anotações e os formulários que analisamos hoje, as cartas da S. Ela fica pegando uma pilha e a folheando, então a jogando de volta na mesa com um suspiro exasperado.

— Ela está fazendo uma bagunça. Alguma coisa sobre uma foto...

— Que foto? — pergunta papai.

— Não uma *foto* foto! — diz Nyla. — A foto de bebê.

— O ultrassom? — Minha mãe se senta.

Nyla ergue o olhar e aponta para ela.

— Ultrassom! Nossa, eu não conseguia lembrar dessa palavra.

Meu pai coça a cabeça.

— Porque são duas da manhã. Talvez isso possa esperar até amanhecer de verdade.

— Não.

Nyla atravessa o quarto e começa a vasculhar algumas coisas do outro lado, se mexendo como se fosse feita de energia líquida. Ela está claramente ligada, murmurando consigo mesma, mas não entendo o que ela diz.

Ela não consegue achar o ultrassom e se recosta na parede.

— Talvez eu devesse ter esperado amanhecer — diz. — Mas não consigo voltar a dormir agora. Eu lembro de ver...

— Ver o quê? — Exijo saber. — O que está havendo?

Ela olha para mim.

— Você não sabe o nome da sua mãe biológica.

— Certo. Exceto que começa com S.

— Você não sabe porque não está nas cartas — tagarela ela. — Ela tomou cuidado para não dar os nomes reais das pessoas nas cartas. Lembra aquela em que ela quase escreve o próprio nome, mas percebe a tempo?

— É claro que me lembro. Olha, Ny. Você está assustando os meus pais. E eu estava tendo um sonho bom.

— Acho que o nome dela *está* escrito lá.

Fico totalmente acordada.

— O quê? Não, não está — digo com certeza absoluta. Eu já li as cartas umas mil vezes. Poderia citar passagens inteiras de cor. Eu teria notado um nome. — A S nunca falou o nome dela.

— Ela nunca falou para você — insiste Nyla. — Mas ela deu ele para você. Provavelmente nem percebeu. Ou, vai saber, talvez tenha percebido.

Estou realmente confusa.

— O quê?

Ela bate na mesa com frustração.

— Cacilda, eu preciso da droga do ultrassom!

— Está aqui.

Pego minha mochila e tiro a carteira lá de dentro. Mantenho o ultrassom guardado na carteira, porque, como a S disse, é a única foto de nós duas juntas. Está bem ao lado de uma foto que eu e meus pais tiramos quando eu era criança numa cabine fotográfica. Entrego o ultrassom para Nyla, e ela senta numa mesa e coloca o dedo perto do topo da foto preto e branca granulada. Eu realmente pareço um alienígena ali. Então meus olhos se focam na tinta branca gasta ao lado do dedo de Nyla. Mas é só um bando de letras e números que não fazem sentido.

— É jargão médico, eu acho — diz Nyla, escorregando o dedo para a base da foto. — Mas aqui, embaixo de PERFIL 1. Aqui, Cass. Você tinha isso o tempo todo.

S. WHIT, está escrito.

— S — murmuro.

— Sim, mas "Whit" — explica Nyla com impaciência. — Deve ser o sobrenome dela.

— S. Whit — repito. — S. Whit.

— Como em governador Whit — declara papai atrás de mim. Ele também está acordado agora. — O pai da S é político, certo?

— Governador Whit? Eu... Eu o conheci. Ele não pode ser o meu...

— Mas faz sentido — diz Nyla. — Encaixa.

É verdade.

— Minhas anotações — sussurro. — Preciso das minhas anotações. Elas estão num caderno amarelo.

Todo mundo se levanta, meu pai de samba-canção, minha mãe com o roupão branco do hotel, Nyla de pijama, e começamos a vasculhar tudo em busca do meu caderno amarelo. Mamãe o encontra e o leva até a mesa como se estivesse prestes a ler os Manuscritos do Mar Morto ou algo do tipo. Os pelos da minha nuca estão eriçados, e sinto arrepios subindo e descendo pelos meus braços.

Minha mãe apoia o caderno na minha mesa e começa a folheá-lo em busca da página onde listei os políticos.

— Aqui. — Papai, acima do meu ombro, aponta para uma lista. *Senadores estaduais*, está escrito na minha letra.

É o terceiro nome de cima para baixo.

— "Michael Whit, senador júnior" — lê meu pai. — Só pode ser ele, não é?

— Governador Whit — digo.

— Eca — exclama Nyla. — Seu avô é o governador Whit?

— Ele não é meu avô — digo, irritada. — Eu não conheço ele.

Nyla fica séria.

— Desculpa. Você tem razão. Você tem toda a razão.

— É uma prova bem fraca — declaro. — É, o quê, inconclusivo? Só porque o nome Whit está no ultrassom não significa que... Whit pode ser o nome do médico. Ou o nome do técnico que fez o ultrassom. Ou outra coisa.

Mas o meu cérebro continua trabalhando, trabalhando, trabalhando, bem devagar, até chegar ao lugar aonde estava indo desde o segundo em que eu vi a palavra *Whit*.

— Calma aí. — Puxo o caderno para mim e volto várias páginas até as anotações que fiz sobre os anuários com Nyla no ano passado.

Equipe do Jornal de Boise High School
Kristi Henscheid
Melissa Bollinger
Melissa Stockham
Sandra Whit
Sarah Averett
Sonia Rutz
Amy Yowell

— Sandra Whit — arqueja mamãe ao meu lado.

Olho loucamente ao redor e volto a revirar as pilhas de papéis até encontrar as cópias que a minha mãe fez hoje de algumas páginas de anuários de escolas que começavam com B.

— Acho que estava no vermelho. Boise High School.

EM BUSCA DA HISTÓRIA, lembro que era o título da página. Espero que minha mãe tenha feito uma cópia. E sim, eu encontro. Uma cópia da página do jornal da escola. A primeira que olhei quando pesquisei os anuários com Nyla no dia da competição de teatro.

Dessa vez, o nome me salta aos olhos.

SANDRA WHIT.

Coloco um dedo sobre o nome, então sigo a ordem em que os alunos estão posicionados até descobrir qual garota da foto é ela. Não é uma foto ótima, e a garota que deveria ser a Sandra não está olhando para a foto. Ela olha para o lado, como se estivesse rindo de alguma coisa. Seu longo cabelo liso está bem na frente do rosto.

Eu não consigo ver nada.

— Queria que houvesse uma foto melhor.

— Eles arquivam os anuários na internet agora — informa minha mãe, baixinho. — A bibliotecária me disse.

Ela me entrega o meu laptop.

Eu o abro e faço uma busca pelos anuários de Boise High School. E ele está ali. O ano certo e tudo. Clico no anuário. Digito "Sandra Whit" na barra de pesquisa, e o site me informa que essa aluna em particular aparece em duas páginas: a página do anuário e a das fotos individuais dos alunos. Clico na página de fotos individuais.

A foto está em preto e branco. Ela está sorrindo, mas não com os olhos. Parece entediada, como se preferisse estar em outro lugar.

— Cass, os dentes dela são iguais aos seus — observa Nyla.

— Meus dentes?

Papai se inclina mais para perto da tela.

— Verdade. Iguais aos seus. Pequenos e bem próximos. Os dela são mais retos, mas fora isso, os dois são iguaizinhos. Vocês também têm queixos idênticos, mas lábios diferentes.

Encaro o queixo da garota. É vagamente familiar. Eu não sou a cara da Sandra Whit, mas tem alguma coisa minha ali. Se eu não estiver imaginando coisas. Quer dizer, eu já tinha olhado para essa foto, e a mamãe também, apenas algumas horas atrás, e nenhuma de nós viu nada que nos fizesse acreditar que foi essa garota quem me deu à luz.

Nyla tomba a cabeça para um lado.

— Meu deus, que roupa é essa?

Ela está não com uma regata, mas com duas, uma por cima da outra, ambas escuras. Seu cabelo é liso, longo, e está puxado por cima de um dos ombros. Uma gargantilha de contas está presa bem rente ao seu pescoço. Acho que é à gargantilha que Nyla está se referindo. É bem anos 1990.

Eu me recosto na cadeira. Minha mãe se inclina para olhar.

— Ela tem os seus olhos — murmura ela. — Se essa foto fosse colorida, eles seriam azuis.

Eu me pergunto se isso é verdade. Também me pergunto se estou nessa foto com ela, invisível, mas ali. Fora do enquadramento. Não consigo parar de encarar o rosto dela, como se estivesse olhando nos olhos da versão anterior dela e fosse capaz de enxergá-la em sua vida real, seja onde ela estiver.

— Prazer em conhecê-la, Sandra — sussurro. — Se essa for você.

Querida X,

Nós conseguimos. Estou deitada numa cama de hospital nesse momento, vestindo umas daquelas camisolas hospitalares azul-bebê que não valorizam ninguém, e você não está mais na minha barriga, X. Você saiu. Você chegou. Você está aqui.

Eu me sinto vazia e cheia ao mesmo tempo.

Estou tentando entender as coisas agora, para te contar sobre a noite de ontem.

Ela basicamente começou igual a todas as outras noites ultimamente. Ontem foi domingo, então Amber e eu não tínhamos muito para fazer o dia todo. Não frequentamos igreja nem fazemos nada parecido com um brunch ou um passeio à tarde. Nós ficamos de preguiça e assistimos TV e, de acordo com Melly, "comemos tudo o que tem na casa".

Então foi isso o que fizemos ontem. Ficamos sentadas, comendo besteira, e trabalhei na dissertação que estou escrevendo para a aula de inglês sobre Romeu e Julieta. *Vimos* Os Simpsons, *e escrevi minha dissertação durante os intervalos e pensei em como até a vida da Julieta é zoada, uma simples adolescente de antigamente que só queria descobrir o que era o amor, mas não tinha uma folga. Amber começou a comer, tipo, um litro de sorvete de manteiga de amendoim porque disse que estava com vontade de morrer de tanto calor, mesmo que esteja mais fresco agora, então a gente foi para a varanda pegar um ar. Já era tarde a essa hora, e a lua estava alta e cheia no céu, mais brilhante e maior do que eu jamais tinha visto, cobrindo toda a rua com uma luz prateada.*

Era tão lindo que meio que doía. Ou talvez fossem só as minhas costas.

"Me dá um pouco disso", pedi para Amber.

Ela me passou o sorvete.

"Você já parou para pensar", falei com a boca cheia de maravilha amanteigada, "em como a lua brilha para todo mundo, no mundo todo, e como ela é igual para todos nós?". Bem nesse momento eu estava pensando em como essa mesma lua também estava brilhando para a minha mãe, no Colorado, e para o meu pai, na sua casa solitária na colina, e para Heather e Brit e Teresa. E para Dawson, onde quer que ele estivesse. E para Ted. E era, tipo, naquele momento que a lua conectava todo mundo no mesmo espaço.

Está brilhando para nós agora, X. Brilhando para mim, sozinha dentro desse quarto, e para você, no berçário.

Mas Amber, é claro, não via as coisas desse jeito.

"Não", respondeu ela, sem emoção. "É só a lua."

"Ei, estou tentando ter um momento aqui", falei.

"Você está tentando ser romântica. Mas não dá para ser romântica sobre a lua. É um pedaço de pedra fria e sem vida circulando ao redor do nosso planeta. Grande coisa."

"Muita gente é romântica sobre a lua", argumentei.

"Bem, eu não."

"Obviamente."

"É só a lua", repetiu ela.

"Sabe o que você deveria ser quando crescer?", falei. "Uma contadora. É o trabalho nada romântico perfeito pra você. Esse ainda é o plano, não é? Porque as pessoas sempre vão precisar de contadores. Quer fazer minha declaração de imposto de renda um dia?"

Amber fez uma careta. Ela não falava mais dos seus planos. Não falava sobre o bebê ou fraldas de pano ou a rede de apoio que vai ajudá-la a criar a criança enquanto ela volta a estudar. Isso tudo era uma palhaçada que ela inventava antigamente para nos fazer pensar que tinha as coisas sob controle. Isso acabou no dia em que ela chegou com hematomas no pescoço.

"Cala a boca", respondeu ela. "O que você vai ser? Garçonete? Ou uma dessas mulheres que limpam quartos de hotel?"

"Não me faça te socar no nariz de novo."

"Talvez eu revide dessa vez."

Nenhuma de nós duas queria entrar numa briga de verdade. Nós só estávamos irritadiças e solitárias, apesar de estarmos juntas. Era culpa da lua, eu acho.

Eu devolvo o pote de sorvete para ela.

"E, com essa", falei, "eu vou pra cama".

Eu cambaleei de volta para o meu quarto e vesti minha camisola (não visto mais pijamas porque eles não conseguem acompanhar o crescimento da minha cintura) e lavei o rosto. Então, enquanto estava escovando os dentes, notei uma coisa.

Três gotas de sangue.

Bem embaixo de mim havia três gotas de sangue vermelho-vivo.

Agora consigo lembrar isso e pensar, maneiro. Três gotas de sangue contra o linóleo branco do chão do meu quarto. Como no conto de fada da Branca de Neve dos Grimms, na qual a mãe da Branca de Neve fura o dedo dela quando ela está costurando e três gotas de sangue pingam na neve. E depois ela dá à luz uma filha vermelha feito sangue e branca feito neve. É um bom presságio, essas três gotas de sangue.

Mas, bem naquele momento, enquanto estava parada na frente da pia, pensei: bem, pelo visto estou sangrando. Isso não pode ser bom.

Então limpei o sangue e calcei meus chinelos e fui acordar Melly. Você não estava se mexendo naquela hora, e eu não conseguia me lembrar da última vez que tinha sentido você se mexer — quer dizer, eu tinha certeza de que você tinha se mexido nos últimos tempos, mas não conseguia lembrar quando, e eu não estava, tipo, jorrando sangue, mas estava sangrando um pouco e já tinha assistido a filmes demais nos quais a mulher começa a sangrar e, na cena seguinte, os médicos estão contando que o bebê dela morreu. Então corri para o quarto de Melly.

Ela não estava dormindo. Pela primeira vez. Estava sentada na cama lendo um livro. Alguma coisa sobre Ofélia.

"O que houve?", perguntou ela.

Eu contei.

"Você está com dor?", perguntou ela.

Respondi que não.

"Deve estar tudo bem", disse ela, mas pediu que eu esperasse por ela do lado de fora enquanto ela se vestia, então ela me levaria no St. Luke's para garantir.

Eu estava esperando no corredor escuro quando Amber chegou arrastando os pés.

"Minha bolsa estourou", falou ela como se estivesse anunciando o tempo.

Bati na porta de Melly.

"Um minuto", exclamou ela do outro lado da madeira. "Você pode avisar à Amber que estamos indo ao hospital para ela saber onde estamos se ainda não tivermos voltado de manhã?"

"Amber está aqui. A bolsa dela estourou", respondi.

A porta se abriu. Melly espiou para fora.

"Sua bolsa estourou?"

Amber teria respondido, mas a essa altura ela estava curvada para a frente, tendo uma contração. Então também senti, uma contração de verdade que começou embaixo das minhas costelas e vibrou pelo meu corpo abaixo.

"Ai", falei. "AI."

Melly olhou de Amber para mim, então de volta para ela.

"Vocês duas? Ai, meu Deus, hoje tem lua cheia?"

"Na verdade...", arquejei.

"Vamos lá", disse Melly, toda prática agora. "Vamos levar vocês para o carro."

Ela olhou para cima enquanto seguíamos pela calçada até o carro.

"Maldita lua", murmurou para si mesma.

Então, a dor. A dor foi bem ruim, X. Não vou mentir. Numa escala de um a dez, na qual um é um topada no dedão, isso foi tipo 12,5. Pelo menos ali na reta final, quando realmente achei que pudesse morrer. No começo, não achei que fosse tão ruim, tipo cólicas menstruais, talvez um pouco pior.

Quando cheguei ao hospital, eles me examinaram e disseram que o sangue era só um pouco do meu tampão mucoso, mas que você estava bem. Eu estava bem. Mas estava tendo contrações, pequenas que eu não sentia de verdade, a cada cinco minutos.

Eles me conectaram a um monitor e me fizeram andar um pouco, o que deveria ajudar a acelerar as coisas. Eu só estava com dois centímetros de dilatação quando cheguei, o que não é muito. Isso foi por volta das 21 horas. Nós tínhamos uma longa noite pela frente, segundo a enfermeira.

Às 21h45, eu estava com nove centímetros.

"Eu preciso fazer cocô", falei à enfermeira.

"O quê?" Ela checou a minha ficha. "Não é possível."

Mas ela me examinou, e sim, eu tinha ido de dois a nove centímetros em menos de uma hora. E estava pronta para empurrar.

Foi aí que a dor ficou feia. Antes disso, eu achava que as pessoas estavam exagerando. Doía, mas não demais. Mas, nesse momento... ah, nesse momento a dor chegou com tudo. Parei de falar e tentei lembrar de como eles nos ensinaram a respirar naquelas aulas que nos obrigaram a assistir em Booth, porque respirar de repente se tornou uma tarefa difícil.

"Não tem algum tipo de posição que, teoricamente, ajuda a melhorar?", perguntei à enfermeira.

"Não", disse ela. "Não existe poção mágica. Coloque seus pés aqui."

Ela guiou meus pés para os estribos. Parecia errado. O que o meu corpo queria era ficar de pé, ou talvez agachar ou ficar de quatro. Com os pés nos estribos eu me sentia igual a uma tartaruga que alguém chutou de barriga de cima. Tudo parecia estar apontado na direção errada.

"Não, fica assim", falou a enfermeira quando eu me mexi para descer da cama.

"E quanto à epidural?", arquejei. "Sabe o que me cairia bem agora? Uma boa e velha epidural. Não sou uma dessas garotas riponges que acham que a dor é um rito de passagem, ou que querem um processo todo natural ou nada do tipo. Pode trazer a epidural. Agora, por favor."

"É tarde demais para isso", respondeu a enfermeira.

"Não, não, não pode ser!" Talvez eu tenha começado a chorar, ou não. "Eu não posso fazer isso hoje. Talvez se eu for para casa e descansar um pouco. Voltar amanhã."

Melly segurou a minha mão.

"Você consegue", disse ela. "Vou estar bem aqui com você."

Então nós ouvimos Amber gritar do outro lado do corredor.

"O bebê está coroando", ouvimos o médico gritar.

"Vai lá", falei para Melly.

Ela soltou a minha mão e correu para a porta.

"Maldita lua", eu a ouvi dizer enquanto saía.

Eu estava mesmo por conta própria agora. Meu médico nem estava lá; ele estava fazendo o parto de Amber, pelo visto, mas eu estava bem. Doía. Muito. Mas eu conseguia aguentar.

Então o meu corpo inteiro começou a fazer força sem que eu mandasse. Fiz um som animalesco estranho que nunca achei que fosse capaz de produzir.

"Não empurre!", ordenou a enfermeira. "Espere pelo médico! Ele vai chegar a qualquer minuto."

"Tá bom", concordei, e meu corpo empurrou de novo.

Eu não conseguia impedi-lo.

"Desculpa", falei, arfando. "Desculpa."

"Só respira", disse a enfermeira. "Finge que está apagando velas de aniversário. Assim."

Ela chegou bem perto do meu rosto e começou a dar uns soprinhos. Fuu. Fuu. Fuu. Tentei acompanhar. Eu sentia tudo esticando, a melancia versus o limão, então o meu corpo fez força de novo.

"Empurra!", mandou a enfermeira.

"Não dá pra você pegar ela na saída ou algo assim?!", gritei, então soltei outro barulho animalesco.

Ouvi um bebê chorando. Foi confuso, visto que o meu bebê ainda parecia estar tentando me rasgar ao meio.

"Dr. Rutledge!", chamou a enfermeira. Agora ela estava de joelhos entre as minhas pernas, se preparando para pegar você, X.

Senti como se estivesse pegando fogo lá embaixo. E a melancia estava definitivamente presa.

"Dr. Rutledge, aqui dentro!", gritou a enfermeira de novo.

Meu corpo empurrou de novo.

O médico derrapou para dentro do quarto, vestindo luvas limpas, já de máscara. Ele basicamente deslizou para a posição bem no momento em que você estava fazendo sua grande chegada ao mundo.

Eu gritei.

Alguma coisa cedeu dentro de mim.

Então você estava ali. Um bebê.

Seu rosto estava roxo, e seu corpo, branco feito mármore. O cordão umbilical estava ao redor do seu pescoço, e num instante o médico o cortou e entregou você às enfermeiras, que te enrolaram numa toalha e começaram a te esfregar inteira.

Você não chorou.

Fui eu quem comecei a chorar. "Ela está bem? O que está havendo?"

Três pessoas estavam com você nesse momento, e o médico voltou à posição para pegar as coisas que saem depois do parto (nojento) e começou a me costurar. Aparentemente, você saiu tão rápido que eu rasguei. Você me deve uma, X. Eu vou ficar igual à Miojo depois disso, tenho certeza.

"Alguém fala comigo!", gritei.

Foi aí que você chorou. Foi o melhor som do mundo todo. Você chorou, e todos no quarto soltaram um suspiro aliviado. Seu corpo ficou rosa em vez de roxo e branco. A enfermeira ergueu você no ar.

"É uma menina", anunciou ela.

"É, eu sei."

"Uma menina linda e saudável."

"Ela é saudável?"

"Ela está bem. Nos deu um sustinho, só isso. Quer segurá-la?"

Eu vinha pensando se pegaria você no colo desde que falei com Heather. Eu queria. Havia alguma coisa sobre o contato de pele com pele, e alguma coisa sobre o leite especial, e mais do que isso, você estava bem ali. Eu conseguia ver o seu pequeno punho balançando no ar, como se tentasse me alcançar. Eu conseguia sentir seu cheiro. Queria contar seus dedos dos pés e das mãos, beijar o topo da sua cabeça, sussurrar "oi" no seu ouvido minúsculo.

Mas então eu não teria deixado você ir embora.

Eu não teria conseguido.

Nesse sentido, talvez Amber estivesse certa.

Eu não conseguiria segurar você e depois abrir mão de você de novo.

"Não", sussurrei. "Não posso."

A enfermeira assentiu sem julgamento e aconchegou você perto do próprio corpo, como se fosse fazer o papel da sua mãe agora. Então ela te embrulhou numa coberta e levou você embora.

A parte seguinte foi difícil. Eles me transferiram para outro quarto e me deram uma injeção enorme no quadril por causa do meu tipo sanguíneo ou algo assim e me mandaram fazer xixi antes de tirar o soro do meu braço. Depois de tudo isso, quando consegui andar um pouco, eles me deram uma luva de borracha cheia de gelo para botar entre as pernas e me deixaram sozinha.

Naquele hospital, toda vez que um bebê nasce eles tocam um trecho de uma canção de ninar nos alto-falantes. Então fiquei deitada ali, dormindo e acordando, chorando um pouco, e escutando a música. Ela tocou três vezes. Me lembrou de quantos bebês existem no mundo. Cinco na noite passada, só nesse hospital, você e o bebê de Amber, que chegou logo antes de você.

Pela manhã, Melly veio me visitar.

"Você se saiu bem, garota", disse ela. "Estou orgulhosa de você. Desculpa por não estar com você na hora."

"Como Amber está?"

"Ela também teve uma menina."

"E o que vai acontecer com ela?", perguntei.

Melly fez uma cara triste.

"Acho que ela ainda não sabe."

"Você viu a minha bebê?"

Ela sorriu.

"Vi. Ela é linda. Sou obrigada a dizer que seu bebê é fofo, mas a maioria dos recém-nascidos parece que passou por uma luta de boxe e perdeu, se é que você me entende. Mas a sua bebê é linda. Ela já conquistou todo mundo."

"E os pais dela?", perguntei.

"Ela vai para uma família provisória por seis semanas, então eles podem vir buscá-la."

"Por que seis semanas?"

"É o tempo que o estado dá para você mudar de ideia."

"Ah." Engulo em seco. "Bem. Não vou mudar de ideia."

"*Bom pra você*", disse ela. "*Acho que está fazendo a coisa certa. A melhor coisa para ela.*"

"*Eu sei.*"

Quando ela foi embora, usei o telefone do hospital para ligar para Dawson na casa Kappa. Ele não falou muito, mas pareceu feliz por você estar viva e bem.

"*E quanto a você?*", perguntou ele.

"*Já estive melhor*", respondi. "*É difícil.*"

"*Sinto muito.*"

"*Não sinta muito*", falei. "*Fique feliz por ela.*"

"*Ok*", disse ele. "*Vou ficar.*"

Depois de um tempo, eu me levantei e segui pelo corredor até o quarto de Amber. Ela estava deitada ali sozinha, igual a mim, encarando a janela por onde a luz entrava. Estava gostoso lá fora, o sol brilhando, as folhas começando a mudar de cor contra a paisagem. Um belo dia de outono.

Amber pareceu surpresa em me ver.

"*Ah, oi.*"

"*Oi. Como você está se sentindo?*", perguntei.

Ela passou a mão no rosto. Lágrimas, lágrimas, lágrimas.

"*Eu também*", falei, entregando um lenço de papel.

Ela assoou o nariz.

"*Tem tanto que não posso dar a ela, e quero dar o mundo a ela.*"

"*Eu sei.*"

"*Tenho sido uma babaca com você.*"

"*Tem mesmo.*"

Ela sorriu.

"*Mas admiro você. Você sempre soube o que iria fazer, e se ateve ao plano. É tão decidida. Pega mal para o resto de nós.*"

"*É, bem, estou pensando em entrar escondida no berçário e roubar a minha filha e tentar fugir para o estacionamento, se isso ajudar você sentir melhor.*"

"*Ajuda*", diz ela. "*Mas você não vai fazer isso.*"

"*Não vou.*"

Suspiro.

"*Nem eu.*"

"*Você vai dar ela?*"

Pela maneira como ela falava, achei que não houvesse nenhuma possibilidade de ela optar pela adoção, independentemente da situação.

"*Ela merece mais*", disse Amber.

Assenti.

"Se quiser conversar, estou bem no fim do corredor. Juro que não vou socar você."

Ela riu.

"Promete?"

"Desde que você não seja irritante demais."

Depois que saí do quarto de Amber, segui até o berçário. Não porque eu tinha a intenção de roubar você de volta, mas porque queria te ver de novo. Não conseguia me impedir, do mesmo jeito que não consegui impedir meu corpo de empurrar ontem. Meu corpo me levou até você. Meus pés tinham vontade própria.

O berçário era uma grande sala cheia de berços de plástico em frente a uma janela, igualzinho a como vemos nos filmes. Encontrei você imediatamente, um embrulhinho bem no meio, ainda balançando o punho.

Os outros bebês já tinham seus sobrenomes, escritos num cartão nos fundos do berço. Bebê Holmes. Bebê Marushia. Bebê Payne.

Eles não colocaram meu nome em você. Seu cartão estava rotulado "Bebê Estrela". Eu gostei da ideia — como se você tivesse nascido como mais do que uma simples criança. Você era uma estrela, caída do céu. Você brilhava com tanta força.

Estava enrolada numa coberta branca com uma listra rosa e azul na beira, e usava um gorrinho rosa de tricô, então não sei se você tinha cabelo, e não me lembro de ontem. Mas seus olhos, X. Seus olhos eram mais escuros do que os meus, mas talvez isso seja uma coisa de bebês. Eles eram de um tom azul-escuro, como o oceano.

Passei quase uma hora encarando você, enquanto outras pessoas chegavam e partiam, mães e pais que estavam ali para visitar ou buscar seus bebês, avós e tias e tios que queria dar uma olhada no novo membro da família, esse tipo de coisa. As enfermeiras alimentavam e trocavam e embalavam quem chorasse.

Você não chorou. Você ficou encarando o teto, acenando.

Respirei fundo. Acenei de volta.

"Prazer em conhecê-la, Bebê Estrela", falei. Então soprei um beijo para você e voltei ao meu quarto, e agora que já disse oi, comecei a escrever essa carta para dizer adeus.

S

44

Sandra Whit. O nome parece um feitiço que eu decorei, e me flagro o falando mesmo enquanto penso em outra coisa. Posso estar no mercado, comprando maçãs, e vou lembrar aquela parte que ela escreveu sobre Heather no mercado, e vou pensar: "É isso aí, Sandra Whit. Eu poderia estar aqui com Heather também. Ela poderia ser aquela moça bem ali, e nós nunca saberíamos."

Quando encontrei o rosto dela na página do anuário, a mamãe começou a chorar, o que me fez chorar. De novo. Ainda assim. É como se o nome tornasse a minha mãe biológica real. Ele a torna de fato alcançável. Tudo era meio que um exercício de existencialismo até então.

"Fico me perguntando se é apelido de Cassandra", disse minha mãe, fungando, quando se recuperou o suficiente para falar, o que não tinha me ocorrido até aquele momento. "Não seria estranho e maravilhoso se vocês duas tivessem o mesmo nome? Ou será possível que alguma parte de mim soubesse dela, quando te dei um nome que incluía 'Sandra'?"

Não sei. Antes disso, meus pais sempre me disseram que gostavam do nome. Pesquisei o significado uma vez, num site de nomes de bebês, e descobri que podia se referir a uma grega que via o futuro (mas ninguém acreditava em suas previsões), ou a Batgirl. Preferi a Batgirl.

Minha mãe voltou a chorar. Meu pai a fez se sentar no sofá pequeno do quarto do hotel e tomar chá.

"Você precisa tomar cuidado, Bu", foi tudo o que ele disse. "Ir com calma. Estamos mexendo com a vida das pessoas."

Levei a sério o que ele falou e passei a última semana só fuxicando de leve a vida on-line da Sandra Whit. Felizmente para mim, o nome Whit (ao contrário de White) não é tão comum como seria de esperar. Tem o governador, é claro (ainda fico chocada por tê-lo conhecido, por ter uma foto minha com Nyla e ele emoldurada na vitrine da Bonneville High School). E Jeremy Whit, que de fato era muito bom no futebol, se formou na Notre Dame e acabou numa firma de arquitetura no estado de Nova York. E Beverly Olsen, ex-esposa de Michael Whit, também conhecida como Evelyn, uma miss de verdade que se transformou em magnata do ramo imobiliário em McCall. A internet ofereceu todos eles para mim, e eu os devorei ansiosamente.

Mas Sandra é mais difícil. Ela não mora mais em Idaho, para começar, e é discreta, não é o tipo de pessoas que se coloca em destaque. Ela nem tem conta no Facebook. As fotos que encontro dela sempre vêm de outras fontes: um artigo no jornal no qual ela foi mencionada, uma festa à qual ela compareceu, uma foto de um clube do livro. Seus perfis nas mídias sociais são todos privados. Mas, pouco a pouco, eu descubro o que posso.

Sandra Whit mora em São Francisco.

Ela é casada. Numa das fotos vejo uma aliança no seu dedo e uma tatuagem de um símbolo asiático no pulso.

É produtora musical e desenvolvedora na indústria de videogames. É tão perfeito: minha mãe biológica que ama música acabou transformando música na sua carreira. Sinto vontade de comemorar e abraçá-la e falar que estou orgulhosa, como se as vitórias dela, de algum jeitinho, fossem minhas vitórias.

Mamãe estava certa sobre Sandra Whit ter olhos iguais aos meus. Os meus são iguais aos dela, na verdade. Eles têm o mesmo formato, a mesma cor exata, com até os mesmos cílios. Minhas sobrancelhas são um pouco mais claras. Meu cabelo, acho, se consigo lembrar da minha cor natural antes de começar a tingir o tempo todo para o teatro, também é mais claro do que o dela. Mas ela tem os meus olhos. Meu sorriso, meus dentes. Minhas orelhas. Ela é mais baixa do que eu, e um pouquinho mais magra. Parece tão jovem em comparação à minha mãe.

Ela é jovem, eu me lembro. Só tem 34 anos.

Quanto mais eu a vejo, quanto mais sei, mais quero descobrir. Quero descobrir em que faculdade ela estudou. Como conheceu o marido. Por que escolheu a carreira que escolheu, e como a fez funcionar. Então começo a traçar um plano. Descubro um endereço de e-mail que parece ativo. Começo a compor mentalmente a mensagem que mandaria.

Oi, Sandra, você não me conhece, mas...

Meu deus, que péssimo. Tão clichê.

Oi, Sandra. Espero que você esteja bem. Descobri há pouco tempo que você é minha mãe biológica. Só queria dizer obrigada.

Não é muito melhor, nem totalmente verdadeiro. Eu não quero só dizer obrigada. Mas meu pai tem razão sobre eu precisar tomar cuidado. Dar passinhos de formiga. Me apresentar primeiro. Descobrir se deveríamos nos encontrar depois. Quando deveríamos nos encontrar. Como. Consigo imaginar isso também: bater na porta dela. O abraço. As lágrimas. Apresentá-la aos meus pais (minha mãe!), o que envolveria mais abraços e mais lágrimas. Falar sobre as lágrimas. Contar sobre a minha vida, e ouvir sobre a dela. Consigo imaginar tudo, um lindo devaneio que venho tendo em segredo há meses.

Tento de novo.

Querida S,

Você deve me conhecer como Estrela, mas o nome que meus pais me deram é Cassandra McMurtrey. Recebi suas cartas há algumas semanas. Muito obrigada por tê-las escrito. Amei todas elas. Elas me fazem sentir como se eu conhecesse você (ou a sua versão de 16 anos, pelo menos), e isso me faz sentir que deveria conhecê-la — eu gostaria disso —, se você também quiser...

Escrevo a mensagem com cuidado, agonizando a cada frase, e sinto como se estivesse fazendo algum progresso.

Até o dia em que esbarro numa foto na internet que me paralisa.

É uma foto normal, como uma milhão de outras postada por um milhão de outras mulheres, mas essa de alguma forma escapou do hábito de privacidade restrita de Sandra. Ela mostra duas menininhas na rua, paradas em frente a um ônibus escolar. Elas têm idades diferentes — uma provavelmente tem 6 anos e a outra, 8 ou 9. Ambas têm cabelos longos e brilhosos e olhos escuros, não azuis, mas... Elas também têm o sorriso dela, os mesmos dentes e tudo. Estão de uniforme escolar, de xadrez azul e verde com blusas brancas de gola Peter Pan. Ambas usam mochilas cor-de-rosa e sapatinhos boneca. Elas estão abraçadas, com as bochechas coladas uma na outra e grandes sorrisos.

Primeiro dia com as duas pequenas na escola, diz Sandra na legenda. *Já volto, caiu um negócio no meu olho.*

351

É uma frase tão S que meus olhos se enchem de lágrimas. Encaro e encaro a foto, vendo meu sorriso, meus lóbulos de orelha, a leve camada de gordurinha infantil que eu tinha ao redor do pescoço nessa idade. Eu me pergunto até se elas também têm pé de pato.

Elas são minhas irmãs. Minhas meias-irmãs biológicas, pelo menos.

A questão é: elas parecem felizes. Parece que o mundo delas é exatamente como deveria ser.

Então não consigo deixar de pensar em como essa mensagem que estou escrevendo para a mãe delas poderia perturbar esse mundo. O que leva a um monte de perguntas que não quis me fazer mais cedo.

E se o marido da Sandra Whit não souber de mim?

Que efeito teria no relacionamento deles descobrir que ela teve um bebê que deu para adoção? Um que neste momento está crescido e quer — não, que exige, caramba — uma relação que ela não pediu?

Como essas menininhas se sentiriam? Como seria possível que Sandra Whit explicasse isso a elas?

E se Sandra não *quiser* me conhecer?

Essa vida — essas duas menininhas e seu pai — é a vida que Sandra Whit deveria ter. É o que ela escolheu para si.

Quem sou eu para partir essa vida ao meio e me enfiar ali de novo?

Ela trabalha na indústria de computação. Definitivamente sabe usar o Google. Ela sabe, e não fez essa escolha. Porque está feliz com a maneira como as coisas estão agora. Ela está feliz.

Eu estou feliz.

Tudo volta a essa verdade difícil: se ela quisesse me encontrar, ela conseguiria.

45

— Você estava quieta durante o jantar. — diz minha mãe. — O que está se passando nessa cabecinha?

Ela ainda é perceptiva pra caramba.

Dou de ombros. Estou sentada encurvada sobre o balcão da cozinha, assistindo à minha mãe passar cobertura num bolo.

— Sandra Whit — confesso enquanto ela alisa a cobertura sobre a superfície do bolo com gestos experientes. A cozinha inteira está cheia do cheiro inebriante de baunilha e dos sonhos renascidos da minha mãe.

Mas os meus sonhos... Bem. Não sei.

— O que tem a S? — pergunta mamãe.

Ela ainda a chama de S, enquanto o resto de nós passou a chamá-la de Sandra Whit como se fosse um nome só. E vai saber? Talvez Sandra Whit não atenda por Sandra, assim como eu não atendo por Cassandra. Talvez ela seja outra coisa.

— Não acho que eu deveria entrar em contato com ela — digo.

Estranhamente, minha mãe não parece surpresa.

— É uma decisão difícil — fala ela.

— O que você acha?

Ela suspira.

— Consigo entender os dois lados.

— Você ainda gostaria de conhecê-la? — pergunto.

Ela mergulha a faca num copinho de leite, então continua a trabalhar na cobertura, alisando as ondulações, aperfeiçoando a superfície.

— Sim. É claro. Eu ainda gostaria de agradecer. Mas só se soubesse que a minha presença, a nossa presença, não representaria uma grande perturbação da vida dela.

— Exatamente — concordo, triste. — Por acaso, é exatamente isso o que eu penso.

— Que bom — diz mamãe. — Talvez eu tenha criado você bem. Está pensando nela, em vez de em você.

— Mas, sabe, num daqueles registros de adoção diz que noventa por cento das mulheres que dão seus bebês para adoção estão abertas a se reencontrar com eles em algum momento. É uma porcentagem bem alta.

— É, sim. Então acho que isso significa que ela está aberta a isso também. — Ela apoia a faca na bancada e vira o bolo, o analisando por todos os ângulos. — Como falei, é uma decisão difícil.

Assinto. Faço menção de enfiar um dedo na grande vasilha de cobertura, e ela dá um tapa na minha mão. Nós rimos.

— Mas você me disse para encontrá-la. Estava disposta a perturbar a vida dela naquele momento — argumento.

— Eu estava pensando no que você precisava.

— Como assim, você achou que eu precisasse de uma mãe?

— Achei que você precisasse de uma resposta.

— Ah. Bem, agora eu tenho um monte de respostas.

— Tem mesmo.

Ela pega um envelope que criou com papel de cera e despeja algumas colheradas de cobertura dentro dele. Então o dobra e aperta até que um pouquinho de cobertura saia por uma extremidade. Em seguida, pega um palito de dente de uma caixa e o segura no ar, então começa a fazer pétalas nele, do centro para fora. Uma rosa de cobertura, que ela tenta me ensinar a fazer com frequência, mas que nunca consegui fazer. Minhas rosas sempre acabam parecendo pinhas.

— Quando eu estava morrendo, costumava pensar no meu coração — declara ela, e eu prendo a respiração. Nunca tinha escutado minha mãe falar desse jeito. *Quando eu estava morrendo.*

"As pessoas me falavam que eu ganharia um coração novo. Um dia, quando tivesse desistido de ter esperança, elas diziam, um coração novo viria para mim, como magia. Tentei acreditar, ter fé na ideia, visualizar isso acontecendo comigo. Mas eu sabia que esse coração não seria magia de verdade. Ele pertencia a outra pessoa. Estava sendo carregado por aí, mesmo no momento em que eu estava pensando nele, no peito de outra pessoa, batendo por ela, mantendo-a viva. Eu pensava tanto nesse coração, mesmo nos momentos sombrios, quando eu não tinha certeza de que ele existia ou de que eu o receberia algum dia. O que será que o coração estava fazendo, eu me perguntava, no mundo lá fora? Será que a mulher estava correndo, então o seu coração estava acelerando enquanto ela acelerava por alguma pista? Será que ela estava apaixonada, e seu coração palpitava quando ela via a pessoa por quem estava apaixonada? Será que ela também era mãe? Será que amava o filho da maneira como eu te amo, tão ferozmente que abriria mão da própria vida por ele sem pensar duas vezes, tão completamente, tão verdadeiramente?"

Mordo o lábio. Não sei aonde ela está indo com isso, mas sei que é importante escutar.

— Então, um dia, do nada, no último momento, recebi o coração. Agora o carrego dentro de mim, e me sinto responsável por nós duas, essa mulher e eu. Tenho o coração dela. Preciso tomar conta dele, e amar minha vida por causa dele, e nunca deixar de dar valor a ele, nem por um segundo.

Assinto.

— Acho que eu também me sentiria desse jeito.

Minha mãe fecha os olhos por um segundo.

— Eu me sinto do mesmo jeito sobre a sua mãe biológica. Ela carregou você dentro dela, e amou você, e cuidou de você até o dia em que você passou a ser minha. É como... — A voz dela falha. — Eu sei que tenho o coração dela. E preciso tomar conta dele. E preciso honrar a escolha dela, o sacrifício dela.

Nós duas estamos chorando a essa altura. Ela ainda está fazendo a rosa de cobertura, então não posso abraçá-la. Quero abraçá-la. Finalmente, ela termina a última pétala.

— Abre a mão — pede ela, e eu obedeço.

Ela coloca a rosa delicadamente na palma da minha mão.

— Para você, minha Rosa Cassandra.

— Eu te amo, mãe.

— Eu também te amo.

Nós provavelmente teríamos começado a chorar de novo, mas o papai entra. Ela para do nada, levanta a cabeça e cheira o ar.

— Bolo — sussurra ele.

Minha mãe sorri e seca os olhos.

— Estamos quase prontas para comer.

Coloco a rosa na boca. Tem um gosto frágil e doce, tipo uma representação perfeita da minha mãe.

— Ei, tem correspondência para você — anuncia meu pai, erguendo um envelope grande e de aparência oficial.

— O que é dessa vez? — resmungo.

Acabo descobrindo que são os dados de cadastro para o teste de DNA que fiz no ano passado, o presente de Natal dos meus pais. Os resultados estão disponíveis.

Minha mãe corta o bolo, então ela, meu pai e eu nos sentamos à mesa e comemos o negócio inteiro. Estamos tão cheios ao final que mal consigo me mexer. Então levo o teste de DNA para o meu quarto e sento à escrivaninha e abro o laptop. Minha intenção é só ler os resultados, mas alguma coisa me impede.

Tem uma coisa que preciso fazer antes.

Encontro o rascunho do e-mail que estava escrevendo para Sandra Whit e o apago.

Já me decidi: não vou entrar em contato com ela. Não vou mais espioná-la pela internet. Ela merece sua privacidade.

Vou deixá-la partir.

Sei o que preciso saber, digo a mim mesma. Sei meu histórico médico. Sei a história de como me tornei uma pessoa. Sei que Sandra Whit me amava. Ela me amava. Isso vai ter que bastar.

Você segue seu caminho, penso. Eu sigo o meu.

Querida Estrela,

Essa é a última carta que vou escrever para você. Não sei se ela vai ser incluída com as outras, já que você foi adotada hoje, e sei que o pessoal que criou esse programa de cartas com o estado realmente só queria que eu escrevesse uma carta, e já escrevi tantas, e não posso continuar agora que você não é mais minha. Seu lugar é com seus pais, e não comigo. Quer dizer, acho que seu lugar nunca foi comigo. Eu só pude carregar você comigo por um tempo.

Estou indo bem desde que saí do hospital. Meu pai foi me buscar, o que não foi ideal, mas ele insistiu. Ele me levou de volta para a casa dele, o que, novamente, não era o que eu queria.

"Vou morar com a mamãe", falei. "Já disse para você."

"Eu sei", respondeu ele, rouco. "Suas coisas já estão todas encaixotadas. Ela chega amanhã. Mas eu queria te dar uma coisa."

Acabou que essa coisa era um carro.

Gostaria de dizer que recusei, por questão de princípio, ou porque me recuso a ser subornada para fazer as pazes com ele. Mas aceitei o carro. Foi um momento de fraqueza do qual não consigo me arrepender.

A primeira coisa que fiz foi dirigir até a faculdade para pedir desculpas a Ted. Ele mora no mesmo dormitório do ano passo, o dormitório onde você foi concebida, Bebê Estrela, e sim, foi meio esquisito esperar de novo por um garoto no corredor.

Ted sorriu quando me viu, um sorrisinho breve, mas então tentou agir como se não se importasse.

"Oi", disse ele.

"Oi."

"O que você está fazendo aqui? Precisa de ajuda para encontrar Dawson?"

"Não", respondi. "Eu estava procurando você. Eu devo a você um pedido de desculpas."

"Não deve, não."

"Devo, sim. Eu me aproveitei da sua bondade. Como você disse. Isso foi errado, e sinto muito."

"Ok."

"Ok?" Não pude deixar de sorrir. "Simples assim?'

"Ok."

"Que bom. Obrigada." Eu me virei para ir embora.

"Calma aí, você quer entrar?", perguntou ele. "Eu tenho chá."

"Pode ser."

Eu entrei e me sentei na cama oposta à dele — ele devia ter outro colega de quarto, mas não perguntei nada sobre isso —, e ele fez uma xícara de chá pra mim. Com açúcar, dessa vez. E leite.

"Nada de Pop-Tarts", falei logo.

"Você não está mais grávida", observou ele.

"Não."

"Então ela está bem?"

"Ela é perfeita. Está com os pais dela agora."

"E o que você vai fazer?"

"Vou morar com a minha mãe no Colorado."

"Ah." Sua expressão se transformou. Preciso admitir que gostei de como ele pareceu desapontado.

"Mas depois que eu me formar, talvez eu volte pra cá. Pra faculdade, quero dizer."

"Agora você quer fazer faculdade?"

"Eu gosto daqui." Voltei a me levantar e olhei ao redor como se nunca tivesse estado ali. "Então talvez. Vou deixar a vida me levar por um tempo. Ver onde eu termino."

"Bom, para o meu bem, espero que você termine aqui", disse ele.

Ergo uma sobrancelha para ele.

"Para o seu bem?"

"Eu gosto de você. Talvez isso seja estranho."

"Por que é estranho?"

Ele corou.

"Essa é a primeira vez que temos uma conversa de verdade sem que você esteja grávida do bebê do meu colega de quarto. Quer dizer, quem tenta alguma coisa com uma grávida?"

"Você tentou alguma coisa? Eu não reparei?"

"Estou pensando em tentar alguma coisa. Em algum momento do futuro."

"Quando?"

"Em uns dez segundos", respondeu ele.

"Ah."

"Nove, oito, sete", contou ele, se aproximando de mim.

Eu contei junto.

"Seis, cinco, quatro."

E o beijei no três.

"Obrigada por ser um cara legal", falei quando me afastei.

"Hum, de nada", sussurrou ele.

"Você me ajudou tanto. Me fez acreditar que posso ter algum tipo de futuro."

"É você quem faz o futuro", disse ele. "Essa frase é de, bem, De Volta Para o Futuro*."*

"Seu nerd maravilhoso", respondo com uma risadinha.

Foi só isso o que aconteceu, Estrela, eu prometo. Um beijo. Uma piada. Então precisei ir embora. Mas estava falando sério quando disse que acredito no futuro agora, e no que ele guarda pra mim.

Acho fácil imaginar seu futuro. Você cresce e se torna tão linda e inteligente e forte e boa. Alguém está ali para levantar você quando cai, para beijar seu joelho ralado, para fazer seus bolos de aniversário e cantar para você e ensinar sobre o mundo. Você é amada, a cada minuto da sua vida. É tão amada, e nunca duvida disso, mesmo quando as coisas ficam difíceis. Você é amada.

Esse é o futuro, Bebê Estrela. É isso que sei que é verdade, porque também vou estar lá, mesmo que você não me conheça, mesmo que não consiga ver os laços que nos mantêm unidas. Estou sob o mesmo sol que você, a mesma lua, andando na mesma terra, e estarei pensando em você a cada dia, a cada passo. Estarei esperando pelo melhor.

Estarei te amando sempre.

S

Epílogo
Seis meses depois

— Feliz aniversário, Cass — diz Bastian.

— Valeu — respondo, sorrindo. Me sinto mais velha com 19 anos, um pouco mais vivida do que no ano passado. Mais sábia. Mais consciente de mim mesma. Mais confortável com quem sou.

Bastian ergue uma sacola no ar.

— Cookies com gotas de chocolate? A cafeteria faz uns maravilhosos. Tipo, bom no nível pode-fazer-os-sete-quilos-do-primeiro-ano-valerem-a-pena.

— Ok. Nham.

— Calma. Tem mais. — Ele desembrulha o cookie e o coloca sobre um guardanapo no meio do palco, então tira uma velinha branca e um isqueiro do bolso de trás, a espeta no cookie e acende. Ele começa a cantar, e outras pessoas do elenco notam e se viram para nós e começam a cantar junto.

Bato palmas com eles e assopro a vela.

— E muito mais — canta Bastian.

Dividimos o cookie e voltamos a trabalhar pintando o cenário da nova peça de outono da College of Idaho: *The Marriage of Bette and Boo*. Nós dois temos papéis pequenos, eu e Bastian, porque somos do primeiro ano. Ainda somos peixinhos nessa faculdade, ao que parece, mas vamos chegar lá. Vamos crescer.

Meu celular vibra. É uma mensagem de Nyla, de quem sinto uma falta absurda, como se fosse um membro amputado. Tenho dores fantasmas por ela o tempo todo.

Nyla: Feliz aniversário, Cass! Queria estar aí para comemorar!

Eu: Como está a USC?

Nyla: Tenho areia até dentro das calças.

Eu: Foi mal, mas não estou com pena de você. Como foi o teste de elenco?

Nyla: Você acha que o mundo está pronto para uma Sandy negra em Grease?

Eu: O mundo definitivamente está pronto.

Nyla: Como vai o novo melhor amigo?

Eu: Ele é só minha segunda opção de melhor amigo. E ainda é injustamente bonito.

— Fala pra Nyla que mandei oi — diz Bastian. Ele não é realmente uma segunda opção. Só está em segundo lugar na fila de melhores amigos.

Eu: Bastian mandou oi.

Nyla: Ele vai levar você pra um jantar de aniversário?

Eu: Melhor. Está rolando uma semana de boas-vindas. Vai ter uma grande cerimônia, e meus pais vêm.

Nyla: Incrível! Dá um abraço na Mama Cat por mim.

Eu: Pode deixar.

Nyla: 🖤 💌 🖤

Eu: 🖤 😽 ☺

Meu celular vibra de novo. É minha mãe dessa vez.

Mãe: Chegamos. Estamos no prédio dos alunos.

Eu: Já vou.

Meus pais estão na base da escada do prédio dos alunos quando chego, ambos sorrindo. Eles já estiveram aqui, é claro, quando me trouxeram em agosto, e fizemos o tour pelo campus daquela vez (e o papai fez o tour pelo campus outra vez antes disso, quando estávamos pesquisando faculdades), mas hoje, quando mostro os arredores para eles, parece mais oficial de alguma maneira. Estou mostrando a *minha* faculdade. Minha mesa preferida no refeitório. Meu cantinho embaixo da minha árvore do campus, onde gosto de ler. A escrivaninha da biblioteca onde sempre me sento. Aquela sala bonita no terceiro andar do Strahorn Hall, onde ontem aprendi tudo sobre Christopher Marlowe com o dr. Spencer. Meu quarto no dormitório, agora todo arrumado com as minhas coisas. Minha nova colega de quarto, Lindsey, que é hilária e prestativamente organizada e que sabe acompanhar qualquer música que eu toco para ela com o violino: country, R&B, pop. E o anfiteatro, é claro.

Meu anfiteatro.

Passamos a tarde passeando pelo campus e conversando com a minha colega de quarto no dormitório. E quando está quase na hora de ir para a cerimônia de boas-vindas, o meu pai diz, de repente:

— Agora entendo por que você queria vir para cá. É a sua cara.

— É mesmo — concordo, feliz. — É onde eu deveria estar. Eu sempre, tipo, soube, de alguma forma. Eu deveria estar aqui. Não sei por que, mas...

— O universo se desenrola como deveria — diz minha mãe, sábia.

— Exatamente.

— E nesse momento o universo está nos dizendo que é hora de comer — diz papai. — Estou faminto.

Voltamos correndo para o refeitório. Temos que comer depressa porque está quase na hora da cerimônia, que acontece no auditório grande. Quando chegamos, meus pais se sentam com os outros pais orgulhosos. Encontro Bastian e nós acompanhamos os outros alunos do primeiro ano em algo chamado a caminhada dos *alumni*, onde as pessoas que se graduaram na faculdade se posicionam de cada lado do corredor enquanto entramos e nos entregam as borlas que vamos usar dali a quatro anos, quando nos formarmos.

— Meu tio me entregou a minha borla — conta ele, quando estamos nos sentando.

— Seu tio está aqui?

Mas ele não tem tempo de me contar mais, porque a cerimônia começa. Nós nos recostamos nas cadeiras e escutamos orador depois de orador falar sobre o futuro, sobre as oportunidades que teremos ali, sobre como agora estamos livres para descobrir nosso propósito na vida, e sobre como vamos nos divertir e construir relações duradouras.

— Tipo você, segunda melhor amiga — sussurra Bastian, batendo o ombro no meu.

Sorrio. Sei que é verdade.

Depois da cerimônia, aconteceu uma recepção no lobby, onde nos reencontramos com meus pais. Tem bolos e cookies e ponche.

— Olá — diz minha mãe para Bastian. — Que prazer encontrar você aqui.

— Oi! — cumprimenta ele. — Você é a irmã mais velha da Cass, certo? É igualzinha a ela.

Ele ainda não sabe que sou adotada. Vou contar em breve, acho, mas por enquanto estou curtindo o fato de ele achar que sou igualzinha à minha mãe.

— Ah, você — responde ela com uma risadinha. É bom vê-la assim, toda arrumada, com o corpo enchendo as roupas de novo, mais forte, as bochechas coradas, o cabelo e os olhos brilhosos. — Você é um galanteador, hein.

— E dá para conseguir tudo com ela na base do galanteio — adiciono com um risinho irônico.

— A cerimônia foi ótima — comenta meu pai. — Me sinto muito inspirado.

— Eu também — concorda Bastian. — Sei que estou a um fio de descobrir meu propósito na vida.

Nós rimos. Então Bastian avista alguém do outro lado do cômodo.

— Ali está o meu tio — diz ele. — Venham conhecê-lo.

— Aonde estamos indo? — pergunta minha mãe, quando Bastian segura a minha mão e eu seguro a dela e nós começamos a ziguezaguear entre os grupos de pessoas. Ela pega a mão do meu pai num último momento. Parecemos um trenzinho humano bobo avançando pela multidão.

— Como é que nunca conheci esse tio misterioso? — pergunto enquanto nos aproximamos. — Tipo, você conhece o meu tio Pete.

Bastian dá um sorrizinho.

— Meu tio não mora em Idaho. Mas ele é o motivo pelo qual eu quis estudar aqui, na verdade. Ele estudou aqui. Sempre falou sobre essa faculdade como se fosse o melhor lugar do mundo. Ele é desenvolvedor de videogames agora. Já falei sobre isso? É tipo, milionário, mas ninguém diria ao olhar para ele.

— Ele é desenvolvedor de videogames? Que maneiro. — Isso me faz pensar em Sandra Whit, e sinto a garganta apertar. Engulo em seco e tento deixar pra lá. Estou tentando não pensar tanto nela.

— É bem incrível — concorda Bastian. — Quando criança, eu tinha a melhor coleção de videogames entre todos os meus amigos.

— Eu nunca imaginaria que você é gamer.

— Virei nerd de teatro. Não tenho tempo — explica ele. — Ei, tio Theo! Ele levanta a mão, e um homem de cabelo escuro se vira e acena para nós.

— Ele e a esposa vieram lá da Califórnia — conta Bastian. — Porque o meu pai continua...

O pai dele continuar sem falar com ele. Os pais dele não estão aqui com todos os outros pais, então o tio veio preencher a vaga.

Chegamos finalmente ao outro extremo do cômodo e paramos em frente ao tio do Bastian: Bastian, eu, minha mãe e meu pai numa fila.

— E aí, garoto? — diz o tio, dando um tapinha no ombro de Bastian. — Bela cerimônia, hein? Esse lugar não é o melhor de todos? E quem é essa?

— Essa é a Cass McMurtrey, a minha melhor amiga de quem sempre falo — explica Bastian.

— Oi — digo, sem graça.

— E esses são os pais da Cass, Cat e Bill McMurtrey — continua Bastian. — Esse é Theo Takamoto, meu infame tio.

— Calma aí — falo. — Takamoto?

— É japonês — explica Bastian. — Eu sou um quarto japonês, não sabia?

— Desenvolvedor de videogames — murmuro.

— Você está bem, querida? — pergunta mamãe, tocando no meu braço.

— Estou, é só... — Sinto um arrepio.

Bastian não nota nada de estranho. Ele abraça o tio e relanceia ao redor.

— E a minha tia está aqui em algum lugar, imagino. Ela também é muito maneira, também se formou aqui.

— Ela foi pegar ponche — conta o tio Theo.

Todo mundo se vira. Uma mulher está se servindo cuidadosamente de um copo de ponche. Ela tem cabelo castanho, que cai feito uma cortina sobre o rosto enquanto ela olha para o copo.

— Tia Sandy! — chama Bastian, então se vira para mim. — Eu sou o único que a chama de Sandy. O nome dela, na verdade, é...

Ele vê meu rosto.

— Você está bem? Parece prestes a desmaiar. Talvez também devesse pegar um pouco de ponche.

— O nome dela é Sandra — sussurro.

— Estou confuso — diz Bastian. — Você conhece a minha tia?

— Ela estudou aqui — sussurro. — Ela se casou com o Ted. Theo é Ted.

— Como é que é? — pergunta Theo. — Eu sou quem?

Minha mãe estava escutando o tempo todo. Ela aperta minha mão de repente com tanta força que a ponta dos meus dedos fica dormente.

— O que está acontecendo? — pergunta meu pai.

— Tia Sandy! — chama Bastian de novo.

A mulher ergue a cabeça. Ela vê Bastian e sorri.

— Os olhos dela — diz mamãe. — Olha para os olhos dela.

Mesmo daqui consigo ver: os olhos dela são azuis. Ela está olhando para mim, então para minha mãe e meu pai, que a encaram boquiabertos. Ela franze levemente a testa e começa a se aproximar.

— Cat — fala papai, sem fôlego, segurando a outra mão da mamãe.

Lá vamos nós, penso.

Lá vamos nós.

Nota da autora

De tantas formas, esse é o livro do meu coração.

Fui adotada quando tinha apenas seis meses. Minha adoção parecia um conto de fadas que meus pais me contaram desde o momento em que eu tinha idade o suficiente para entender histórias — aquela sobre o casal amoroso, mas solitário, que desejava desesperadamente um filho, e a corajosa garota de 16 anos que estava determinada a encontrar uma vida melhor para seu bebê. Eu era o final feliz dessa história, igual a Cass, e assim como tantos outros adotados, sempre tive curiosidade de saber como essa história começou. Aos 18 anos, com a benção dos meus pais, embarquei numa jornada para tentar encontrar minha mãe biológica, ou pelo menos tentar descobrir quem ela era. Foi uma missão sofrida e frustrante que se estendeu por mais de vinte anos, e eu nunca a encontrei. Ainda nem sei o nome dela.

De certa forma, escrevi esse livro para explorar meus sentimentos desejosos sobre aquela inatingível garota de 16 anos. Ainda assim, quero esclarecer que esse romance é uma obra de ficção. Quando escrevo, tento escapar de mim mesma e encontrar novos personagens e, com sorte, segui-los para casa. Tanto Cass quanto Sandra nasceram para mim daquele jeito mágico que personagens nascem, e evoluíram em direções que nunca esperei. Portanto, querido leitor, *Cartas que escrevi antes de você* não é a *minha* história, por mais que eu confesse que três grandes detalhes foram tirados da vida real:

1. Eu realmente estudei na College of Idaho, um dos melhores e mais educativos períodos da minha vida. Esse livro é minha canção de amor para essa faculdade incrível, onde aprendi tanto e onde também, depois de todos esses anos, me sentei na nova biblioteca maravilhosa e escrevi este livro. Eu também estudei na Boise State durante o ensino médio, onde me comprometi a virar escritora.

2. Realmente havia um programa de cartas em Idaho no qual mãe biológicas podiam deixar cartas para seus futuros bebês.

3. Realmente existia uma casa para adolescentes grávidas em Boise, que hoje é chamada de Marian Pritchett School e continua ajudando garotas. As pessoas que trabalham nesse lugar são, na minha opinião, nada menos do que estrelas do rock educativas. Elas fazem a diferença na vida de jovens de uma maneira tão gigantesca e tangível que realmente muda o mundo uma vida por vez.

Falando nisso, a primeira pessoa a quem eu gostaria de agradecer é Lindsey Klein, pela sua enorme ajuda enquanto eu estava fazendo pesquisas para esse romance. Lindsey me levou num tour minucioso pela escola e respondeu com paciência a todas as minhas perguntas aparentemente insanas sobre a história e o dia a dia do Booth Memorial. Também quero agradecer a Amber Young, que trabalhou nos dormitórios nos últimos anos que a escola funcionou como abrigo, e que me deu tantos *insights* valiosos sobre como teria sido para Sandra Whit.

Também gostaria de agradecer a uma das minhas mais antigas e melhores amigas, Amy Yowell, que me levou de carro até Booth para ser meu apoio moral porque sabia que eu ficaria emotiva ao entrar lá. Ela leu o primeiro rascunho igual a uma líder de torcida, mas também meio como especialista, porque é professora de ensino médio, cresceu em Idaho Falls, é minha ex-colega de quarto na College of Idaho e, por uma estranha coincidência, estava no exato mesmo show do Pearl Jam que escolhi aleatoriamente como o lugar onde Sandra e Dawson se conheceram. Amy é a melhor melhor amiga que eu poderia desejar, e não sei expressar adequadamente como sou feliz por tê-la na minha vida. A Ben, o marido dela, e a suas filhas incríveis e engraçadas, Katie e Gwen; eu também sou imensamente feliz em chamá-los de amigos.

Como sempre, devo um obrigada imenso a Katherine Fausset, minha agente. Ela me acompanhou por todos os altos e baixos, não só com este livro, mas ao longo dos últimos dez anos, me guiando pela vida como autora. Muito mais do que quinze por cento de qualquer sucesso que tive nessa carreira se devem ao trabalho duro e à perseverança dela.

Também quero agradecer a Erica Sussman, minha editora. Este livro também foi emocionalmente desafiador para Erica, como mãe adotiva, e sou tão grata ao bom humor e à paciência dela conforme essa história evoluiu ao longo de tantos rascunhos diferentes. Foi tão incrível trabalhar com a equipe inteira da Harper-Teen: Stephanie Stein, Louisa Currigan, Gina Rizzo, Jenna Stempel-Lobell, Alison Donalty, Alison Klapthor, Alexandra Rakaczki e Michael D'Angelo. Eu também gostaria de dar um alô à minha nova relações-públicas remota, Sarah Kershaw.

Dessa vez tive a sorte de contar com pessoas para ler este livro e me ajudar a melhor transmitir a experiência dos personagens da minha história com passados tão diferentes do meu: Francina Simone, em especial — obrigada.

Como sempre, sou grata aos meus amigos: Wendy Johnston, Lindsey Hunt, meus companheiros de patetice Brodi Ashton e Jodi Meadows, Tahereh Mafi e Ranson Riggs, meu clube do livro: Melissa Bollinger, Heather Ramey, Heather Westover, Rani Child, Danaka Stanger, Amber Woolner, Breya Fujimoto, Krista Cromar, Krissy Swallow, Jami Harris, Claire Boyd e Kerry Ramey.

Também gostaria de agradecer à minha família: meus pais, Rod e Juliet Hand/Carol e Jack Ware; meus irmãos, Allan e Rob Follett; meus filhos, Will e Maddie; meus enteados, Wilfred e Grady; e meu marido incrivelmente gentil, engraçado e encorajador, Daniel Rutledge. Aquela fala de Ted sobre a S ser gostosa igual à temperatura veio diretamente dele, e ainda me faz sorrir.

E a você, querido leitor, *você*. Obrigada por ler este livro do meu coração.

Este livro foi impresso pela Exklusiva, em 2020,
para a HarperCollins Brasil. O papel do miolo é
pólen soft 70g/m², e o da capa é cartão 250g/m².